巨鹿文库

厂医梅芳

殷慧芬 著

上海书店出版社
SHANGHAI BOOKSTORE PUBLISHING HOUSE

目录

1　厂医梅芳

35　欲望的舞蹈

69　梦中锦帆

101　欢乐

157　仇澜

209　吉庆里

267　屋檐下的河流

厂医梅芳

厂医梅芳

　　梅芳是我的朋友。她比我年长好几岁，我们无话不谈，我们常常用眼光、微笑来示意彼此的好感和理解。她温柔文雅，还有点儿骄傲。她喜欢我。

　　梅芳和我曾经在一个工厂里呆过。我们就是在那里好上的，我们把青春搁在了那儿。

　　第一次看见梅芳的时候，她穿着件白大褂，跟件本白色的睡衣似的。那天我坐在老林的木模间里。老林是个手艺出众的木模工，平时爱喝点酒。他和许多女人有点儿瓜葛，可没一个女人愿意嫁给他，他至今还是光棍一条。据说他还是厂长把他从一个部属大厂"挖"来的。他算是嫡系部队，所以他那儿空气特自由，我就是在他那儿闲坐八小时，车间头头也不敢来管我。

　　老林用砂纸打磨着一只木匣子，这是私活儿。木匣子很精致，有点儿像梳妆盒，厂里好多漂亮的女工都有一只这样的木匣子，她们用它放小圆镜、牛角梳、花露水，还有情书。有人说老林用这些木匣子不知道讨了多少漂亮女工的便宜。我坐在天窗泻下的阳光里看老林，他头发灰白，低着脑壳，两手使着劲儿，嘴角边有点儿口涎。他有五十来岁了。

　　你摸摸看。老林拉着我的手往砂过的木匣子上按。当我的手心触摸到那光滑得缎带似的木面时，我的手背也同时感觉到了一种粗糙的坚硬,那是老林的手。那感觉淹没了手心感觉到的轻薄的柔滑,我的心怦然一动,我抬起眼睛看着老林,他给我一个含义模糊的笑。这时我想到了父亲。我不该想到父亲,可我确确实实地想到了父亲,他也有这样的手,沟壑纵横。因此我没摔开老林。

梅芳就是在这时候从窗前走过的,隔着好宽的荒地,她仿佛在世界的另一头。

嗲医生来了。老林告诉我。他眯着眼睛看她。进厂的时候我就听说医务室有一个很嗲很嗲的女医生梅芳,我和师妹英子仰慕其名,连着跑过好几趟医务室,可没见着她,说是去部队医院进修了。想必现在她回来了吧。

远远地,她像朵飘忽的云在窗前移过。那件直拔笼统的白大褂附在她身上,仿佛有了灵气,一起一伏的,把她的身子勾勒得十分好看,她那乌发蓬松的美丽的头颅浮在那片白色上面,清新明朗,令人百看不厌。

"真嗲。"我下结论说。"嗲"是女工们使用频率最高的词,它有很多含义,狐媚,漂亮,妖娆,纯洁,贬的褒的,包罗万象。

可老林不这样看。"嗲个屁,"他说,"你看你看,白褂子跟豆壳儿一样,她捂在里面,像只苍蝇。"

我当然不同意老林的比拟,他说的实在是太煞风景。可我望着她渐渐淡薄的身影,我心里不得不承认,她果然像只孱弱的小苍蝇,负荷着沉重的豆壳,艰难地轻盈地闪过。其实苍蝇并不丑,我想,它有绿莹莹的身子,有绝世无双的美丽的眼睛。假如人类像豢养波斯猫一样让它养尊处优,它也会变得纯洁无瑕至高无上的。

你知道她和杰克的事吗?好几年前她和杰克谈过恋爱。老林自问自答地说着。我点点头。我已经听好几个人说过这事儿了，这仿佛是一条永远不会陈旧的花边新闻，被人们从过去嚼到现在，这有点儿不公平。可工厂里的人们就是这样，喜欢揪住一个人的丑事不放。

你知道杰克吗？你看见过他吗？老林狐疑地看着我问。他诡谲地笑着，他说到杰克的时候，仿佛杰克是替他光宗耀祖的亲侄子，他沾沾自喜。

我当然知道杰克。杰克是清华大学的高材生，干部子弟，厂里没一个人不知道杰克。重要的是他英俊过人风度翩翩，而且他出手慷慨，颇有名士气质。

好几年前，梅芳和杰克好过。杰克先是和一个叫陆琳的姑娘好，陆琳是化验室的化验员，人挺漂亮的，只是性格孤僻，俏脸儿整天绷紧着不露一丝笑容。他们好了没几个月，杰克就从这个冷美人身边逃走了。他后来就和梅芳好了。

他和梅芳在相爱的那些个夜晚逛遍了上海的大街小巷，他们逛马路不到子夜时分不散。当万籁俱寂的时候，他们穿过上海最狭长最隐秘的小弄堂，他们错落的足音在小巷里仿佛喁喁私语，时断时续。他们走得很慢，梅芳很有点小布尔乔亚的情调，她喜欢把手勾在杰克的腰际，把小小的头颅搁在杰克的肩窝里。她偎着杰克，静静地倾听他心的律动。她爱得羞羞答答情意绵绵，这是她的初恋。下班以后，她有时也到杰克的写字间去坐坐。他的写字间紧挨着厂长室。有一次杰克不在，她敲门敲了很久，把厂长惊动了，厂长是个脾气挺随和的老头，他请她到他那儿坐坐。后来厂长重用她，据说就是在那个时候看上她的人品的。这是后话，暂且不提。

梅芳和杰克在写字间的幽会内容，人们有很丰富的猜测和想象。在浴室洗澡的时候，那些已婚女工还有意无意地注目过梅芳的腹部，那腹部的平滑、结实显然使她们失望。

更让人失望的是杰克自己的否认。杰克他好喝酒。有一次他喝醉的时候，他对酒友们抱怨说，他没亲过梅芳的嘴，更没摸过她的什么地方。他让他的朋友们嘲笑了好一阵子。

你没摸过的地方不一定是人迹罕至的地方，他们故作老到地说。他们似乎还暗示了点儿什么。

杰克变得阴沉，令人难以捉摸了。为了使杰克高兴，梅芳带杰克去参加护校时代女友们的聚会。他认识了她的好友好好。好好相貌平平但她热情温柔，她像大姐一样爱着梅芳。很久以后我才意识到，她俩才真正是无话不谈。意识到这一点时，我很悲哀。

好好邀请梅芳和杰克到杭州去玩，她在那儿的一个疗养院干过两年，她有很多熟人，她保证免费提供吃、住、行，"一条龙"服务。

这无疑是个很大的诱惑，梅芳和杰克便跟着好好去了杭州。那是一段轻松愉快、值得回味的好时光。佳人丽影，湖光山色，杰克玩得高兴，乐不思蜀了。说好三天就走的，他赖着又玩了两天，后来好好一再挽留又延迟了两天，这一玩竟是整整一个礼拜。回沪前夕，杰克解囊在西湖边的楼外楼饮酒话别。酒精撩人，三个人都喝得脸红红的，眼睛亮亮的，莫说梅芳了，连相貌平常的好好也平添了一层妩媚俏丽。从酒楼里出来，走在湖边的时候，杰克哼了首爱尔兰情歌，那旋律飘飘荡荡，轻舟似的，载得人销魂散魄。人、湖、歌，还有夜色，仿佛都融和在一起了。

回到疗养院，杰克仗着酒劲儿，赖在梅芳和好好的房里不走，他嚷嚷着要跟梅芳亲嘴儿，梅芳躲在好好的身后连连说不，不。好好开玩笑说：你就让他碰一下打发他走吧，又不是头一回。梅芳猛一愣忽然两手在好好背上擂了好一阵，雨点似的，"你怎么能这样，你怎么能……"梅芳哭了。

好好尴尬地看着梅芳，撇了撇嘴。她把醉意朦胧的杰克劝回房里，她在杰克的房里呆了好长时间。好好回房的时候没开灯，她不知道梅芳睡了没睡。

第二天上了火车，三个人都生分起来，彼此仿佛初识似的，客客气气，先前的融洽和欢乐竟恍如隔世。

回上海后，他们三个人又聚在一起。在黄浦江畔，他们一起默默地看江上的灯火，看了好一阵子，杰克忽然很柔情地去挽梅芳的纤腰，梅芳不由自主地偎着他，她把她小小的美丽的头颅搁在杰克的肩窝里，她静静地谛听着杰克的心跳，男人的脉搏和着浦江的涛声一齐涌入她的耳廓，她噙着泪，觉着自己幸福极了。好好在一旁托着腮，目光坦然地、专注地眺望着远方，她似乎一点儿也没在意身边这对情人。

子夜时分到了，他们分手了。杰克先送梅芳回家，接下来他送好好回家。这安排很合理，因为好好的家还远着呢。梅芳站在自家的门洞里，杰克紧紧地勾着她的手，直看着她，像要看到她心里去似的。他什么也不说。她真想跟他说，杰克，我们俩一块儿送好好回家，然后我们俩再走一程，说一阵，好吗？可她没说。后来她才知道，她错过了最后一次机会。杰克松开了她的手，就在这时他递给她一张字条，然后他朝街对面的好好走去，他和好好沿着街灯走了。

等他们走远了，梅芳才把字条展开来，她读了一半就懵住了。

你猜那纸条上写了什么？老林卖关子了。他笑嘻嘻地问我，然后又慢条斯理地给木匣子上泡立水。

我摇摇头。我怎么猜得出来呢。那件事整个儿就很暧昧。杰克和梅芳，还有好好，这三个人之间究竟发生了什么？

杰克和好好好了？我傻乎乎地问老林。老林摇摇头，干笑了两声。怎么会呢，老林说，那好好只是个过场人物，你尽管把她忘了吧。梅芳后来又去找过杰克，她去敲杰克写字间的门，结果出来一个毫不相干的人，她这才知道，杰克已经换了写字间，他搬到地下室去了，他说他不要跟厂长挨得那么近。谁也拦不住他。这以后他们再也没有往来过。

现在你该明白那纸条上写了些什么吧？老林认真地、期待地看着我问。我突然意识到老林其实也不知道那纸条上写了些什么，他还巴望我杜撰点儿什么出来呢。

我拍了拍扬在裤管上的木屑，站起来模仿着他的腔调说。你总该明白那纸条上写了些什么吧？你要说就快，不说拉倒。我不耐烦了。

你急什么急？你跟她有点儿像呢，你的脸模子。老林说着随手把身边的一只半成品木模倒扣过来，那上面有个奇特的涡纹，旋转着，仿佛是没有穷尽的大问号。我不由伸手摸了摸自己的脸。

我从老林那里走出来的时候，捧着我的木匣子，我边走边想，杰克为什么不要梅芳了？人们又为什么如此幸灾乐祸？起码是没有一点儿同情之心。我觉着男人很卑鄙，社会很卑鄙。我忽然感到我和梅芳靠得很近。她就在我身边，艰难地轻盈地走着，她那头蓬松的乌发在灰白色的天空中燃烧着，寂寞而孤独。我发觉我在努力理解她，这也许跟我自己的恋爱纠葛有关。那阵子有两个男士为了我大打出手,我出足了风头。我不知道人们在说我什么,我只知道我走到哪儿,哪儿便有异样的眼光、点点戳戳的手指头和交头接耳的私语。

我战战兢兢,度日如年,我连着三个晚上没睡好觉,我老是梦见那两个男士在打架,打得鼻青眼肿,鲜血横流,我吓得整夜不敢闭眼。说实话,我其实对他们也没怎么好过。我跟其中一个看了场电影,他对电影的画面、音响、剪辑、旁白有别出心裁的见解;跟另一个去上海跳水池泡了两个小时,他的跳水动作绝对可以上舞台表演。不过我再没有胃口跟他们重复这些节目。我不觉得这有什么不好,我也不明白他们为什么要斗殴给我难堪。

现在我看见了梅芳,她那飘忽美丽的身影散发出一股亲切的气息,她自然地无意地吸引了我,我直觉地认定她不会用鄙夷的眼光看我。于是我去医务室找她。我去求医,同时也寻求友谊。

医务室里,她一个人端坐着,默默地翻一本什么书。我递上我的病历卡。她看我一眼,然后微笑。

从她的眼光里我猜出,她显然听说过我的大名。这不奇怪,我这几天风头正健着呢。令人欣慰的是她的微笑、和善、温情、体贴。我怀着感动,坐在她的面前,我一下子觉得,她就是我的大姐。她安静、亲切、骄傲,她跟我梦想中的大姐一模一样。她让我解开衣襟,她把听诊器按在我青春的胸房上谛听,我忐忑的心跳把我的惶乱烦躁暴露无遗,她看我就像看一本打开的书,然后她开处方。她给我的是利眠宁,当她把处方笺递给我的时候,她轻轻地说,"别想那么多……好好睡一觉,然后再出去看看阳光……"

我的心一热,眼眶也随之而灼热起来。睡觉、阳光,这是她给我的最好的处方。

　　我记着了她的微笑，我依恋她，我们从此就好起来了。后来她告诉我说，鄙视别人的人往往自己就很卑下。我觉着她的话有点儿道理，可我又觉得这是阿Q式的精神胜利法。我没点破它，何必呢，人活着，总要玩点儿哲学的。

　　没过多久，厂里调整宿舍，我和英子把梅芳挟持到我们室里来了。检修工水牛偷着替我们每人装了一只小台灯。梅芳还在帐子里挂了一只彩色塑料娃娃。那一年，我和英子都是十九岁。十九岁的小姑娘是这样的：好起来和你合穿一条裤子，吵起来恨不得扒你的皮。我们和梅芳自然是合穿一条裤子了。同室的还有三个姑娘，都是捏摇手柄的。六个人数梅芳年龄最大（二十四岁），职业最高贵（医生），可我们一点儿也不知道照顾她的年龄、她的身份，今天拖着她在街上一边儿啃甘蔗一边儿晃荡，明天又伙着她在影院里看一部老掉牙的苏联故事片，边看边嗑瓜子儿，待到那个天鹅湖镜头过完了，我们又噼噼啪啪把椅子摔得震天响，大大咧咧地从暗无天日的影院里走出来。我们常常莫名其妙毫无节制地痴笑、大笑、未说先笑。这时，梅芳总是无奈地摇摇头。不过她也有受感染的时候，她也纵情地笑过。她笑得膝盖着地，人扑在床上，像个十九岁的姑娘。她说她跟她的同学们就是这样笑的，"不过那是很久很久以前了。"

　　好多年以后，我变得沉郁变得寡言少语心事重重了，我才理解，梅芳是在迁就我们，或者说是忍气吞声。她对朋友也这样隐忍，这使我更加感动又未免有点伤感。

　　回溯历史，梅芳的隐忍性格在十九岁时就已经铸成了。十九岁她护校毕业，分配时班里摊着一个郊区名额。老师把全班女孩的名字做成一块块方牌牌，摆弄来摆弄去，找了好几个女孩，先是一个有点儿文才的，那女孩把她的姓名牌剪成了碎片儿，然后像播种一样扔进了花圃里；再一个是哭宝宝，在老师家门口像孟姜女哭长城哭了一天一夜；还有一个是自虐狂，她在肝炎病区拾了副病人扔下的碗筷，她后来交出一张GBT600的化验单。老师最后把梅芳请进了办公室。

"梅芳，你需要锻炼，你去。"老师疲惫地舒展身子说。一锤定音，一句话决定了梅芳的命运。

我认定那老太太是欺软怕硬。我问过梅芳，我说你为什么不反抗？她说她也不知道，老师对她一直很好。她十九岁的时候就没治了。

宿舍里的欢乐气氛并没有持续很久，后来发生了一件可怕的事，事过以后，那三个姑娘开始疏远我们，确切地说是疏远梅芳。这件可怕的事涉及到一个很好很好的小伙子。

这个很好很好的小伙子便是水牛，厂里最出色的检修工。说来你也许不信，水牛还真是一个人的大名呢。他是个家居农村的青年，兴许他出生的时候，他们水家真的盼着要有头牛呢。水牛他很土气，文化也低，可是他勤快能干人也不笨，他检修过的机器，摇手柄捏在手里，不用劲儿也转得飞快，轻巧得叫人舒心。他还顶讨那些年轻妈妈们的喜欢，一到浴室开放的日子，她们一个个把自己的宝贝儿子全托给他，他像赶小鸭子一样数着一、二、三、四……他带他们去洗澡，那时候澡堂里便像个放鸭场挤满了长着鸟儿的小光腚。水牛来回奔波，忙得气都透不过来，他又耐心又细致，他从来不会把这个小孩的袜子套到另一个的小脚上。水牛年年都被评为先进,他的名字和光辉事迹上过《解放日报》,他和大人物一起拍过照,替他整理撰写先进材料的笔杆子后来到局里当局长的秘书去了。

我提到水牛的时候,我心里怀着很真诚的敬意,我至今还记着他偷偷给我们装的小台灯带给我的温馨和寒夜静读使我领略到的快乐,我后来对好多人都丧失了敬意,可我对水牛却是始终没变,尽管他在那个可怕的晚上粗暴地爬到了梅芳的床上,尽管我狠命打过他。

谁也不知道,知道了也不会相信,水牛竟偷偷地无言地爱着梅芳。水牛再怎么好,可他总是水牛,他没有文化,不知道煮咖啡该用旺火还是文火,他家居农村,土八路一个。说得坦率点儿,他这是有点儿癞蛤蟆想吃天鹅肉了。他和梅芳统共只说过十句话,这爱情来得莫名其妙。

我想象,爱情之火起初很温和,它给水牛带来一种甜蜜的幻觉,他常常在梦中看见梅芳:她背对着他,在他家乡的河坡上独自而坐,她的蓬松的乌发像燃烧的火焰,在河面上绽开,黄昏的时候,她手里提着根细树枝,轻轻抽打着土地,她文文静静地朝他走来……他一定经常失眠,他在黑夜中谛听到一种声音,那声音来自他心灵深处:梅芳梅芳!他听见他的心在喊,他的四肢痉挛似地狂躁不安。他苦恼地爬起来,穿过漆黑的生活区来到车间,他把那些原先打算第二天检修的机床打开,他专心致志忘我工作,一直到中班的人全走散了。他精疲力竭回到宿舍躺下来,可是他依旧睡不着,那折磨过他的呼声重又涌出他的心房,它飞扬着,翻腾着,梅芳梅芳……

一天又一天,他在烈火中煎熬,一直到那个可怕的晚上,魔鬼在烈火中诞生。那天晚上他在车间里加了班出来。他抬起头，星、月、夜忽然全成了梅芳的氛围，它们和她仿佛是一体，连同脚下的土地，梅芳梅芳，呼声从每一个意象中产生、膨胀，热浪似的掠过他颤抖的心灵，他觉着某种潜伏心底很久的东西，与生俱来的东西，撞锤一样疯狂地撞击着他的身子。怀着狂喜的痛苦他跑起来，他听见他的脚板踩过大地时的回声：梅芳梅芳……

宿舍里亮着盏很小的灯，水牛帮着拉线接头的灯。我和英子，还有另两个姑娘，四个人像四只小老鼠在房里蹑手蹑脚地来回穿梭，我们刚下中班，上床前我们还有许多内容要完成，纯属小姑娘的内容。薄光下几个人小心地撩水擦着身子，嘀沥嘀沥的错落的水声把夜衬托得宁静而富有生气，它使我觉着这水声不是来自搪瓷脸盆，而是来自山野、洞壁。我倚着床档坐，我闭起眼睛，夜的生息丝丝入扣，传入耳中，模糊飘忽，若有若无。我仿佛睡着了，我被一种莫名的紧张猛刺了一下，我站起来，我听见寂静中一阵沙沙沙的声音，雨打芭蕉似的，我朝黝黑的天空望了望，什么也看不见，我又把巴掌伸在窗外，巴掌浮动在夜气中像一只硕大的白蝴蝶，传递着夜的神秘。"没有下雨。"我对自己说。我转过身子。就在这时，我看见了水牛。我"哦"了一声就懵住了。我不是一下子就认出水牛的，或者说我压根儿就没认出水牛来，我被他身上蓬勃的野性和眼中的欲火吓懵了。

水牛站着，身子仿佛比往常大了一倍，他使我联想到夜半对着家宅嘶叫的野猫子。野猫子直立着，但露出它难看的令人恶心的下部，还有流火的猫眼。他没看我，他浑身充满了弹性地震颤着，他认准了梅芳的床铺他腾空而跃，挂着的帐子发出"哧——"的撕裂声，他扑了上去，像只大蜘蛛疯狂地扭动着。这时我如梦初醒，我尖叫起来，我看见英子在手舞足蹈，像西洋镜里的小人儿，她吓坏了，我还看见一个高个子的姑娘冲上去扯着水牛的一条腿，像拔萝卜一样拉扯他，他野蛮地踢跶着。我扑上去，我盲目地呼唤着：梅芳梅芳。突如其来地，我愤怒至极，我抱起水牛的另一条腿，我忘了留神自己，我把腰朝前滑，头拼命后仰着。这时我看见梅芳其实已经醒了，她的上衣被水牛扯开了，雪也似的肌肤在灰暗的夜里格外醒目，她双手捂着乳房，一个劲儿地往角落里退。她无声地呜咽着，忽隐忽现的月光照着她的脸，眼泪无遮无掩地直往下淌。单人铺就三尺来宽，她再怎么退也逃不脱水牛的大手，水牛掰着她捂着乳房的手，好像在剥一只微启的贝壳，那贝壳里晶莹迷人的珍珠撩得他发疯了。这样的场面我出娘胎还是头一回看到。不由心头怦怦乱跳，两手竟使不出劲儿来。这时水牛忽然脚踹着了我的下巴颏，我的上下牙床猛烈地撞击了一下，眼前发黑，我倒了下去，我抱住他的脚始终没放。我也发疯了，我死死地拉住他，把他拽下了床。高个子姑娘被压在了下面，她痛苦地呻吟着，我顾不上去扶她，挣扎着爬起来，然后什么也来不及想，飞起脚朝水牛的脸、颈、肩踢去。一下，二下，三下……有人抄起板凳砸他的胳臂、腿，一根碗口粗的拖把朝他捅过来。我们所有的人胡乱地扑上去，拳脚并用，我们打红了眼，恨不得一口气把他打死！

"不要打了……不要打！"一个绝望的有点儿孤单的声音蓦然响起，尖利刺耳。我们不知所措地停止了动作，与此同时，英子端着一大盆水，她好像来不及刹车，兜头朝水牛浇去，然后捧着脸盆痴呆呆地看着他。

喊话的是梅芳。她套了件本白色的睡衣，赤足，抱肩，她就站在我们身后。她在发抖。

我看见她的眼睛我就明白,我们打错了人。那眼睛里满是哀怨、惋惜、痛楚、羞怯的怜悯……

我顺着她的眼光看过去——

水牛勉强撑起身子,神情恍惚,茫然地狐疑地打量着我们,他似乎不知道自己做过什么。他为什么会跌坐在这个有着芳香气息的屋子里。周围为什么是强烈、动荡、粗暴的小女工。他眼睛里的欲火已经熄灭,脸上淌着血,湿漉漉的头发还在滴水,他看上去软弱可怜,而我们似乎是谋杀者。

"水牛——"梅芳呻吟着,喊了一声,然后捂着嘴,好像把世界一齐塞进了嘴,这世界显然很荒谬令人不可思议。

我们仔细辨认,发觉他果真是水牛,我们全都惊讶得说不出话。我们每个人都受过他的恩惠:火头明亮的煤油炉子,漂亮玲珑的不锈钢钩计,简洁实用的脸盆架子,甚至一把小小的挖耳勺,全都出自他的双手。并且,他不像老林,只为漂亮的女工做木匣子,无论美丑他都一视同仁,这是他最质朴的地方。前两天英子还在宿舍里募捐似的挨个问过来:你愿意嫁给水牛吗?每个人都说愿意愿意,然后嘻嘻哈哈笑一阵,可现在……

假如你是个好姑娘,你从来不会动手打人,然而你却打了一个你并不讨厌的小伙子,野蛮残酷毫无人道。你也许还有点儿喜欢他,你会怎么想?!

我们不由自主地把目光移向梅芳。她微垂着头,神思恍惚一筹莫展听天由命。她脸上的泪痕好像在震颤在蠕动,时刻都会复苏似的。

厂医梅芳

我觉着她纯洁温雅,近在咫尺又远若天涯,我有一种自惭形秽的感觉。我在梅芳的眼睛里看见了无言的责备,还有懊丧。她永远有理由责怪我,因为她的手是干净的,她没有疯狂、丧失理智,她喊出了"不要打他",而我们全成了"狗捉耗子"的傻姑娘。

那两个女孩重重地扔下手中的拖把、板凳,然后拍了拍手;像要掸去什么似的。她们在心里恨上了梅芳。

我和英子对视一眼,我们一下子就达成了一种默契:我们决不责备梅芳。我们是梅芳的朋友,我说过十九岁的小姑娘就是这样的:好起来和你合穿一条裤子。

水牛挣扎着试图站起来,他显然伤得不轻。

"你们送我到派出所去吧……"他困难地掀着嘴唇说话,有两颗浊重的泪爬出眼梢淌下来,沿着唇角渗进去,和着血丝。接着又是两颗……

我的心紧缩起来,我怕看见男人的眼泪。我觉着四周沉甸甸的,空气稠密极了,令人窒息。我看见梅芳朝水牛挪了两步,细微的、令人难以觉察的两步。就在这时,高个子姑娘忽然一把拽起水牛,一个劲儿地把他朝门外推搡,"我们什么也没看见,我们没看见……"

"我们没看见!我们都没看见!"高个子姑娘的话提醒了我们,我们一边说着一边不约而同地把水牛推出宿舍,我们一边嚷嚷一边呜咽起来。

水牛摇摇晃晃地走了。

那晚折腾了好一阵子,竟没有惊动邻近宿舍的什么人,也许是我们平时喧闹得太凶了,她们习以为常了。

可风声还是渐渐地透了出去。那是在好久以后，人们只知其一不知其二地窃窃私议着。有人认定梅芳其实是有意要让水牛得手的。说这话的大都是一些面容猥琐的巧言善辩者，我们厂里有好多这样的人，他们的机床旁边常常聚集了一大帮听众，听的和说的，彼此都津津有味。

对这些无稽之谈，我全嗤之以鼻，可有一种说法使我怦然心动。那几天我在地下室描图纸，我和杰克不知怎么说到了梅芳。杰克说，水牛若不是那么莽撞，梅芳和他真会好起来的。

"你怎么知道？"我惊诧地问。

"我就是知道。"杰克眯起眼睛看着我说。他说得那么肯定。我想起了那晚梅芳的眼睛：哀怨、柔情。我想杰克知道梅芳，他们曾经相爱过。我不觉着怎么奇怪了。

"可你和梅芳呢，为什么你……"我大着胆子问杰克。他长得很美，却很阴鸷，令人着慌。

"我们没缘份。"杰克简简单单地回答，便不再答理我了。

我得问问梅芳，我想。可我一直没机会。我忽然心血来潮，找来了数、理、化、文、史、地一大堆复习资料，我打算到了夏季去报考华东师大中文系，据说那里是作家的摇篮。听辅导、做笔记、背党史，我忙得不可开交，哪里还有空闲去跟梅芳谈什么水牛、杰克。况且谈心还要有氛围，就像听音乐需要宁静、创作需要灵感、相声需要幽默一样。这氛围是不期而至的，它需要等待。

周末。我们地处郊区的工厂职工称周末是"外国礼拜"，也就是拾来的休息日。那一天我们根本不干活，上午像市长视察一样到自己的工位上晃一圈，两手插在裤兜里，悠哉游哉的。玩两个小时，放工的铃声就响了，全厂男女老少候鸟似的成群结队往市区赶，有的还提着当地产的鲜蘑菇。做了一星期的王老五，对于周末他们有许多美好的憧憬。

那个周末我回到市区，我在大街上逛了很久才想到回家，我被市区的都市气息迷惑得眼花缭乱，我一个橱窗一个橱窗地挨着看，美好的东西即使得不到，看看也是快活的。我回家的时候脚步是沉甸甸的，我对那间光线黯淡的客堂，还有那内容简单的饭桌实在没什么兴趣。

远远地，我看见妈妈站在家门口。她踮着脚左顾右盼的，我想她在找她的一对宝贝儿子——阿六头、阿七头。我瞅准她身后的空档走过去，我不想打扰她。可她看见了我，她惊呼着，唤着我的小名扑过来，她紧紧地搂住我。"你好吗？"她说，"你没什么事吧？你脸色还没有转好，医生怎么放你回家的？你阿爸呢？"她说着说着，眼圈一红，掉泪了。

我先是大为感动，受宠若惊，当妈妈搂住我的时候，有一股熟悉的亲切的气味扑鼻而来，那是在烟熏火呛中终日辛劳的母亲的气息，它使我感受到家庭的温馨；继而我莫名其妙，我听不懂妈妈在说些什么。

可我悟得很快。

有人设了一个小小的骗局。妈妈陷进去了，阿爸陷进去了。哦，耶稣！我忍痛放弃妈妈那份可贵的温情，我挣出她的怀抱，我急着打听事情的缘由、来龙去脉。

骗局骗局骗局。中午的时候有个男人打传呼电话到我家里，说我心脏病突发，生命垂危，救护车送我进了医院，还说医院就在工厂附近非常好找。"你们家里快来人吧，厂里人急死啦，来了再细说吧……"阿爸正在吃饭，听了急火攻心，一大口饭不上不下卡在喉咙口，噎得他脸色由红变紫，他捶胸顿足急着把饭团送进胃里，然后他扔了筷子开步就走。妈妈追上去，含泪递给他一大把票子，那些票子都是从菜场里、油酱店里兑来的，阿爸虽然是一家之主，可他没一点儿经济自主权。他那阵子昏了头，身无分文就想奔长途汽车站。

听完妈妈的叙述，我心里顿时出现了一条宽敞而肮脏的道路，路上油渍斑斑、铁屑狼藉，路两旁是些火车车厢似的简陋建筑，里面是沉寂无声的机床，没有了操作者，它们便失去了生命。这是一个每逢礼拜便被人离弃的世界，荒凉寂寞，阿爸孑然一人踯躅在这条荒芜的路上。他年近六十，头发皆白。他脾气暴躁，对孩子没有耐心，他和我们对话不用语言，在他认为必要的时候，他用勾起的食指敲我们的额头，有时候也用巴掌。他使我学会收敛和节制。他从来没有抚摸过我们谁，也从不对我们微笑，可此时此刻，他却走在这条无人的路上，失魂落魄似的喊我、找我。

我捂住脸，眼泪热辣辣地绽开在掌心里。我想到了阿爸那双沟壑纵横的手，这双手和锤子、锉刀、钳子为伍几十年，它挣来每一个铜板……

"等阿爸回来，你怎么交待？"妈妈明白了事情的原委后，不满地抱怨我。她从来没有打过我们，可我们也不觉得她有什么好，因为每次阿爸发火动手打人都和她琐碎的唠叨分不开。

我不开腔。我等着阿爸回来。我等他搧我巴掌给我好看，我不会恨他了。不会。我开始认真地愤怒地猜测：是谁？谁打了电话谁设的骗局?!

　　阿爸回来的时候已是万家灯火了。我迎上去叫了声阿爸，我心虚理亏却又真情实意。

　　他听见了可他无动于衷，他从我身边走过。他跟往常一样默默地喝他的绿豆烧。他的头发在昏黄的灯光下仿佛像黄浦江上的白浪。听妈妈说，他四十岁的时候就一头白发了。他四十岁的时候正是我出生的时候。那一年有人来抱养我，早上抱走了，晚上阿爸又去讨回来，第二天早上又来抱走，晚上阿爸又去讨回来，如此三番，我终于侥幸留在自己家里了。为这我感到委屈极了，知道自己曾经被父母抛弃过我感到羞辱。现在这些对于我已经不重要了，重要的是他把我要了回来，他抱着我，拖着一天工作后的疲倦的身子，他说，"孩子，跟我回去……"我想着这些，我不由热泪盈眶。

　　阿爸喝完了酒，他把残汤剩汁一古脑儿倒进饭碗里，他端着饭碗站起来，我猜他又要出门去看棋局了，他对棋的兴趣超过对孩子。我眨巴着眼看他。他走近我，像是突然发现了我，勾起食指重重地敲了我一下额头，好一个又酸又麻的"栗子"！他说："你得罪什么人了？你做人要好一点儿……"

　　他说完了，迈出门槛，一边儿嗯啦啦地拨着饭，一边儿看着对面街沿上人头簇拥的棋摊，他再没说第二句话，他也没走过去。

　　我抚摸着酸胀的额头，我偷偷地抹去不争气的泪珠，我在心里发誓，我要找出那个打电话的王八蛋，然后给他一千个"麻栗子"，或是火辣辣的巴掌！

　　星期一回到厂里，我迫不及待地找了厂里的刘书记，我陈述案情的时候我哭了。我对党感情深厚，我想只要刘书记一个号令，那王八蛋就会乖乖地投案自首。刘书记态度温和诚恳，他完全同意我的指控，他承认那王八蛋是社会渣滓，他说他会尽力而为查明罪犯的，只要我努力配合有问必答。接着他问我电话里的声音是沙哑的还是圆润的，是男中音还是男低音，他还严肃地盘问我交往过几个男朋友？他要我写一份书面材料。

我这个人有时很灵巧有时又很愚笨，我一心要配合刘书记破案，我竟没听出他话中有话，况且这件事明摆着是那个王八蛋一百个不好，我答应刘书记回头就把材料写好送来。

我抽抽搭搭从刘书记那里出来，一路上有好多不相干的人来拉我的手，亲切地问："谁欺侮你了，谁？"一个平时挺骄傲的小姑娘忽然哭鼻子抹眼泪了，他们除了同情还感到好奇。我心情激动，像个骑车冲下斜坡的人直泻无遗，我说了一切。他们不知所云地噢噢附和着，然后又一个劲地问我那个打电话的缺德的男人究竟是谁？我说我不知道，他们便狐疑地看着我，然后启发我说："你心里总该有点儿数，你不要怕报复，你只管说，我们和你站在一起……"他们信誓旦旦，令我感动。

我说过我这个人有时很愚笨。我听他们热情表态要和我站在一起，我便忘乎所以了，我把刘书记问我的话也全告诉了他们，我还说我要去写书面材料了，刘书记等着要的。可他们哪里还肯放我走，他们问个没完，我也说个没完。听众们换了一拨又一拨，一直到英子挤进人群，把我拽出来，我才恍恍惚惚地觉得，我是不是有点儿傻了？

"你马上去医务室，梅芳找你，她到车间跑了三趟，她急死了……"英子大惊小怪地跟我说。

我振作起精神,我想我早就该去找梅芳了,她和我息息相通,说不定她猜得准是谁打了电话。

梅芳在医务室里卷棉花签,她一见我就把"今日学习停止门诊"的牌牌挂了出去,她把门窗都拉起来,然后无言地看着我。她的脸受到白色墙壁的反光,微微有点儿惨淡,她看上去忧心如焚。我说,你全知道了?她点点头,又无奈地摇摇头。她说:"……据我所知,至少有一百个人成了你的新闻发言人,他们到处在宣传……"

"群众一发动,敌人就完蛋!"我大大咧咧地说,又拿过她的处方笺,我要她和我一起排排疑点。"刘书记让我写的。"我说。说实话,我有点儿心虚,我隐隐觉得有什么地方不对劲儿了。

梅芳叹了口气。她说,"我要是头一个知道,我就拦住你了,我不会让你找刘书记去四处张扬了,你呀,你……"

她喜欢一个人默默地咀嚼苦果,可我不。我说我还要跟二百个人、三百个人去说,我要让那个王八蛋无地可容、自我暴露。我心里明白我这有点赌气。梅芳不像别人那样和我同仇敌忾,这使我有点儿失望、伤心。

梅芳看着我,她的眼睛很大很黑很深,她是忧伤的。她说,"你要那些廉价的同情干什么?你知道他们怎么说你吗?你一直很聪明很敏感,你怎么啦,你?"

我愣住了。她把生活温情的面纱撕开了,她给我看的是丑陋的人生。我想起刘书记那正儿八经的盘问,想起那一双双刨根问底的眼睛,我知道我错了。

也许生活果真需要忍气吞声,眼泪朝肚里咽?我说我不,不!我说我阿爸六十岁了,他头发全白了,我要把那个王八蛋揪出来,我说着竟哭了。

梅芳红着眼圈陪我。她真像我的大姐。我的大姐十八岁就远离家乡，出外谋生去了，她在新疆建设兵团，逢年过节她总要寄点儿钱来。她得了关节炎、腰肌损伤、肝肿大、肩周炎、颈椎增生。我非常想念我的大姐。

我们后来不谈那个王八蛋了，我们就说我阿爸的事儿。我说我阿爸外冷内热我没想到。梅芳说，情到无时便是真，水牛也是这样。他从来没露过一点儿，谁想得到……

这是在那个可怕的事件后，梅芳头一次提到水牛。我惊诧地看着她。她端坐着，目光沉沉地，有一片薄雾似的东西浮升在她的星眸上，静静地燃烧着……我觉着这世界忽然一下子沉寂了，除了内心波涛起伏的声息，它空鸣着，消失在远处。

岁月流逝，梅芳结婚了。她生了个漂亮的女儿小芳，她对小芳十分溺爱。有一次她去厂托儿所打预防针，她扎了二十个嫩娃娃，她就是不忍心扎她的小芳。这事儿让那些妈妈女工嘲笑了好几天。梅芳的丈夫沛楠是一家建筑公司的工程师，我见过他好几次，可我老记不住他的音容笑貌。关于沛楠，我实在说不出什么来。

我打算离开工厂，我找了个很好的职业，我打点行李等待"签证"。在那些等待的日子里，我天天往梅芳那儿跑，我与她难分难舍。我没想到我会目睹一件惊天动地的事，上帝安排我老是做梅芳的不幸的见证人。那天我第一个看见陆琳走进医务室，我设想到她会动手打人。她打了梅芳。

陆琳就是那个和杰克好过的姑娘,她和梅芳一般年龄,她也结婚了。她比梅芳漂亮,她身材苗条,脸黑黑的,异族女郎似的,可她没有梅芳那样的随和、亲切。她从来不正眼看人。她的眼睛藏在睫毛后面,斜睨着瞅你,让你觉着像冬天里有一只冰凉的手探进你的颈项,于是你缩起脖子。她从来没有和哪一个女伴勾着肩走过,她算得上是个冰美人。据说她的男人在驻外使馆工作,很少回国,一个月前国家安全部突然来人找了陆琳,他们谈了很久。这种会面纯属机密,可流言却如雨季一样持续不断,人们猜测着谈话的细枝末节,众说纷纭,说陆琳的男人叛国投敌了,也有说是卷款外逃,绑架失踪……一个个猜测全都耸人听闻。陆琳变得更加阴鸷、沉默了。她整天不说一句话,眼圈越来越黑,她曾经要求到市区的办事处去干一阵子,她说她得照顾她十八个月的女儿,可厂里拒绝了。

这是个寒冬丽日,放在医务室中央的火炉吐着红艳的火舌,两三个初孕女工围坐在炉子旁,烤着火,恨不得把身子也扎进炉膛了。

听梅芳说,来喜的妇女最畏寒了。她把炉火拨得很旺,她像个收容所所长。我跟她们挤在一起。她们在争论世界上什么最好吃,我听到她们把一分钱一块的小醉方夸得天花乱坠,我觉着她们真没出息,那小醉方连我家的阿七头也看不上眼。梅芳附和着,她说她那阵子觉着咸豆浆最好吃了。也许来喜的女人都是些不可思议的动物,我寻思。

五六个人其乐融融,沐浴在炉火的暖意中,谁也没留意到有一丝比流云还要微乎其微的阴影悄然覆盖了周围。世界虽然宁静,但这宁静即将被打得粉碎:陆琳潜进了医务室。

我突然觉得有一种异样的不安,我感觉到有什么在悄悄地蠕动,好像冥冥之中有一只巨手在推动着海潮逼近沙滩。我抬起头来。

我第一个看见了陆琳。

她穿着化验室的白大褂,空空荡荡的,张着两只手,目光游移不定,梦游似的飘忽、轻盈、悄无声息。她看上去异常美丽。这是一种绝望的惨淡的美丽,它使人对生活感到失望。

我凝望着她,我觉着愁云从她那里飘进我的心头,但是我触着了她的眼睛,我忽然颤栗起来。

她的眼睛死盯着梅芳,眼里闪烁着比假眼还要僵硬的可怕的光斑,像死灰复燃的火焰,无声地飘扬,它使周围的一切变成了某种幻象,我站起来,我本能地想伸手去阻止什么,可我还没来得及说什么,陆琳已经扬起了手……

"啪!啪!"陆琳以迅雷不及掩耳之势抽了梅芳两个巴掌,梅芳白皙的脸上顿时绽开了两朵火红火红的掌痕,鲜血从她的鼻腔里喷射出来。她晃着身子站起来。散开,散开,她对那两个初孕的女工说。我觉着她有点儿麻木了。

你干什么?!我冲着陆琳晃着脑袋,我愤怒地大叫,我又奔过去扶住梅芳,我发觉她的身子在索索发抖。回过头我看见陆琳红着眼又扑过来了,我不顾一切地迎上去拦腰抱住她。她力气大得吓人,她把我推了个仰面朝天,我一骨碌爬起来,不管三七二十一,追上她就抱住,死命不放了。

陆琳身子动不得,两手还挺来劲的,她看见瓶子就抓,抓了就朝梅芳那儿扔,紫药水、红药水、碘酒、酒精……乒乒乓乓的一瓶接着一瓶地爆裂。梅芳左躲右闪,药水溅泼在地板和白壁上,红黄蓝紫,到处绽开了令人恶心的丑陋的腐叶烂花。我喊：梅芳你来打她呀，打她的巴掌！我觉着梅芳她真窝囊。

"你害了我！"陆琳边扔边尖利地咆哮着，"你害了我，你挑拨离间，你对杰克说过我什么？你害了我！"

有什么冰凉的东西滴落在我的手背上，我宁愿是陆琳口中的唾沫，而不是眼泪。我从背后抱紧了她，我看不见她的脸。她是疯狂的、愤怒的，并且是真实的。我被震颤了，我看见对面梅芳捂着脸，一双亮晶晶的眼睛里晃动着眼泪。我忽然没了勇气，我真想逃避，逃避这个战场。这世界阴差阳错，葬送了多少人的青春和梦幻！

有人闻风而来，陆琳势单力寡，她很快地被人架上了救护车。救护车打着铃在厂区里疾驶而过，陆琳渐弱的呼喊在马达的轰鸣声中顽强地挣扎："梅芳你害了我呵……"

一场风波表面上平息了，舆论的轩然大波又汹涌而来。舆论倾向十分明朗：人们同情陆琳。这没办法，她是弱者，不幸者，她女儿十八个月，她住进了医院。一些过去了很久很久的往事也重新变得新鲜了，梅芳和杰克的相恋又栩栩如生地"再版"传播。人们认定，杰克当年甩了陆琳，就是因为梅芳插足其间，谁知道梅芳施展了多少阴谋诡计！"你挑拨离间，你对杰克说了什么，你害了我！"十来年后的陆琳的控诉如泣如诉含冤喷血，不过梅芳她自己也没什么好下场，她与杰克最终还是劳燕分飞未成眷属。害人者最终以害己告终。如此等等，不一而足。这简直可以编一部最言情的章回小说了。

这不公平！我对梅芳说。我要她去把杰克找来，让他当着厂里众多父老乡亲的面说个明白，当年他和陆琳究竟是怎么分手的。

梅芳摇摇头，她忽然凄凉地笑了。她说：你太天真了，杰克来说明白了又怎么样呢？他们不感兴趣的！

我愕然了。我内心产生了一种绝望，我对人们如此热衷于看到牺牲感到绝望，而且我觉得女人往往是男人的牺牲品，当女人一个个伤痕累累支离破碎时，男人依旧完好无损道貌岸然。

这以后梅芳大病了一场。她好几天没来上班。我去看了她几次，最后一次她的丈夫沛楠也在。我告诉她有人去看过陆琳了，她吃了很多药，人痴呆呆的，她一点儿也记不起她在医务室干了什么，说了什么，陆琳的丈夫也回国了，关于他的传说纯属造谣，子虚乌有。我说，陆琳要不了多久就能出院了，我和英子准备伺机去闹一闹化验室，她至少得写一份道歉声明贴在工厂大门口。我说得正来劲儿，沛楠忽然插进来问：陆琳她是谁？她怎么啦？

我一怔，我这才发觉梅芳正死死地盯着我呢，那神情恨不得撕烂我的嘴。我瞠目结舌，原来梅芳没有把这事儿告诉自己的丈夫。在这完全属于个人的天地里，梅芳依旧保持着她的凝重、尊严，还有美丽。我被深深地震撼了。

我想，梅芳她是不是活得太沉重了？

我对这个工厂的环境感到失望，我终于义无反顾地离开了它。我后来才悟到，这世界上没有比它更好的地方了。

离开工厂前，我、英子、梅芳三个人留在宿舍里，过了一个星期天。是梅芳提议的，她说三个人好合好散，最后聚一聚，她请我们吃大闸蟹、老酒。

这倡议充满了诱惑也充满了伤感。我开玩笑说，那沛楠怎么办？他会不会抱着小芳打将上门？

梅芳简简单单地回答，我安排好了。

显然她并非心血来潮，我觉着她真够朋友。

那一天我们把旧棉被钉在窗框上，把大门锁死，我们不让任何人任何声音来干扰，我们为自己创造了一个世外桃源。我们三个人围剿消灭了十五只大闸蟹，喝完了两瓶绍兴花雕，抽完了一包红壳子烟。这有点儿惊世骇俗，可没人在乎。我们的世界里没有第三只眼，我们这个世界真好。

酒喝到一半的时候，我看梅芳脸红红的，眼睛亮亮的，我觉着她真是美丽真是动人。心血来潮的，我提议来一个"男声小合唱"，英子和梅芳都说好，于是我们压着喉咙干嚎着嗓子，像个真正的男人唱了首《男子汉宣言》，唱完了，梅芳说，真想天天做男人！她把脚架在桌子上，抱着酒瓶，像个年轻英俊风流倜傥的水手。我咯咯咯地笑起来，我伸手去夺梅芳的酒瓶。她身子一歪，酒洒了出来，屋子里顿时洋溢起迷人的酒香，鲜花盛开似的，那芳香和着弥漫的烟雾，和着蟹味传递出神秘的海洋气息，把快乐推向高潮。在令人喜悦的混沌的氛围里，我们醉了，我们完全放纵自己。

放肆的喧哗以后，突然地我们平静下来，我们不说一句话儿，出了神似的谛听自己的心声，它和谐、安谧，充满生命气息，又有点孤独……

梅芳唱起歌来。她唱的是一支苏格兰民歌，那旋律飘飘荡荡的，她边唱边晃着肩膀，她把脚收起来，抱在怀里，她又变得文静忧伤了。在蔓延的暮色中，歌声像破碎的珍珠凝滞不散。她唱着，美丽、迷惘、惆怅。眼泪悄悄地滚在她的脸颊上。

我和英子手拉着手，我们忍了好久，我们哭了。

我们乘末班车返回市区。我提着行囊，梅芳和英子紧挨着。乐极生悲，幸福快乐的一天忽然归向飘零的百无聊赖的未来，我们都没精打采心灰意冷。

说来惭愧，我和梅芳分手后，便很少见面了，我有了另外的圈子，我忙不过来。可我们常通电话。她也在悄悄地变，她变得有出息了。也许这世界真该轮着我们了。

原先的工厂吞并了另一个厂，一下子从小型进入了中型企业，厂长也从一个增加为五个，还有书记、副书记，主任、副主任，据说两个单位的头头脑脑为了排座次折腾了好几个月，差点打起来。随着座次的排定，派系势力也不可避免地形成了。

医务室扩大了，盖了新楼，从原先的行政科脱离出来，独立成户了。梅芳当了医务室主任。她这个主任似乎是命里注定的，因为除她以外，医务室其他人员都是迁并过来的。这领导权的问题关系重大，老厂长点名指定了梅芳。

恭喜啊！我在电话里说我盼着你们再去吞并宝钢，那样你能当宝钢医院的院长了。

没意思极了，他们的陈医生是我的副手，他很坏，很阴险，他老跟我作对。梅芳在另一头说。虽然没看见人，可听声音，我发觉她很快活，精神焕发。

他们的陈医生，她说得多顺口，看来她是与老厂长穿一条裤子，她热衷于权力的游戏了。我觉着人是脆弱的动物，它很容易兴奋，很容易不知不觉地走向平庸。我不敢嘲笑梅芳，保不定哪一天我也会这样。

这以后又过了很久，我们又通了电话，她又有好消息告诉我，她晋升工资了，百分之二的比例，就是说一百个人中只有两位获此殊荣。

我说这么重大的事儿，哪一天见报哇？话一出口我就有点儿悔了。梅芳是个极敏感的人，她不可能听不出我话中的揶揄。

果然。她说，钱是小事，重要的是承认，你别不当回事儿。

我沉默了。她说得一点儿也不错。每一个有自尊心的人孜孜以求的不正是社会的承认吗？

还有一件事儿，我申请入党了，梅芳说。看不见她脸的表情。

我无言。

我记不起这以后我们又通过几次电话，我只记得一次比一次平淡，苍白，一直到她的死讯传来。

那一夜我睡不好，我浑浑噩噩的，总觉得像在密林中走路，那些盘根错节的枝条缠绕着我，窒息着我，于是我醒来，恍恍惚惚地我看见一个似曾相识的魅影。我努力睁大眼睛，周围什么也没有，钟声却当当地敲了起来，十二下。

第二天，英子来敲我的门。"梅芳死了！"英子说。

我看着英子，她浓妆艳抹，好像刚从夜总会出来，她的眼睛很大很大，流露出真实的痛苦。我想哭。就在这时，电话铃响了，是沛楠打来的，还没听完，我就抽泣起来。

正是昨晚，钟声敲十二下的时候，梅芳走了！

我和英子一起去沛楠那儿。英子和一个香港阔佬订婚了，现在正等着签证，签证下来她就辞职。她说梅芳在厂里虽然当了主任，加了工资，可日子一点儿也不好过，她搞不过陈医生。陈医生是他们的人。

这是我又一次听到有人提到陈医生。梅芳说过他很坏，很阴险。

陈医生是他们的人。英子和梅芳不约而同。我深深地感到震惊，这如同血缘一般的认同使我明白：身临其境的人是难以逃脱两大阵营的对垒的！

英子告诉我许多闻所未闻的事。

陈医生他很有心计，他挺会玩的。他先是故作谦恭，让梅芳在全厂大会上宣读新制订的请假制度，人们因为新制度中某些不近人情的地方而恨上了梅芳。陈医生还一再地怂恿梅芳，今天在市区探望病人，明天在市区医药公司联系业务，他变着法儿让梅芳在市区一天天地逍遥快活。没在郊区工作过的人是体会不到这种诱惑的，它可以睡懒觉可以天天和家人团聚，它无异于捞到了一个个"外国礼拜"。梅芳她推让过，说这样影响不好。可她拗不过陈医生，陈医生说这是工作，病人盼着你呢！他还挺人情味地眨眨眼睛说，你不想你的小芳？这里有我，你尽管放心吧。梅芳感激涕零。她还愿意让陈医生觉着她信任他。她哪里知道陈医生早就背着她在煽风点火，他让人觉着梅芳是个私心很重的小人。

直到有一天梅芳神经搭错，上午办完了事，下午没回家却回到了厂里，她看见陈医生挂在医务室的牌子，她才如梦初醒，那牌子上写着："今日室主任外出，停止门诊。"从这以后梅芳开始天天坐镇门诊间，和陈医生较着劲儿了。可她孤掌难鸣，医务室里都是陈医生的人，种种流言不胫而走。传播流言是件令人愉快的事儿，它毋需你负什么责任。有人说梅芳不给一个怀孕女工开假条，造成了那女工先兆流产的悲剧，人们义愤填膺。事实是那女工自己不要孩子，那阵子正流行跳舞,她宁要蓬嚓嚓不要小孩子,可没谁有耐心去弄清事实真相。又有人说梅芳给自己老厂的人员看病总挑最好的药给,他们的人说这事儿千真万确,因为他们总开不到好药请不到假,他们又联名写信告到上级公司,揭露梅芳营私舞弊行为。

至于百分之二比例的工资晋升,陈医生也有他创造性的说法。他说这本来是他的份儿,是他顾全大局让给了梅芳。"老厂长也有这个意思……"他挺神秘挺微妙地对他的同党扬扬大拇指,一切尽在不言之中。人们对梅芳和老厂长的关系便有了无尽的猜测。

合该有事。有一天老厂长来医务室打针,他亲切地唤梅芳,他说你给我扎吧,你下手轻快。梅芳没说的,她陪老厂长进了注射间,老厂长扒下裤子,梅芳一手举针筒,一手用消毒卫生球在他的光腚上擦了两下。老厂长说,我说过你下手轻快……正在这时,两个中年男人大大咧咧一头撞进来,见此情此景他们忙不迭地退出来,一边啊、啊地胡乱敷衍着,似乎见了鬼似的。梅芳很快意识到了什么,她尴尬地涨红了脸,心慌意乱,拿针筒的手竟抖起来。陈医生适时地出现在门外,他狐疑地看看梅芳,又看看那两个中年男人,嘴角浮现一丝阴险的笑意。老厂长是个十足的官僚,他背对着门,对发生的事儿竟一无所察,他还在亲热地唤着,"梅芳,梅芳……"

舆论大哗。梅芳又一次成为桃色新闻的主角,关于她和老厂长在注射间那行为暧昧的一幕,人们爱怎么想象就怎么想象,而且内容丰富,情节曲折。

事过不久,有个年轻漂亮急于调换工种的女工突然向保卫部门报案,说是老厂长利用职权猥亵了她。上级部门接报后十分重视,派了一个五人小组进驻工厂,老厂长边工作边接受审查。这真是风云变幻，高潮迭起。梅芳她跌进了是非漩涡她百口莫辩。人们追根溯源，认定梅芳和杰克的分手，和老厂长的风流有着微妙的因果关系，要不杰克怎么会说，他讨厌和老厂长挨在一起办公？关于这个问题，连英子也疑疑惑惑的，她说，这说法似乎有点儿说服力。我听了我差点儿搧英子耳光，可我没有。我并不是十二分的理直气壮。往事已经山重水复，没有哪一双慧眼能够洞察。我只是凭着直觉认定，梅芳她不会。

梅芳沉默着，骄傲地沉默着。骄傲是人性尊严的最后的防线。她寂寞孤独，并且她蔑视一切好心的关照，诸如要求调查澄清事实，给她恢复名誉，或者积极揭发老厂长的偷香窃玉的丑恶历史，充其量她只不过是个受害者而已，如此等等。她一概以沉默拒绝了。这激怒了人们，终于在人口密集的食堂餐厅里，有人公开污辱了梅芳。那是一个面容猥琐、行为不检的中年男人。他乜斜着眼，歪歪扭扭地摇晃着，他极其下流地撞了梅芳一下，梅芳含泪隐忍了，她不想在这大庭广众之下生出什么事端，她明白最终难堪的总是她本人。可那男人不甘罢休，而且得寸进尺，竟堵着她的去路和她玩老鹰捉小鸡了。几个好事者围拢过来，他们知道有好戏着了。

梅芳，梅芳，那男人模仿着老厂长的声气。他模仿得惟妙惟肖，简直可以乱真了，他还把臀部频频往前送，极其色情地淫笑着。

人群哗然。嘲笑、冷笑、狂笑，英子和几个女工上前去拉，去劝，无济于事，乱哄哄的，食堂仿佛成了屠宰场。

泪水唰地从梅芳的眼里涌出来，白皙的脸颊犹如满潮的沙滩，所有的委屈、痛苦、羞辱迸发成一刻的宣泄，她颤抖着，任眼泪无声地纵横。她的嘴张着，蠕动着，她想说什么可她发不出声音……

我没去参加梅芳的追悼会,我变得沉静变得寡言少语心事重重了,我不愿意在众多熟悉的和不熟悉的人们面前坦露自己的哀思,我认为哀思是最私人最真挚的情感,它应该是在静室里在孤独中默默地寄托和付与的,我害怕面对生者,面对那些聚集在她四周的悲伤的人们,我分不清谁是她的朋友。听说党委刘书记对梅芳的评价甚高,说她业务高超,作风正派,工作认真,政治可靠,她的不幸逝世是一个重大损失。至于她的死因,是"因长期脑力劳动过度,造成思虑过多、精神恍惚而一时失足……"

听说沛楠对这个盖棺论定还算满意,他流着泪说梅芳是死而瞑目了。

听说陈医生也有点儿傻了,他不时地喃喃自语:想不到,想不到……

我常到梅芳家的大楼下面徘徊。我沿着楼体望上去,纵横的高压线把城市的天空割裂得鸡零狗碎,我想梅芳一定没有抬头看那丑陋不堪的天空,我认定那是一个夜色辉煌的时刻,远处的天空迷蒙着童话的温馨和诱惑,也许还有歌声,仿佛圣坛前的合唱,美丽纯洁,引人入胜。于是她走向它,她穿着件白大褂,宽宽的。风乍起,她的白色身子便绽开在夜空中,那么小,又那么美,她骄傲地飞翔……

我为她祈祷。

欲望的舞蹈

厂医梅芳

一个明亮的夏末的下午，我跟着惠子去巡回演出。那是个奇异的画面：背景是一大堆沉寂灰暗的机床，周围是身穿背带工装裤表情淡漠的男工女工，唯有这个美丽至极的女孩，身上流动着神秘的乐感，怀着渴望和热情，在车间门口的空地上舞蹈。惠子她穿着件卡腰的女式军服，轻盈窈窕，青春洋溢的躯体柔软得花枝似的。她把胳膊舒展在空中，那胳膊纤细秀美，她美妙地颤栗、旋转，完全忘记了自己，模糊了自己，宛如一个遥远缥缈的精灵。

伴奏的手风琴手袁晴，是个神情阴郁的小伙子，与惠子和惠子的舞蹈相比，他和他的琴声显得冷漠无情。他低着头只管拉，似乎按在琴键上的手指才是他关心的一切。

惠子跳的是一只新疆风格的舞，这舞蹈在全市文艺小分队会演中荣获一等奖。很多年以后，这奖状还展览在厂荣誉室里，不过已经没有人知道惠子了。为了让全厂的男工女工都受一次教育，厂宣传部门便安排了这样一次不同寻常的演出，一个车间一个车间地巡回过去。这形式有点儿别出心裁。那一年我和惠子都十八岁，又合一个师傅，算是同宗同师的姐妹，我对车间里的机器的噪声感到厌烦，而且我讨厌我操作的那台616车床，它吐出的铁屑的腥味令人难受。我从师傅眼皮底下溜出去，跟着惠子和袁晴堂而皇之的各车间晃荡。

男工女工按惯例提早半个小时洗手。开会、学习、吃饭，每回都是这样。洗净了手还有很多内容，有点年纪的男工稳重地替自己引火点烟；年轻一些的则香烟横飞挺慷慨挺潇洒的，那个自命不凡的以"博士"自居的才子宋元明，腋下夹着书本装模作样地靠边站着；女工们热火朝天地洗衣服、剪指甲、绕毛线球。待到音乐响起来惠子开始旋转的时候，人们已经忙活好一阵子了。

观者如云。一个女孩子在众目睽睽之下独舞，而且不是在舞台上，这有点像幼儿园的小朋友在草地上拉圈儿玩，人们觉着很新鲜还觉着有点滑稽。他们见过打快板说三句半对口词，或者是一大帮子痴头怪脑的年轻人在台上轻舒猿臂打太极拳似的跳三忠于的舞蹈。那时时兴的是非洲鼓伴奏集体跺脚。

我喜欢看惠子跳舞，她一转身一凝眸都仿佛是一种倾诉一种情感的绽放。我由着自己的思绪在惠子的舞姿中驰骋，我觉着现实变得快乐和轻松了。周围的人们正儿八经地聚集着，认真欣赏，我觉着他们也喜欢惠子的舞蹈，因为他们交头接耳窃窃私语，时而还发出会心的微笑。

惠子的脚不沾地似的，翩翩飞旋，她的星眸也随之而闪亮。她快乐地微笑着。当音乐戛然而止的时候，她突然静止的体态呈现出一种孤独和寂寞，她一动不动，呼吸着未逝的余音，仿佛春天的雨燕静止在黄昏的暮霭中，等待飞翔，等待重新起舞。

啪啪啪，大伙儿一起鼓掌。再来一个再来一个，大伙儿一阵又一阵鼓噪。

袁晴不动声色地合上了手风琴，然后背在肩上，这意味着收摊结束。

人们困惑地互相小声发问：怎么就这一个节目？手都洗干净了，

操他娘的还干什么活儿，再来一个！

啪啪啪，掌声连天。

惠子的脸红了。她精神焕发心情激动，她走到袁晴身边，拦住他。

她说：怎么办？盛情难却，再来一遍吧。

袁晴什么也没说，慢慢地放下琴，脸无表情地打开锁扣，低下头看着自己的手指，于是，琴声又响了起来。

女工们抓着绒线针开心地左右开弓，借此机会又可以斗争完半个绒线球，这好比在马路上拾到一分钱，天大的便宜。

我百无聊赖地朝宋元明走去，我想知道他对惠子和惠子的舞蹈有什么真知灼见。我和他曾经有过一次博大精深的谈话。

她是你朋友？他漫不经心地看着站在场子里的惠子问。我吃惊地发现他的眼光是轻蔑的。

惠子正慢慢地抬起胳膊，仿佛从水里浮升的精灵，她饱含青春气息的胸房微微震颤着，她等待音乐由轻缓而急促，由舒坦而紧张，然后她要狂热地旋转、舞蹈。

我挺傲慢地说：你究竟在看什么？我注意到他腋下的书根本没打开过，我觉着他心口不一，他对惠子的舞蹈并非无动于衷。

宋元明诧异地看我一眼，摇摇头，他说女人就是这样，你对她宽容一点，她就无法无天了。

我无法接受"女人"这个字眼，这在工厂语言中是一个含有贬意的词，它意味着轻蔑、嘲讽、鄙夷、不屑一顾。我说你别嚣张。嚣张是时代用语，流行的。我正想编排点男人如何如何的蠢话还击宋元明，却发现他的目光突然移向车间另一头，并且神秘而不易察觉地笑了。我顺着他的眼光望去,我看见有个男人在远远地走过来。那男人个子矮得出奇,在庞大繁杂的机床间仿佛一只小甲虫蜿蜒而来。我睁大一双近视眼,我问宋元明:他是谁?

他是"红小鬼"。宋元明有点诡谲地回答我。

红小鬼是这个车间的头头,专管生产的。他是全厂个子最矮的男人,五十来岁,娃娃脸,据说有一次军训列队出操的时候,请来的解放军团长老眼昏花指着排尾的他,唤他小鬼,逗得旁人大笑,这以后人们就叫他红小鬼了。

红小鬼走近了,他满脸怒气,目不斜视直往场子里走。周围的人纷纷闪开,让出一条通道,完了又迅速地围拢来,有的人还吐吐舌头。他们交头接耳似乎知道要发生什么了,脸上闪过期待甚至是狡黠的神色,一副唯恐天下不乱隔岸观火的模样。

我知道红小鬼是个挺迂的家伙,有许多重要的活动在红小鬼那里都程度不同地受到抵制,他不喜欢开会办讲座外出学习,他手下有个乒乓好手拿了厂领导批的假条他都没放行,害得厂乒乓队在市级比赛中吃了个零蛋。有人在公司告他的状,说他只抓生产不管革命。

不祥的预感袭上我的心头,我撇下宋元明,朝那儿走去。待到我拨开人墙,探出脑袋的时候,我正好瞥见红小鬼大大咧咧地抬手在拍惠子的肩膀。沉浸在旋律中的惠子一个颤栗。她慢慢垂下胳膊,仿佛一只折断翅膀的小鸟,她一脸困惑一脸迷茫地看着红小鬼。

小姑娘你可以走了,我们要抓革命促生产了,你欢喜跳,下班后到厂门口去跳吧。红小鬼似笑非笑地说了一通,然后手一伸,那动作挺绅士含意挺明确的。

周围有人发出等待已久的嬉笑。仿佛恶毒的小孩子看到邻居失火,他们拍手称快,他们开心死了。

惠子的脸刷地变得灰白,她嗫嚅着怯怯地说,我是按规定跳一次的呀,可他们不让我走,他们说再来再来的。她说得越来越轻,越来越弱,因为周围很静,静得让人心寒。

大家不要油条了,都做生活去!红小鬼张开双臂像赶麻雀一样驱赶众人。

人们一边走一边觉着好玩,嘻嘻笑着,他们把惠子扔在那儿。他们说,这个小姑娘十三点兮兮,你说再来一个,她就真来了,骨头轻死了。

我不寒而栗,我走过去拉着惠子的手。

惠子说,我真傻,我没想到。

惠子显然听见了人们的议论,她的手软而无力,身子萎缩着,突然的没了生气。

我看见宋元明还在墙那儿,他不动声色地微笑着,预言家似的俯瞰着惠子和我。

总有人别出心裁,那一年又掀起青工学农的热潮。

厂里照例要应景,要从六七十个小学徒中筛选出二十个出类拔萃的人到农村广阔天地去锻炼一阵子。于是爱说大话爱跟头头顶嘴的、爱漂亮爱追女孩子的、留长发穿小裤脚管的都被挑了出来,筛选来筛选去几上几下也够认真的。那阵子正是惠子跳舞的故事发生没多久,红小鬼在厂部协调会议上点着惠子的名嚷嚷说:她不去谁去?于是这成了很充足的理由,惠子成了其中的一个。我有个很铁杆的上层朋友告诉我这一切内幕,我没敢告诉惠子。

宣传的时候说得很好听，加强工农联盟，青年工人接受贫下中农再教育等等。惠子很高兴，她拖着我去逛了街，她买了胶鞋、草帽，还有饼干、糖果，我又给了她两包话梅，仿佛送她出门远行。我很有点缠绵，我们是师姐妹，这关系在工厂里如同旧式帮派里的结拜兄弟，有福同享有难同当，我们又住同一宿舍，两个人已经好得形影不离，就像儿歌唱的那样：老交老交屁股烧焦。可惠子她显然没把分别当一回事，她被一次新的充满想象的远行迷惑了。

我讨厌这儿。整理行装的时候，她突然说。

我仔细看她，我相信我听懂了她的话，我知道她心里不痛快。自那个跳舞的故事发生后，惠子名声大噪，不时的会有一些未婚或已婚的男子有事没事地到我们车间来走走，走过惠子身边的时候他们目不斜视，然而他们眼波的余光像一根根蛛丝缠着惠子，他们在惠子的身上拼读他们想象的内容。惠子微黑的闪着光泽的美丽皮肤使他们想入非非，她的晶莹清澈的眼睛也令他们心烦意乱，他们常常在临睡时躺在宿舍的单人铺上没完没了地议论惠子，他们究竟说了点什么，因为内容不堪入目，我无法付诸于文字。女人们也三三两两地到我们车间来走走，她们看惠子的眼光讳莫如深，使人颇费猜疑。

而这一切全是因为那个美好无比的新疆舞。一个人的遭遇竟系于一次偶然的事件。我庆幸自己从来没有做过舞蹈的梦，我不会听到音乐就情不自禁，我也没有在旁人不负责任的怂恿下犯傻。

我们工厂地处郊区，惠子他们去的地方距离工厂三十里地。

出发的时候敲锣打鼓热闹非凡，厂里的头头脑脑列队站在厂门口，挥手致意，照相机不失时机地摄下了领导的风采，赶明儿宣传廊里又该有新的内容了。

二十个人排得整整齐齐的背着行囊,前一天他们被告知必须步行奔赴广阔大地,这也许是为了使他们迅速进入角色。惠子穿着新买的胶鞋,头戴草帽,一身合体的衣裤。她挺胸拔腰,她比一切生性腼腆含胸侧立的女孩都显得修长丰盈,她浑身上下似乎已经呼吸到田野的芳香。她微笑着,就像那次在车间里跳舞一样。她的眸子闪烁着点点亮斑,仿佛丽日下两汪清潭。她超凡出众,引人注目。

我挤在人群里向她挥手,突然我惊讶地瞥见红小鬼石头里冒出来似的走近惠子,他还是那样大大咧咧地拍拍惠子,我似乎听见他对惠子说:蛮好蛮好,省得不定心。然后他退到一边,无端地笑着。乱哄哄的,谁也不曾留意他这一举动,我觉着他令人难以捉摸,我没看见惠子的脸,我不知道她怎么想。

他们一行从厂门口鱼贯而出,二十个人撒在空旷寂寞的公路上,慢慢移动,小人儿似的。这时,不知是谁突然发现新大陆,说那二十个幸运儿不多不少男女各半!人们一数,果然如此。这样的安排不知是天意还是人为,人们乐不可支,于是谈话又有了内容,男男女女的,他们杞人忧天。担心那三十里外的小村庄没准会成为婚姻介绍所,担心那二十个小毛孩会误入歧途。

似乎是命中注定,人们的议论不约而同地集中到惠子身上。有人说:这个小姑娘妖里妖气的,胸脯挺得高咪,奶奶头裹得像只肉粽,恶心死了。有人尖声笑起来附和说:她在厂门口跳舞,跳得不能收场!嘻嘻,好戏有得看了,等着吧。

我不明白人们为什么要这样苛刻惠子,惠子从来没有说过他们什么,也没有沾过任何人的便宜。

一群少男少女被放逐到广阔天地里去了,这一命题可以产生很多想象,每天总有惠子他们的新闻传来,我至今不明白流言究竟是怎么不胫而来的。

惠子他们睡在生产队的大牲口房里,一道半人多高的土墙把他们分隔在两个半球,白天还不怎么样,晚上便好戏连台了。他们隔着墙传递糖果零食,传递淫语秽言。女孩子们的房里放了马桶,深更半夜她们起来排队解手,交响乐跌宕起伏错落有致不绝于耳,男孩子们在另一半心猿意马想入非非。有墙比无墙还要邪乎。有的男孩一抬腿便骑在墙头上,不知疲倦地说半宵的话;有的女孩正中下怀陪着海聊,于是通宵达旦,完了还说这辰光过得太快,这陪聊的女孩,厂里的人们言之凿凿,都认定是惠子。原因很简单,她两腿修长,又会跳舞,不要说半人高的矮墙,就是高过头顶的,她也能跳过去。茶余饭后,人们提到她就乐。

说得最多的是洗冷水浴的故事。很久以前,有人大汗淋漓,酷热难耐,跳进河里泡了个痛快。哈,洗冷水浴!他赞叹自己说。年年月月,数不尽的年头过去了,洗冷水浴成了当地游泳的方言,无论是就近跳进河里扑腾还是挺文雅挺大派地花钱买票进游泳池,全是一种说法。听说惠子在乡下跟男孩子们天天泡在河里洗冷水浴,人们绘声绘色他讲述着惠子在水里和上岸时的情景,细枝末节历历在目无一遗漏,很难说这不是真实。最大的证明是她托人回厂来取游泳衣,来人把她宿舍里的箱子翻了个底朝天,一无所获地走了。

我开始想念惠子,我希望她没有在夜深时分隔着柏林墙和男孩子开讲座,也没有在河里洗冷水浴,没有水淋淋地爬上岸浑身线条毕露,比裸体还要裸体。老实说,我也摸不透她。当男孩子们在水里一而再、再而三地怂恿她要她下水去,说没事儿没事儿来吧!她会不会舒展她的双臂，扑通一下跃进水里，就跟那次跳舞似的？

星期天总有一支人马朝那儿拥，最多的一次有百十来个，清一色的全是年轻小伙子，把自行车踩得飞飞的排满了机耕路。他们到了那里就粘在女孩们住的牲口房里久久不散，被冷落的另一个半球就敲碗撞墙喊口号什么的败人兴致。这故事在厂区里足足流传了三天，旋风的中心自然又是惠子，都说她隆胸圆臀，湿衣服吸附在肌肤上，曲线毕露，一丝不挂似的，她是一朵妖艳的花，她招蜂引蝶。

最令我不可思议的是袁晴也在这支自行车队伍里。他一向沉默寡言，喜欢独处，并且他不苟言笑。除了拉琴外，他还会一点养生的拳术，经常一个人到田野乡间走走。他似乎没有什么朋友，他和一切人都保持着一种可贵的距离，因此我不敢妄加评论他去乡下是为了什么。我猜那或许是一次健身的远足吧。

流言一阵紧似一阵，我坐立不安。有一天下了班，我心血来潮找了辆车直驱乡下，我去找惠子。我得吓唬她说乡下的河里有水蛇有钉螺有血吸虫，或者我干脆开门见山把流言一古脑儿亮给她听。也许我能给她帮点什么忙，毕竟我俩是朋友。

到乡下的时候，天色已经灰蒙蒙的了。褪色的天边亮着一抹白光，天幕下的村庄田垅此刻犹如一幅年代久远的黑白风景照。二十个少男少女捧着饭盒散落在牲口房前的空地上，和眼前的风景融为一体。我感到这里离尘世很远很远。

我受到国宾式的欢迎。熟悉的和不熟悉的全都欢天喜地围着我问这问那，不时有人递过茶水、凉毛巾、小板凳。我受宠若惊，我不明白这是怎么回事。眼下的人们与先前在厂里那阵竟判若两人。他们变得热情、豪爽、坦荡，看来这广阔天地还真不赖。

我拖着惠子进了牲口房，裸着红砖的四壁，发黑的屋顶，这些愁眉苦脸的画面给我一种走入蛮荒的快感。柏林墙比想象的还要矮，惠子不用踮起脚，就能把头探到另一边去。墙两边是一式的稻草铺地，上面是花花绿绿颜色各异的床单。惠子赤了脚，从统铺的这头飞到另一头，溜马似的。她说这儿让她想起少年宫的舞蹈房，然后回过头朝我嫣然一笑，还做了一个白毛女走出山洞的芭蕾动作。我觉着她有点执迷不悟，好在这儿不是工厂门口，此刻也没有旁人，可我还是觉得有必要提醒她。我说红小鬼来了！

我没想到我这话无异于说狼来了，惠子竟然一个激灵，木在那里，她后来扑过来又笑又叫地压着我要把我掐死。我连连求饶。她变本加厉，抱住我，搂着我，死死不放，偏要我叫她一声好妹妹亲妹妹，这情景要让红小鬼看到了没准把我们当同性恋棒打鸳鸯了。

正闹得不可开交，她的那些狐朋狗友进来了。这下更好，她们不问青红皂白地扯腿扛手把我抬起来，要往土墙那边扔，男孩子们在那边癞蛤蟆似地拍手笑，迫不及待地张着双臂。我吓得好阿姨乖奶奶老亲娘不绝声地叫。我累了她们也累了，最后我们都横倒在大统铺上。待到一屋子都静下来的时候，外面的天色已如同黑漆染过一样。

停电。惠子趴在土墙上点了盏煤油灯，闪闪烁烁的，屋里的一切立刻显得神秘起来，床单的花色在跳荡的灯光中显得飘忽不定，空气中产生了一种网膜般的感觉，朦胧而又轻柔。灯光温泉似地沐浴着惠子的脸和手，她显得越发美了。

一个人摸黑走三十里地，我胆小如鼠我不敢。我没法回去了，说实话我也舍不得走,这里比工厂比宿舍好多了,简直是共产主义乌托邦。我挨个儿吃完了十个女孩的糖果饼干话梅,墙那边又递过来男孩子们的咸蛋肉松五香豆,跟过年一样,其中最积极最慷慨的是一个叫杨京京的男孩。他爱打群架,整个儿的小流氓一个。我一贯对他敬而远之,没想到他特会说俏皮话还挺幽默的。他说女人爱唠叨,一年中只有二月份说话少点儿。我问为什么,他一本正经地说二月份只有二十八天嘛。他还说有一次在大队部看电影,放映员不知怎么把片子放倒了,好好的一个吃面条的镜头生成了吐面条,跟拉屎一样。他趴在墙头那边不动声色地讲,我在墙这边掏心挖肺把五香豆给吐了出来,惠子乐得在统铺上打滚。杨京京无轨电车开得正来劲,黑暗中不知谁突然说了句,明天下雨怎么办?杨京京顺口就说,下雨好,下得越大越好,下冰雹更好,我们冒着冰雹出工,头上砸个大窟窿,准能评上先进,还能入团入党什么的,砸死了追认烈士永垂不朽。一番话逗得大伙儿又笑了半天。

大概是屁话说得多了,杨京京嚷嚷着要喝茶。他把搪瓷杯子从墙头上递过来,女孩子们大合唱一样拉长了音喊惠子惠子。惠子从铺位上爬起来接过杯子,倒了茶递过去。杨京京一声猛喝:谢谢妈!接着一个作揖大声唱道:

> 临行喝妈一碗酒,
> 浑身是胆雄赳赳,
> 鸠山设宴和我交朋友,
> 千杯万盏会应酬。

这下不得了了，女孩子们又是拍手又是蹬被子，一个个都不肯睡了。再唱一个再唱一个。待杨京京唱完了，两边都齐齐地喊。这氛围这热情不禁令我想起那个明亮的夏末的下午，惠子翩翩起舞的情景。时过境迁，这已经是两码事了。

杨京京似乎也真想露一手，他唱《红灯记》《沙家浜》《海港》《奇袭白虎团》，八个样板戏挨个儿地轮着唱，刁德一、胡传魁、鸠山、钱守维，他唱得惟妙惟肖几乎乱真，这其间惠子不停地给他倒茶递水，忙得不亦乐乎。

压轴戏是歌剧《江姐》片断，沈养斋劝诱江姐的那段唱。杨京京把它处理得凄凄楚楚温柔缠绵。他开首一声：江小姐。余音袅袅娓娓动听，既有坦陈之衷情，又似有难言之隐痛，令人叫绝。牲口房里出奇地安静，每个人都在用心地听：

　　我也有妻室儿女父母家庭，
　　我也曾历经沧桑几度浮沉。
　　岁月无情浮生如梦，
　　人世间又有多少明月清风，
　　莫将那快乐幸福轻抛青春耽误，
　　你要三思哪！

完了没有人拍手，也没有人叫好。户外很静很静。户内也很静很静。没有人打破这寂静。不忍也不敢。草秸的野香丝丝缕缕在身子底下弥散、飘逸，仿佛郁积了很久的忧伤和叹息。在这片无边的沉寂中，我再没有什么话可说，似乎心涩重得可以。

好多年以后我回首往事，惊异地发现当年杨京京唱的，除了那支"谢谢妈"以外，竟全是反角，这似乎预言了他后来的命运。后来杨京京当了兵，一年后他因言论反动被关押下牢，再后来他越狱逃跑，从此便无下落。听到这消息全厂哗然。原因很简单，杨京京和惠子的恋爱关系谁都知道，人们自然有理由对惠子大加诛伐。他们还怀疑惠子犯有窝藏包庇罪，说杨京京逃亡期间回过家乡，他俩见过面，有关部门还秘密跟踪监视过惠子。

那夜，我不知道自己是什么时候入睡的，也不知道别人，只记着最后一个意象似乎是惠子旋小了油灯的灯芯，睡意迅速而突然地沁入体内，躯体和无垠的夜会合交融，迷失在太虚的幻境里。

一觉醒来天色大亮。我还没有起身便听见隔壁男孩子们在欢呼雀跃，下雨啰下雨啰，他们嚷嚷着。我迷迷糊糊的，怀疑自己是进了幼稚园。还没等我清醒过来，惠子也迅速地传染上了小儿癫痫症，又笑又叫又跳，抱着我推磨似的旋转了三百六十度，累得我一屁股坐在地铺上说什么也不干了。

说下雨就下雨，好了好了，不用出工了，收拾东西上街去。惠子喜滋滋地催我。

一语道破天机，我这才恍然大悟。我寻思自己立时赶三十里地回厂，也注定要迟到，败局已定，不如索性一塌糊涂旷工了，便应承说：好吧，舍命陪君子了。

所谓的街是生产队附近的一个小镇，它的规模是"一只脚进，一只脚出"，这虽有些夸张，但其袖珍程度也可想而知。

鬼子进村了。茶馆、点心铺、杂货店，我们一一扫荡过去，唯有信用社我们对它避而远之。在点心铺里吃小馄饨，惠子抢着付总账，杨京京店小二似的吆喝着给大家一一端上来。

快乐逍遥的时光转瞬而逝，当天色重新变得灰暗、机耕路在褪色的日光下显出苍白朦胧的时候，我不得不告辞回厂。我又一次享受了国宾待遇，二十个人夹道欢送，杨京京保镖似的推着我的车。他执意要送我回去，惠子跟在旁边难舍难分。我以为我是主角，我倍受感动。很久以后我才意识到他们是在互相讨好。

由国宾的感觉我联想到尊贵的西哈努克亲王，我这才忽然想起晚上厂大礼堂有新闻纪录片看，是亲王和亲王夫人畅游桂林。那阵子，我是他们忠实的影迷，场场不误。我告诉大伙儿放电影的事。我说看亲王的电影绝对是享受，漂亮的人儿，漂亮的衣裳，漂亮的佳肴，还有漂亮的山水。我说的时候挺得意还有点炫耀，我因为要走了我存心想气气这群乐不思蜀回归原野的少男少女们。

想不到我的蛊惑立竿见影。这帮乌合之众顷刻间军心涣散，乱哄哄吵着要跟我走。他们说干就干，魔术般一会便张罗借了七八辆自行车，在暮色朦胧的细雨中，一行人磕磕碰碰地离开了牲口房。这时候旷野里已是一片幽暗，很远的农舍传来狗叫声，夜色在狗吠声中仿佛一泓湖水在悄然舒展。雨中的机耕路车辙深深，鞋不时地被泥泞咬住。二十个人你携我扶，后人踩着前人的足印，仿佛一支远征军向着遥远的目的地跋涉。

我和惠子，还有杨京京走在最后。待到我们上了公路，那些个少男少女已骑的骑，驮的驮，遥遥的可望而不可即了。洋溢着青春生气的笑语在夜色中若隐若现，散珠似的，经久不息。

三个人就一辆车，自然是杨京京骑着，惠子和我分坐前后。别人也是如此。惠子坐在前面车架上,两条修长的腿随意晃荡着,仿佛一个顽皮的女孩,还不时回转身来,隔着杨京京和我说话。三十里地一路清风,树的枝桠挑着深色的夜幕,大地一片宁静。车轮碾过公路上的落叶,咔嚓咔嚓,薄如箫声,寂静犹如海水一样,托着人、车、虫的低吟。无声胜有声,有声似无声,真想停一会儿车子,让那些蛛丝马迹似的气息灌入心房,感受这秋夜如水的美好境界。一路上三个人喋喋不休地说了些什么,我后来全忘了,我只记着了那夜的风,落叶坠地的声息,还有惠子那双黑夜中闪亮的星眸。

看完了电影,二十个人又马不停蹄赶回了乡下。来去匆匆,真如一股旋风,清新浪漫飞扬着灼热青春的旋风。这旋风刮得厂区里的人目瞪口呆喘不过气来,他们沉默了足足三天,然后他们开始窃窃私语,仿佛深秋的纺织娘,永不疲倦。

三个人坐一辆自行车,这引起人们浪漫奇特的想象。那晚不止惠子一个女孩坐在前面车架上,坐在男孩的臂弯里,可人们唯独对惠子感兴趣。人们说那晚杨京京一只手搂着惠子,另一只手扶着车把。因为搂着惠子的手不安分,车子歪歪斜斜撞上了路边的大树;说他们互相啃脸蛋,接吻的声音三里外也能听见;说杨京京和惠子躲在路边的灌木丛里,他们做了风流的事。人们还说,惠子在少年宫舞蹈队的时候就和辅导老师不明不白了,那儿女孩子们的大腿随老师挑着玩……这些传说一传十、十传百,内容不断充实。我愤怒地加以否认。我说那晚我也坐在车上,惠子规矩得跟小猫似的。人们听了格格格笑。你又来了,他们说,你晓得什么呀,你这个电灯泡。他们还说,你又没跟杨京京一道回去,你晓得杨京京和惠子干了些什么?你晓得吗?

我无言以对。

我发觉我很软弱。当我的抗议无济于事时，我便沉默了，并且我从中颖悟了一个真理，这便是做人最好装疯卖傻、庸庸碌碌，举止、衣着、言谈、气质、才华、外貌统统不要出挑，否则你会一辈子遭白眼。最好一开始便让人觉着你老实憨厚、软弱无能。

春天的时候，开始征兵了。

我有好几个同学在郊区农场绣地球，他们千方百计殚思竭虑找门路托人情。那阵子当兵似乎是他们唯一的出路。七转八弯的他们甚至还找了我，说我有个哥哥在部队里，没准认识带兵的人。我啼笑皆非。我那个哥哥自己也是小兵一个，没出息的家伙。他在内蒙古呼和浩特机场站岗，即使眼下奇迹般地连升五级，也是远水救不了近火。

同学们很失望，我也很失望。

惠子也来找我。她问我有没有办法让血压升高、GBT指数上升，我怀疑她是不是失恋了，可她也不能这样糟塌自己啊。惠子摇摇头。她和杨京京秘密相好已有一阵子了，我是唯一的知情人。局外人总在捕风捉影，可他们没有真凭实据，否则这对小情人早就遭殃了。学徒期间不准恋爱，这是工厂的行规，触犯这行规的先是黑板报点名批判，然后是开会检讨，丢尽了脸面最后去扫厕所。我猜没准是杨京京和惠子哪儿露馅了。要真那样，还不如死了。

我说我知道一百种死法，绝对误不了。我发觉我很深刻老到，因为惠子哭了。

你幸灾乐祸你不够朋友你没有同情心，惠子抹着眼泪指责我。我这才感到事情也许很复杂很棘手。我耐下心来百般哄骗，才知道原来杨京京也在征兵范围之内，他已经接到了复检身体的通知书。工厂里的男孩子对当兵缺乏热情，有了心上人的男孩子更是鼠目寸光，没有一点儿雄心壮志。我想到我的那些同学们，想到他们处心积虑削尖脑袋要跟部队走，这世界上的事真是阴差阳错，令人不可思议。

我命中注定要摊上惠子这么个吃不了兜着走的朋友，而且我知道情人一旦分开便如花朵失去了水分和养料，爱情会迅速枯萎。我有个表姐在乡下插队，和一个男知青爱得你死我活满城风雨，后来她上调进城不出三天又找了个新的。这没办法，他说，人不在一起，脸怎么样都记不起来了，感情自然而然淡而无味了。我讨厌我表姐，我决心帮助惠子，我不愿意我的朋友也担个朝三暮四的恶名。

半年前厂里有个女工因为失恋吞食利眠宁自杀，结果人没死成，GBT指数却上升到三百，病休至今；还有我师傅要翻造旧私房，一夜连抽了两包烟，第二天血压升高手冰凉，请了半个月假，眼下正在家里大兴土木呢。这两件事电闪雷鸣突然涌现在我脑中，启发了我的灵感，我跟医务室的梅芳讨了一瓶利眠宁，又在工厂附近一家小店铺买了两包勇士牌香烟；我还听说量血压的时候，屁股不要坐实，这样血压准高。道听途说加亲眼目睹，我教给惠子体检一百法，当然都是歪门邪道。我自认无害人之心，从小学到中学，老师给我的评语都是心地善良是非不分。我不知道这是好还是不好。

杨京京体检那天，惠子没来上班，她也去医院了。她陪着杨京京，这无疑是一次大曝光，她似乎豁出去打算扫厕所了。

我忐忑不安地等待着。我猜昨天晚上杨京京还不知怎么折腾呢，吃了安眠药还得熬夜烧两包烟，我想象他睡眼惺忪东倒西歪嘴里吮奶嘴似的衔着烟头，我忍不住笑起来。

许多人都知道我跟惠子好，他们约好了似的聚集在我的车床前。他们有意无意地老提到惠子，显然希望我同流合污透露一点有实质内容的独家新闻。见我守口如瓶一点儿也不配合，他们便实行怀柔政策，有给我递工件的，也有帮我打冷却液的；另一个索性越俎代庖，抢过摇手柄替我干活，反正师傅不在，我乐得偷懒。

我闪在一边，我无心听他们编排惠子。反正跟"形势大好"一样，总是那套老话。我看着惠子那台 C616 小车床，整洁光亮，纤尘不染，我心里有点伤感，我想明天惠子还会不会站在这儿，继续她的车工生涯？

这时宋元明来了。

我含笑相迎。宋元明这个全厂有名的博士对所有的女工都侧目而视，唯独对我宽容敦厚，常跟我聊聊，这多少满足了我做女孩子的虚荣心。我们常常不知天高地厚地谈诗论文，很有芸芸众生唯我独尊之感，我们彼此也不奢望对方会爱上自己，因为我们四目相对时，星眸里从未有过火花闪烁，也没有手足无措的慌乱。一个男孩和一个女孩的交往进入到君子之交淡如水的境界，这本身就是一个奇迹一个谜，遗憾的是我很久以后才破译出这个谜底。

我对宋元明笑脸相迎，有一个很重要的原因，好几天前他冒着生命危险带了一本西洋人体绘画作品集，让我大开眼界，我对他感激涕零。

宋元明是电镀工，电镀间从管理到操作就他一个人。厂里需要电镀的活很少很少，偶尔有些工件磨削加工过量了，为了减少损失要加镀一层，或机床修理时发现某个部件磨损了又一时找不到新的配上，便会送到电镀间来镀层铬。镀件放入液熔炉中短则二三小时，长则十来个小时甚至几天几夜，宋元明是全厂最悠哉游哉的人物。他在电镀间里穷极无聊地读书交友，谁能想到若干年后他竟然做起了学问，堂而皇之走进了社会科学院成了副研究员。生活制造了数不清的错位，谁也无法解释和逃避。

那晚，宋元明约我十点在电镀间里看画册，白天人多眼杂难免有暴露的危险，可深更半夜的孤男寡女匿于密室，人们会不会察觉然后飞短流长呢？我犹豫了。

你可以带一个朋友，要绝对可靠的。宋元明不动声色地作了让步。

我答应了。我没告诉他这个朋友是谁，他也没问。似乎我带个小男孩或者老老头他都不在乎。

我带了惠子。十点以后我们贼头贼脑地溜出宿舍，远远地看见电镀间的窗帘露着一条缝，朦胧的微光从缝隙里漏出来，流苏似的，在暗夜里给人一种温馨柔美的感觉。我突然想，就这样站在荒地里，和着自己最好的朋友，听着夜在耳边静静流逝，该有多好。

无声地开门。无声地微笑示意。然后扣紧门扉，在弥漫胃酸性溶液气味的电镀间里，打开精美的画册。用报纸小心卷裹着的电灯的光束悄然泻下，映照着三颗年轻而不安分的灵魂。一个多么孤独寂寞神秘深邃的夜。

这是我头一次接触人体艺术。维纳斯的诞生；入睡的维纳斯；浴后的维纳斯；泉；田园合奏，春……每一幅画页的掀过，都使我的心颤栗不已。很多年以后当这一切泛滥成灾的时候，我灵魂深处依旧保留着那份缄默的美感和神秘。

惠子紧紧地依着我,小鸽子一样,忽闪着眼睛一句话不说。我故作潇洒、老到地听宋元明评画,什么线条、色彩、明暗、气氛、情调,不时地插一句两句冠冕堂皇的话,藉以掩饰内心的慌乱和羞怯。惠子从头至尾没说过什么,她是头一回和宋元明接触。在这样的气氛中面对这样的画册,再落落大方的女孩也会噤若寒蝉。

第二天宋元明对我说你那个惠子真难侍候,我说了一千句一万句,她没有一点反应,幸亏我竭尽全力维持了局面,要不三个人都会窒息而死。他说没想到惠子是这样子,真没意思。

我心怀歉意。我知道宋元明喜欢雄辩和喧哗,谈论一旦失去了交流和反馈,他便索然无味心灰意冷了。

我敢肯定宋元明也听说了惠子陪着杨京京一块去体检站的事,我故作神秘,我说宋博士,你知道吗?惠子和杨京京还真有那回事呢!我向宋元明传播这个迟到的新闻,纯粹是想讨个巧,以弥补那晚欠下的人情。

意料之外情理之中。宋元明挺哲学挺淡泊地说,一句话把我打发了。

照你说的,他们还是天造地设的天仙配啰。一个很女人的男人突然插进来说。

天仙配也难以长久啊!宋元明说完朝我眨眨眼。在这一刹那,我觉着他很老很老,老气横秋,我想他是不是书读得太多了?

当人们陆续散去的时候,我发觉我突然怕听到杨京京体检的结果。

真是不可思议,我那体检一百法没起作用,杨京京一身戎装登上了军列。

木已成舟，又因为对方是军人，竟没人再找惠子的麻烦。

惠子像个小媳妇似的终日埋头于千针万线，替杨京京打毛衣毛裤。有一天我乘无人之机从劳防用品发放员那里拿了一大捆纱手套，惠子见了如获至宝，于是她拆了织，织了拆，表达爱情的途径竟是如此绵绵无尽，错综复杂，看得我头昏眼花。这样的工程一直到杨京京失踪的消息传来才宣告结束。

那个会唱京戏会唱歌剧的杨京京，那个慷慨的俏皮的杨京京从此永远消失在人海尘世，仿佛这世界从未有过他。

我一直小心翼翼，等着惠子开口提杨京京的事，我想她会哭泣会诉说很多委屈，而我会安慰她做她的消防队员，我等了很多年，一直到前不久我们将要远别的时候，她才做梦似的提到杨京京，她说杨京京的音信怎么就一点没有啊。

她说得很平静很随意，而我却一震，我想哭。

近来我常常浏览《幸福》、《家庭》之类的杂志，我对其中的征婚启事颇感兴趣，我总觉着那些启事后面隐藏着一个个人生之谜。

有一则征婚启事引起我的好奇，那启事上这样写道：

女，五十岁，貌端体健，文雅娴静，未婚处女，欲觅一会泥水木工裁剪缝纫烹调的机关干部，独身或子女已婚为佳。

我寻思这个五十岁的处女一定令许多男子望而生畏敬而远之，我不由得想到惠子。我发现有的女子一辈子觅爱不成，有的女子却总在收获爱情，命运的安排很不公平。我这样说一点儿也没有诋毁惠子的意思。她在杨京京神秘地失踪之后又陷入了新的恋爱纠葛，即使在那个时候，我也没有指责过她。我觉着好朋友应该是包罗万象容纳一切的。

泄漏恋情的是惠子自己。她在慌乱之中将照片连同一封柔意绵绵的情书错投了地方。我想我还是打开天窗说亮话吧，她新的恋爱对象是袁晴，就是那个拉手风琴的神情阴郁的小伙子。

袁晴和我们不在一个小组。他和那个很女人的男人共一个工具箱，一人一半，井水不犯河水。神使鬼差的，惠子把本该给袁晴的信物塞进了那个男人的抽屉里，上帝之手又一次把惠子引进了她命定的死胡同。

我猜那男人摸到惠子玉照的时候，先是一阵窃喜，没准他窥伺惠子已很久了，因为我发现在所有有关惠子的新闻发布会上，他都是积极发言者，他对惠子的体态举止有很恶毒很贴切的比喻。他于春情荡漾中打开情书，看到台头那个娇滴滴的"晴"字时，如五雷轰顶，他一声尖叫盖过了车间里马达的轰鸣，于是像短路似的，所有的机床都停止了运转。我以为谁出了工伤断胳膊缺腿了，我不敢跟着人们蜂拥过去，我怕面对血淋淋的惨景我会气绝身亡。

远远的，我看见很多人在争夺一张白纸片，他们一会儿失而复得一会儿得而复失，一个个如疯如癫，有人还装腔作势嗲声嗲气地用洋泾浜普通话朗诵：

亲爱的晴，
你的琴声抚慰了我心灵的创伤，

> 你无言的等待，
>
> 令一个绝望的灵魂复苏，
>
> 在痛苦和眼泪的后面，
>
> 我找到了你的忠诚……

我不敢说这诗很健康很无产阶级，但我认为它绝对不淫秽。要命的是那普通话朗诵，它给这诗注入了一层暧昧和放荡的意味。仿佛有什么人粗暴地抚摸了我，我打着冷颤。

有人一把抱住我，是惠子。她颤栗着，含着泪，脸白得没了血色。她叫着我，姐姐姐姐，她说求求你，去把它抢来，是我的呀。

我看着她，不知道说什么好，我没想到她对袁晴迷到这样，这似乎不该是她，然而又确确实实是她。她把手搁在我的肩上，名誉、信任、爱情，她都托付给我了。

我这个人平时很无能，有一次乘车，我亲眼目睹一只陌生的手悄悄伸进我兜里，我都没敢吱声。那只手掏走了我的眼镜盒，不过最终他依旧一无所获，他把眼镜盒扔在了车厢里。但此刻，我被友谊还有莫名的义愤所鼓舞，我以前所未有的勇气冲过去，看准了那张白纸片我不管三七二十一伸长胳膊就抢。我很轻易地得了手，但接下来我便陷于困境，好几只手同时在我眼前飞舞，那纸片眼看又要得而复失，在这危急关头我急中生智一把将纸片塞进嘴里，然后狠狠嚼了两口把它吞下去。

所有的人都目瞪口呆傻了似的。

有两个女人突然下意识地抱紧我，不知道是怕我中毒身亡还是打算剖腹取物。

那张咪咪照混乱之中不翼而飞,也不知让哪个王八蛋捡了便宜。

厂里像翻了油锅,到处沸沸扬扬的,好多人忙于传播有关惠子的桃色新闻,信的内容在不断地翻新,传到后来,竟成了傻大姐在大观园拾到的春宫荷包,妖精打架令人看了胆战心惊想入非非。我更差劲,成了醋坛子电灯泡老想插一脚的精神病患者。为这事我大受牵连,原来内定我当车间赤脚医生的,莫名其妙地泡汤了,车间团支部改选我也名落孙山,一时间我如过街老鼠,度日如年。

很多年以后我听见一个老年女工在讲故事,讲的正是这段旧事。岁月洗涤了痛苦、屈辱还有成见,我发现这故事其实很传奇也很美好,它还会一代代传下去。

传奇的背后是鲜为人知的历史。袁晴在突如其来的巨大的舆论压力下,矢口否认他与惠子有什么超越普通人的情感。有很多人喜欢他珍惜他。支部书记、班组组长、宣传部门的头头、热情善良的女工大姐,他们一致认为袁晴沉默寡言工作积极踏实稳重温文礼貌,他应该跟同样稳重可爱的女孩子相爱,惠子和他一点也不般配,他一定是受了惠子的蛊惑,迷昏了头。据说他的父母也极力反对,并以断绝关系相要挟。

你真的和她,和这个在厂门口疯疯癫癫跳舞的女人做对象?她坐在自行车三角架上跟人家亲嘴,她怎么做得出来?人们疑疑惑惑地提醒袁晴,他们给了袁晴退一步的余地。他们提到惠子的时候,没用"小姑娘"这个传统的称呼未婚姑娘的词,而用了"女人"这个字眼。

我不知道什么信呀照片什么的,我真的不知道,我和她平时连招呼也不打的,谁料到她会这样。袁晴信誓旦旦,可怜兮兮的样子给人一种信任感。

没有最好，不过要当心。人们对他爱护备至。

我也被袁晴的表白弄糊涂了。我问惠子，你们的关系究竟到了哪个层次，是眉来眼去纸上谈兵还是耳鬓厮磨两情缱绻？

惠子被我的话逗得噗哧一笑，眼圈却忍不住发红发潮。她问我还记不记得青工学农那阵袁晴到乡下来的事？她说要不是杨京京，她和袁晴也许早就好了。

我无言。许久，我说我要去找袁晴谈谈。我想袁晴若真爱她该不会被舆论左右，也不会在乎杨京京什么的。

惠子不答应。她说她和袁晴先前总在老时间老地方秘密约会，可他已有两次失约了。她说两个人的事原本很美好很神圣，突然杂夹进一大帮人和一大帮闲话，便很现实很也俗了。她说也许袁晴是对的，不见面比见面好。

可怜一对情人连分手的话也没有说，便永远地成了陌路人，我默默地咀嚼这人生的悲剧，心里生出无限的凄凉。

我想起广东人开猴脑宴的故事。据说你食指一点，众活猴便会争先恐后齐心协力把你点中的猴子推押出来交与你，然后它们为自己幸免一死而弹冠相庆。

我提这故事绝对没有把袁晴与猴子相提并论的用意。说实话，我对袁晴也不无同情，他平平稳稳一直生活得很安静，他想摆脱烦恼摆脱困境，这是人之常情，这世界上本来就注定有人倒霉，有人不倒霉。很难解释人们为什么对袁晴网开一面而对惠子却穷追猛打。人生无可选择不可思议。

一波未平一波又起,情书事件人们还记忆犹新,接着又发生了神秘的蒙面人事件,而且两者之间似乎有一种若有若无的联系,其扑朔迷离,足以使日后风靡的神探、特警为之皱眉。

案情看似很简单,红小鬼一天深夜回家,自行车行驶到一座公路桥时,桥头突然窜出一条蒙面黑影,红小鬼吓得一个哆嗦从车上摔下来,跌在黑影的脚下。红小鬼知道生命很宝贵,他毫不犹豫地摘下手表,掏出兜里刚发的薪水俸禄,摆地摊似的一一陈列在桥面上,然后边退边说再见。没料到那黑影一声不吭,只管伸胳膊蹬腿的,他把红小鬼的脑袋、肩膀、腹部当成了操练拳脚的靶子。他干得很利索很漂亮,当红小鬼如梦初醒大呼小叫的时候,这黑影已经飘忽而逝无影无踪了。

手表和可贵的工资完好无缺地静卧在桥面上。

案发后众说纷纭。有说是冤冤相报;也有说是他车间里的那帮小爷叔;最离奇的是说惠子与袁晴散伙后痛心疾首,她追根溯源,一切的一切似乎都与那次跳新疆舞有关,噩运是从红小鬼粗暴地拍打她的肩要她到厂门口去的时候开始的,于是她对红小鬼怀恨在心,找了什么人或者说是花钱雇了蒙面打手。红小鬼对这一精辟分析嗤之以鼻,他说牛头不对马嘴,野豁豁了,都什么朝代的事了!再说当初我也是为她好,他开列了一长串嫌疑犯名单,名单由保卫科归档待查。这事情后来不了了之。

我把这些当作喷饭的笑料复述给惠子听,我知道惠子没有这么大的能耐调兵遣将。我提到红小鬼的时候我咬牙切齿幸灾乐祸,我很够朋友。

可惠子听了没笑,她只是怔怔地看着别处。许久,她说,其实跳舞的事红小鬼也没什么错，如果我是他，我也会的，你想，他不这样抓，他怎么向上头交待，工厂不是要关门了？

我听懵了，我看着她，我觉着我糊涂了。红小鬼没什么错，那么错的是她吗？错的是那只新疆舞它不该得奖，宣传部门不该别出心裁？究竟是从什么时候起，惠子的命运开始了某种宿命的因果？

你猜不出谁是蒙面人？你真猜不出？惠子又幽幽地问。

我摇摇头。我觉得她挺怪。她的双眸突然地仿佛有电闪过，溅出美丽的忧伤的火花，它们散落在周围的暗色里，又悄然熄灭，于是我看见两颗沉甸甸的泪珠在无声地蓄积、坠落。

我想我触痛了惠子的伤痕，我不再多愁善感不再说蒙面人的事了。很久以后我才隐隐地察觉惠子与蒙面人似有某种朦胧的关联。也许她猜出了是谁，所以她哭了。然而往事已远隔千山万水，人也都今非昔比，我已经没有激情去探索蒙面人之谜了。

没想到袁晴破天荒地来找了我。

袁晴结婚了，新娘是他的一个老同学老邻居，青梅竹马，这婚姻似乎还有点儿浪漫。

令人费解的是，袁晴没有按照传统的惯例给车间里每个人吃糖，也没请方方面面的人，诸如上司、朋友、师傅什么的去酒馆喝杯喜酒，我觉着他挺标新立异挺无产阶级革命化的，要不是先前他和惠子的事儿，我也许会给他一个敬礼。

那天，我用两毛钱买通了广播员，我买了张电影票打发她到影剧院去了，鹊巢鸠占我躲在厂广播室里听英语广播讲座。

外语是人生斗争的武器。

我努力地用美式英语背诵这句名人名言，袁晴就是在这个时候走进来的。

我怀疑他跟踪了我，他一进门就说果然你在。我有点儿诧异可我很沉着。我发觉他还是那样阴沉，令人不可捉摸。他注视我良久，似乎在研究我。我不由想到了惠子，她似乎也有了新的朋友，她母亲的小姐妹的儿子，一个挺可爱的男孩。他们每周见两次面，看一场电影，逛一圈公园，很有规律。

"在痛苦和眼泪的后面，我找到了你的忠诚。"我脑里跳过这两行诗句，我发觉现实很荒谬，令人啼笑皆非。事过境迁，我心里原先对袁晴的抱怨已经烟消云散。

我们说了一会儿话，无非是天气、健康和眼前的英语广播，我知道这一切的话题其实都毫无意义，重要的是我们两个人都在耐心等待着某个内容，然而我们谁也没提，仿佛小时候嚷嚷着要到森林去玩，结果在郊区转了半天，连森林的边缘也没摸到。

突然的无话可说。一分钟有如一百年那么漫长的缄默。又突然的他站起来，他把两袋包装精美的糖果轻轻搁在桌上，这显然是他的结婚喜糖了。

我很认真地说我是全厂最幸运的人了。不但例外地有喜糖吃，而且一下子就是两包。我逼着他走进森林。

果然，他开了金口，他说另一包给惠子。然后他转过身他害怕面对过去。我想他会拉开门然后他会消失。这想法尖锐地刺痛了我，过去的愤怒又死灰复燃，我说你不能走，你得说说当初你是怎么回事，你害了惠子。

他依旧背对着我，想去拉门的手犹豫着又垂了下来，他就那么站着，默默无语。我看不见他的表情，但我能感觉到有什么他很想说的话就在他的嘴边，在他那紧抿着的唇后。可他忍着没说。我担心他会窒息或者血压升高，我正寻思要去喊厂医，否则他和他新娘黄泉相见岂不遗憾？谁知他偏又开了口，他说我没办法，当时那么多冷言冷语，又突然，我受不了，还有家里也闹得一塌糊涂，我妈妈作死作活，要我跟惠子断。

我说，你胡编乱造，你别以为我不知道，你父母根本就没见过惠子，你虚构什么呀。

你去问宋元明。袁晴沉着脸说，你去问宋元明，他对我妈虚构了些什么？

袁晴说完就拉开门，他走了，扔下我一个人在狭隘的广播室里发呆。我觉着我陷入了迷谷，思绪像疲乏的奔马在入口徘徊，我觉着世界很静，静得令人焦躁、紧张、忧恐，于是我站起来，我拉开门逃离出去。

我走得很快，我听见碎玻璃在我脚下爆裂，仿佛破碎的贝壳，我不顾一切地前行。我觉着有什么熟悉的亲切的气味在逼近我，沁入我的体内，我头脑微微发晕。我喜欢这种感觉，我却没有意识到它对我的意义。

我站在电镀间门口。我发觉我站在这里的时候我很吃惊。我突然觉得自己很小很小，我孩子气地冲进去我对着埋头啃书的宋元明大发脾气，我骂他人面禽兽狼心狗肺，他妈的妖言惑众者，我说你对惠子做了些什么你跟她过不去你不是东西你有神经病！我把他的那些书、笔、纸一古脑儿撸到地上，又跺了两脚。

宋元明猝不及防，犯傻似的看着我，他脑子一时不够使。我正宣泄得来劲，没承想他突然恶狠狠地把我按在坐椅上。他终于开口了，他说你看着我你仔细听好，我喜欢惠子我不能眼睁睁看着她和别人好，就这么回事。

天哪，我呆呆地看着宋元明，此刻轮着我犯傻了。他爱惠子他也爱惠子?! 这世界怎么搞的，那么多男人围着一个惠子。暗中爱她明里踩她，他们都怎么啦？

你为什么不对惠子去说你比袁晴强你爱她你还想娶她！我咬着牙嘲讽宋元明。他居然把感情隐藏得那么深我真没想到。说实话我很痛心，作为朋友他讳莫如深也太不地道了。

你这个傻丫头，你吃酸醋了？宋元明盯着我，似乎不无得意。

我说，现在不是幽默的时候，我没兴趣开玩笑。我很镇静，我心里却是大大地着慌，我审视自己发觉自己果然说话穷凶极恶大失水准。宋元明看过很多书，他会心理分析，没准他心里真是这么寻思的，他把我看得这么窝囊，这使我下决心和他一刀两断。

我说承蒙你自作多情我无上光荣，先人后己你先去跟惠子求爱吧，她会赏你耳光、唾沫，完了你再到我这儿来，我给你一大盆洗脚水，让你淋个痛快。

惠子是男人梦中的花，她命中注定她和谁都不能结果。我做梦但我也很现实，我不会去追她。宋元明平静地说。他宽容大度老成豁达地看着我，他不与我斤斤计较，这反使我失望。看来与他吵架并非易事，我该事先命题的。

莫名地，他那副神情竟使我想起那个明亮的夏日，他冷眼旁观惠子跳舞的情景，似乎那时候他就已经洞若观火了。

我把散落在地上的书、笔、纸又重新捡起来，一一摆好，这除了表明我不小气，还有更深一层的语言意味：也许我不会再来。

我悲哀，但我发现宋元明的话不无道理，惠子的两度恋爱都结束得莫名其妙，两次都毁于非人力所能抗拒的力量。假如有爱情保险的话，惠子两次都能得到保险公司的赔偿了。

宋元明哲人似地看着我，他已经恢复了常态，那个说我喜欢惠子的宋元明仿佛从未有过。我看着他，我觉着他很遥远很陌生，当我站起来走的时候，我不知道我是不是将一去不返。我想宋元明大概没猜透我的心思，因为他依旧跟平时一样，送我到门口，然后双臂环抱着自己，沉着地长久地目送我远去。

惠子后来去了南方很远很远的地方。在这以前她结过婚又离过婚，这真应了宋元明的那句话，她和谁都不能长久。

她走的前一天晚上单独邀我去赴最后的晚餐。我原以为我们会喝很多的酒说数不尽的知心话，没承想到时候我们竟老是冷场老是相对无语，还无端冷落了人头马和拿破仑XO。我头脑清醒后大为懊丧，可已时不再来，因为打那以后我再没见着惠子，她得鱼忘筌连张明信片也没给过我。

那天晚上唯一的高潮是惠子跳了舞。一张很旧的塑料薄膜唱片放在一架老掉牙的唱机上，新疆舞的旋律从唱针下倾泻而出，如同膨胀的夜色骤然漫溢。她的高级音响成了多余的摆设。我合起双目，随着这清澈的舞曲漂流，重新被遥远的过去接纳又重新被它拒之于门外。我想起了那个可爱的夏日惠子热情的舞蹈。我们在往回走。过去的时刻步步逼近，惠子袅袅地旋转起来，宛如飘忽的精灵。

仿佛一朵轻云飘入水中，空气里荡漾起细微无声的涟漪。音乐流苏似的装饰了惠子飘飘欲飞的裙裾，温馨优雅，稀释了所有的痛苦和疑惧，还有人生的沧桑。惠子微笑着，旋舞着，依旧美丽的眼睛薄冰似的时时闪过神秘晶莹的光亮。在一阵天籁似的旋律里，她弯起胳膊，然后又徐徐舒展：她散开她那头乌黑的飞波流泉般的秀发，她的脸庞在黑发的映衬下宛如一行写在天幕上的诗，给人超越一切的美感……

我的眼睛模糊起来。我觉着深深的刺痛。我想创造舞蹈的人必定是为了得到这种锐利的令人刺痛的欢乐，因为它净化一切。

这旋律这舞蹈似乎没完没了，它们绽开在灯光的雾霭里、我梦幻的视觉里，抽象、神奇。它们充实了眼前的时刻，现实变得辉煌无比。

梦中锦帆

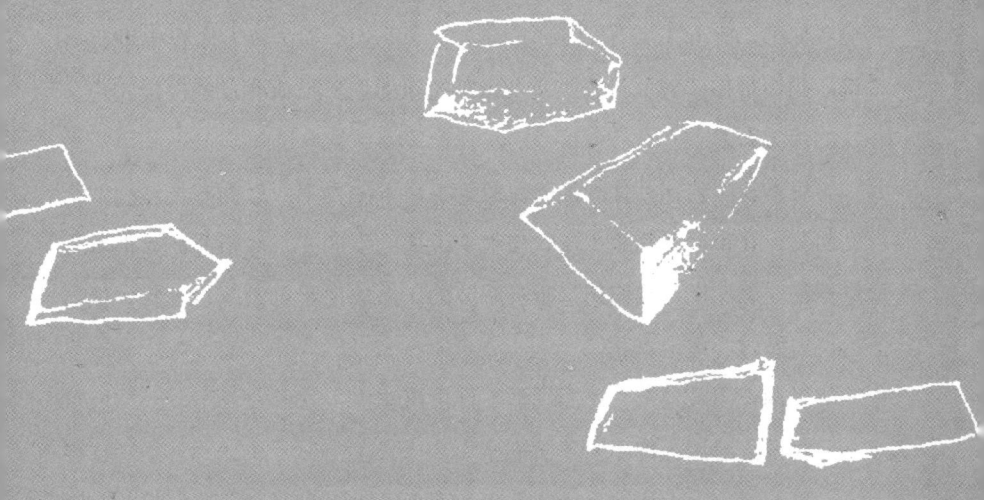

我和海波谈情说爱的时候，海波有三个好朋友，锦帆、阿强和思渊。他们和海波在一个宿舍，彼此亲如兄弟。有一阵子我天天往他们宿舍跑，那里的无拘无束、天下一家的气氛深深地吸引着我。我们在一起喝酒、打牌、发牢骚、传播小道新闻，有时还恶作剧，单身宿舍里的生活寂寞而无聊、丰富而生动。

有一晚喝着酒，不知怎的，大伙儿动起了锦帆的念头，一起盘算着要帮锦帆"骗"一个老婆。工人里的男人把交女朋友、娶老婆一概说成是"骗"，很洒脱很幽默的。

最先打这个主意的是阿强，阿强的脾气倔强而又率直，他说，锦帆，你都二十五了，你想成个家吗？厂里这么多女孩，你看中谁你说，我们帮你"骗"，"骗"女人我有经验的。阿强他有过一次滑铁卢式的伟大恋爱。

思渊说，阿强，你的经验保留给革命下一代吧。思渊有个漂亮的女朋友，在市区博物馆工作，他很少说他的女朋友，他因此而显得有点神秘。思渊说，我们还是听听海波的。海波说我可没骗过谁呀，他边说边做贼心虚地看我。

思渊很阴险地笑，思渊说你不打自招哇！

我说，思渊，你不要开横枪。

思渊说，火力侦察。

大伙儿都笑了。

和思渊打交道你得留一百个心眼，他是个笑里藏刀的家伙，他和你闲话时，你不会知道他什么时候占你的便宜。尽管如此，我还是挺喜欢思渊，和他对话是一种快乐。

锦帆没有说好也没有说不好，他只是嘿嘿嘿笑，锦帆是个很会笑的男孩。

海波这三个哥们中，我和锦帆最合得来，当初海波"骗"我的时候，思渊和阿强忙于自己的爱情征战，锦帆成了海波唯一的帮凶。他投我所好，帮着海波"骗"我。

我爱看外国小说，锦帆便照着我开的书单源源不断地送书来，《初恋》、《奇婚记》、《嘉莉妹妹》、《福尔赛世家》，他能搞到最激动人心的，他的书是从一个很秘密的渠道借来的，封面全都用牛皮纸重新裱过了，上面写着"供大批判用"，锦帆他算得上神通广大。

有一次，锦帆在朋友处意外地看到一套四本的《约翰·克利斯朵夫》，那朋友自个儿也只有两天的期限，锦帆跟朋友苦口婆心百般哀求，锦帆感动了上帝，那朋友大加通融。于是那朋友看完一本，锦帆就立时三刻传递过来，他仿佛在搞接力游戏。我连着旷了两天工，躲在宿舍的蚊帐里闭门不出。最后一本锦帆是在第二天的深夜送来的，海波也来了。他们躲在女宿舍楼下装猫叫，我偷偷起来，从窗口放下吊绳，兴奋、紧张、神秘。当《约翰·克利斯朵夫》在黑暗中浮升上来时，看着锦帆和海波悄然隐去的身影，我突然感到激动人心的已经不是读书本身，而是实现它的过程。

每回给我书，锦帆都暧昧地嘿嘿嘿笑，他说幺三，当心中毒。他和女孩开玩笑喜欢说她们"幺三"这口头禅源自一个令人讨厌的数字

"十三"。说一个女人"十三"就如同港人说"三八",令人难以承受,然而"幺三"却不同了,它可以表示亲昵、喜爱或者鄙视、讨厌,既包含了"十三"而又超越了"十三"本身,它因人而异。

锦帆,你不要嘿嘿嘿笑,失败是成功之母,我有发言权的。阿强正儿八经颇不服气,惹得我又不断笑。锦帆说,阿强你不要嚣张,锦帆这是一语双关,阿强姓张,嚣张是小张的谐音。

思渊说,锦帆你不要谦虚谨慎半推半就了,你说你看中了谁你说一声,革命不是请客吃饭么。

锦帆踌躇了二下,说,好,我不谦虚了我说。可他没说他嘿嘿嘿笑,完了,他说我不知道。

锦帆的话令我怦然心动,他说他不知道,不知道自己喜欢谁或者说不喜欢谁,我想,也许真该我们替他操点心了。

锦帆不是很差劲的男孩,他擅长于书、画、篆刻,他原先的理想是当画家、书法家、篆刻家,二十岁的时候他高中毕业,报考美术学院,因为他父亲的原因,他没能如愿以偿,据说他父亲曾经没事找事胡言乱语,后来被抓了,被判了长长的刑期,再后来他死了。锦帆在工厂干得也很好,许多活计,车、钳、刨、铣、磨……他做起来样样得心应手,他仿佛天生是个能工巧匠。撇开他那个可诅咒的父亲,他唯一不足和令人痛心的是个子不高,他和女孩子们站在一起,虽然不低人一等,但也决非出类拔萃,曾经有个女孩子开玩笑说他,一米六五、三级残废。

我头一回看见锦帆的时候,他正在赶磨一批军工长轴,他站在磨床前,谨慎而果断地推着手柄,工件和飞旋的砂轮在瞬间碰撞,磨削的火花随着哗哗的冷却液急雨似的直泻，铁腥味浓得仿佛触手可及。金色的火花，乳白的冷却液，锦帆的沉着方正的脸庞，这一切交相辉映扣人心弦。我听见组长嚷嚷着喊，锦帆，你慢点好不好，你胆子忒大。锦帆只管嘿嘿嘿笑，若无其事的。后来听师傅说，只有锦帆敢这样快速磨削。我就是在那时候认识锦帆的。锦帆在宣传部门专门画画写写，每星期四，或者逢着大会战什么的，他就来车间深入火线，那阵子我刚进厂，我对很多人很多事都怀着虔诚，我觉着锦帆他挺工人阶级的。我并且为他的个子感到惋惜。

　　暗中恋慕锦帆的女孩并非没有，我们车间的秀萍就曾对锦帆秋波盈盈情意绵绵的，只是落花有意流水无情，锦帆他令人费解地保持缄默。

　　秀萍是个热情爽朗性格开放的女孩，她和锦帆有很多相似之处，她也是高中生，也因为某种难言的隐情未能升学，而且她生得娇小玲珑，她和锦帆站在一起天造地设一百个般配。最先发现这一点的正是锦帆自己。那是在庆祝"九大"开幕排练节目的时候，十男十女对舞，他在我们这些初进厂的学生仔中寻找演员，他找了个子高挑修长潇洒的，最后缺一个女孩，我们嚷嚷着要他下海，要他男扮女装。他嘿嘿嘿笑，他骂我们"幺三"，他说好好好，他说到这儿一眼瞥见了秀萍，秀萍是来看热闹的，这会儿正捧腹大笑，锦帆随口开了个玩笑，他说我跟秀萍搭档，我和她配最标准了。他说完了就发现不妙，秀萍飞红了脸扑过来又打又扯的，嘴里吃吃笑着骂他"憨大"。"憨大"跟"幺三"一样具有很广阔的涵义，它适用于男性公民，我纳闷秀萍为什么要这样笑这样闹，直至有一天我心里有了秘密的难以诉说的恋情，我才理解了秀萍。

当我们策划为锦帆"骗"一个老婆时，秀萍已经结婚了，她嫁给了她的一个远房表哥，表哥在无锡的一所中学当教师。

那次排练的舞蹈演出时十分轰动，后来还参加了市里的汇演，得了奖，锦帆为舞蹈画了好几张速写，我挑了一张我认为最好的，我把它当作艺术品收藏起来。

很快的，有了故事。思渊发现锦帆和全厂风头最健的女孩李小蓉在电工间门口说悄悄话，当晚我们就三堂会审盘问锦帆，你说你不知道喜欢谁，原来你搞地下工作你骗人哇！

锦帆大喊冤枉，锦帆说，思渊是谎报军情，李小蓉知道我认识放映队的人，她要两张票，她想看阿尔巴尼亚的电影，就这么回事儿。锦帆坦白说。

我们有点儿失望，又有点儿希望，隐隐约约的，我们觉着事情似乎有了点眉目，也许可以行动了。

李小蓉是和我一起进厂的。可我们合不到一块儿，她似乎天生是个惹人注目的角色，她身材高挑，容貌秀丽，还有点儿高傲冷漠。学生时代，她是市少年宫舞蹈队的，若不是早几年那阵子大乱，把一切颠倒的再颠倒了过来，眼下她没准在舞台在红氍毹上翩翩起舞呢。她是厂里有史以来的第一个女电工，听说当初安排工种的时候，对电工的政治审查赛过参军入伍，和诸多的在车间里侍候那些笨机床的新工人比，李小蓉算得上是个幸运儿了。

围着李小蓉转的男孩少说也有一个排，他们大都风度翩翩青春年少，锦帆如果加盟这支御林军，他可以当大哥了。

思渊说机不可失时不再来，我们合计合计。阿强笑着说投其所好,开一个电影招待会。海波嘀咕着说,最好先彩排。

锦帆只管嘿嘿嘿笑,说你们不要胡来,他似乎真当回事儿了。我发觉他们兴致勃勃对李小蓉都挺有好感,我有点妒忌。我觉着这件事既好玩又刺激。

这晚,思渊如此这般部署了一番,我们唯唯诺诺领命而去。

第二天,在预谋的时间里我鬼头鬼脑溜进了电工间。电工间里果然没有别人,想来他们都被海波、阿强的报修单差着去车间修电器了,我心里暗暗好笑。我看见李小蓉在绕线圈,她坐在窗前,垂着头,摇着手柄,一缕刘海垂在额前,她悠闲得仿佛在绣花。我嗨了一声,李小蓉回过头来,她见我轻手轻脚挺神秘的,她说你想要什么,你快说,电灯泡,电线,司达塔,插座板,你要什么,你说。

我一愣我很快明白每个闯到电工间来的人都不守本分,我想起家里那管日光灯,每次开灯,它总是羞答答的不肯发亮,它令我们沮丧讨厌,司达塔,阿爸说。可阿爸舍不得花钱买新的。我要司达塔,我跟李小蓉说,我要一只司达塔。李小蓉轻轻一笑,她给我一整盒,说以后尽管再来。我脸红心跳双腿发软,李小蓉告诉我他们组长替好几个头头做家用电扇,他们组长比她慷慨多了。她的话使我心安理得还觉着我吃亏了。我觉着李小蓉并非如她的外表那么冷漠,我想,也许是美丽制造了孤独。

我约李小蓉去县城看电影,我说我不知道有什么好看的,可与其在宿舍里无聊还不如去欣赏《宁死不屈》、《脚印》什么的,那些个台词多好多艺术,说着我就顺口朗诵了一段党卫军劝降女游击队员的话:外面阳光明媚,人们在尽情地享受生活、爱情……这台词眼下跟样板戏一样走红,李小蓉顺口接下去道:而你却会死去,默默地死去……我和李小蓉对视一眼，我们惊喜地发现了对方，理解了对方，友谊在瞬间诞生。

我告诉李小蓉，看电影的还有海波、阿强、思渊什么的，锦帆请客。李小蓉一听更来劲了，她说锦帆早该请客了，还记得那次跳舞吗，他那时就说他要请我们吃棒头糖、弹子糖、粽子糖，她说完了就笑，我也笑。我乘机说了锦帆一百个好，我忍痛割爱我说我还有锦帆画的舞蹈速写，你看上去美极了你要不要。李小蓉说我有一幅放大的，锦帆送的，我觉着它是最好的。老天，我心里暗暗叫苦，又有点忍俊不禁，我想我们是不是在画蛇添足多此一举？

我们在电影院门口和海波他们会合。我们在入座时有意无意地让锦帆和李小蓉坐在一起，我坐在李小蓉的另一边，我和李小蓉买了五颜六色的弹子糖，我们觉着边看电影边吃糖果是最开心的事。

熄灯以后，我发觉李小蓉、锦帆唠唠叨叨，他们在背台词。李小蓉说她挺欣赏《脚印》里的那个外科医生，他风度潇洒才华出众，可惜他死了，他被人杀害了。锦帆说影片里的脚印象征了人生的足迹。李小蓉说哎哟我怎么没想到，我还觉着这片名文不对题我真傻。他们后来又说那个叫维拉的女游击队员，锦帆说维拉纯洁热情，可惜她也死了，死在绞刑架下，李小蓉又大惊小怪地说维拉真美，锦帆说我有一张维拉的剧照，你要喜欢我就给你，李小蓉说太棒了，谢谢你，你怎么会有维拉剧照的，锦帆说朋友托我画了一张二十四时的，他把它挂在新房的墙上……

我在一旁洗耳恭听，锦帆谈吐得体情趣高雅，李小蓉落落大方情意相投，她忙着和锦帆对话她甚至都忘了她的糖果。假如有一个男孩在我耳边这样絮絮不休我想我也会着迷的。

锦帆和李小蓉谈得热火朝天忘乎所以，我们悄悄地不动声色地溜出了暗无天日的影院。我们觉着电影招待会妙不可言，我们想万事开头难，往后的事儿就顺当了。于是我们就笑。

我们在县城的夜大街上笑了很久，我们很少这样开心地笑，我们都是为朋友两肋插刀的人，我们后来才知道我们笑得太早，才明白故事有一个好的开头未必有好的结果。

我们在宿舍里等候锦帆，我们等着听他的好消息，诸如李小蓉答应了他们的约会什么的，我还盘算着要锦帆也送我一张维拉的剧照，我们还想我和李小蓉会成为好朋友，就像海波跟锦帆他们一样。我想着锦帆和李小蓉踱进宿舍区大门，门房里该有多少双好奇的眼睛定格在那最初的一瞬，又该有多少张嘴同时掀动四处传播这头号新闻，一切都会如思渊事先策划的那样发生。宿舍区的门房是瞭望台是所有桃色新闻发源地，门房里有一大帮子捧着茶缸闲聊的男人女人，他们警惕的眼睛时时捕捉着青春躁动期的男孩女孩，他们一发现什么蛛丝马迹他们便会兴奋不已。他们破坏了初恋的神秘，扼杀过很多爱的萌芽，他们也曾推波助澜弄假成真，让那些假凤虚凰终成鸳鸯，思渊要的正是这后一种效果。

锦帆回来得很晚，他仿佛走了很多很多的路，他疲乏极了，他说他要睡觉，睡很久很久的觉，然后他便倒在床上，他什么也没跟我们说。后来我们才知道那晚他并没有跟李小蓉一起回厂，两个人快到宿舍区时，他让李小蓉先走一步，他一个人在外面呆了很久，他在最后时刻背叛了他自己和他的朋友们。

我猜不透锦帆他是怎么想的，他究竟是失去了勇气还是担心什么，他始终没有解释他为什么会这样。开始的时候大伙儿说得好好的，他答应送李小蓉回宿舍区。他也知道其间非同寻常的意义，没想到关键时刻他竟做了"缩头乌龟"。

阿强、思渊他们恨铁不成钢，说了锦帆好一阵子，诸如捧不起的刘阿斗啦，功亏一篑啦，锦帆他都照单全收，末了，他嘿嘿嘿笑，他说急什么。

我们重整旗鼓，我们不想故伎重演来什么电影招待会了，思渊说，干脆，把队伍拉到"沙家浜"，到时候大伙儿散开隐蔽，让锦帆和李小蓉天作被来地作床。思渊说了一半我们就笑开了，"沙家浜"是附近的一个小河湾，幽静冷僻，历来是男女私会的地方，也不知是谁给它取了这么个革命化的名儿。

正当我们积极筹划自以为得计时，传来了一个令人沮丧的消息，李小蓉和厂篮球队的一个绰号叫"摇篮"的男孩好上了，那男孩身材颀长擅长投篮，他在投篮时抱着篮球腾空在篮下摇一圈，百发百中，无可讳言，他和李小蓉走在一起算得上般配、甚至潇洒，可我不觉得他是最好的，我寻思他追求爱情的方式也许跟他投篮的绝招一样，他迷惑了对方也迷惑了所有可能的情敌。

我为锦帆难过，我开始觉着这事情一点也不好玩不刺激了。

生活尽管无聊，却常有激动人心的变化，其一，秀萍去无锡她表哥那儿了，她要生孩子了。她在车间里和大伙儿告别，锦帆也在，说说笑笑之际，他爱调侃秀萍的老毛病又犯了。他说，幺三，当心生怪胎。谁知秀萍不再是当年那个似羞非羞的女孩子了，她尖叫一声，扯着锦帆的耳朵非要用手纸擦他的嘴，意即锦帆说的全是屁话，旁边一个老女工也说这怪胎的话是万万讲不得的，是犯忌的，锦帆无奈之下，只得任由秀萍摆布，秀萍使着劲儿把锦帆的嘴擦得如同猪唇，这事儿让大伙儿笑痛了肚子，乐了好几天。

其二，锦帆进了三结合的领导班子，他当选为革委会的委员了，他得的选票比老厂长还多，大伙儿都说他没准能当第一把手、第二把手什么的。他作为候选人（群众代表）之一，本身就是个奇迹，因为他而落选的是前一届的革委会副主任。那家伙革命立场坚定阶级爱憎分明颇得上级领导的赏识，他和老厂长频频交火明争暗斗让人反感，他的雄心是做革命人接革命班，可事与愿违他猴子捞月一场空。很多年以后，老厂长退休了他来我们单位看门房，他跟我闲聊时告诉我，当年让锦帆当候选人，这本身就是策略，他老谋深算地说他料定人们会选择比较温和的锦帆。老厂长的话比我觉着一切都深不可测和不可思议。

选举结果公布的时候，海波、阿强他们兴高采烈簇拥着锦帆送他到厂部办公室，然而第二天锦帆就来了个大撤退他索性回了车间，连原先宣传科的办公室也放弃了。帮助他迁移的是思渊，那家伙替锦帆找回了工具箱，我后来才明白思渊是最理解锦帆的。锦帆一连三天和几个勤杂女工坐在一起，给工件去毛刺，这是车间里最脏最累最没人瞧的活儿，他锉得很努力，手下粉末似的铁屑纷纷扬扬洒了一地，几个女工索性袖手旁观，她们说锦帆你包了吧，我们都做腻了。锦帆嘿嘿嘿笑，他说好，一言为定。没想到这说着玩儿的事儿后来竟当真了。

锦帆回车间的消息不胫而走传遍了全厂，人们在震惊之余亦感到不足为奇，这年头乱哄哄的你方唱罢我登场的事儿大伙看得还少吗？可老厂长不甘罢休，他以革命的名义命令锦帆去厂部报到，锦帆在办公室和老厂长深谈了三个小时，离开时他的眼睛是红肿的，谁也不知道他们说了些什么他为什么哭。他们达成了某种默契，老厂长答应锦帆留在基层，他给了锦帆一间单独的工作室，不隶属任何部门，锦帆成了他自己的头儿和子民，思渊后来开玩笑说锦帆的工作室是少数民族自治区。一年后锦帆就是在他的自治区研究试验成功用电解方法给工件去毛刺的新工艺，他实践了他的诺言，此是后话，后话暂时不说。

上级公司的批复下来了，革委会成员的正式名单中没有锦帆，据说依旧是因为他父亲的原因。我觉着他父亲罪孽深重，老先生不仅毁了锦帆的学业，还毁了锦帆的仕途。人们这时候才恍然大悟明白锦帆为什么要大撤退，他若人模狗样盘踞在厂部，没准他现在得去扫厕所做杂务工。我觉着锦帆少年老成胸有城府，颇有自知之明。我说锦帆你怎么就能看得透？锦帆嘿嘿嘿笑，他说我高中毕业时就看透了明白了，他显得成熟练达心平气和。我觉着锦帆是个哲人。

锦帆做了一阵子新闻人物，出乎意料的，他成了女孩子心目中的理想人物，我发现与我一同进厂的美琪就对锦帆大有好感。她夸锦帆堂堂正正是个男子汉。

美琪有一个很可爱的绰号：小馋猫。她是个活泼单纯的女孩，那次跳舞吵着要锦帆下海就是她带头起哄的。她挺喜欢跟锦帆闹。排练节目那阵子，他们俩老是玩打赌的游戏。比如美琪说她一次能吃八两馄饨，锦帆不信，锦帆说你真能吃我来会钞，于是便有好事的去买了八两馄饨，大伙儿眼睁睁地看着美琪一口一个风卷残云看着她赢了锦帆。再比如，美琪说她好三天不吃饭，只要有饼干、蛋糕什么的就行，锦帆头摇得停不下来，他嘿嘿嘿笑，他说你又不是洋鬼子你天生就不是啃面包的料子，锦帆又和美琪打赌。他买了面包、饼干、蛋糕一大堆吃食，让美琪去做洋鬼子去啃面包。开饭的时候，大伙儿帮着锦帆一起密切监视美琪，不让她走近食堂、餐厅一步。我看美琪欢天喜地品尝着各色面包、糕点，大老餐一个，我心里明白美琪是正中下怀乐不可支了。我想，锦帆他也有千虑一失的时候。

美琪家里有五个兄弟姐妹，他阿爸挣的钱只够一家子糊口，她排行老三，她从小吃不着她想吃的东西，她的两个姐姐都在农村插队她现在的日子也不好过，她没有时髦的花裙和新衣，可她身段苗条体态健美，无论什么衣服都能映衬出她的清丽、秀气，青春比一切美丽的衣服都更具魅力。而且她心灵手巧，是个出色的车床女工，她加工的生活漂亮得连师傅都赞不绝口，相比之下我没出息极了，为这，锦帆不知揶揄过我多少回了，说美琪做我的师妹真是冤了。

那些个打赌的事儿，很久以后，我自己做了母亲，我哄我的孩子吃东西我老跟他玩打赌的游戏，一直到那时候我才明白锦帆和美琪打赌的一片苦心，他想满足美琪孩子气的愿望但又怕伤了美琪的自尊心。明白这一切的时候我心里有点儿酸楚，我想锦帆他是不是太老成了。

还是继续说美琪和锦帆的事吧。我把我的发现告诉了海波、阿强和思渊，思渊说看来我们都是远视眼了，这近在咫尺的事却都视而不见，他说我觉着美琪是个好姑娘，她勤劳朴实聪明能干，她和锦帆是天造地设的一对。

锦帆嘿嘿嘿笑，他说，你们又来了。阿强说，锦帆你不要再错过了，你已经错过了一回了，好女孩争的人很多的，到时候再冒出个什么小摇篮大摇篮的捷足先登，你又后悔莫及了。他是指李小蓉的事。

锦帆有一阵子沉默，他显然也想到了李小蓉，他真心喜欢过她，可他还没来得及表白心意他就永远失去了她。好在生活里的男人并非个个是少年维特，否则我的故事刚刚开始就该结束了。

帮锦帆"骗"美琪的计划思渊核计了好一阵子，他说这回准万无一失马到成功。

星期天，我过生日。

我们没有回市区，我们在宿舍里会餐。四个男子汉凑的份子，锦帆执意出了双份。

美琪也来了，她先是觉着奇怪，她说你记错了吧，前两年总是我先过生日再轮着你的，今年怎么颠倒了呢。

我心里一慌，急中生智说，我小时候死过一回，是祖母提着灯喊着我的小名走了一夜，才把我从阎王那边讨回来的，这死而复生的日子，是比生日还隆重的生日。我一点儿也没有说谎。美琪连连称奇，她问了我会餐的人数她说她去买奶油蛋糕，参加会餐每人得带一份食品，这是惯例，美琪是个很自尊的女孩，我没阻拦。

海波和阿强半夜就骑车去三十里外的浏河镇了，那里是渔港，集市上有的是新鲜的鱼虾蟹鳖。

海波和阿强他们从浏河回来的时候，我吓了一跳，除了一大网兜的鱼蟹以外，海波的额头上起了个大肉球，周围发青。原来，去浏河的公路有一大段没有路灯，路面又不好，伸手不见五指的，海波的车子在公路上栽了个大跟斗，他没跌碎脑壳已经是万幸了。阿强也是蓬头垢面的一副狼狈相，他们一起骂骂咧咧的牢骚满腹，俨然两个大功臣，思渊忙着找松节油止痛膏就差用担架送他们去医院急救室了，我也在一旁瞎张罗，谁让我跟海波谈情说爱着呢。

　　杀鱼、洗蟹、烹调那些事一古脑儿的由锦帆一手包办了。锦帆的烹调手艺是小有名气的，有些同事家里办红白喜事也会请他去帮忙，今儿个自然是非他莫属了，美琪是个勤快的女孩，她主动请缨，她说她来做下手，她跟着锦帆去了洗涤池，思渊跟我们会心一笑。洗涤池就在窗外的廊下，锦帆和美琪忙乎了好一阵，他们说笑他们操刀剪的咔嚓声，声声入耳。

　　锦帆说，美琪，这虾一只只活蹦乱跳的，你看做什么好，清水虾，油爆虾，醉虾，你把它们洗干净，我来加工，美琪说最好几种都做都尝尝味道。锦帆说，馋猫。美琪笑。过了一会，美琪又说，锦帆，炉子旺了，先烧水还是先起油锅？锦帆说我以为你这炉子要弄老半天的，有很多女孩不会生炉子。美琪说我六岁就学会生炉子了，天天头一个起床。锦帆说，不容易，这回美琪没笑。听得见濯水的声音，静静的，明亮的。星期天的庭园是最美的庭园。

　　很久以后我还能听见这一些，听见一个男孩和一个女孩的私语，亲切、自然、和谐，仿佛人类的呼吸，又仿佛是大自然的四时。它们没有华丽的装饰，它们却充实了两颗朴实的心灵。

　　会餐的时候，锦帆最后一个落座，阿强嚷嚷着要他坐在美琪身边，说锦帆，现在该你做下手照顾美琪了。阿强说着扮了个狡黠的意味无穷的笑脸，一切尽在不言之中了，这是个很普通的玩笑，或者说幽默。工厂的人们爱互相调侃，他们把这叫做"插曲"。"插曲"是平庸生活的调味品。

　　这普通的"插曲"在今天却不同寻常，它是一种暗示、询问，是一个试探的气球。

美琪轻盈地笑，不置可否，待坐定后，锦帆指着桌上的鱼说，美琪，打赌吗？美琪说，怎么赌，锦帆说，你吃了这个鱼头，我喝三杯酒。美琪说，好，一言为定。美琪喜不自禁，美琪最嗜好吃鱼头了，她巴巴地替锦帆斟酒，阿强夺了酒壶，阿强说锦帆，你该吃鱼尾，你们俩有头有尾，这才是公平交易。阿强这个"插曲"简直是妙笔生花令人叫绝，我们大笑不止，忙乎着把鱼支解了逼着美琪和锦帆"有头有尾"吃个精光。玩笑开到这个地步，一切已经是不言而喻心照不宣了，我想美琪是个聪明的女孩，她该明白大伙儿的心意。

曲终人散，我和美琪慢慢地踱回女宿舍，我们边走边聊，我见美琪脸上泛着红红的酒意，我摸摸自己的脸，我们彼此相差无几。酒后吐真言，我说美琪，锦帆对你好不好，你说呀！美琪笑着，她学秀萍样她要来擦我的嘴，我躲闪着我说美琪，男人有很多很多，而锦帆只有一个，你要错过了你会后悔的。

美琪松了手，愣愣的，出了半天神。我心里有数的，美琪说。

几天后，我和海波、锦帆和美琪四人又去了浏河，此行的幕后策划依旧是思渊，他说这样的组合令人有触景生情想入非非之感。

美丽的浏河外是浩瀚的长江口，宽阔的江面泛着连绵不断的细柔的白浪，恢宏而宁静，我和海波故意走得很远，我们把锦帆和美琪扔在寂寞而漫长的江堤上，让他们倾诉衷肠。

隔着很宽的滩涂，我回首眺望，日光下，锦帆和美琪肩靠着肩，他们的身影轻盈而透明，仿佛两只欲飞的白鸟，快要融进这天地水色之间了。怀着感动，我掬起足下的水，水是这美丽时刻的意象，我用它沐浴我的眼睛，我祈祷它直至永远。

锦帆和美琪的关系在我们精心培育下初成蓓蕾，锦帆问了我美琪的生辰八字，他说他打算在这富有生命意义的时刻向美琪表明心迹，他是认真的。我也偷偷准备了一份礼物，我想在那个晚上，在美琪从锦帆身边回来，夜深人静的时候，奉献我的祝福。

零零碎碎的外界有了关于他们的传闻，这和锦帆老往美琪那儿跑有关，他的电解新工艺设施需要很多复杂的小部件，他画了很简单的草图让美琪车削加工，猜不透美琪是怎么参悟的，她总能按图索骥让锦帆满意，这一手绝活令我自惭形秽无地自容。我明白我不是优秀的车床工，很久以后我终于离开了工厂，不再丢人现眼。

平地起波澜，工厂轮着一个工学院念大学的名额，美琪被推荐上了，她家三代工人没出过一个大学生，她阿爸闻讯激动得热泪盈眶连呼万岁，一家子长夜不眠，给了她很多的憧憬和期望。全厂男女老少排队参观似的挨着个儿在她的车床前川流不息，以为她上大学再以后成了接班人便无缘相见了。转瞬之间，美琪成了众人瞩目的宠儿。填表，检查身体，政审，一连串的通知，不要说美琪如坠梦境，就连我们也都一个个傻了眼。

锦帆的热情一落千丈，他变得沉默了。

背着锦帆，我们也议论过，和美琪这事儿还能成吗？阿强说锦帆千不该万不该挑什么良辰吉日，现在好，美琪身价高了，他怎么说。海波说锦帆他自尊心很强的，现在要他开口跟美琪提，恐怕比登天还难，唉，没想到落得个鸡飞蛋打一场空。思渊冷冷地说，只怕不挑良辰吉日，现在也是一场空，忘了那次入选领导班子的事了，如果不是锦帆退得早，到头来还不是自取其辱？

这个比喻太残酷，然而谁也无法否认现实，我就是在这时候了悟，思渊是锦帆最好的朋友。我看他们一个个悲观失望，我说我来问问美琪，成不成，弄个明白也死心塌地。

一连几天，美琪都在市里，她忙于办各种手续。那晚，锦帆说大伙儿碰个头，他有话。也不知他要说什么。我一个人往他们宿舍走的时候，我心里隐隐觉着，锦帆的罗曼史又该结束了。

小屋里静静的，大伙儿面面相觑，谁也不知道说什么和不该说什么，锦帆嘿嘿嘿笑，他说你们都吃过药了，哑巴了，他居然还有心思"插曲"。我忍不住说锦帆你有什么话你就直说吧。

锦帆不再笑，他沉吟了一下平静地说，就是和美琪的事，我决定拉倒了，你们不要在美琪面前提，不要难为她了。

大家无语。

他说不要难为美琪，他显然想了很多。也许，对于美琪，与其作两难的选择，还不如一走了之的好。就像思渊说的，有些事，即使她不在乎，可别人会在乎，上头会在乎。只是永远不会有人知道她真实的内心了。

美琪走的时候，我们去送她，大伙儿高高兴兴的，只是不再有人说什么"有头有尾"的插曲了。我听见锦帆对美琪说，幺三，打个赌，美琪说，好。我没听清他们究竟在赌什么，可我看他们一如既往的轻松随和，我想这大概是最好的结局了。

传来了秀萍的消息，她过了预产期十四天才生，胎儿落地就死了，说是个男孩，很漂亮的男孩。

好的东西怎么总是不长久？我在痛惜之余，心里说不出的惆怅和惘然。那个老女工责怪锦帆说，你讲了犯忌的话你害了秀萍。那正是美琪走后的十三天，锦帆嘿嘿嘿笑，也没说什么。

晚上，锦帆来找我，他说，你是秀才，你来看看，我这东西写得合适吗？

我一怔，他这么郑重其事，我猜不透他写了什么，我想，也许是关于美琪的事。我说你怕退稿哇，锦帆说，我怕又犯忌，来，你看看。

我于是明白怎么回事了，他这是写给秀萍的。

锦帆在信中对秀萍的不幸表示深切的慰问和同情，他要她节哀顺变保重身体，说留得青山在，不怕没柴烧，说身体是革命的本钱，说心宽体胖，说母胖子壮，说秀萍来年准一胎多子，起码添两个大胖儿子，三个千金小姐，说让那个未来的小千金也取名叫秀萍。我细细地读了，我忍俊不禁，我被锦帆幽默的"插曲"、吉祥的祝愿逗乐了，我想月子中的秀萍读了这信一定会破涕为笑转忧为喜。

锦帆是细心的，善良的，我想他在安慰别人的同时，是不是也在稀释自己的痛苦？

有心的读者也许已经猜到，我的故事或者说锦帆的故事尚未结束。这无可讳言，生活本来就是这样，男孩女孩互相寻觅、碰撞、失望、再寻觅……今天的月亮落了，明天的太阳照样升起，谁也无法回避。

平庸的日子渐渐磨蚀了心灵的敏感，锦帆似乎淡忘了他那难言的隐痛，我们一帮子狐群狗党又开始盘算帮锦帆"骗"老婆的事儿了。正当我们四处搜索目标的时候，发生了一件意外的事，锦帆闯了大祸。

那天锦帆去木匠间催做一只更衣箱,他到那里的时候,五六个木工正围着只煤油炉子开研讨会,探讨燃料问题。炉子是他们早先自个儿用白铁皮做的,他们用它烧煮泡饭、面条、汤年糕、菜饭什么的,他们保留着旧手艺人的生活习俗,他们不喜欢也不舍得花钱在大食堂用餐。然而与之俱来的难题便是燃料了。工厂里有的是工业用的汽油、机油、柴油,却独独没有煤油。天长日久的,老掏自己的腰包买,谁都觉着心疼觉着得不偿失,无奈之下这炉子也常常熄火,这会儿,有人在运输队跟熟人要了一小桶汽油,兴冲冲地打算升炊,也有胆小的,说点了火没准会爆炸,《南征北战》中就有这样的镜头,一辆好好的吉普炸得尸骨不存。行还是不行,这些鲁班的子孙举棋不定了。

锦帆到那里的时候,正是他们犯难的时候,木工们欲进欲退郑重其事,谁还顾得上他和他那只小小的更衣箱,没准连那张施工单也被他们扔到爪哇国去了。只有一个小木匠朝一边挤了挤,对锦帆说,嗨,你也来。

就这么一声简简单单的问候,日后把锦帆推向了某种命定的因果。冥冥之中有一只手有一只眼睛它无处不在无时不在。

小木匠是个女孩,一个女孩的邀请是无法拒绝的,尤其是个漂亮女孩。锦帆挨在女孩身边,谁也不会料到,几分钟以后他就要成为一场大祸的罪魁。

有人划了火柴,可不知怎的,炉子的灯芯没燃着,众人忙乎着乱出主意,混乱中小木匠跟锦帆说,哎,打开炉子看看,你动手呀。锦帆说好。锦帆边说边打开了炉盖,他这一举动事后令很多人都百思不解难以置信。炉里的汽油接触到空气呼地燃烧起来,火苗飘扬着轻盈地残酷地吞噬了小木匠的脸孔。一声惨叫,震醒了木匠们的白日梦,他们三下两下扑灭了炉火,而锦帆则呆立在一边,他额前的头发被突然蹿起的火舔得参差不齐、犬牙交错,他看上去失魂落魄的样子,

厂医负责送小木匠去了附近的县医院,临上车的时候,他师傅在她耳边低声叮嘱她,起火的事你什么也别说,你说你不知道,你记住了。救护车风驰电掣地飞出厂区。一时间,传闻比燃烧的汽油还要迅速地蔓延到厂区各个角落,说小木匠成了第二个宋丹萍,说锦帆将被停职检查,他是肇事者他罪大恶极,我闻讯赶到木匠间的时候,正赶上木匠们和锦帆在统一口径订立攻守同盟,他们没发觉我。他们要锦帆一口咬定是工作需要才用了汽油。这是常有的事,工人们在启用新模具时,为了去掉外面的防护蜡,常常点火一烧了之。小木匠的师傅,一个长相很丑陋的汉子毋庸置疑地说,没有过煤油炉子的事,没有,大家记住。

所有的人都点头,严肃、庄重。

我悄悄地退了出来,我心里明白这是最合适的遁词了,小木匠将享受工伤劳保营养补贴,锦帆至多因违反安全操作规章扣罚一个月奖金,木工们自然脱了干系,大伙儿都没事,皆大欢喜。

然而不管怎么说,小木匠因了锦帆的鲁莽而失去了花容月貌,这是任何工伤补贴都无法弥补的痛苦和遗憾,在良心和道义上,锦帆永远是这场灾祸的罪人,他无法平静自己。

思渊说,锦帆,你怎么会去打开炉盖的,你没有想过后果?你不懂呵?

锦帆说我糊涂了,我是想帮帮忙的,我没有……锦帆有点语无伦次了。

海波说，我看你是见了小木匠糊涂了，她讲啥你做啥吗？你呀，听她叫一声就没魂了。

锦帆没有解释，也许他无力解释，那声召唤对于他的意义，那种神秘的冲击，有如缪斯馈赠的灵感，无声无息轻盈美丽摄人心魄。

阿强说，锦帆，千算万算不及老天爷一算，看来我们不用辛辛苦苦找了，你就准备和木匠成亲吧，我们全部被逗乐，笑过以后又一个个沉默了，谁都无法否认，阿强这个"插曲"不无道理，面对严峻的现实，锦帆也许只有死路一条了。

我寻思着烧伤后的小木匠会是如何一副尊容。她曾经是那么精致、娴雅、令人动心，一如她的名字：曼莉（美丽）。记得十男十女排练舞蹈的时候，曼莉穿着合体的长裙在舞台上轻盈地旋转，她腰肢柔软风姿绰约。男人们像品评李小蓉一样品评她，那个爱看书的"博士"宋元明说她身上有一种奇异的忧郁，一种没落贵族的气质。传闻她是个科学家的女儿。人们无法想象她置身于清一色男人的木匠间她一天天怎么过！木匠间是工厂区的"下只角"，简陋狭小，木工们全来自附近农村，他们不会海阔天空夸夸其谈，不会插曲不讨人喜欢。听说在安排工种时，上头对木工的人选也是几经斟酌的，他们挑了弱不禁风山清水秀的曼莉，他们期望她接受考验脱胎换骨，他们有心培养她做接班人。曼莉不知道这是个温柔的陷阱，头一天她就哭得鼻青眼肿，第二天她径直回了家，三天后她才去木工间报到，从此以后再也没人对她青睐，她的任性毁了她的锦绣前程。

现在轮着锦帆来经受"考验"了。

我们去探望曼莉。锦帆带了水果、蜂蜜、罐头。思渊说，锦帆是敢死队。

曼莉的家在虹口公园附近,一个很幽静的新村里。新村里是一色的二层小楼,楼前楼后树影婆娑,花枝绰约。新村静静的,沉沉欲睡,犹如午后的花园,有一种弥漫不已的慵懒的气息。我们不知不觉地放慢了脚步。在这浮华的城市里,任何一片宁静都令人珍惜。

开门的是曼莉的母亲,身高体胖,扎着围裙,很亲切地笑着。我觉得她有点像俄罗斯妇女,我在屠格涅夫、托尔斯泰的小说里熟悉过她,我跟她说了我们的来意,事后海波说,他头一回知道我也会结巴会笨拙地笑。

曼莉的母亲叹了口气。她让我们呆在客厅里她说她得上楼去问问曼莉,她肯不肯见人。她的话使我又吃惊又妒嫉,从来没有人对我这么亲切地问过。我是说我的母亲,我的母亲对她的孩子们行使一切的权力,是与否,我们从来不去反抗,反抗也无济于事。

我们等在门外,我们后来得到的允许是我们可以有一个人进屋,那幸运儿就是我。曼莉谢绝一切的男孩。

她显然不愿意让人看到她的脸庞。

锦帆默默地把一大堆吃食塞在我手里。我问,她哭起来她伤心欲绝的时候,我安慰她什么?

锦帆推我一下,你跟她说,只要她肯,她愿意,我……锦帆他很平静很真挚,也许他是真喜欢她。

命运在他走进木匠间他挨近曼莉的时候便已经决定了。或许更早。他想接近她的冲动显然他自己也无力反抗。料想不到的是他内心深处的某种渴望却要他以苦行来赎了。

曼莉的脸上绑着绷带,头上扎着花巾,出乎意料的,她很安静,她的一双眼睛微笑地看着我。我们一起进厂一起玩过，彼此说不上亲密无间，却也相处融洽，无需什么寒暄，我们便谈到了她的"面相"。她告诉我近期内她"无颜见人"，她的脸整个儿地烧伤了，为了便于治疗，所剩无几的头发也剃光了，不幸之中的大幸医生保证经敷药治疗，脱皮后，她的"面相"将完好无损。她跟我解释，烧伤的等级，一度、二度、三度什么的，她说她是轻度的。我哪里还有心思听她说这些科学知识，我只是暗暗失望，她一点儿也不悲观不痛哭流涕，她还将继续拥有她的美丽她的优雅，锦帆的情意、他的所有的决心忽然成为多余，此时此刻他对曼莉做任何表白都索然无味了。

尽管如此，我还是做了努力，我一再声明那些蜜糖什么的都是锦帆的意思，我说他心怀愧疚，他不为你做点什么，他会死的。我并非夸张。

曼莉说，我的眼皮跳了好几天了，妈妈要我小心再小心，我不相信，没想到，真出了事了。大概这是命中注定的，否则这怎么解释呢，曼莉摇摇头。

我听了愕然。她把这归之于某种神秘的命运，我不知道她钻了牛角尖还是故意胸怀豁达，我觉着曼莉并非如她所表现的那么乐观，她在忧虑和恐惧什么呢？

分手的时候，她要我代她向锦帆致意，她说心怀疚意的该是她自己，她还托我找点枕套花样，她养伤在家很想绣对枕套，留作日后纪念。她说她不喜欢那些"百鸟朝凤""吉祥如意""鸳鸯戏水"一类的花样，可她也说不出究竟什么好。她给了我一个难题。

在楼下客厅和锦帆他们会合，我们在附近的虹口公园开会。我告诉他们曼莉的情况，我摊开双手说没戏了。我发觉锦帆眼中闪过泪丧，正在失去的东西忽然变得珍贵和难以割舍了。我想是我们无休无止的讨论使某种想象的东西变得铭心刻骨和富有生气了，它使一个男人勇敢，也使一个男人绝望。

生活就是这么令人不可思议，先前锦帆还是敢死队还神情肃穆地说，只要她肯、她愿意……转瞬之间他解脱了他又可以轻松地跟女孩子们开玩笑说她们幺三，未来又将是一个美丽的谜，可是他却显得沉默寡言他似乎被新的更深刻的现实击倒了。

思渊说，这是好消息，小木匠没有破相，锦帆你命中该有个漂亮的老婆。海波和阿强也兴奋起来嚷嚷着说锦帆是有优先权的，还说那把火来得空灵、神秘，锦帆和曼莉没准是天作之合，命定的姻缘。阿强说，小木匠的眼皮怎么会跳，不就是征兆？

这事儿越说越神，我也迷糊了，我想锦帆和曼莉也许真有着某种不可思议的契合，要不他们怎么会挨在一起，会神使鬼差地惹火烧身？

我们搜集了一大堆枕套花样，思渊还特地让他在博物馆的女朋友找了一些诸如八仙、仕女、松鹤图，一时间宿舍成了苏州画苑。我们关了门，鉴赏品评，我们猜测着曼莉会喜欢哪一种花样，我发觉锦帆总是摇头，他对所有的花样全是一个评语：俗气。我们唯锦帆的意见为是，我们把很多深受女工青睐的花样弃之一旁，我们重新出击。我找了好几个工于女红的老阿姨，听了我的来意，她们眼光暧昧热情无比，她们准以为我未婚先孕急于出嫁，我捧着她们给我的花样精疲力尽回到宿舍，我忽然心生疑窦，我猜不透锦帆是以什么标准来决定取舍，他和曼莉之间有什么热线？我后来看见了锦帆亲手为曼莉画的花样，我才明白，他心中的曼莉是冰清玉洁超凡脱俗的。他为自己臆造了一个女神。

我因为精疲力尽心生烦恼,当锦帆再一次否定那些牡丹、芍药的花样时,我说你这也不好那也不好,花样儿好了,效果不好,什么都好,丝线配不好,大家说好,她不一定觉着好,想着好,做起来不好,现在看着好,日子长了又不好,罢罢,我没生好气我说你干吗不自己动手你画呀。没想到一锤定音,锦帆突然顿悟,他嘿嘿嘿笑,他说幺三,怎么不早点说。我哭笑不得。

锦帆说干就干立竿见影,当天晚上他就不和我们一起玩了。那晚我们偷偷去一个朋友家里开地下音乐会,我们听了柴可夫斯基的《天鹅湖》,我们觉着它一点也不像报上批判的那样糜烂,我们有点失望。锦帆把自己关在他的工作室里,那里充满了电解溶液的酸性气味,它地处厂区边沿,偏僻、安静、还有点荒凉。他在那里待到很晚。

三天后锦帆拿出了他为曼莉画的枕套花样,当他轻轻展开描图纸,一幅"空谷幽兰"图呈现在我们面前时,我们都哑口无言,我们被弥漫在画中的宁静、温馨、高雅、飘逸的气质震住了。兰花的高洁、纤巧,题款的典雅、秀丽,整个画面的精妙,流畅,无一不是某种人格的再现,我在读画的一瞬间,明白了锦帆心目中的曼莉,他的偶像。我觉着锦帆是我们时代的最后一个浪漫主义诗人。

我给曼莉送花样去的时候,我在曼莉的客厅里遇到一个叫伊妮的女孩,广州军区某文工团的报幕员兼手风琴手,她是回沪探亲的,她就住在附近的一幢小楼里,伊妮是曼莉中学时代的密友,儿时的玩伴,她漂亮文静寡言少语,曼莉让伊妮拉一曲《我爱北京天安门》,完了她就回家了,她临出门的时候给我一个静静的微笑,我觉着这笑很温柔又很沉重,还有点伤感,我寻思她并不快活。

曼莉告诉我，伊妮是一个二级教授的女儿，那教授有很复杂的历史问题，伊妮中学毕业后在农村插队，吃了不少苦，现在好了，现在她是广州部队某司令员的儿媳妇，曼莉还说这新村里有好多伊妮这样的女孩，她们忙于和门第显赫的干部子弟联姻，藉以改变自己苍白而软弱的家族血统。那些高干子弟一点儿也不在乎什么家庭出身、政治面目，他们就想要找一个上海的女孩，尤其是伊妮这样的上海女孩，文雅纤柔，出身大家。

我这是头一次听说这样的奇闻，我觉着难以置信，我还有点儿被欺骗的感觉，觉着上头有什么人欺骗了我们。

那幅花样曼莉喜欢得要命，看着她那么小心那么虔诚地把它们描写到枕套开片上，我于是终于明白，她和锦帆是有着某种心灵感应的。我乘机大肆渲染锦帆他废寝忘食艰苦卓绝的工作精神。曼莉大为感动，曼莉说这年头攀登在脚手架上装腔作势用油画颜料画大招手画人民你好的男孩有很多，肯别出心裁为女孩设计枕套花样的浪漫男孩却只有锦帆一个。我说曼莉能够得到这花样的女孩也只有你一个。我说完了我逼视着曼莉，我故意调笑戏谑狂放不羁，我想看到一个真实的曼莉，一个来不及掩饰的曼莉。

曼莉俯身在画稿上，深度近视眼似的，她的耳垂泅着淡淡的粉色，仿佛一朵精致的巧云，她害羞了。我发觉她的眼睑很美，美得动人心弦，我还觉着宁静、和平、若有若无弥漫不已的快乐。

我们后来还议论了先前锦帆和美琪的故事，这事儿是公开的秘密谁也瞒不了谁。我说锦帆他激流勇退有大家风度，男人就该这样豁达。曼莉叹口气，曼莉说锦帆如果勇敢一点执著一点，他和美琪准会好起来的。她说她有个朋友在工学院念书，她朋友和美琪坐一张课桌，有一回美琪用小刀在课桌上刻下了锦帆的名字，再后来她又用小刀慢慢地剜去了，就这么回事儿，曼莉说。

我跟着曼莉一起叹气，可我并不觉着有很深的惆怅，我想美琪在把那名字剜去的同时一定也下了忘却的决心，我不明白曼莉为什么要伤感，要难过。我们后来又说绣花的事。我们有意无意地把美琪话题Pass了。

曼莉开出了一长列清单，她要买红黄蓝绿各色绣丝线，且粗细不一，又是1号2号3号4号，又是浅绿嫩绿深绿湖绿的，我都被搞迷糊了，我说曼莉，你还不如戴了印度面纱你自个儿去买。曼莉说你嫌烦你让锦帆去办，完了让他送来。他出的花样他知道该怎么配线。

是呀，一双出花样的手自然能挑出最好的绣丝了。我觉着曼莉她慧眼识人而且她比李小蓉比美琪都要勇敢，她居然说完了你让他送来。我想我该结束我的外交生涯了。

这时候的曼莉已经卸掉了绷带，她的烧伤的皮肤在一片一片地脱去，露出粉红的新皮，脸庞虽然不怎么漂亮，但也并不十分丑陋，在经历了最初的"无颜见人"的痛苦后，她已经能够坦然地面对熟人了。只是绝对限于女友，锦帆是她第一个勇于面对的男孩。

我想象着锦帆把一大堆五彩丝线捧给曼莉时的情景，我觉着这是很美很诗意的镜头。我想曼莉未必真是体谅我才放生我，她也许很想见见锦帆，见见一个能理解她欣赏她的男孩。任何一个女孩都无法拒绝这样的诱惑。

我们都为锦帆和曼莉祈祷，为这对经受了火的考验的男孩女孩祈祷，阿强还是那句老话：千算万算不及老天爷一算，命中注定他们该好。

深秋的时候，曼莉的绣花枕套大功告成，因为配上了五色丝线，它比锦帆原先的花样更灵秀了，纤叶片片，一枝独放，似乎能闻到淡淡的幽香。曼莉的烧伤处也愈合了，正如医生保证的那样完好无损。新生的皮肤白皙娇嫩，她头上压着顶绒线编织的八角帽，帽下是短短的男孩似的黑发，她比先前更光彩照人了。"空谷幽兰"果真成了她生命中某一特定时期的见证和纪念。

我们在梅龙镇酒家庆祝曼莉恢复了健康和美丽，我们点了很多的菜，我在街心花园顺手牵羊摘了一大捧鲜花，我们大张旗鼓在心里暗暗把这当成了曼莉和锦帆的"订婚"庆典。我们不断地说着一语双关、弦外有音的祝酒词，诸如天长地久烈火中永生什么的，逼着曼莉和锦帆干杯。曼莉担心酒精会刺激伤害新生的娇美的皮肤，她不敢喝酒，她每次都以茶代酒一饮而尽，她似乎默认了我们的调侃和暗示。我看她很快活地笑很大口地吃，我觉着她很单纯很孩子气，我忽然想到美琪，想到那次我们聚餐，美琪微醉时的那种可爱，甚至我还想到了李小蓉，想到我和她一起背电影对白时那种快乐，隐隐约约的，我觉着她们似乎有点儿相似，我说不清那点儿相似究竟是什么，我想这也许只有问锦帆，因为这三个都是他中意过的女孩。好几年以后，我整理旧物，我看见了锦帆画的那张舞蹈速写，我惊异地认出了那上面的李小蓉、美琪、曼莉，于是往事又栩栩如生历历在目，我想，锦帆在挑选演员的时候，下意识里也许寄托了他对于理想女伴的憧憬。时过境迁，我为那流逝的岁月而伤感，我似乎还能听见锦帆的过去的声音。他说，我做了一个梦，一个真正的梦，现在我醒了，真正的醒了。

从梅龙镇酒家出来。分手，曼莉由锦帆护送回家，思渊对锦帆耳语说，锦帆，你不要措过今晚错过这一次。锦帆给了思渊一拳，他喝了很多的酒他很兴奋。

看着他身边沉沉温雅的曼莉我都闹不清究竟是谁护送谁了。曼莉微笑着和我们招手道别，她说她爸爸马上要从干校回家了，她要请我们聚会、喝酒、真正的喝酒，她说你们一定要来呀。

这是我们头一次听她提到她爸爸。阿强说你的酒我们岂会错过。我们大伙儿心领神会又笑，我们醉醺醺地我们在这城市寻找属于我们的巢穴，我们把锦帆和曼莉托付给美丽的诗意的秋夜。

那晚，我做了个梦中梦，我梦见在寂静的夜大街上，在曼莉家屋后的那片浓密的花影里，锦帆向曼莉一吐心曲。这是锦帆头一回正式向一个女孩求爱，前两次他都没有把握时机他错失良机。我在梦里醒来的时候我们又去排练节目，锦帆和我们一起舞蹈，他修长潇洒风度翩翩，他和我们十个女孩打赌。他嘿嘿嘿笑，他说我们：幺三……

第二天我在车间干活，海波慌慌张张如丧考妣来找我说，你去安慰安慰锦帆，你快去。

我一怔，我心里明白锦帆这回又完了。可我依旧怀着侥幸，我说，海波，你开玩笑你"插曲"呵。

海波恨不得揍自己耳光，他说，人家在火里你在水里呵，曼莉她回绝锦帆了。

我脑子一片空白，我说为什么。

海波说，我刚去找过她，我本来想揍她，她说不是因为锦帆不好，也不是她目中无人，是因为锦帆的家，他的父亲，她说她不是勇敢的女孩，她害怕……

我没听海波说完我就匆匆离开了他,我永远忘不了我这一刻的心情,我很难过我想哭,我在心里一百次地诅咒,诅咒锦帆父亲。我想那个老头儿为什么要胡言乱语不负责任,这世上的事千变万化你能管,管得了吗?现在你灰飞烟灭可你还阴魂不散害人不浅!我想起了那个并不快活的女孩伊妮,想到她们新村里流行的爱情方式,我想我理解了曼莉。可我无法原谅她,哪里去了,那个为美琪难过的女孩哪里去了。

我在锦帆的工作室里坐了很久,我没有说什么安慰的话,我就是在那个时候听见锦帆说,我错了,我做了一个梦,一个真正的梦,现在我醒了,我真正的醒了。

醒的又岂止是锦帆一人,我们大伙儿都觉着自己错了,我们再也没有去挖空心思在周围诸多的女孩子中寻找,为锦帆"骗"女朋友什么的。对于李小蓉、美琪、曼莉这样惹人注目的女孩,我们觉着好是好,可是又未必好,而其他类型的女孩又难以激发我们的灵感和热情。

半年以后,锦帆突然结婚了,他办了很热闹的婚宴。新娘是他母亲给他找的,她身材娇小皮肤黝黑,一看便知道是个性格爽朗易于相处的女孩。婚宴上,她飞红了脸,吃吃笑着对着照相机镜头。不知怎的,我觉着她挺像秀萍,就是那个喜欢过锦帆未能遂愿的秀萍,我想一切也许真是命中注定无以逃避无以拒绝,该来的总要来,我们只需静静地等待,默默地接受那命定的幸福和苦难。

婚宴上阴差阳错喝醉的不是新郎竟是一向稳重机敏的思渊。思渊他一反常态狂饮滥喝醉得不辨东西。后来我才知道思渊的博物馆的女朋友吹了,谁也不知道因为什么。思渊他很少说他的女朋友,他总是讳莫如深,他显然有他难言的苦衷。也许他想以沉默谨慎来保护他的感情,然而毕竟没能留住他所想要的。

他所要的是不是和锦帆的一样呢?

欢 乐

厂医梅芳

今年夏天我在上海郊区某个老镇的中医医院住院,患的是急性支气管炎,付了几千元的押金,床号是12床。十几天里,老是吊青霉素,还喝一种类似于毒品的止咳药水,病虽然没什么好转,人倒是挺优哉游哉的。

这个小医院住院部的规章制度贴在墙上是形同虚设的。平时经常有各种各样的跑街先生、跑街小姐来病房推销健美骑士、妇女卫生巾、人寿保险。病房间里自由主义流行,除了吊针的时候按兵不动,其余的时间病友们均忙着串门,打情骂俏,有两个老男人甚至溜出病房间在隔壁的小酒馆里喝酒、赌牌,有一天为了赌债两个人从外面一直吵到病房间,令人啼笑皆非。

最好笑的是病房间里有个患慢性支气管炎的老太,叫金妹,70岁,退休纺织女工。金妹性格泼辣,咳嗽的声音也是粗声粗气的,还像个猢狲屁股坐不住,进来就吵着要出去,她从早到晚不停地咳嗽,也不停地发牢骚骂人,从医生骂到护士骂到杂务工,从她儿子骂到女儿骂到孙子、外孙们。她骂医生把她当人质,不让她出院,又骂儿孙们黑良心,只顾自己忙着赚钱,想叫她老死在医院里。有一次我看到她的大儿子来,她把儿子带来的水果扔在门外,破口大骂:你来干什么?你不帮我签字办出院你就滚!弄到后来儿孙们来探她,像是做贼似的,瞅她一个不注意就扔下糕点、西瓜什么的,然后脚底板涂油,溜之大吉。

护士小姐们见多识广，替金妹打静脉的时候，都由着她骂骂咧咧，只管例行公事，完了就说，你这个老太，一点也不识货。

"不识货"是当地方言，具有十分丰富的涵意，此地是不识好歹的意思。有一天金妹果真出院了，病房里顿时安静极了，大家这才发现老太的骂声是多么令人怀恋，连最讨厌她的小护士也若有所失地说老太不在，病房间太冷清了。这话赢得众口一致的赞同。

我在病房里白天看书、打牌、会友、谈天，外出逛街，晚上溜回家和大楼（我丈夫）一起观看VCD，《教父》、《异形》、《空军一号》、《色情男女》，我们看得天昏地暗。我早就厌烦了我的写作，趁机放假。我占着医院的床位乐不思蜀。没想到后来遇到一个老熟人皮尔卡蛋，他原来在外面开美容院，当初大楼想发财也屁儿颠颠地入了他美容院的股，谁知刚开张就遇到了扫黄打流，美容院首当其冲，唯恐殃及无辜皮尔卡蛋赶紧关门大吉，吓得大楼整天电话追踪如临亚洲金融风暴。总算皮尔卡蛋天良未泯股金完璧归赵，从此大楼再也不做发财的绮梦了。我们和皮尔卡蛋的交情依旧持续不断平稳前进。最近他不知怎么摇身一变成了皮肤科医生，在这里开设了一个皮肤护理室，专做磨面和脸部按摩，和外面挂牌的美容室如出一辙，且收益颇丰。

皮尔卡蛋听说我在住院部，吃惊地说在这里还能治好病？这里都是骗钱的，不把你两千元骗光，是不会放你走的。你当心小病成大病，大病变绝症，你还不快走人！我大骇，发现自己掉进了一个黑店，并立刻联想起那个百般吵闹的老太金妹，原来她老人家早有先见之明呀。我立时三刻打电话让大楼来签了字，置主任医生的百般挽留于不顾，卷铺盖逃之夭夭。顺便说一下，皮尔卡蛋是大楼的朋友，他因为有点钱，喜欢穿皮尔·卡丹，朋友们就叫他皮尔卡蛋。后来风闻皮尔·卡丹是国外极其平常的品牌，他又改换门庭了，但是皮尔卡蛋的绰号却留下了。

离开病房的时候，烧饭的金老头告诉我，在医院的后面，有个针灸室，你去打金针、拔火罐试试看，那里的烂医生有点办法的，还省钱。我当时没听懂，以为金老头在开玩笑，心想叫烂医生的还能有好的？没准又是一个骗钱的。此时有个年轻医生也说，拔火罐能治什么病？拔一万年还是病，你就知道省钱，你还要不要年终奖金！金老头气得就朝那女的翻白眼。

结了账，数千元已经所剩无几。我绕过住院部，还真看到了那个针灸室的牌牌，斜挂在门框上，随时要掉下来似的。出于好奇，我去看了看，不看不知道，一看吓一跳。

先说一奇，简陋的针灸室里，人体展览似的，坐着很多皮肤黝黑袒胸露背的老女人。她们或者围桌而坐，或者蜷缩在里面的小床上。她们裸着的肩上、背上、腿上扎着很多金针，有的金针上还燃着艾绒，冒着袅袅的轻烟，像是某种宗教仪式上的祭品。还有的老太竟荒唐地赤裸着两只老瘪奶，背上顶满了一只只火罐，像只老刺猬，看到人来也不知害臊。

还有一奇，老太们手上大都套着金戒指，耳朵上吊着金耳环。有的手上还连套着两个。是那种非常质朴的没有任何花纹的金首饰，俗称马桶箍，更有恶劣的把这种耳环叫做节育环。这样的黄金首饰，我在电影《白毛女》里，在黄世仁的老娘，臭地主婆那里见识过，后来"文革"结束后，它一度在城市和乡村泛滥，现在却是城市女性最鄙夷的首饰。它是旧时代落后和平庸的象征。

我有一种时光倒流的感觉。我明白了为什么针灸室龟缩在医院的后面。这种原始的医治方式和地主婆似的金耳环其实已经在我们这个城市隐退。

我犹豫着想走,里面一个面色红润的老男人抬头问我干什么的。我脱口而出说,我来看病的,我想拔火罐。没想到那人摇摇头说,你来迟了,我马上就要退休了,新的病人我不收了,这里要关门大吉了。我立即意识到这人就是烂医生。他说话的时候,有个额头上扎着金针的老女人艰难地抬起头来,对我投以惋惜和怜悯的目光。

那女人的目光刺激了我。我从小就久经训练,60年代的时候,每每看到商店有人排队,母亲就会不问青红皂白驱赶小鸡似的赶我去狗尾续貂,唯恐错过了什么紧俏商品。我想我也不能错过了烂医生,我赶紧说你是不是烂医生?我是慕名而来的呀,我得了急性支气管炎,我在住院部呆了两个星期都没好。

烂医生嗤地笑了起来,住院部能看什么病呀?他们就知道收押金、打针。你看你脸色,黄黄的,不像人样了。我摸摸脸,我很怕人吗?

我赶紧诉苦说我是逃出来的,那里有个年轻的女医生说,拔火罐能治什么病,骗乡下人的。我说的虽是实话,但也不乏有讨好烂医生之嫌。

亏她还是学中医的呢,现在都学了外国人的一套,不是动刀就是动枪,喏,护士小姐给你打针的时候,不是像打枪一样的吗?这里干脆改牌子叫外国人医院得了吧。烂医生十分生气,边说边比划。一个瘦瘦的老太咯咯咯地笑了起来。你快活什么?烂医生像责怪小孩一样地责怪老太，老太笑得更厉害了。

妹妹，你手背打静脉，打得都发青了，现在的医生真作孽呀。靠墙坐着个胖胖的老太，她注意到我手背静脉上密密的针眼，痛惜地惊呼起来。她的嗓音里夹杂着一种嘈杂的声音，十分刺耳。

这是十几天吊青霉素留下的纪念，我是逃出来的。我又作祥林嫂状。

老太们怜悯地观察着我的脸色，她们七嘴八舌地问我住院的事，有说我脸色腊黄，眼大无光，也有的说我面色铁灰，指甲发紫，似乎我在住院部遭了大劫大难似的。现在西医是不好相信的，随便什么毛病都是青霉素。看不好就开刀，再不好就送太平间。你没看到病房间和太平间隔得不远的？

我毛骨悚然。我住院十几天从来没注意到什么太平间，它在哪个方向？

你们不要乱说，太平间什么时候在病房间旁边的？是这样的，青霉素在杀菌的同时把人的健康的细胞也破坏了，打多了有反作用的。烂医生和缓地阻止了老太们的胡说八道。他的话自然是极具权威性的。针灸室里安静了些。我早就知道青霉素有反作用，当初我病急乱投医，哪里还顾得上？现在被他们一而再，再而三地提醒，我不寒而栗。

你坐着吧。烂医生终于慈悲为怀地发出指令。谢谢。我刚要坐下，烂医生又问，你在什么单位工作，你能报销吗？我支吾着没说我是在家写作的，在当地人方言中写作和下作的发音十分相似。我唯恐老太们听不明白，又问个不停闹笑话。我回答烂医生说我现在下岗了，不过我丈夫还赚得动，医药费还付得起。其实大楼好吃懒做，从来没管过我。

你在香港啊，蛮好的，蛮好的。胖老太又插话了。我啼笑皆非。烂医生笑得合不拢嘴，他说你这个破嗓子不要暗洞里裹脚，瞎缠。下岗，怎么变成香港了？你脑子发昏了。

烂医生信手写了一张小纸条递给我说，你先到前面去付钱，阿好？阿好的意思就是好吗？郊区的人用词比市区的人要诚恳礼貌。我低头一看，上面写着诊疗费二十元，署名是一个赖字，我这才明白，应该叫他赖医生，我还想这不是在宰我吗，就这样几根破针、几个竹子做的破罐，千人万人地用，永不磨损，还居然一次收我二十大洋？我手指着赖医生的签名故意不敬地说，我还以为你是姓破烂的烂呢。赖医生说你倒蛮会说笑的，不过我这里倒真的是全医院最破烂的部门了，也有姓不烂的医生来，效益不好，来了也都逃走了。老太太们又都咭咭咭地笑起来。我怀疑这些老太都被医生点了笑穴了，随便一句话，她们都会发笑。

你一针二十元，比青霉素贵多了，效益怎么不好呢？

赖医生又好气又好笑，你以为我是强盗呀？二十元是一个疗程，可以做十次了。我给你做一次，打金针、拔火罐，还要用艾绒熏，我忙乎半天就收你贰元，还不够你赶时髦喝一杯咖啡，便宜得你屋里也要不认得了！

我恍然大悟。对，对，便宜，便宜，我屋里也不认得了。不过我不赶时髦的，我是老古董，只喝中国茶的。

我不管你喝什么，我总归收你二十元，反正这钱也到不了我的口袋里。我这里有好几个老太七八十岁了还在田里做，靠天吃饭，还要到菜市场去摆摊，我就少收她们，甚至不收。你问这些老太？赖医生说话的口气像个暖老温贫的党委书记，我不由肃然起敬。

赖医生说着就到里面的房间去了，那里有七八张垫着旧草席的小床，床上躺着几个老女人。有点像电视里的灾区镜头。赖医生在里面磨蹭，我在外面围着桌子坐下来，和那个瘦瘦的爱笑的老太聊起来。她叫宝娣。眼睛很大。她十分热心地把椅子挪了挪。妹妹，坐得宽舒些。宝娣声音朗朗地和我说话，一口本地方言。妹妹你四十呀？我笑着说再加五岁，宝娣说，后生来，看不出，看不出。我七十了。

看不出，看不出，你也后生来。你眼睛老大的。我发现宝娣的眼睛大大的，眼睛里隐隐有一种已经流逝的妩媚的光彩。

妹妹你客气了。你运道好，我们刚和赖医生讲张（说话）打赌，说他这里只有七十、八十的老太，没有年轻的来，赖医生不服气，后势来就来了你。

这时周围的几个老太都点点头。我恍然大悟，原来我是他们和赖医生打赌的结果呢。还有，她们看我的目光就和我看二十岁的女孩一样，充满羡慕和宠爱，令我感觉良好，青春焕发。

宝娣光着上身，她的肩、背扎了二十来根金针。她前面只兜了一个绣花肚兜，肚兜上的花儿暗淡着，就像流逝的日子一样面目不清。这样的围兜在70年代的江南小镇还能看到，是当地已婚女人传统的内衣。从后面看过去，宝娣裸露的乳房已经完全萎缩了，像两只空了的洋米口袋。我想象她年轻的时候，兜着个漂亮的花肚兜，丰腴饱满的胸部该有何等妖娆呢？还有她的大眼睛，那眼睛里的光彩是否曾经像小河的水一样哗哗的流淌不息？

我忐忑着。我担心自己也会像宝娣一样赤裸着乳房。和她相比，我还不够开放。我心虚地问宝娣，这门就这样敞开着呀？没想到让过来拿艾绒的赖医生听到,他猜到了我的心思,说,我们这里是八月半的月亮,正大光明,不好关门的。不过你放心,你用不着脱的。赖医生的话刚落地,又有老太发出窃窃的快乐而暧昧的笑声。我觉得针灸室和自由主义泛滥的住院部相比,更其乐融融。

宝娣面前放了个小收音机,收音机里有个娇滴滴的女声在叽叽咕咕地说着什么。我说,阿婆,你听什么呀?宝娣对着我笑嘻嘻地说,妹妹,我不识货的呀,我不识货。

此时的"不识货"就是听不懂的意思。难道宝娣听收音机是听不懂的?我一时不解。对面一个脸色白皙的老太看着我笑道,宝娣是陆渡乡下的,她听不懂收音机里在说什么,她听不懂街上人的话。

当地的老人习惯把城里人说成是街上人。包括电台里说普通话的演员。

宝娣听不懂普通话。我又问宝娣,那你电视呢?你看电视呢?宝娣摇摇头说道,不识货,看电视也不识货的。不过我电视喜欢看的咯,电视好看,我天天晚上要看到结束,过年的时候看到天亮喂。宝娣很自豪地拖长了说话的音调。

这倒是新闻。我百思不解宝娣对电视的迷恋。我莽莽撞撞地问,你不识货,你看电视看什么?没想到这下宝娣不开心了,她立时就挂下了脸,竟不搭理我。对面的老太伸伸舌头,也不再说话。

我不明白刚才我还挺讨宝娣喜欢的,怎么一下子形势突变了?幸好这时有个穿得山青水绿的叫"姥姥阿太"的,从里面房间出来,她在我旁边坐下,看着我笑吟吟地问,你阿是喉咙不爽快?她没等我回答又说我在里面听你们在外面讲张,我是脚馒头痛。姥姥阿太的手抚摸着自己的膝盖。

我注意到姥姥阿太的手上是一只色泽柔和的白金钻戒，颈项上是一串漂亮的珍珠项链，和周围过时的"金耳环"们相比，她显得雍容华贵，举手投足颇有鹤立鸡群的气度。只是姥姥阿太的手是粗糙的，农妇的。

我每年夏天总归要来看赖医生的，姥姥阿太继续说着，冬补身夏治病么，今朝我肩胛不爽快，再想叫赖医生戳两针。姥姥阿太说话慢悠悠的。我觉得姥姥阿太很知书识礼。

赖医生过来了，姥姥阿太掏出一包烟，她给赖医生递烟、点火，随后自己也点了一支，一连串的动作熟练而优雅。赖医生问，今天你怎么来的？姥姥阿太说轿车喂。她的"喂"字拖得很长，很好听。

我一辈子还勿曾乘过轿车喂。赖医生把"喂"字也拖得很长很滑稽。我忍不住笑了起来，心里却暗暗感叹这里也五方杂处、藏龙卧虎。这时候一边的宝娣张了张嘴，想插话，但她看看我，又不吭声了。

赖医生帮姥姥阿太扎针的时候，靠墙的一个头上扎满金针像只刺毛团的胖老太又在喊赖医生，要他"一边边还戳两针"，她说她今朝起来落枕了。赖医生又转回去，他边扎边说你们都是骨头贱，难过，我不戳你们，你们就不得过。我老婆知道要吃醋的。

老太们都叽叽叽地笑了起来。赖医生每说一句，她们就笑一阵。说笑之间宝娣已经好了，她收拾起布包包和赖医生道别后就走了。

我说宝娣是怎么回事？她生我气吗？赖医生就笑，你是哪壶不开提哪壶。宝娣最忌讳别人说她不识货，就不要看电视听广播。宝娣的儿子是街上人，宝娣出来看病就住在儿子家里，为了看电视听广播，和儿媳妇不知淘气（吵架）了多少次。

宝娣看电视是图个热闹。你说她空闲了做什么？乡里多的是宝娣这样的老太，不识货，但电视还是非看不可的。赖医生归纳道。

原来如此。我说，其实我当时什么意思也没有的，只是脱口而出，我明天就和宝娣道歉。赖医生说用不着的，宝娣忘记性大，不记恨的，到了明天她就忘得一干二净了。姥姥阿太也安慰我说，不碍的，不碍的。我轻松地笑笑。我有很多待人接物小心翼翼的经历，针灸室的空气却令我有无所顾忌尽管放肆之感。

赖医生在我的左右手的鱼际（穴位）处取穴扎针，金针扎下去以前，赖医生关照说这两针有点痛的，我紧紧闭上眼睛，不敢看那五六寸长的金针，它们将顺着穴位进入我的身体。随着针尖惊心动魄的刺入，赖医生不断地问我：阿酸？阿涨？涨涨的感觉混合着酸痛，一阵阵袭来，我咬牙切齿闭紧双眼，顾不上回答。这时我听到胖老太的粗糙的嗓音，姥姥阿太，你的戒指怎么褪色了？

赖医生一边对胖阿太说，你不要不识货，人家是白金戒指，一边对我说好了。我睁开眼睛，看见姥姥阿太正笑吟吟地看着我。

第一次打金针总归有点怕的。

看着已经扎在我手上的金针，管用吗？我问自己。容不得我怀疑，赖医生接着又在我颈后的大椎（穴位）及周围扎了三针。

这三针不痛的。赖医生事先断言。果然，颈后扎针的感觉好多了，只是隐隐约约地有点刺痛，也只是一瞬间而已。赖医生又在金针上端插上一段艾绒，赖医生告诉我，艾绒是用艾草的叶子揉碎了加工而成的，插在金针的顶端，点燃了，热量和药力沿着不锈钢金针徐徐进入穴位，有舒筋活血的功能，这叫"艾灸"。艾绒点燃后有一股异香，热量慢慢的顺着金针渗进我的颈后，渗进大椎深处，渐渐地紧涩毛糙的喉咙竟有了一种舒缓滋润的感觉。

我闭上眼睛细细揣摩体会，我想分辨这究竟是幻觉还是真实？

待到针灸完了，赖医生又在我颈后、双肩等处拔了几个火罐。他沾着酒精在竹管里点火，然后猛地按在我身上，竹管就像刺猬的毛发一样耸立在我背后了。令人不可思议。今天晚上你就能睡个好觉。赖医生信誓旦旦地夸耀。我半信半疑。

你明天早上再来，医院是九点钟开始门诊，我这里七点就开始了。我下午是不做的。下午我要睡觉的。

你倒是蛮自由的，没人管你的？

要人管做甚？我自己给自己定作息制度。我是这里的土司。你这个病要早上扎针，效果最好。

针灸还要讲究时间呀？

当然。什么时候看什么病，比一天吃三次药效果还要好，所谓天时地利人和么。人体的穴位和24小时是一一对应的。赖医生娓娓道来。如此妙论令我肃然起敬。心里暗暗感叹赖医生果然名不虚传。

喜欢插话的胖老太又惊叹起来，赖医生你喜欢吃吐司么？我外孙也最喜欢吃了，油炸的，香透香透。

我说是土司。你最烦了，老是袜子套在鞋上，神经搭错缠不清爽。我被你烦死了。你少说一句，让我多活两年好不好？

喔哟，赖医生我听你的，以后每天少说一句，我是望你长命百岁的。我每次初一、十五在外冈吴兴寺烧香，每次替你烧香拜菩萨的。

我担心你在菩萨面前把话说反了，菩萨要提早把我收回去了。拜托你下次不要在菩萨面前提到我。你就是我的菩萨，大慈大悲的菩萨。

我忍住笑和赖医生和一屋子的老人告别,到了走廊我还是忍不住笑了起来,神经搭错缠不清爽的胖老太,和颜悦色的姥姥阿太,不识货的宝娣,还有这个想多活两年的说话风趣、出口就是俗语的赖医生。我想想又笑。又莫名其妙地想自己将来老了会不会也这样袜子套在鞋上?也这样不识货?老人呀,你们是这个时代的过去和未来。

我没忘了去和皮尔卡蛋说我在赖医生那里打金针、拔火罐。皮尔卡蛋正在忙着替女人做面膜,他没顾上和我说废话。女人们排着队由着他把一种白糊糊的东西涂在脸上,稍等片刻以后再撕剥下来,再喷些成分暧昧的清水,然后容光焕发地拿着他开的高额治疗费单子,去付费处。这样绕来绕去的,美容费就变成了可以报销的医药费,这是皮尔卡蛋生意兴隆的秘密。

回到家里,大楼看到我颈后好几个圆圆的乌青块,大吃一惊,以为我遭人暗算了。我赶紧声明这是拔火罐留下的痕迹,医生的说法是逼出来的寒气。我吃饱了饭就不断地和大楼说针灸室里的事,说赖医生,说姥姥阿太,也说胖老太,说宝娣。大楼说弄不懂你干吗这么兴奋,不就是老太婆戴金耳环,袒胸露乳,又没有情杀、乱伦的故事。

我说你不要下流。人家和你说正经的。大楼说情杀、乱伦的故事不都是你们文人编出来的?你要说正经的?我就和你说正经的,有一家老人刊物来约稿,你正好找到题材了。

那是一家没文化的刊物,他们要的是老人婚姻面面观,最好是畸恋、情杀的,不是针灸、火罐这样老旧的东西。噢,我不说了。言多必失。呸,你不打自招,总之现在的行情是要下流!我不查你的账,你自己坦白你那篇乱伦的文章骗了多少不义之财?你也不买包烟意思意思?

大楼说够了还不肯闭嘴。我十分悲哀，我自以为好的小说都没人赏识，我的一篇写乱伦的小小纪实却被一百家刊物转来转去，反复刊登，三年了还鬼魂不散时时出现，看到它的稿费单源源不断我悲喜交集哭笑不得。

晚上，也不知怎么入睡的，只是天亮醒来，才发现我没有辗转反侧整夜咳嗽不止，也没有如往常那样深更半夜摸索着起床狠命喝止咳药水，我不由心中一喜。因为不耐烦我咳嗽而躲在隔壁房里睡的大楼也喜不自禁，说今晚我们就小别重逢大团圆。我对他别有用心的创意毫不理会，我早早地满怀虔诚赶到了医院针灸室，占了个第一名。我对赖医生什么时间看什么病的理论推崇备至。

赖医生还没到，针灸室里只有一个上了年龄的女清洁工在扫地、抹桌。看她把针灸室打扫得干干净净的，我这个有洁癖的人不由对她心生感激。我打量着她瘦瘦的身材，不知道是什么原因，我觉得她面熟。只是记忆中的熟人绝对没有这样的老太。我迁移到这个老镇已经很多年，但是我的生活圈子依旧是在市区，我从来不看这里的电视节目，从不在镇上买衣服、家具、电器、化妆用品，我也很少和当地人交朋友。我对这个小城的一切都是陌生的。我有很多熟人都是这样，我的一个女友甚至连这里闻名遐迩的装饰品市场坐落在东南西北都不知道。

我说阿婆，你倒蛮早的，你辛苦呵。

不辛苦的，我天天这样的，你叫我大妹好了，我名字叫大妹。你坐。她很客气地招呼我。她两只手捏在一起，露出一点羞涩的神情。

我心里直犯嘀咕：我叫你大妹，我不成了老祖宗了？我一边嘀咕一边还是觉得大妹很面熟，似乎有一只手在落满尘埃的记忆的角落轻轻拂了一下，我若有所动。

　　此时又来了两个老太，其中一个就是姥姥阿太。姥姥阿太一见面就很客气地说妹妹早啊，好点了吗？我连连点头。姥姥阿太就侧转头仔细地看看我说你今天脸色好多了，幸亏你碰到赖医生，你要记牢了，青霉素不是好东西。我不由伸手摸了摸自己的脸，我自然非常赞同姥姥阿太的理论。

　　姥姥阿太又调转头对那个清洁工说，大妹，今天又是你来得最早啊。原来这个清洁工果真叫大妹呀，我疑惑地问姥姥阿太，大妹也是来看病的吗？

　　大妹是赖医生最老的病人了，大妹，你看了多少年了？

　　不长，不长，十二年。

　　十二年？我暗暗吃惊，比八年抗战还长啊。

　　习惯了，身子难过了就来打打金针，拔拔火罐，松动松动筋骨。大妹还是那样两只手捏在一起，羞涩地笑。

　　我还以为你是医院里的清洁工呢。

　　我天天来帮赖医生扫扫卫生的，做惯了。

　　大妹拍赖医生马屁呀，赖医生对大妹最客气了。姥姥阿太说。哪里呀，大妹无声地笑起来。

　　后来宝娣也来了，就像赖医生说的那样，宝娣看见我就亲热地笑，她打量着我颈后的乌青块说，妹妹，这都是寒气呀，寒气出来就好了。好点了吗？我受宠若惊，好点了，好点了。

　　那天我做了针灸后并没有马上走，赖医生说你急什么，你儿子在上海大学读书，你一个人在家里做甚？我说你怎么知道我儿子在上海大学读书？我猜出来的，我有个外甥在皮肤科做，我和他一起猜的。

啊呀，原来你的外甥是皮尔卡蛋呀。

我不管他叫什么皮尔卡蛋，我就知道他是个混蛋，他是我们这个医院里最大的骗子。你是写文章的作家，你以后可以写写这个骗子。

看来皮尔卡蛋什么都告诉赖医生了。

兔子不吃窝边草，我不会写皮尔卡蛋的，我也不会忘恩负义，是皮尔卡蛋把我从住院部救出来的。

了不起喂，你是写字的呀。宝娣和姥姥阿太特意搬了凳子坐在我一边，惊喜地打量着我。

无可违言，我是针灸室里的宠儿。老太们都用欢欢喜喜的目光看着我。童年时代我在邻居女人的眼睛里看到过这样的目光。那时候我和姐妹们在天井里跳橡皮筋，因为心疼鞋子，就打着赤脚，蹦蹦跳跳，常常的，猛回头，就发现邻居的孤女人站在门檐外无言地观看着。据说那女人的孩子和丈夫都逃到台湾去了。孤女人的目光让我感觉到自己是多么幸福。难忘的目光啊。

说话间胖老太进来，听到一字半句的又乱插话了，做皮蛋呀？州桥茶馆店旁边的蛋行里做得最好了，加工费是每只五分。赖医生无奈地摇头苦笑，现在是什么年代，还做皮蛋？州桥的蛋行早就关门了。现在是超市了喂。

前两年我还在那里做过皮蛋的，说没有就没有了？

两年？现在两天前的皇历就是隔年皇历了，不作数了。赖医生懒得再和胖老太理论，他走到里面房间去看病人了。此时一个年近六十的女人风风火火的进来，姥姥阿太和宝娣看见都亲热地喊程老师，程老师。大妹替程老师端来了凳子。看得出老太们都很崇拜程老师。宝娣迫不及待地告诉我程老师和她儿子是县一中的同事。宝娣的儿子是县一中的校工。具体做什么，宝娣就没说。

程老师你的头颈怎么红通通的？程老师这个女的是写字的作家，了不起喂。程老师你看她阿年轻？一点也看不出，她有四十五了。妹妹，程老师是语文老师，你们都是识字人，你们都了不起。

程老师忙着和人打招呼，还朝我很矜持地笑笑，然后就喊赖医生。

我刚刚在伤科做了牵引，这两天颈椎又不得过了。赖医生，我要上课去的，你帮我先做好吗？

你就是这样急，你是急性子，我是慢郎中。我脚举起来也来不及呀。你看人家作家也等畅等畅了。时间就是金钱，作家写一个字就是一块钱呀。

我谦虚地说没有的没有的。我又不是书法家。但我在一边宝娣的眼睛里读到了惊讶不已的羡慕。乖乖，写一个字有一块钱哇？

赖医生帮帮忙，帮帮忙。你好，你是作家呀，写过什么作品？现在作家的稿酬真的提高了吗？作家比教师清苦吧？现在的学生仔形容说你们作家像爬虫，天天趴在稿纸上爬格子，动脑筋太苦了。现在的学生仔已经不想当作家了，他们要当总经理、高级白领，前两天晚纸上有消息说上海有十四个女作家被出版商骗了，出了书连稿费也没拿到，真是作孽啊。

程老师喋喋不休的，她很悲悯也很同情。我成了受骗者、苦行者。从程老师盯着我看的一刻起我就发现程老师是善者不来，来者不善。是不是因为赖医生对我的热情赞扬，使她在这群不识货的老太们面前，失去了绝对的优势，她对我本能地排斥？

我担心程老师会进一步把我归入特困家庭、扶贫对象。我赶忙打落牙齿往肚里咽，打肿脸充胖子，我说那次稿费的大头早就拿到了，每人两万元，没给的是印数稿酬，就几百元钱吧，也无所谓。我提到子虚乌有的两万元，那口气确确凿凿就仿佛我曾经搂着它睡过觉。我知道我很俗气。

程老师顿时不吭声了，她讪讪地笑，然后很快就转换了话题。你有孩子吧？在哪里上学呀？是不是在我们县一中呀？

我明白程老师问话的用意。县一中是远近闻名的重点学校，俗话说如果学生进了县一中，就是一只脚踏进了大学的门坎。让孩子进县一中是这里方圆百里的父老乡亲梦寐以求的愿望和荣誉。我也不例外。当年我就像鞭打小羊一样地千辛万苦地驱赶着我儿子连滚带爬地进了县一中。此时此刻我庆幸我没在程老师面前失分。

你是县一中的语文老师呀，你知道我儿子阿宇吗？他已经毕业了。读大学了。我把儿子掮出来，我希望这是一张王牌。

阿宇呀，捣蛋鬼呀。你是阿宇的妈妈呀？要是早两年遇到你，我一定要开阿宇的声讨会，三年来他调皮捣蛋太出格了，他不断地上课开小差看武侠，不断地和同桌说话，扰乱别人用功，所有和他同桌过的同学功课都坏脱了，都没有考上大学。

我的阿宇杀伤力有这么大？一个十几岁的中学生？我没有想到。

奇怪的是他倒考上了大学，爆了个大冷门。我们学校所有的老师都一致认定阿宇是考不上的。

我一直相信我的阿宇是考得上的。

程老师看看我，我也看看程老师。我猜程老师一定在我的眼睛里看到了阿宇的性格。对，对，假如是我的孩子我也会相信的。事情过去了，想想阿宇还是很可爱的。你写写阿宇么。

我是王婆卖瓜，自卖自夸，班级里成绩末流的阿宇考上了有名的大学，你们学校可以介绍介绍经验了。我也笑嘻嘻地说。

程老师一愣，然后喃喃地说你们作家脑子复杂，脑子复杂。我见好就收。我说程老师你们人民教师脑子纯洁，你们是人类灵魂工程师。

程老师茫然地笑笑。

程老师，你头颈里的项链褪色了。胖老太等了很久，终于候着插话的空档了。程老师没搭理胖老太，转而对赖医生说，哎，保姆的消息有没有？赖医生先说胖老太，你又来了，人家是白金项链，你不懂就不要乱说。赖医生又说程老师，这里再帮你戳两针，保证你明天颈椎和新的一样。

程老师说只要不酸我就心满意足了，酸起来我恨不得上吊。

程老师你要求太高，请一个保姆要服侍老人、产妇娘、小毛头，我问了几个，六百元都不肯。有的说只抱孩子，大扫除的家务事不做的，还有的说只汏尿布，别人的衣服不管的。老人吃饭也不管的。

这怎么行？现在不得了，当保姆像是要来享福了。赖医生，我急死了，我媳妇下个月就要生孩子了，我婆婆又轧脚忙，在工人俱乐部跳老年迪斯科跳得伤筋了，不好走路了。本来她还好帮帮忙，现在倒过来要人服侍了。我烦死了。

你婆阿太倒时髦的，跳迪斯科。老来俏喂。街上人到底是不一样，七十几了？还跳舞！上次电视里放的片子，在人民广场跳迪斯科的老太老头还找对象、谈恋爱来，还争风吃醋来。老太们又都七嘴八舌地议论开了。

好了，好了，你们不要七搭八搭。我看我婆婆是老糊涂，老妖三。赖医生,请保姆的事,你再帮忙问问熟人。工资不要开得野豁豁的。我退休返聘也就四百来元,我不是大款,保姆这也不做,那也不做,她们要分工,我不见得请十个保姆吧?六百元我自己做保姆算了,我去回头学校里的课。

程老师你要当保姆啊?你到乡下来做,我们村里有个养殖场,开给街上人的工资高透高透。乡下房子还大。

哎呀你这个胖老太,人家说东你说西,求求你不要再问了,我被你烦死了。赖医生,今朝我火罐不拔了,我要去上课了。我上一节课只有十元钱,我的收入还不如保姆。

程老师,我劝你就不要管你儿子媳妇生孩子的事了,眼不见为净么。

我做不到,你再帮我打听打听,医院里的临时工肯不肯来做保姆?我看他们在这里倒很勤快。

赖医生摇摇头,难呵,你也知道的单位里的饭好吃,名气也好听。现在的临时工也养刁了。好好,我帮你问问,你自己也想想办法。你走好。

程老师走后,赖医生就叹气说,有只穴道我不好点,现在的保姆听说是到老师家里就打退堂鼓,说老师最小气,买根葱都要报账,眼睛时时刻刻瞪着你,看到你歇一歇就难过,几辈子没有用过人。听说有些老师和保姆吵了,还要写文章说三道四,骂保姆素质低。你知道吗?

我赶紧摇头。心里却想保姆还瞧不起老师,这倒是一条新闻,我打算可能的话就写篇议论文章,到晚报去骗骗稿费。文人相轻,我也好趁机对人民教师表示表示同情,出出在程老师那里受的窝囊气。

欢　乐

乡下人在菜市场里摆摊也最烦老师来买菜,讨价还价烦死了。你不晓得劳动中学有个老师在我这里买毛豆,一节一节拣,蹲了半天,我看她吃力,罪过,我就帮她拣。宝娣绘声绘色,说话极富表情。赖医生笑起来。

当心程老师听到。程老师到学校里去跟你儿子告状。

不会的,是程老师我就送她了。

宝娣你七十岁了还在菜市场摆摊呀?我忍不住和宝娣聊了起来。

这是前两年的事了,我种点蔬菜,自己吃。吃不完就挑到街上来卖。我现在挑不动了,就让宅里的人带点出来,随便他们给我几个钱。妹妹,伲乡下人是大年夜的砧墩板,苦透苦透呀,田里归来吃晚饭的时候,蚊子盯了不得过。苍蝇也兴透兴透(非常繁荣的意思)。那你看电视的时候呢?我看电视的时候就点盘蚊香,定定心心地看。看电视是我最安逸的辰光喂。宝娣说到电视,脸上笑得像一扇打开的窗。

我无言。我曾经对宝娣说过:不识货看什么电视?我不知道电视对宝娣有如此重要的意义。

那天姥姥阿太跟着我一起离开针灸室。我去了一趟卫生间,还去看了看皮尔卡蛋,姥姥阿太一趟趟很耐心地在门外等我,皮尔卡蛋有些疑惑地看着门外问我,你认干妈了?我听了心里就咯噔一下,我回头看姥姥阿太,她正静静地坐在走廊的长椅上,怀里揣着个塑料袋,我觉得此时的姥姥阿太更像孤儿院里等待认领的小孩。我的心一软,我赶紧和皮尔卡蛋再见,就携了姥姥阿太往门外走。那天大楼说好了开车来接我的,他在单位里有点儿小权,居然也得了公款学开车的便宜,这几天正"新买马桶三日香",热衷于扳方向盘呢。没想到刚要走出医院大门,我的拷机就响了,拷机的显示屏上是大楼的留言:现有急事,一小时后医院见。

我急着要去医院的问讯处打公用电话。我想对这个混蛋说,我没耐心白等你一个小时。姥姥阿太一把拦住我说,她天天走过问讯处都看到有一块小牌牌,上头写:公用电话已坏。我沮丧已极,心想只能傻等了。我对姥姥阿太说我还要待会儿,我等人,您老先回家吧。没想到姥姥阿太赶紧说我陪你坐坐,反正闲着也是闲着,找个荫头里坐坐。她拉着我就往医院的院子里走。她匆匆而兴奋的脚步令我感觉到她渴望与人相处的冲动。

姥姥阿太说她的家在钱门塘,离这里也有十几里路,她儿子在开出租,她跟着儿子早出晚归,中午就在街上丫头(女儿)家里歇息。

我丫头住在梨园新村,房子大透大透。我丫头对我也亲透亲透。我丫头是税务所做的,赚的钞票勿少。她三天两头要出差的,到北京、西藏,远透远透的地方。

你干吗不住在丫头家里,省得来来回回走了?

我丫头的楼太高了,我离不开乡下的地气呀,我一天不得地气就心里闷,手脚发软。她又不能陪我,我一个人也厌气。嗨,姥姥阿太成了希腊神话里的英雄安泰了,安泰的致命弱点就是离不开大地母亲。姥姥阿太你是安泰英雄。你说什么你说什么?没什么没什么。阿太你坐。你坐。

我们边说边就在院子里找了个地方坐。石桌石凳的,因为是夏天,觉得特别凉快。院子拾掇得还算干净。姥姥阿太把提着的塑料袋放在桌上,打开来,妹妹嘴干吗?来吃点葡萄,喉咙口舒畅舒畅。我

欢　乐

打量着姥姥阿太和土地一样粗糙的黝黑的双手,还有手上漂亮的钻戒。我犹豫着。

不,不,我不吃。

吃呀,葡萄是自己种的,不稀奇的,早上摘下来的,我丫头洗得干干净净袋在塑料袋里的,丫头说在外面吃茶不卫生。你吃呀,你不嫌腥腥你就吃呀。

我哑口无言犹犹豫豫,我所有的担心都被姥姥阿太言中了,我不吃就是不知好歹,不给姥姥阿太面子,不礼貌了。我吃,我吃。

一颗颗晶亮的丰满的葡萄,诱惑地意外地呈现在我眼里,我试探着用三只指头拈了一颗,仰头扔进嘴。说实话,即便是我自己吃葡萄,有时猴急了,也会不洗就往嘴里塞的。大楼更是不拘小节,年轻时苹果在裤管上插插狗嘴吐不出象牙就啃的。但是面对着姥姥阿太的葡萄我就是心里疑惑,我在乎什么呢?在乎姥姥阿太是个农妇?在乎她的和土地一样黝黑的双手?我是不是很有礼貌也很可耻?

卫生的呀,洗过的呀。街上人讲卫生,乡下人也讲卫生的呀。姥姥阿太慈爱地笑着,请我。仿佛我吃她的葡萄是对她的最大恩赐和信赖。如此质朴的感情早已在我们的城市土崩瓦解了。我感动之极。又拈了一颗。

吃呀,吃呀。

姥姥阿太你自己也吃呀。

我们自己种的,有的是吃不完,你多吃点。葡萄阿甜?姥姥阿太目光殷殷地注视着我。我心忽然若有所动。当初母亲在世时,我总是借口忙,很少去市区探望。记忆中老母亲就是这样看着我吃,看着我说话。然后心情寂寞地扶着门框目送我离家,下次几时来啊?

123

我有点心酸。我点点头。我说甜，甜，甜透甜透。此时天空浮云飘过，一缕缕的阳光透过头上的树荫落在姥姥阿太的脸上、额上、眸子深处。此时此刻我已经不在乎她的双手和她的乡土味浓浓的语言了，我不由自主地附和着她的本地口音。我触摸到她的寂寞，她渴望和别人分享时光的心情。因为她要的那份快乐，因为天热，因为渴，因为馋，也因为心中的记忆，我连着吃个不断。

　　一个多么好的午前时光啊。

　　树荫下，姥姥阿太告诉我很多事。她说赖医生是她女婿的阿哥，针灸医生做了几十年了，他最拿手的是看脚馒头病（关节炎）。乡下人风里来雨里去，到老了个个有脚馒头病。她已经在赖医生这里看了三年了。这次她大伏里就开始做针灸和火罐了，现在出伏了，腿脚也灵便多了。

　　姥姥阿太，为什么你要年年来做针灸呢？

　　针灸便宜呀。我相信针灸。年纪大了，做做好点，不做么脚馒头要难过的。妹妹，世界上没有灵丹妙药的，再贵再好的药也及不上针灸的。

　　针灸那么灵光啊，我的脚馒头也有点不得过，年轻的时候抗洪，在洪水里浸泡过几个小时。早知道也来做做针灸和火罐。可惜赖医生要退休了。

　　赖医生就住在梨园新村，以后我告诉你赖医生的门牌号码，你就找到他的家里去。

　　赖医生肯吗？医院返聘他就好了，到医生的家里去终归不大方便吧？他说他老婆要吃醋的，他大概不欢迎病人上门的吧？

他老婆身体不好，不耐烦，他本人倒是很客气的。医院不会返聘他的，只有希望他早点走，嫌他的针灸不赚钱。

赖医生走了，针灸室就会有新医生来的，我还是到针灸室去看方便。

你不要痴心妄想了。等他一走，他们就要开设针灸减肥、针灸美容了。减肥和美容赚钱呀。

还有针灸减肥吗？我兴奋起来，有一段时间，我听信了皮尔卡蛋老婆的推荐，狂热地服用一种叫梦飞燕的减肥茶，梦想把自己吃成个细腰美艳的赵飞燕。没想到适得其反，两个星期后体重居然增加了五磅。我只得忍痛割"飞燕"。只是减肥的念头从未打消过。现在听说针灸能减肥，我又蠢蠢欲动了。

你想针灸减肥呀？没意思的。胖是福气。我看你条子蛮好（我窃笑，姥姥阿太居然知道"条子"这样的切口）。医院里老早要赖医生做针灸减肥了，赖医生不肯做，赖医生说，减肥的牌子到处都是，太烂了，他不想坏名坏气。还有这里挂了减肥的牌子，我们这些老太怎么办？没正经地方看病了。妹妹，等赖医生退休走了，我们也就散了，到辰光你去看针灸减肥吧。姥姥阿太用一种狐疑的目光打量着我。

我赶紧声明我不会去看针灸减肥。作为一个中年人，我觉得背叛年轻人是一种无聊，背叛老人则是一种罪过。

我说赖医生倒是很立场坚定的么，难得，难得。

哪里，赖医生退休也要去扒分了。他要去做私人医生了。姥姥阿太有点惆怅的心情。我追问私人医生是怎么回事，姥姥阿太说她也是耳朵里刮到一点，不太清楚。一时无话。午前的阳光非常明亮，泼在地上，把身边的树荫衬得浓浓的。人生到处，没有不散的宴席呀。我想，这些老太们假如散尽了，没有了针灸的刺痛和艾绒的馨香，她们还会不会爆发出那种青春四溢的笑声？

赖医生说过姥姥阿太的身世。姥姥阿太的男人年轻时是帮外国人撑船的，常年在外面漂泊，千年难得回家一次，尽管这样，姥姥阿太还是有了两个儿子，一个女儿，喂猪、种田、编织土布，男人的活，女人的活，她都一手搅起来，独自支撑着家。一年年的，她男人回家的次数越来越少，都说他在外面讨了小老婆。无论人们说什么，姥姥阿太都没有流过眼泪有过怨言。有一次，她男人竟隔了六年才回来，回来的时候是半夜里，她男人疑心妻子会偷人，就悄悄从后窗翻进来，果然看到姥姥阿太的房里睡了个年轻小伙子，不由怒从心头起，拿了菜刀就要劈人。姥姥阿太睡在隔壁，听到声响后惊醒起来急得大叫，这是你的儿呀！你这个杀千刀的！她男人恼羞成怒扔了菜刀转身就走。姥姥阿太搂着吓坏的儿子痛哭起来，栏里的母牛也伤心地呜呜叫，那晚姥姥阿太哭得星星坠落，哭得宅外的小河都满涨起来。

从那以后，她男人就再也没有回来过。也不知道他究竟在哪里。但是他年年都会托朋友的朋友寄一笔钱来。一直到两年前才停，算算年纪也不小了，大概是故世了吧？

姥姥阿太守活寡守了几十年，姥姥阿太苦啊。赖医生摇摇头结束了他的故事。我看到赖医生的眼睛竟红红的。赖医生真是菩萨心肠呀。

后来的几天里我的咳嗽基本痊愈了，但是我依旧在赖医生那里磨蹭，我嚷嚷着说头颈酸，赖医生就替我在颈椎处取穴扎针，做艾灸，舒筋活血。我喜欢听他和老太们讲张、说笑。百无聊赖又意味无穷。间或我也到皮尔卡蛋那里去走走，看看稀奇。我从皮尔卡蛋那里知道果真有个亿万富翁王老板想聘用赖医生当私人保健医生，王老板还愿意赠送赖医生一套价值十五万的郊区公寓房子。我就此询问过赖医生，我非常想知道赖医生面对金钱的诱惑，他的真实心态。在这个躲避崇高的年代我希望听到赖医生大义凛然慷慨陈词。

我不会上皮尔卡蛋的当，自古以来天上不会落馅饼的。赖医生边说边把火罐狠狠地按在我的颈后。我感到一阵幸福的灼痛感。假如是真的呢？我追问不舍。

真的就要呗，不偷不抢何乐而不为呢，我也想发财的呀，我为人民服务就到退休为止。赖医生嘻嘻哈哈的，我无法继续和他严肃地讨论我只得罢休。就凭他为人民服务到退休，我想赖医生还是很有敬业精神的。我最后的结论是赖医生算得上大义凛然慷慨陈词。

宝娣在针灸室里拼命说她十岁孙子的"坏话"。宝娣用的口气是"瘌痢头儿子自己好"。她说她有三个儿子，但是孙子只有一个。现在的小孩无法无天，不得了，小小年纪讲话毒透毒透。宝娣贬意中夹杂着得意，似乎这个小孩的"坏"，是他的本事。宝娣津津乐道孙子的种种劣迹。

他爷娘居然随小孩在房间里开了空调，又开电风扇，电风扇还开得快透快透，吹得要翻转来了，我看不过去，我关，他开，我再关，他再开，和我吵得不得过，看电视也是这样，和我抢频道，一只开关被他转得啪啪响，电视机里像甩闪，吓得我心别别跳。他一点也不吓。还暗促促弄送我，有时电视一开，声音响得像地震，吓得我血压也升高了。

我管不了他，一管，他就吵着要赶我走，他说你走，你户口不在我们这里，你户口在乡下。他居然还晓得户口。他娘样样随他。今天早起他就一直不停开冰箱。他吃了五只双色冰激凌、两根火腿肠、三只梨，一袋饼干，我刚才来的时候他喊我，老姆妈，我肚子疼。他这样吃法，哪能不会肚里拆？我说他不听的，他就喜欢和我吵，我不耐烦，就躲起来。他们的家事我不管的，这是我的政策和策略。

不得了，你还有政策和策略，政策和策略是我们的生命。宝娣你是民主党派啊？赖医生逗得大家笑起来。宝娣也笑。我在儿子的家里最识相了，每天晚上就坐在一只竹椅子上看电视，少说话，少走动，我媳妇常常要骂小孩：你走魂呀？你夜出世呀？有时候我儿子和小孩说话，我媳妇就说，小孩不识货，你对牛弹琴呀？所以我在家里尽量少走动，少说话。

我看你媳妇是在指桑骂槐，骂你不识货，骂你夜出世。她不耐烦你看电视吧？大妹很精辟地分析说。大妹显然很见多识广很精通人情世故。

随她去，宝娣道，我年纪大了，孤老太婆一个，身边又没有老头子撑腰，我只好装戆。我就是欢喜看电视，听广播。

宝娣，你想老头子了吧？赖医生伺机问。他正在替一个老太拔火罐，用酒精点了火，火光映得他脸膛红红的。

我想你。

我不敢，你媳妇知道了，一准把我身上的毛发都拔光了。

我媳妇她只会暗促促。她单位里效益不好，她还用得着我的钞票。如果她指着我鼻子骂，我就对她不客气。我年轻的时候也是粗石头脾气，一碰就着火。为了宅基地，我和生产队长还打过架呢。

生产队长就是现在的村长呀，大脚色了，土皇帝呀，宝娣你胆子贼大。看不出。赖医生像刚认识宝娣似的上下左右打量她，逗得大家又笑。宝娣也笑。宝娣说怕什么，我有三个儿子，那时候我男人身体又好，队长也让我家三分的。宝娣说完叹了口气，显然有今非昔比的感叹。

宝娣还透露说这个月她的宝贝孙子要做十岁生日了。我儿媳妇说她单位里的小姐妹小孩十岁生日，都摆酒水的，她要做得超过她们。赖医生说你这个老姆妈钞票又要晦气了。

自然喂，我打算出二千元。

宝娣你连工薪阶层也不是，你不要把养老的钞票也出送了。老鬼不脱手，宝娣你听我的，钞票不要脱手。

少了，媳妇要不开心的。我想通了，反正我就这点钱，早点晚点都是他们的。我生不带来，死不带去。

我是老头子念佛，闲话多。你不要样样怪在媳妇头上，我看是你自己要给。你骨头贱。你是麻子抹粉，你打肿脸充胖子。

你晓得的，我这个人是要面子的。赖医生，以后我脚馒头不适意了，我就到你家里来打金针噢。吃药我是吃不起的。

你来干什么，我家里有老太婆，她要吃醋的。宝娣笑，吃我的醋？说给鬼听也不相信。不过你不要看我现在破老太一个，年轻的时候，我也很妖的，看中我的人有满满一箩筐了。

这儿郊区的人形容女人"妖"，和市区的人形容女人"嗲"的含义是相近的。有时候是贬意，有时候又是褒意，视说话口气和具体对象而定。宝娣的意思当然是很自豪的。

你看你看，麻袋钉自戳出，你自己承认了吧？我老太婆知道你年轻时候妖的。当年你男人天天盯在你屁股后面，就担心你外插花。

要死了，我住在陆渡乡下，你们是街上人，远开八只脚，你老太婆知道什么呀？你吹牛。我不说了。

我给你介绍老头子，有外汇的。你有了老头子我老太婆就不吃醋了。你就可以到我家里来打金针了。

我作死啊？现世呀？我找老头子，三个儿子要恨死我了，孙子也要不睬我了。我现在愿意，就到街上儿子家里走动走动，要是找了老头子，我到哪里去啊？宝娣这一说，引起了针灸室老太们的一番议论。大家扳着节头骨（手指）数过来，发现这里的老太们，竟全都是丧偶的。早的如宝娣，十年前就守寡了，近的如程老师，新寡。她的男人，一个年届六十的工程师，也算是英年早逝。赖医生说女人比男人寿命长。女人耐得住。

姥姥阿太说，找老头子？不好不好！没意思的，我现在两个儿子一个女儿赡养我，每月给我四百元，比下岗工人收入高，我自己再种点菜，种点葡萄草莓，吃不光用不光。日子好过得不得了。我的戒指、项链都是女儿、媳妇送的。假如我找老头子，四百元就没有了，儿子女儿会说，你现世，你去找老头子要钞票好了。我以后生活怎么办？这个世界上男人是最靠不住的。我才不自寻烦恼找老头子呢。

姥姥阿太说话的时候，老太们都羡慕地打量着姥姥阿太，打量她颈项里的珍珠项链，手上的白金钻戒。赖医生说，你"月薪"四百元，你是这里的富婆了。富婆，富婆，老太们很开心地笑着跟着赖医生叫。姥姥阿太没有笑。

我想，姥姥阿太不笑，是因为她还有话没说。姥姥阿太一定不会忘记几十年前的那个深夜,就是她男人举着菜刀要劈她儿子的时刻,还有她几十年活寡的痛苦生活,那些一个个难捱的、以泪洗面的暗夜。这些是珍珠和白金的光亮永远无法照耀的人生最隐蔽的角落。假如可能的话,我情愿看到姥姥阿太用那把当年的菜刀去劈她的男人。我想,姥姥阿太会不会在心里一次次地这样杀死过她的男人?因为爱过,因为恨过,甚至因为"杀"过,姥姥阿太才会如此平淡地说,男人是最靠不住的。

叫人不耐烦的是胖老太在一边不断地插话。她一会儿问宝娣阿要结婚了?一会儿说姥姥阿太你找的老头子钞票多来,每月给你四百元,你阿要笑得嘴要合不拢了?我也想找个这样的老头子。

赖医生说你捏鼻头做梦。你要钱就去找个外国老头吧,他给你美金。你还好出国。后来大家嫌胖老太烦,就一致缄口不语,等她走了,赖医生说这个胖老太也作孽,无儿无女,靠宅上的救济金过日子。一个月十几块钱吧,买一桶水也不够。我脱口而出一桶水怎么要十几块钱呢?赖医生笑起来,街上人不是吃净化水么,你忘了,你?我无言。我怎么竟然没想到,我吃的延中的水不就是15元一桶?我发现自己心中衡量人的天平是倾斜的。

她街上没有落脚点,天天来看病,怎么过来的呢?我继续问个不休。我正在电脑上虚构关于某医院针灸室的札记。我需要现实的素材。我也需要掩饰自己心灵的缺陷。

她穷得叮当响,只好走喂。难得天气不好,就乘乘公交车。平时是乘不起的。我对她是免费针灸的。收她钱作孽的。

反正你是公家人,你收了她的钱也到不了你的口袋。你乐得做好人。

帮帮忙，作家，你不好这样说的，我的奖金是根据诊疗费提成的。这个胖老太嘴巴又不贴封条，会乱讲，医院里知道了要罚我款的。帮她忙我还担风险呢。我是棉花脑袋豆腐心。心太软。

心太软是今年最流行的歌哎，你知道吗？我怎么不知道，我媳妇和孙子天天都放这个曲子，听得我心烦。

我胡思乱想：假如我要写篇表扬赖医生的文章，要不要把胖老太的事写出来？写出来，医院要罚他的款，不写，我又如何表现赖医生的高尚医德呢？我觉得左右为难。我还想假如赖医生是个开私人诊所的，就不存在这个难题了。不过话又说回来，我不敢担保，到了那个时候，赖医生还会不会对胖老太免费？你看，一个45岁的女人看问题就是这样现实。我最后想，真实的表扬文章还是不写的好。现实的世界也许最适合小说的虚构。

我听她宅里人说，她有个儿子的，街上的么。姥姥阿太狐疑地给赖医生打火、点烟。

赖医生拼命摇头。这个儿子不算儿子的。说来话长。当年她儿子还未出世，她的男人就得急病死了，后来儿子就只在她的肚子里"袋了袋"，所以不算儿子的。

何谓"袋了袋"？我也跟着大惑不解。

就是在肚子里放了放，女人的肚子是洋米口袋么。孩子出来后她就不管了，一天也勿曾带过，勿曾给儿子吃过奶，她就重新嫁人了。这个儿子是亲妈（奶奶）和大爹（爷爷）一手带大的，所以儿子一天也不认她。再后来她的第二个男人又得急病死了，宅里人都说她是白虎星，扫帚星，她再也嫁不出去了，只好孤苦伶仃一个人过。现在她七十二岁了，还在田里做做、拓拓草、洒洒药水，再吃点救济。我看她的脑子已经有点搭浆了,说话总是豆腐拌乳腐,越拌越糊涂。所以我说她作孽呀。一世做人苦。

人生如蚁,芸芸众生。我对胖老太所有的厌烦,因为她的"一世做人苦",就再也厌烦不起来了。我对赖医生说,你怎么知道得这么清楚?

我这里来的都是老病人,年年要在这里见面的,一来二去,什么事不知道?这里又是小地方,方圆百里的事,眼睛一眨,就传开了。她们也知道我的呀,知道我跟这里的宝娣好,我家里老太婆一直吃醋的。

瞎讲瞎讲,赖医生自己要吃老婆醋,赖医生的老婆,皮肤白透白透。赖医生有漂亮老婆,才看不上我们破老太婆呢。赖医生天天要跪踏板的。跪踏板、跪踏板,老太们叽叽喳喳地嚷嚷起来,就像一群天真烂漫的小姑娘。也许她们真是一群姑娘,她们在这里生、在这里长,没有被外面的世界污染过、心灵从来没有老过?她们边说边咯咯咯笑,宝娣更是捧着肚子,笑得绣花肚兜一耸一耸的。老太们最喜欢说赖医生"跪踏板"。

"跪踏板"的涵意就是怕老婆,乡里人的床前都有踏板的,据说以前有个怕老婆的男人夜夜要在老婆床前的踏板下跪讨好,方能上床。久而久之,"跪踏板"就成了当地怕老婆的代名词。它的更深的含意,也许只能意会了吧。

赖医生也不反驳,只是嘿嘿嘿笑。还说现在没有人给你们跪踏板了,你们难过是吗?你不要下作!老太们肆无忌惮一起骂起来。在这一瞬的时间,我发现她们一个个神采飞扬容光焕发。

我想这些老太们到赖医生这里来,更多的是要寻求一种交流,一种语言的"针灸"吧？这些老太太们少则三年，多则十年忠贞不渝，赖医生的魅力如此经久不衰也令人叹为观止。

有一次，针灸室里忽然议论起一个名叫阿香的女人。我不知道她是白是黑，是高是矮，我是个局外人，我只是静静地听。

赖医生哇，你知道吗，阿香的婆婆去世了。阿香眼泪也没落过一滴。良心被狗吃了。宝娣先提起阿香这个话题。话语里隐隐夹杂着她对自己媳妇的憎厌。

这个老太也是作孽，养了个戆大儿子，讨了个十三点媳妇，一天也勿曾过过好日脚。阿香原来是乡下人呀。赖医生点了火，替宝娣在背上做了个火罐。

就是因为她儿子是戆大，所以只好到乡下找了个媳妇，没想到阿香到了街上，学得比街上人还要坏。大妹轻轻地说，她是那种说话不显山露水的角色，从看见大妹的第一天起，我心里就有一种异样的感觉，觉得在什么地方见过她。很奇怪。

你们怎么都认识阿香的呀？我大惑不解。这些人不住在一个村，说起阿香却是这么熟悉，仿佛是多年的老乡邻。

阿香就住在我儿子楼上的么。她一举一动都逃不过我的眼睛。宝娣笑着先回答我，她显得很广见博闻的样子。

阿香以前和我是一个宅上的。她肚子里有几根肚肠我知道。姥姥阿太的回答最举足轻重。

街上人都知道阿香的。大妹的回答很玄。她和剑拔弩张的宝娣不一样，她的话是要细细品味的。

不是我吹牛，阿香家里有几根草我都知道。赖医生瞪着一双炯炯有神的眼睛。两年前,阿香的婆婆腰摔伤了,请我去出诊,我去了几次,就认识了阿香。我看她说话嗲里嗲气的,开口闭口"阿拉阿拉"的,一副上海街上人的样子呢,我后来才知道她是钱门塘乡下的。

赖医生说的"上海街上人",是指陆陆续续从上海市区迁来的。比如本人。小镇的"街上人",则是本地族,说话吐字明显带有本地口音,有很多时髦的年轻人学"上海街上人",说话"阿拉阿拉"的,他们的发音已经在向上海市区的语音靠拢,一些老年人对此不屑一顾。

赖医生嘴不停手不停地说着阿香的事,他在我们之间来回穿梭,替人扎针、做艾灸。有人被艾绒落下的余烬烫了皮肤,叫了起来,赖医生也跟着叫了一声,还说,你皮肤像小姑娘一样嫩透嫩透么。那个老太就笑。

现在阿香有名片了喂,名片上的头衔是总经理代表。听说她在做生意。经常有两个男人在楼下叫她,一个叫大模子,一个叫阿胡子。有一次宝娣又说起阿香,发布的消息绝对是权威的。

阿香做生意?我看她是在做朝天生意。你呆想想,为什么总是男人找她?赖医生很鄙夷地把一团酒精棉花扔进废纸篓里。

男人寻阿香么,还不是插大蜡烛!一个平时很少说话的老太忽然插嘴。众人就很暧昧地笑起来。

什么叫朝天生意?大蜡烛是什么意思?我又问,虽然是局外人,但我听得很来劲儿。

哎呀,你这个文化人太文雅了,你问问这些老太,她们谁不知道?还有一种说法叫朝天银行。女人最原始的职业。还有……不说了不说了,太不文明了。赖医生挥挥手,就转过身。老太们发出窃窃的笑声，我发现赖医生的脸有点发红。是我的无知令他尴尬了。

最可怜是阿香的女儿，阿香老是把女儿扔在钱门塘，让老姆妈带，好好的一个小姑娘，穿的都是人家送的破旧衣服。阿香自己倒是经常翻行头，花俏得来，我真看不过。姥姥阿太摇头叹息。

你不懂，她不花哨，哪能做生意？男人么，就是吃花功，赖医生你说是吗？大妹忽然语出惊人。她的朴实的脸上流露出幽默的光辉。

赖医生点点头坦率承认，男人吃花功，吃花功。我最服帖大妹了，说话和打金针一样，叫你吃酸，也叫你逃不脱。

老太们笑得合不拢嘴了。吃花功，赖医生也吃花功。有一个脸上扎着金针、金针上还燃着艾绒的老太，笑得有点紧张，很有点"珠花乱坠"的味道，十分好笑。

有一天早上，赖医生和老太们还没到，我和大妹聊了起来。原来大妹就住在南门街上。按照这里的说法，她是个标准的"街上人"呢。那天我穿了一件很休闲的棉布衬衣，大妹很仔细地打量我的衬衣，横看竖看，然后说很贵吧。

我十分惊异。这件衬衣是欧洲名牌，完全是手工做的，连纽扣也是用同色布料打出来的。衬衣是在市区淮海路的一家专卖店买的，价钱是普通衬衣的十倍。大楼从来没看出这件衬衣有什么特别，总是嘀咕我崇尚名牌上当受骗。可是一个普通的乡下小镇老太竟看出了这件棉布衬衣的真实价值。

本人对大妹用了"乡下小镇"的定语没有任何贬义。因为不管这个小镇如何发达，街道如何拓宽，商店如何成林，小镇人街上人如何"阿拉阿拉"，在上海市区人看来，小镇永远是乡下。市区的朋友们打起电话来，完了总是要有意无意地问我，你在乡下干吗？

我曾经对"乡下"的提法愤愤不平，这里到处弥漫着城市的乌烟瘴气，有藏匿着神秘客的四星级宾馆，有灯光暗淡的卡拉OK、隐蔽的"红灯区"、行为不端的街头少年，还有摆设着纸花绢花塑料花的花店，这里没有一点点泥土的芳香气息。我不断地声明这不是乡下。朋友们在电话里虚情假意地敷衍我的"虚荣心"，完了还是那句：什么时候来上海？你呆在乡下练鸳吗？气得我七窍生烟。直到有一天，我和一个宁波朋友通电话，我问候他说你们宁波乡下日子好过吗？是不是领导干部搞腐化、农民兄弟自由化？没想到那朋友生气地说我们宁波也是一个中型城市，你们上海人为什么提到宁波就是乡下呀？我哑口无言。我明白了我自己，也明白了"上海街上人"的地域原则。这和任何的虚荣心都没有任何关系。

我很快就知道了大妹之所以识货，能看出我的衬衣的质地和价值，因为她曾经做过缝穷娘姨，就是那种揣着一把尺一把剪刀，走村串巷的缝纫女。这样的缝纫女没有什么惊人的裁剪绝技，有的只是绵密的细心和善于飞针走线的双手，就是俗话说的做功。

现在已经找不到一针一线做出来的服装了，也看不到布钮扣了。大妹很感叹自己的手艺日渐式微。

我的思绪却飞到了往昔。当大妹说出她过去的职业时，有一些忽略的快乐的日子忽然清晰地浮现出记忆的水面。那是某年过冬的时候，母亲分娩小弟弟不久，无力为我们七个兄弟姐妹做寒衣，父亲就请了一个缝穷娘姨，她早上来，晚上走，一天三顿我们吃什么，她也吃什么，那个缝穷娘姨为我们一家子的衣服旧翻新、大改小，也为大哥大姐和新出生的小弟做了新棉袍、新棉裤，为我们每人的棉袜做了十分结实的布袜底。

缝穷娘姨做生活的时候会笑嘻嘻地给我们唱山歌:"新阿大、旧阿二、破阿三","新三年、旧三年、缝缝补补再三年"。那一个星期里父母也懒得管我们,忙着翻箱倒柜把十几年前的旧衣服都找了出来,还用旧门板搭起了巨大的工作台,家里就像开了个工场间,乐得我们像放生的麻雀,在工作台下钻进钻出,欢呼趋走,永不疲倦。

我长大后才懂得,任何欢乐都是建筑在别人的痛苦之上的。记得缝穷娘姨离开我们家的时候说,她准备回乡去过冬了,她自己家里的孩子、男人的衣服还等着她去做呢。还有她一边做生活一边不时地擦眼睛,说是眼睛不好使,怕光,流眼屎。她是无奈的辛苦的。

我看着大妹瘦瘦的身材,此时此刻缝穷娘姨唱山歌的歌声浮出记忆深处。我早已忘记了小时候的缝穷娘姨,忘记了她的面容和声音。但是我记住了"新阿大,旧阿二,破阿三",我就是那个破阿三,为了那些令我在众人面前难堪的破旧衣服,我没少流过眼泪。当年缝穷娘姨管我母亲叫"阿嫂、阿嫂",十分亲热,母亲说你叫我阿嫂,我叫你什么呢?她说你叫我大妹。

是这样的对话吗?缝穷娘姨是这样说的吗?多么恍惚的记忆呀。也许,也许此大妹就是那大妹?我差点开口问眼前的大妹,你会不会唱"新阿大、旧阿二、破阿三"?你记不记得上海石库门弄堂里有一家七个孩子,大哭小叫令你头晕目眩?我忍住没问,我连自己的记忆都无法相信,我如何去唤起这个七十多岁老太的记忆?她走街串巷,认过无数平平常常的"阿嫂",她怎么记得住?我只是更专注地听大妹说她的家事。

大妹的儿子在南门街上开了爿很小的服装店。我知道南门老街的房子，是那种很陈旧的清末民初时代的老房子，后面的院子很深，很适宜那些自卑而又自傲的小业主盘踞其间。

我儿子的服装店，最早就是我的裁缝摊么。

你儿子是子承母业了。他也很识货的了？我抚摸着衬衣上的布钮扣，钮扣的布料带给我一种质感的快意。

哪里，现在店里的服装都是批发来的。我儿子就懂一点儿面料，但不学好。现在做生意都是骗人的，懂也装不懂，人造丝说成是真丝，假羊毛说成是纯羊毛。冒牌说成是名牌，我还不知道？我这辈子绫罗绸缎没上过身，但是见多识广。我说多了，他们讨厌我，现在我儿媳妇连店堂间也不让我进了，以为我是祥林嫂了。

谁是祥林嫂？赖医生不知什么时候进来的，吓了我们一跳

我说赖医生你听壁角呀。赖医生说我不要听，破老太婆的事有什么稀奇的？大妹的事我最清楚了，大妹你要我讲吗？大妹说你讲好了，我又不做坏事的。好，我讲，大妹的丫头是上海人喂，嫁给上海人，就是上海人了喂，钞票多来西喂。

我丫头住在上海闸北区，大妹证实。你经常到上海去看丫头吗？大妹摇摇头，那你丫头给你补贴吗？大妹有点羞涩地说丫头经常给买我东西，也买补品给我吃，她不给我现钱，说我拿了钱就要贴补给儿子孙子的。我孙子在一家饮料厂当送水员，辛苦透辛苦透，街上人要吃净化水喂。

有一天我神使鬼差地去了附近的菜市场，我很少去这种五方杂处的菜市场，我不愿意和那些沾满鱼腥气的鱼贩子同流合污。我曾经亲眼目睹这些鱼贩子在众目睽睽之下给发臭的带鱼浓妆艳抹，令它们闪

闪发光，仿佛刚从大海里游来，鱼贩子还手法熟练地给垂死挣扎的甲鱼注射污泥浊水，使它们顷刻之间变得腰肥体壮不可一世。在很多时候，我情愿掩耳盗铃自欺欺人，而不愿洞察秋毫历历在目。我从此以后就对菜市场敬而远之。我经常光顾的是灯光明亮、整洁宽敞的超市。在这样的地方，我们永远看不到幕后的黑暗。

很意外的我在菜市场见到了金妹。就是我住院的时候，那个脾气古怪吵着要出院的老太，她戴着个大口罩在卖蛋饺。我因为看她戴着口罩，觉得奇怪，这个市场上的摊主全都吆五喝六唾沫飞溅，没一个戴口罩的，我就多看了她两眼，没想到她居然叫了我一声：12床。我这才发现她竟是金妹。

自己有咳嗽，就戴个卫生口罩，意思意思。金妹指着喉咙。她说她现在不敢去看病，一看，医生就叫她住院叫她付押金。

医院和开旅馆的差不多，都是黑心肠。金妹说。

原来你吵着要出院，你是要做生意呀。你有退休工资的，你还辛辛苦苦的做蛋饺卖，你帮孙子买房子啊？我十分疑惑，我没想到金妹是一个任劳任怨俯首甘为孺子牛的老太。

鸭吃稻柴牛吃谷，儿孙自有儿孙福。我才不为孙子做呢。我是为自己做。金妹摇摇头，这时一个女工模样的顾客过来买了十只蛋饺。阿太的蛋饺蛮灵的，女工热心地对我介绍。我疑疑惑惑也掏钱买了十个。

你放心，我老太婆是要积德的，我蛋饺里没有坏水的。金妹例外地加了一个给我。我说不要不要。我知道你不在乎的，你看得起我就不要烦了。

我只好不烦了。我说你不要嘴硬骨头酥，你不为子孙为大家啊？

12床,我真的是为自己做。你知道一年两年后,我这点退休工资还值这点钱吗?我现在还能动,就动动,积攒点钱。靠儿孙是假的,靠自己是真的。哪一天你没有钱了,儿孙就寻不见了,我看得多了。

对对,靠自己,国际歌里也这样唱的:全靠我们自己。我将来也要向你学习,我也不靠子孙。一个买蛋饺的顾客也凑热闹说,对,靠自己。我揣了蛋饺,离开了"靠自己"的市场。

姥姥阿太说不来就不来了。那天我没在针灸室看到她,我很记挂她,我还带了包老年人喜欢吃的甜点,算是我回报她的葡萄。这是我作为上海人的浅薄的一面:人情还得快。

姥姥阿太怎么没来?

姥姥阿太不会来了。赖医生回答说。赖医生是姥姥阿太的亲戚,他知道姥姥阿太的行踪我一点也不奇怪。赖医生用很特别的眼光看着我。那眼光里包含着很丰富很神秘的内容。经常听到老年人挨不过炎夏,就走了,难道姥姥阿太出什么事了?我不敢问下去。生死的事不是随便可以说的。

你不要瞎想,姥姥阿太的事你绝对想不到的。这是一个特大新闻。你可以写小说了。赖医生说。我发现做医生的比舞文弄墨的更会揣摩人的心思。

我索性不问了。我静静地等着赖医生说出下文。我知道赖医生一定会说的。在这个针灸室里,任何信息都是共享的,尤其是老太们,她们是息息相关,唇齿相依的。一个朝朝见面的伙伴忽然销声匿迹了,不把她的去向弄明白,老太们是不会善罢甘休的。果然,宝娣和大妹已经跟着赖医生寸步不离了,赖医生,姥姥阿太昨天还好好的,她还说今天要来扫地的。大妹狐疑地盯着赖医生看。宝娣不说话,只是很诡谲地伸头伸脑,看看我,也看看赖医生,老脑筋转来转去的,不知她在想什么。她今天戴了个滚边绣花的肚兜。是那种很精致也很陈旧的花纹,很讲究的滚边,密密的针脚里隐藏着过去日子的倩影。宝娣说过她年轻时候也很妖的。

姥姥阿太找了个老头子,她回到钱门塘去了,她和儿子女儿闹翻了。她儿子的出租车她坐不着了喂。赖医生慢悠悠地爆了个特大新闻。我怕我听错了。姥姥阿太78岁了,她曾经吃过男人的苦头,也曾经信誓旦旦地表示她不会找老头子,为何一夜之间换了脑筋?坐在针灸室里的老太们也都被这样的新闻震懵了,反应不过来,都愣愣地看着赖医生,期待他再说出个子午丑卯来。但是赖医生也不开口。他若无其事地到里面房间帮那些躺在床上的老太扎金针去了。待到他出来拿艾绒的时候,老太们忽然都醒了似的,一起嚷嚷起来。

赖医生,你还没说完呢。姥姥阿太的事你还说清楚呀。

我早就说过了,姥姥阿太找的老头子钞票多来西,每月给她四百元,她笑得嘴要合不拢了。赖医生你还骂我是捏鼻头做梦呢。现在怎么样,我没说错吧?胖老太反攻倒算了。

赖医生哭笑不得。赖医生恨恨地说这个老头子就是姥姥阿太的原配老公,他在外面几十年没有音讯,现在他小老婆死了,小老婆的儿子女儿不是他生的,他们都要钱不要人,赶他走了。他现在又老又丑又穷,他要叶落归根了。但是姥姥阿太的儿子女儿都不愿认这个爹!谁知道姥姥阿太认了!

原来如此!大妹啧啧地感叹,好,好,不管怎么样,姥姥阿太到底是大的,是明媒正娶的,男人最后还是和正房在一起的。宝娣说好什么，要是我，我就不要这个老头子！我情愿一个人过的。宝娣是一个烈性的老太。

我什么也没说。这是姥姥阿太自己的生活，我不能说假如我选择……每个人都有自己的生活，而每一种选择也许就是唯一的选择。我只是宽慰地想，姥姥阿太守了几十年的活寡，姥姥阿太也算是终成正果吧？

有一件事，我是很久以后才想起来的。当时浑然不觉。就是宝娣的肚兜。宝娣是天天要换肚兜的，但人们熟视无睹，没有人说过宝娣好看，也没有人注意过宝娣的肚兜。

我之所以要想到宝娣的肚兜是因为后来宝娣也走了。她愤而离开儿子的家，回乡下去了。起因是：不识货看电视。

那晚宝娣的孙子考试不及格，宝娣的儿媳妇先是训斥小孩，骂小孩什么都不肯错过，大人看电视，他也看，大人夜出世，他也不睡觉，为此荒废了学业。儿媳妇骂够了孩子后又一个劲地抱怨自己的男人，戳自己霉头说我们又不是爷娘近亲结婚，小孩哪能不开窍的？媳妇的每一句话其实都是在骂宝娣，但是宝娣忍住没吭声，她呆在一边看电视。每晚守着电视机，不插嘴，少走动，这是宝娣的政策和策略。政策和策略是宝娣的生命。

儿媳妇骂完了小孩和男人后，又到处寻衅出气，直至把矛头对准宝娣。她问宝娣电视在放什么。宝娣说不识货，一点也不识货。媳妇就说不识货看什么，话还未落音，随手就已经啪哒一声，把电视机关了。宝娣早就气得肚皮发涨了，她终于按捺不住，使出当年和生产队长打架的魄性，打了媳妇一记耳光，当晚就收拾"细软"叫了辆残疾车回乡下去了。

宝娣的事是程老师一五一十在针灸室里叙说的。宝娣的儿子和程老师是同事,程老师的叙说就具有一定的真实性。程老师说宝娣的性子也太"那个"了。现在不是封建社会,婆阿太是不好打媳妇的。程老师因为自己家里有个70几岁的婆阿太,经常在外面跳老年迪斯科,把程老师烦死了,程老师就对老年人有看法了。虽然程老师自己也已年近花甲了。

程老师,你现在不觉得,我和你说一句心里话,我劝你趁早找个归宿,靠儿孙都是假的。你看这些老太,和宝娣一样,千辛万苦地把儿子女儿养大,千方百计地送他们到街上做生活,做街上人,自己孤零零地留在乡下,七八十岁了还要在田里做,小辈有几个想到他们的?

赖医生叹息。程老师看了看赖医生就没再往下说什么。针灸室里一时倒没了声音。

我不见了宝娣以后,不知怎的,每每想到她眼前就会晃起她戴着肚兜的样子,我就是在这时候发现宝娣的肚兜天天都要换的,而且每天都不一样,那些肚兜或者简约,或者繁复,绣着花儿,镶着滚边,缀着珠儿,精致、美艳。旧时江南小镇的女子在质朴的外衣下掩藏着轰轰烈烈的丰富的人间生活,掩藏着流逝的私密日子。宝娣又何尝不是呢?这是美的展示和追忆。我发现这一点的时候,我非常惊异。我原来以为宝娣的肚兜仅仅是肚兜,没有任何的意义,只是一种无奈的裸露。其实不是。我想,宝娣所展示的并不仅仅是流逝的日子吧?也许还潜藏了她对生活的热烈的渴望?其实我们又莫不如此呢?我们真正的生活或许都不在现实之间。

欢 乐

程老师的儿媳妇养了个男孩，程老师开心得不得了。她给我们每人四粒糖，说是甜甜嘴巴，她还送了赖医生十只红蛋。程老师塞给赖医生红蛋的时候看着我们说抱歉噢。大家都笑笑说，应该的，应该的。我们都很通情达理，都很理解程老师的一举一动。

程老师没请成保姆。赖医生为她询问了很多人，很多人都望而生畏。程老师最后用的是钟点工。她对钟点工十分不满。说钟点工老是迟到早退，还磨洋工，说好做两个工时的，其实只有一个小时的时效。程老师因此而像走马灯似地调换钟点工，有时候两头接不上就只好自己为小孩洗尿布、为产妇娘煲营养汤。程老师说她为媳妇煲的营养汤，比广东人煲汤还要考究，汤里有十八样补品。赖医生提醒程老师说还有你婆婆呢，你为你婆婆煲什么汤吃？程老师说她婆婆的脚伤早好了，又和活神仙一样了。

她是香港特区哎，程老师说。香港回归舞照跳，马照跑，她也是迪斯科照跳，家里百事不管。天翻地覆她不管的。马上就要八十的人了，穿得花花绿绿的，还涂胭脂呢，毫无羞耻之心。

程老师说到婆婆总是恨恨的，但是用词还是很文雅的。据说她婆婆还经常和一些老头子通电话，交流舞经。针灸室里的老太们都很喜欢听程老师讲她的婆婆，她们啧啧啧的，表示惊讶、羡慕、鄙夷等种种心情。有时候她们就莫名地感慨说，街上人呀，街上人。

你婆婆打长脚电话，阿是有男朋友了？赖医生很喜欢和人飞短流长说风花雪月。这是赖医生为人最可爱的地方。

程老师大笑起来。她真的有男朋友，要找老头子，我举双手赞成，到时候我就和她一刀两断。我也乐得清静。

当心她阴间的儿子来寻着你。

145

怕什么，到阎罗王那里我也不怕。她儿子临死的时候就说了句对不起了，家要你一个人撑了。他也没关照说让我再寻男人，他怎么会答应他老妈寻老头子？将来阴间里碰到她儿子，我一样好交代。

程老师说到这里眼圈红红的。赖医生无言地摇摇头。此时我对程老师也生出一种同情之心。我觉得尽管程老师不十分可爱，但是她也有她的难处。生活有不可承受之重。

有一天晚上，皮尔卡蛋来请我去撮一顿，说是有些建筑行业的包工头们要聚聚。你不是要我给你提供收集素材的机会吗？这些包工头，每个人都有一百个故事。保你满载而归。皮尔卡蛋还说今天负责买单的王老板，就是那个想聘请赖医生当私人保健医生的，他是建筑装潢业的大老板，龙头大哥，曾经是上海星星大厦装潢工程的总承包商。

两年前包工头们从王老板手里承接了星星大厦的各种装潢业务，外墙装修、内装饰、霓虹灯照明等等，等等。遗憾的是装潢完毕的星星大厦，各种酒家、商家都已经纷纷入住开张，而包工头们却迟迟拿不到该得的各种工程款项，冤有头，债有主，他们就找承包商王老板。可王老板一会儿出国考察了，一会儿到京城国宾馆去宴请什么头面人物了，一年来，神龙见首不见尾的，哪里捞得到和他见面，急得包工头们破釜沉舟准备和王老板法庭上见了，正在秘密筹划之时，王老板却露面了。

一场大戏要开演了，皮尔卡蛋及其诱惑地朗诵着。他说这次包工头们起码要等到支票兑现，才会让王老板脱身。所以这一顿宴请，没有三天三夜是不会散席的。

那不成了非法扣留人质了？我不解地问。皮尔卡蛋却神秘地笑笑说，你管那么多干吗？你究竟想不想去撮一顿？

我还未超凡脱俗到拒绝人间烟火。我没问王老板的宴请名单是否允许有吃白食的文人，就傻傻的跟着到了虹桥一家灯火辉煌宛若仙境的五星级宾馆，大厅里衣香鬓影。我的文人生涯中经常有这样莫名其妙而平淡无奇的饭局。它带给我某种世俗的快乐。

包房里围桌而坐的十来个人几乎都是老板，张老板、王老板、李老板、管老板……所有的老板都把手机放在桌上，摩托罗拉、爱立信、菲利普、西门子……仿佛是手机展销。老板们轮流握手、拍肩，其中有两个显然是有点威信的，哈哈哈地接受着别人伸过来的手。有人用手指沾了口水在翻阅菜单。无可违言，他们是浅薄的、平庸的，甚至是恶俗的，但也是天真的质朴的。我知道还有很多谨慎的眼睛和不苟言笑、不再天真的脸庞，充塞着电视和报纸头版，他们斧正着人间的天空，他们是虚伪和矫情的，也是彬彬有礼的。我在这两种人之间摇摆。我四十五了，我还未看破红尘。这是我的致命的弱点。

令我吃惊的是作东的王老板肤色白皙年轻俊美，甚至有点脂粉气。他十指尖尖，举止斯文，衣着精良，坐在他旁边的人高马大的小伙子是他的保镖。和其他老板相比，他显得鹤立鸡群气度不凡。皮尔卡蛋事先告诉我，王老板还是同济毕业的呢。

哥们，很久不见了，我也是穷忙。生意啦，和当官的应酬啦，本人虽然没什么本事，可偏偏有人看得起我，三天两头召我，总是北京啰，钓鱼台啰，陪外宾啰，天大地大不如党的恩情大么，上头有令，要我去锦上添花，我能不去吗？我是一只皮夹子。

王老板拿起桌上的烟，保镖立即替他续上了火。

不好意思，耽误了哥们的大事，不好意思。今天我要向大家宣布，星星集团公司最近与我结算了星星大厦的全部装潢工程款。当然我和弟兄们的账其实可以早点了结的，几个亿的资金周转有点难度，可这点工程款小意思一个啦，我还是拿得出的。这是我的疏忽。最近我又忙于接洽谈判浦东机场候机厅的装潢工程，所以一拖再拖，今天是特意抽空和兄弟们见见面，也和大家作个交代。以前我王某有做得不地道的地方，还望各位兄弟多多包涵。来，为我们的辛勤劳动有了圆满的结果，为兄弟们大大发财，干杯！干杯！

王老板来了一通漂亮的开场白。他言辞恳切语气和缓，一派大哥风范江湖义气。他也对我含笑致意，说是他喜欢和作家交朋友。但是他的眼神却是冷漠和高傲的。我知道无论他如何和人们称兄道弟，无论他如何微笑，人们也永远接近不了他的心灵。他是那种太聪明太优雅的异类，他永远拒人于千里之外。我因此而小心翼翼不苟言笑。我别具一格喝的是法国的"依云"纯水。王老板很有深意地看了我一眼。相信除了这家伙，在座的没有人知道它的昂贵。

老板们蜂拥而起。

王总，你为大家日夜操劳化了无数的心血。王总，你是宰相肚里好撑船，你知道我们肚里只有油水没有墨水，你可千万不要和我们一样见识呀。有个作家说过，我是流氓我怕谁，识字和不识字的就是不一样么。作家你可别生气呀，俺顶佩服作家的，讲话敢熊别人，也敢熊自己。王总，我也是狗急跳墙呀，底下的工人吵着要工资奖金，嚷嚷着要绑架我。王总，浦东机场的装潢工程你可别忘了关照兄弟呀。

这些来自全国各地的包工头们，推搡着那两个有点威信的、老是哈哈哈的老板，共同说了一大堆我望尘莫及的类似黑色幽默的妙语绝句。我终于相信最卑贱者最聪明的理论。因为可望又可及的星星的工程款,更因为王老板手心中的浦东机场的新项目,他们一个个奴颜婢膝极尽阿谀奉承之能事。当初他们或许就是这样从王老板手中得到星星的装潢工程的。据说装潢业的利润高达百分之一百,这样的利润是一条漂亮的石榴裙,令无数英雄竞折腰。

王总,今晚你就在这宾馆住下了吧,兄弟们陪你玩,把上次那两个漂亮的女大学生接来,再请个乐队,怎么样?

两个为首的老板更是大献殷勤。

别跟我玩花样!请我住在宾馆里,是不是不相信我,把我当人质?有一件事,我要对兄弟们丑话说在前面的。星星的工程,大家是瞎子吃馄饨,心里明白,质量有很多地方是不过关的,空调的通风管道有噪声,还有地板的质量以次充好,问题很多。前两天已经有记者到我这里来了解情况了。你们不给我面子,小心我把你们捅给新闻界。还有我请来的这位作家,她在晚报上是开专栏的,她要是和记者联手说星星一句不好的话,到时候谁也帮不了谁,看你们谁还有脸在上海滩混?没准还得上法院呢。

王老板本来很亲切地迎合着众人,可一听到老板们邀请他住在这宾馆时,脸色却沉了下来,说了些不好听的话。还连带着把我也捎上了。也许王老板的话点到了那些老板的穴道,两个为首的老板顿时就有点蔫了。我一听说施工质量的问题,就立即联想起自家的天花板,因为屋顶渗水,连连雨水渗透、浸泡,半边墙都发霉了,我因此而对不负责任的施工队深恶痛绝,我呼应着王老板说,质量不好自然要曝光,要不,像韩国的百货大楼崩塌了就来不及了,就有人要坐牢了。

说哪里话呀,我们还不相信你王总吗?敢把你扣作人质吗?质量的事么，王总包涵了，包涵了！我们一定派专人负责返修，你满意为止。作家，来来来，喝酒，喝酒！老板们举起酒杯，立马就转移了话题。我后来听皮尔卡蛋告诉我，这些包工头们自身工程就不过硬，所以最怕记者曝光，倒霉的还会被取消施工资格，所以一听王老板要请记者来，就个个都放软挡了，哪里还敢留难他？我明白了，我也算是王老板的一着臭棋吧？我突然领悟到了什么，沉着脸问皮尔卡蛋。皮尔卡蛋吐了吐舌头，飞一般溜了。

且说酒过三巡，王老板慢悠悠地从西装皮夹里拿出一张支票，这是酒宴的高潮。开具支票的就是星星大厦集团公司。

我让各位看看这张支票，各位可以放心了吧。兄弟没有一句假话吧。

老板们再次蜂拥而起，全体站立，伸长着手，像捧着圣物一样，传看着这张支票，他们一个个眼睛发亮，犹如嗜血的狼群嗅到了血腥味，他们嗅到了金钱的气息。这样的场景真是惊心动魄。我看得目瞪口呆毛骨悚然。

王老板当场掏出自己的支票簿，分别给包工头们开具了付款支票，他使用的是一支昂贵的派克金笔，王老板所有的一切都是最好和最精致的。我想象他身边的女人也是精致美艳，风韵万千的。

弟兄们，明天我就把星星集团公司的支票解进我的银行账号，三天后账号里有了现钱，你们就可以兑现这些支票了。王老板像发牌一样把自己的支票发给在座的包工头们。包工头们一个个捧着支票弯腰曲背喜笑颜开。此时此刻王老板风度翩翩慷慨大方，俨然是他们的老爸。

那晚王老板用金卡结了用餐费，就在保镖的护卫下，提前退席了。各位慢用，慢用，兄弟先行告退。王老板彬彬有礼地和大家告别，他还用他十指尖尖的手和每一个人轻轻握手。他的接近于女性的温柔和周到震住了在座的那些粗犷的男人。他们一个个只会傻笑，点头哈腰。看着他窈窕的身材钻进林肯，然后呼啸而去，我觉得我看到的是一个蝙蝠侠之类的幽灵。此时此刻他去的是另一个世界。

目送着王老板远逝的车影，皮尔卡蛋凑在我耳边赞道：好酷！我脱口而出我说：好冷"酷"。我觉得自己创造了一个伟大的单词。我因为和大楼事先约定回家不得超过十点，也赶紧退席。听说皮尔卡蛋后来和包工头们再次找了个酒吧开怀畅饮，他们喝了十瓶白酒，五瓶洋酒，其间因为不断地对陪侍左右的小姐动手动脚亲嘴摸胸的，付了两千元小费。我对大楼说皮尔卡蛋怎么会和王老板和包工头们勾肩搭背呼朋唤友？大楼嗤地一笑，他说你自己不也是彬彬有礼堂而皇之和他们同餐共饮混迹其间吗？我顿时无言。

三天后皮尔卡蛋神秘兮兮地把我从针灸室里叫出来，我颈后插着金针，金针上的艾绒还袅袅地冒着轻烟，我像个"异形"似的站在医院的走廊里和皮尔卡蛋说话。

皮尔卡蛋告诉我，那晚王老板开出的全是空头支票，他把包工头们玩弄于股掌之间，他本人已经销声匿迹无影无踪了。那些包工头手下的工人们因为得不到工资纷纷涌到星星大厦去静坐请愿去造反了。王老板席卷了所有的工程款，连同一笔天文数字的银行贷款，携着刚在全市模特儿大赛得奖的漂亮女孩跑到境外去了。包工头们一个个痛哭流涕，只恨没在那晚的宴席上绑架肢解王老板而追悔莫及。某银行信贷部里也是人人自危惊慌失措，据说已经有信贷员吓得大小便失禁了。

有二十个党员干部将因此而坐牢。皮尔卡蛋说。

那天回家后我在电脑上打字。我写道：外面的世界真是精彩，外面的世界也真是无奈。我被王老板的温文尔雅、心狠手辣所震动。我觉得他的故事并不可怕，可怕的是他的冷"酷"。他那从里到外的冷漠，和雅致，和恶毒已经接近于完美接近于非人性。他用他的完美和非人性报复了这个人性的世界。我写到这里的时候，大楼正好走过，他看到我的电脑就大放厥词，问什么是人性？什么是非人性？我无言以答。

我在电脑上把王老板和赖医生，包工头们和姥姥阿太们一一对应，企图捕捉某种人际关系，我一无所获。我明白了物以类聚，人以群分。我最终放弃了对王老板对人性的思索，我专心致志记录和虚构关于某医院针灸室的札记。

我对赖医生说，王老板失踪了，你的公寓房子飞了。你退休后还是为人民服务算了。

煮熟的鸭子也会飞，何况没到手的房子呢。我想过了，退休后我哪里也不去了，就在家里替这些老朋友做做针灸，如今的医疗费太贵，针灸便宜，又不要什么成本的。老年人少不了它的。我不怕没饭吃。不瞒你说，我的孙子还靠我呢。你还管孙子？你劝过程老师，说儿孙是靠不住的么？我老早就说过了我是棉花脑袋豆腐心，心太软，儿子不养娘，孙子靠大爹，现在行的。

以后呢？以后，怕什么，这个世界上有的是老人。你没听说，我们县已经提早进入老龄化县了？

有一阵子，浙江地区普降暴雨，好几个地方山洪暴发，交通中断，我临时在那里出差，被阻在一个山沟沟里，两星期后回家我匆匆赶到针灸室，发现那里已是物换星移，面目全非了。正像姥姥阿太曾经预料的那样，这里已经是减肥室了。只见室内装潢得富丽堂皇，油光发亮的假皮沙发上坐着一个个衣着华贵的漂亮女人，里面的美容床上躺着几个袒腹的女人，腹上扎着金针，还有顶着好几个火罐的，主针的是一个头发留得长长的年轻医生，两个轻声细语关怀备至的护士小姐在床边殷勤护理。我明白这就是减肥了。我知道这样的场面意味着绝对高昂的费用。我曾经并且依旧热衷于减肥，但是此时此刻我却毫无兴趣。我一心想找赖医生。

我找赖医生。

赖医生？长发医生困惑地摇摇头，我不知道什么赖医生不赖医生的。我这里天天生意兴隆，欢迎预约，欢迎光临。

我赶紧逃之夭夭。我后来又去找皮尔卡蛋，他也不在，晚上大楼回家后告诉我皮尔卡蛋辞职了，他到胶东半岛一个新兴的海边城市去发展了。据说那里离韩国仅一江之隔，满街充塞着腰缠万贯的韩国商人，发财的机会多如牛毛。

我一时不知道如何去寻找姥姥阿太和赖医生他们。其实我早已不需要再打金针、拔火罐了。不知道为什么，我就是想再看到他们。可是在我的生活圈子里很难得到关于他们的蛛丝马迹。我后悔没有及早索取他们的通信地址和电话号码。我本来以为他们十分平常，到处可见。现在我却发现她们和这个世界隔得很远。明年的夏天她们又将在哪里做针灸，渡过她们快活的日子？

我试着到菜市场上去过，我怀着一线希望期待能够看到宝娣在设摊卖毛豆。或者大妹在买菜。可是我只看见金妹，她还是那样戴着口罩吆喝着叫卖蛋饺，在为她的养老金而努力奋斗。我唯恐她又会例外地送我蛋饺，我没敢招呼她。还有一次我远远地看见程老师，她正在和一个卖土豆的男人讨价还价，她憔悴了许多，她显然很累，不断地转动着颈脖。我担心她会悲天悯人地同情我，也没敢招呼她。我在市场里频繁进出的时候，我意外地发现了一个现象，就是市场里买卖双方就中年男人特多，他们精明、干脆、勤恳。我寻思是那些当家的女人们像驱赶宠物一样地把男人们驱赶到这里来，比如说大妹的媳妇，她绝对不会放心让大妹插手家里的财政事务吧？

我后来就不再到菜市场上去了。我有意无意到南门的老街上去闲逛过，我看到好几个服装店，全都形迹可疑，专卖冒牌货的，那里有鳄鱼、飘马，甚至有古慈。我不知道哪一个店是大妹的儿子的，我在店堂间里探头探脑的，招惹得五大三粗的店老板从隐蔽的店铺后面走出来，以为我是捉假的王海，摆开架势想请我吃生活。吓得我溜之大吉逃之夭夭。

从那以后我就从未在这个城镇的任何地方邂逅姥姥阿太们，包括赖医生。尽管我常常遇到熟人。有一次我在新开张的大商厦里遇到我儿子高中时的同学，我看到他亲亲热热大大方方地挽着一个漂亮女孩，我和他们在自动扶梯上交错而过。当他们在我眼前流逝而去时，我突然意识到除了过去的针灸室，这个世界上已经很少有姥姥阿太们的立足之地了，我终于放弃了寻找。

我后来又有了新的采访对象，有了十分精彩的小说题材，我渐渐地淡忘了姥姥阿太们，直至有一天我在电脑上偶尔打开了一个久未光临的文件，我看到了关于某医院针灸室的札记，我一页页地翻阅，我在电脑里和姥姥阿太们见面，我重新又听到了她们无端的笑声，听到她们议论阿香的名片,她们和赖医生调情。那晚正好有个聚会,大楼问我,怎么去?我脱口而出乘轿车喂!这是姥姥阿太。赖医生说我一辈子还勿曾乘过轿车喂!

我重又嗅到了艾绒的馨香,感觉到它的温柔、妥帖。我看到宝娣裸露着上身,她围着的花色迷离的绣花肚兜,听到胖老太乱插嘴时的嘈杂的嗓音。我还记忆起姥姥阿太的葡萄,饱满、甜蜜,记忆起那个午后,我们在医院的院子里一起唠的家常。记忆起庭院里的阳光。

闲着也是闲着,妹妹,来,一起坐坐!

只要我们在一起,我们就是欢乐的。

仇 澜

一

水国玲躲在过街楼的扶梯下面哭了很久。"四角菱,四角菱,拖油瓶子叮铃铃……"小朋友们叫着她的绰号,这样唱她,她只得躲起来,哭。

阿姆要嫁人了,这实在是件叫人沮丧的事。阿姆年轻漂亮,阿姆迟早要嫁人的,隔壁好婆早在一年前就这样说了。那阵子爹爹刚过世。为这事,阿姆有半年多没有跟好婆说过话。国玲心里对阿姆是没有什么的,她只是不欢喜福林爷叔。有一次福林爷叔抱着她,要亲她嘴巴,被她狠狠地咬了一口,打这以后,福林爷叔对她总是很冷淡的。

她哭着,心里茫茫然的,不知道以后的日子会怎么样。白天的弄堂很静,很空寂,也很孤独。她不知道,这就是她未来的命运。她还小,她不会知道的,她只有十二岁。

福林爷叔原先是爹爹的朋友。他第一次来国玲他们家,还是五年前的事了。那一夜,国玲记得很清楚,她在迷蒙中被什么惊醒,她睁开眼,从阁楼上望下去,只见一个陌生人扶着爹爹站在门口,爹爹垂着头,像是生了病,又像是睡了,很倦怠的样子。阿姆很惶惑地迎着他们。

"你爹爹喝了点酒,醉了……"那个陌生人对阿姆说。阿姆有点羞涩地回答说:"我是他……女人……"

"噢……"陌生人拖长了音,有点不相信似地盯着阿姆看,看了很久,看得阿姆低下了头。"阿嫂,阿嫂。"那陌生人亲昵地唤着阿姆。"老面皮。"国玲在心里羞他。他看上去比阿姆大好多,比爹爹还老相,居然喊阿姆"阿嫂"。

"不要紧的,阿嫂,阿哥只是多喝了点……不要紧的……我叫福林,跟阿哥是老朋友……"福林说着,帮阿姆把爹爹扶到床上,还替爹爹脱了鞋,很热情地抢过阿姆手中的面盆,奔到下面厨房里盛了一盆清水来,看着阿姆替爹爹揩面。

弟弟国健在哭了,那阵子,国健只有两岁,白天黑夜地缠着阿姆,一脱开娘的怀抱就要闹的,阿姆只得去抱他。偏巧爹爹又要吐了,他"唔唔唔……"地叫着,抬起身,福林很活灵地端出痰盂,擎着接了。爹爹吐完后,又要毛巾又要茶的,也都是福林侍候了。阿姆因为腾不开身,便也由着他去了,难免有点不好意思,说两句客气话,福林总是摆摆手,"自家人,自家人,不客气的,不客气的……"

一股酸涩涩的苦酒的气息在小屋里弥散开来,一种异样的感觉在国玲的心上漫过,她闷闷不乐地翻了个身。爹爹只有在每月领工资的一天上小酒店喝点酒,而且从来不醉的,这次不知怎的,她想来想去,觉得福林这个人有点阴险,一定是他劝爹爹喝多了酒,说不定还是个强盗,她这样想着,便睡不着觉了。她又重新抬起头,从阁楼上望下去,爹爹已经睡了,打着很响的呼噜,福林和阿姆坐在一条长板凳上,福林在跟阿姆说话。

"阿嫂有几个小孩了?"

"嗯……自家养过三个,两个女孩子,一个男孩子,"阿姆有点为难地说着,指指阁楼,"大的两个睡在上面……"

"噢，难道说，阿嫂是填房？"

阿姆默认着点点头，一笑。

"前一个女人养了个女儿，已经十七岁了，叫国英，在一爿五金厂做工，住在集体宿舍里，不常来的，脾气也……"阿姆没有说下去，只是轻轻叹口气。

"人大了，都是这样的，我也有个女儿，也十七八岁了，对我也是冲头冲脑的，倒过来管我了……"福林摇摇头，也叹口气说，"我女人两年前生病死了，我本来想再讨的……唉，算了，还是一个人清静……"

阿姆抬起头，一双眼睛很温柔地看着他。

"你倒也是个苦命人……"

福林不说了，只是盯着阿姆看，看得阿姆低下了头，才喃喃地说了句："难得嫂子关心我……"

他们不说话了，一时间屋子里安静了许多，外面弄堂里的一盏路灯昏昏然地斜照进来，把屋子里照得灰蒙蒙的。国玲困惑地闭起眼睛。她朦朦胧胧地觉着福林在讨好阿姆，她不知道这应该不应该，她只是不喜欢。

福林就这样常来常往了，孩子们都叫他福林爷叔，日子久了，他似乎真的成了他们的爷叔。后来，他的女儿结婚了，他就跟女儿一起住，平常没什么事，到国玲她们家来便成了他日常的功课。他在一家妇产科医院做杂役，而且做很古怪的工作，他总是在夜里上班，因此他总是白天来。他是来帮忙的，买煤球、籴米……因为爹爹身体不好，力气活做不动。后来爹爹病在床上起不来了，他更是天天要来跑一趟，看看有没有要帮忙做的事。阿姆觅到了什么药方，也总是由福林东奔西走地去赎了来,熬了给爹爹喝。国玲也不知爹爹得了什么病,只晓得是很重的病。

有一次,阿姆觅到一张祖传秘方,要有一味尿垢做药引子。尿垢是积淀在小便池里的那种又黄又脏又臊臭的东西,福林爷叔亲自去刮了来,弄得一身尿臊臭。衣服自然是阿姆去洗了,为了表示感谢,阿姆叫国玲去拷了二两高粱酒,买了三角猪头肉,招呼福林在厨房里喝酒。

因为是白天,厨房里也没有旁人。那是一个秋日的下午,阴冷而寂寞,房子里一片灰暗,国玲一个人在楼上陪着爹爹。爹爹睡了,周围很静很忧伤,谁家的金蛉子在低低地叫着凄清的长声。妹妹国琴、弟弟国健都到国英姐家去了。国玲一个人坐着,许久,忽然她听到阿姆低低的叫唤,她知道阿姆又要叫她干什么了,总不外是拷油买酱油之类。她一步一挨地走下楼去,扶梯有个一百八十度的大拐弯,在拐弯处便能看见厨房间了。她惊异地看见福林爷叔正搂着阿姆在亲嘴巴,阿姆不出声地挣扎着,她听见阿姆在说:"你要死了……"福林很强横地抱紧着阿姆,边亲边说:"我是不会死的,要死的是上面的那一个……"

国玲有一阵子是吓呆了,她知道亲嘴巴是不可以的,没有什么人告诉过她,但她懂。她看见阿姆无力地挣扎着,便决心帮助她,待到她所到福林咒爹爹死,这决心很快便转换为一种仇恨了。她不假思索地冲过去,她抡起刀砧板上的菜刀就朝福林劈过去……

"啊……"她听见一声低低的惨叫,这是阿姆的声音。阿姆一把推开福林,抱着国玲,一只手颤抖着夺过国玲手中的刀。国玲屏住呼吸,她看见阿姆脸色惨白。

"我说,"福林呆了呆突然跑过来,两拳举在胸前,低低喝道:"这太过分了,她竟想杀我,天哪,我一直在照顾着你们,可我成了什么……她像是疯了,一个小疯子……你难道不说她几句?"

他说着,耸耸肩,拿过搭在椅背上的外衣,做出想走的样子。阿姆先是不动,继而跑上去,不顾一切地拉着他的手,她求他:

"别生气,别这样……你别理她,她是个孩子……"

他本来就不想走,他知道眼前这个女人早晚是他的,因此他心安理得地重新坐下了,并细细地打量起这个险些杀了他的女孩子。他记起她曾经咬过他一口,有朝一日他得狠狠地揍她一顿。他这样想着,嘴角边便露出几丝嘲弄几丝残忍。他淡淡地说:

"算了,叫她别张扬了,我饶了她……"

国玲也怕了,她是被自己的举止吓坏了,她默默地站着,一直到阿姆轻轻地搂过她来,她才低低地哭起来了。"阿姆……阿姆……"她轻轻地喊着,她哭得很伤心。福林冷冷地看着她,她害怕地搂紧阿姆,她心里对这个男人从此便怀着憎厌和惧意了。

现在,这个福林要跟他们成一家子了。昨天吃晚饭的时候,阿姆是这样跟他们说的。"福林爷叔要过来住了。"她一边说着一边紧紧盯着国玲看。国玲毕竟十二岁了,而且还有过那次"厨房事件",阿姆心里未免有点担心,她怕国玲会再闹出什么新花样来。

国玲先是不吭声,慢慢地吃饭,吃完了,她放下筷子,低着眼皮问:

"我们要喊他爹爹吗?"

她那口气是很冷峻也很坚决的,其中的意思是再也明确不过了。阿姆心里虽然有所准备,但也未免伤心,她叹口气说:

"还是按原来的称呼叫吧。"

她是无可奈何的,假如不是因为忌讳国英那丫头,她兴许会在某一天让国玲他们改了姓的。大凡一个女人,跟了一个男人,便总想把一切的东西都归属到那男人名下的,但也不是每个女人都有这份自由的。

二

"四角菱!四角菱!"

又有人远远地在叫她了。国玲揩了揩眼睛,本能地想逃。她怕他们再叫她"拖油瓶"。

来的是她的两个要好同学,一个学习小组的。她爹爹去世那阵子,她们一起摆过祭台,陪国玲哭过,虽说是闹着玩的,但也居然弄假成真,哭出一种凄凉悲切的气氛来。此刻,她们看见国玲在哭,也不劝她,只是陪着哭。哭声嚎啕,因为没有眼泪,不免有点滑稽,自己想想也好笑起来。国玲也笑了,于是她们又缠着国玲讨喜糖吃。那年月,小孩子只有逢着过年才有糖吃的,平素谁家有什么好吃的,她们总要偷点出来彼此分享的,比如泡汤吃的虾皮啦,大人过老酒吃的油氽花生啦,等等,国玲吃过她们好多次,她很少有还情的机会的,因此今天她们一跟她讨糖吃,她就一口答应了。

糖放在一只蓝莹莹的玻璃盘里,玻璃盘放在窗前的一张八仙桌上,她叫她们候在窗下,自己悄悄跑上楼。房里正好没人,阿姆领着国琴、国健到小菜场去了,福林爷叔大概回家搬铺盖去了,一时还回不来。她胆子大了许多,她大大方方地抓了一把糖,抛了下去。两个小朋友在下面跳着蹦着笑着拾着，她们叫着还要，国玲便又抓了一把。她同时犹豫地看了看玻璃盘，盘子里已经没有多少糖了，差不多要见底了，她毕竟也是很少有吃糖的机会的，自私的心理使她迟疑起来，她那只抓了糖的手举着，思忖着要不要再抛下去，但她又想到如果连她们也背叛她，叫她"拖油瓶"，那她即使有再多的糖吃，也是没有味道的，因此她决心讨好她们。她把手伸出去，刚要把糖抛出去，却被一个人抓住了，而且头上被狠狠地敲了两下。她抬起头，是福林爷叔！

福林爷叔笑眯眯地看着她，那笑意带点残忍的嘲讽。他不欢喜这个小姑娘，这是明摆着的，那次在厨房里要不是她，他大概早就占有那个女人了，也用不着现在这样兴师动众地新开豆腐店了。后来因为他一直没有机会，先是那个半死人，一直躺在床上，虎视眈眈的，后是国英那个泼辣的丫头，居然天良发现，负担起这一大家子的生活，还索性锁了自己的新房间，拖了丈夫儿子住过来，天天热热闹闹的。他简直无隙可钻，讨不着便宜，便下了狠心，撩拨起那女人再婚的念头。今天他总算如愿以偿了。把国英赶跑了，他成了这个小天地的主人了，他那压抑着的积怨和不满因为国玲的发糖便爆发出来了。他有一个很奇怪的习惯，他在惩罚那些比他弱小的人时，总要先耍笑耍笑他。他先是笑眯眯地、阴阳怪气地说国玲："小姐倒是派头大咪……抛呀，嗯，再抛呀……"他见国玲困惑地看着他，忽然脸色一沉，变了腔调，"嘿嘿，拿老子的钱当锡箔灰使，今朝算你运气，碰到老子高兴，要不的话，就不客气了……"

他说着，晃了晃拳头，便扔下国玲的手，往旁边的太师椅上坐去。他从口袋里摸出烟，衔在嘴上，又掏出火柴，拉开来看了看，便往窗外一扔。他摸出两分硬币，朝着国玲说：

"去，到弄堂口烟纸店去买包洋火！"

说完，他把眼睛一闭，头往椅背上一靠，养起神来。

国玲站着没动。她怔怔地望着福林那张哭不像哭笑不像笑的面孔，心里明白这仅仅是开始。她还知道这是一个挑战。国英姐临走的时候关照过她：不要怕，水家的人不是那么好吃吃的。她想起常在弄堂口游荡的阿三，他的爹爹也是后爹，阿三小小年纪已经在小菜场摆摊刮鱼鳞了，身上的衣服比裤子还要长，她是不愿意落到阿三这样悲惨的地步的，她还要保护好妹妹和弟弟。"你们三个人要团结，你大，你要照顾好小的……"她想起国英姐一遍又一遍的关照，当时国英姐哭了，她也哭了。无形中，她觉得，他们离阿姆远了，却跟国英姐近了，国英姐比阿姆更可靠更贴心。而且，她看出来，福林是有点怕国英姐的，国英姐不许他把户口迁过来，他便不敢迁。想到福林也有人怕的，她便胆子壮了许多，她不去拿那两分钱，她决心要违抗他。

屋子里很静，两个人其实都在暗暗盘算对方。福林虽然闭着眼睛，可他能感觉到围绕着他的那种不友好的气氛。他在想，第一天究竟来软的呢还是来硬的？既要让这些小讨债们畏惧他，又要注意不要伤了夫妇间的和气，既然结了婚，总得要作长久的打算。

楼梯上响起了零乱的脚步声，国琴和国健上楼来了。

"四角菱！四角菱！"他们喊着，他们学着别人的叫法，因为惯了，国玲也不怪他们。"今天吃肉了，阿姆说要烧红烧肉，随便我们，欢喜吃几块就吃几块……"

国玲像是解了魔法，动了动身子，她跑到门口，迎着他们。国琴和国健高兴得要死，一进来就抱着国玲，三个人在地板上滚作一团。

他们逢着高兴的时候总是这样的,从小就在地板上厮混惯了,好在阿姆总把地板揩得像台面一样干净。但是他们不小心撞着了八仙桌,八仙桌不由自主地移动了一下,台面上的那只玻璃盘本来就被国玲动过了,搁在台角上,这一下便理所当然地滑了下来,"砰"的一声跌在地上,碎成了几块,那蓝莹莹的玻璃和美丽的糖果散落成一地。

这只玻璃盘是福林在旧货店里淘来的,还是车料的,也算是名贵的装饰了。这只特殊的盘子在今天这个特殊的日子里破碎了,未免叫福林感到丧气。福林一直忍着的怒气爆发了,他拍着太师椅的扶手骂起来:

"触霉头!娘××,不吉利!你们这些小鬼头,找死啊……"

"它自己倒下来的!"国玲尖着嗓子回答,她被福林的责骂激怒了,他们爹爹活着的时候从来没有这样骂过他们的,虽说家境贫寒,却也是千娇百爱地宠着的,哪里受得了这样的责骂!

福林勃然大怒,他不假思索地撩起脚就朝国玲踢去,连踢几脚,他看着国玲在地上打着滚哭着,他忽然觉得他是恨死她了。她一直冷冷地睨视着他,扫他的兴。他踢她,他觉着一种肆虐的快意。

"阿姆吔——阿姆吔——"国琴和国健哇哇哭着喊了起来。他们吓坏了。

阿姆在楼下听到响动,三步并作两步地跑上来,喘着气。她看到的是一番混乱不堪的场面:三个小孩子在哭,新官人板着脸在生气,玻璃盘碎成一地。

"福林爷叔踢四角菱了,踢了好几脚……"两个小的看见阿姆便哭诉起来。国玲哭得愈发伤心了。阿姆伤感地倚着门框,她的心沉了下去,她眼看她对这个家的美好的设想在新生活的第一天便遭到破

灭,她心里的痛苦淡淡地慢慢地滋生出来。她看着福林,她以一个新娘子所特有的口吻责怪他:

"你也真的,怎么跟小孩子缠不清……"

母性使她不由自主地袒护起孩子。她扶起哭着的国玲,帮她整好衣服、头发。她心疼极了。

"还分不分大小?你这样逗着他们,以后有你的好日子过!"福林收敛了一点凶相;但仍旧是气鼓鼓的。说实在的,他对眼前的这个女人还是满意的。她比他要小十七岁,差不多可以当他女儿了,而且生得娇小玲珑细皮嫩肉的,横看欢喜,竖看也是欢喜,他不想在今天扫了两个人的兴,因此他叹了口气说:"你的孩子也就是我的孩子,我是为他们好……可我好心得不到好报,国玲她领头跟我闹……"

阿姆见男人口气软了,不由一阵伤心,她想她是两面都欢喜的,看来今后要当三夹板了,她觉着从她嫁给国玲她爹开始,她就担当了一个不幸的角色。女人生下来就好像注定要受苦的。她这样想着,也叹了口气。

"好了好了,你们都到阁楼上去,到阁楼上去玩……等会叫你们的时候再下来……"她哄着孩子们,看着他们一个一个地爬上阁楼,没了影,才松了口气,然后半怨半嗔地盯了福林一眼,说:"你呀,也真是的……等一会,菜好了,你先吃老酒吧……"

说着,她一个转身。福林笑眯眯地伸手在她胸前捏了一把,说:"老店新开,有什么好菜呀……"

她羞红着脸,嗔怪地白了他一眼,下楼去了。

这个轻佻的举动让国玲看见了,国玲立时便有一种不洁的感觉,仿佛她自己受了侮辱一样。母亲的胸脯总给她一种神秘而甜蜜的感觉,她把它看作她自身的某个部分、某个神圣的禁区。使她感到悲哀的是:阿姆似乎很高兴。她看着阿姆在门口消失,她听着阿姆下楼的声音:"哒哒哒哒——哒——哒——哒——哒哒……",那声音有时候是一连串,脚不点地的,有时候是很单调很迟缓的两下,断了,又连上了。她觉着阿姆那原本熟悉的声音变得生硬和遥远了,而她身上被福林踢过的地方又隐隐地痛起来,她悄无声息地又哭了起来。她这一天流的眼泪大概相当于她前十来年的总量了。

三个孩子呆在阁楼上,他们不说话,这是一个沉重的时候。阁楼还是爹爹在的时候,叫人相帮着搭的,又宽敞又干净,纯粹是孩子们的天地,阿姆他们是很少上来走动的,他们直不起腰来,而且没有楼梯,爹爹只在墙边装了四五只巴掌大的木块块,作阶梯排列,让孩子们上下。孩子们走惯了,竟比小猴子还要敏捷。这阁楼夜里是他们的床铺,白天是他们的游乐场所,有时候为了逃避父母的责骂,他们也躲进这阁楼。现在,阁楼对于他们,似乎更亲密了,眼下再也没有比这个阁楼更好的地方了。

接下来叫他们难以忍受的是,他们闻到了肉香:阿姆把烧好的菜端上了桌子。

阁楼上有条很长的地板缝,从这条缝可以看到下面的动静,这个秘密只有孩子们知道。

国琴和国健趴在地板上朝下望着,他们不时地抬起头来,很激动地小声告诉国玲,福林吃了几块肉了。他们心里又急又气,这肉是他们跟了阿姆在小菜场排队买来的,阿姆说好是随便他们吃的,这个"他们"自然是不包括福林的,在他们的心灵里,他们还没有接受这个福林。阿姆和爹爹从来都像老鸟似的,即使口里有了也要吐出来省给他们吃的,哪像福林现在这样独吃的。他们的愤怒是可想而知的。

国玲先是忍着,没有像他们一样趴在地上看,因为她恨着福林,她不愿显示出对他的一点点兴趣,她甚至想,以后只要碰到福林,便给他白眼看。她心里慢慢地也怨起了阿姆,为了让福林一个人笃悠悠地吃肉喝酒,阿姆竟让他们弃物似地蜷在阁楼上等。她伤心地想:阿姆变心了。

国玲后来也趴下来看,她是担心那碗红烧肉的命运。国琴他们已经数到十三块了。国玲从地缝里看见福林半仰起头,把一块半精夹肥的红烧肉往他那猩红的嘴里塞。她第一次从这样的角度看到一个人的嘴,她觉得那嘴简直深不可测。她惊讶之余又感到恐惧和憎厌。她还看见福林跷起一只脚,搁在屁股旁边,一只手无意识地慢慢地逐一剥着脚趾头,红烧肉也慢慢地逐一被他吞噬。国玲忽然跳起来,猫着腰(她已经要顶着天花板了),在阁楼上蹦跳翻滚,她受不了福林那咀嚼的声音,那声音又响又刺耳,她莫名地吵闹起来,就是为了抵御这声音。国琴和国健也跟着闹起来了。

可怜他们,也只是为要人们记起他们,不遗忘他们,才在这寂寞的世界上弄出这么一点点喧嚣来。

仍然没有人理睬他们,阿姆大概以为他们在嬉闹,反有了一种太平无事的感觉,她跑上楼看看,又下厨房忙去了。福林依旧继续着他那伟大的吃喝。

这天国玲没有吃到红烧肉,国琴也没吃到,仅剩的一块,带点软骨的,给国健吃了(国健从此便喜欢吃那种带软骨的红烧肉了)。

晚上,他们惊异地发觉阿姆和福林睡在一只床上。素来跟着阿姆睡觉的国健也到阁楼上来了,他们不明白为什么要这样安排。他们不满。整夜的,他们被楼下古怪的声响骚扰得难眠,他们为自己的阿姆担着一份心,他们想,只要阿姆喊一声:"国玲,国琴……"他们便要冲下去的,去解救她的,可是他们等了很久,未了他们听到阿姆一声轻轻的笑……

没有比这笑声更刺他们的心了!国玲埋下头,她在心里哭,她觉得这个世界漫无目的地膨胀了起来,又巨大又可怕。她伸展开两臂,拥着她的弟弟和妹妹,她心里无比的凄凉。

第二天一早,阿姆发觉三个孩子不见了。

三

国英看见他们的时候,她正在后阳台上,她刚刚起来。她看见他们三个慢慢地在新村的空地上移动,她不相信这是真的,他们简直是同黎明一起来的。

她和他们不是同一个母亲的孩子,但她们共着同一个父亲,这便足够了,足够使她们心心相印,息息相关。她默默地走下台阶,她看见他们站在绿莹莹的早晨里,像三颗孤单单的小星星,她心里涌起一种很久长很沉重的情愫,这是一种呼唤,爱的呼唤,它只存在于同胞骨肉之间。这是最简单不过的最初始的感情,也是最神秘最永久的。

她拥着他们。黎明顿时变得迷惘起来,灰暗起来。

她没有看到过自己的阿姆。爹爹年轻的时候,在宁波市里一个木器行里学生意,他的任务就是当小姐的陪读。三年后,手艺没有学成,字倒识了不少,慢慢的,竟然做起账房先生来了,老板有什么文书往来的事,也总是由他做了,他成了老板的心腹,与小姐的接触也自然比别人多些。那时候，小姐已不再读书，闲在家里，有时也到店堂间里来看看、玩玩，一来二去的，竟被爹爹勾搭上了。在一个很平常的日子里，爹爹困了小姐，事情很快败露，小姐怀孕了。这还了得，人家是黄花闺女千金小姐，爹爹只是个一文不名的穷光蛋。爹爹被赶出了店门，小姐她们也搬家了，不知去向。十个月以后，有人给爹爹送来了一个襁褓中的女婴，这就是国英。至于小姐如何了，那人无论如何不肯说，最后轻描淡写地说了声：死了。

后来爹爹领着国英迁到了上海，做做小生意。一个男人，拖着个小毛头，那日子有多艰难！日子恍恍惚惚的一年一年过去，国英会喊爹爹了，会帮着烧饭洗衣了，不过爹爹年年都要回宁波去的，他是去寻人的，寻国英的阿姆。他不相信小姐是死了，即使死了，他也要找到她的坟，到坟头上去烧支香也算死了心，然而小姐他们一家竟像是上了天入了地似的，全无踪影。国英十岁那年，爹爹在宁波乡下娶来了一个十六岁的农村小姑娘，也就是国玲的阿姆。阿姆跟着爹爹来到上海，不过三个月的光景就出落得亭亭玉立光彩照人了，乡下小姑娘嫁到上海，当初也为的是吃口饱饭，眼下自然是勤勉肯干的，而且待国英也好像颠倒了似的千依百顺，恨不得要喊她娘了。

国英天性倔强，自小跟爹爹过惯了，现在突然冒出个漂亮女人，横在她和爹之间，她对这女人哪里热得起来。开口喊阿姆，也还是出嫁以后的事了。只是爹爹，却渐渐地把寻小姐的一份苦心移到了阿姆身上，从此以后，他再也没有回过宁波家乡。

国英不相信自己的亲娘是死了，她的心里还隐隐的有着一份寻娘的念头。见爹爹没了那份心，她也便慢慢地疏淡了父女之情。对于国玲他们，她倒是亲亲热热的，国玲可以说是她抱大的。阿姆十七岁就做娘了，没有经验，小孩子常常要闹个头痛脑热的，亏了国英相帮领着，才省却了阿姆许多心事。国英把国玲驮在背上，和小朋友们跳橡皮筋、造房子、捉强盗……一切的麻烦和辛苦，只要国玲喊一声"姐姐"，便全烟消云散了。后来她又驮国琴、国健。不过她最欢喜的还是国玲。国玲跟她一样的秀眉大眼，不知道的人，还以为她们出自一个娘胎呢！

对于爹爹和阿姆，国英依旧是那样的淡漠和生疏。随着年龄的增长，她跟阿姆日益的合不来了，参加工作后，她索性住在单位宿舍里，想到了回家看看，也没个定规的日子，有时候见着了国玲他们，领他们玩过了吃过了，竟连家门也不入，便走了。她爱打扮，且男朋友多，又不在家住，在弄堂里的名声便一点点的坏了起来，多少人看着她摇头，没有办法的，她没有亲娘，眼前的这个阿姆只比她大六岁，哪里管得了她。爹爹见她总是犟头倔脑的，跟后娘合不好，对她也慢慢地失去了爱心。后来，她嫁人了，也难得走动，一直到爹爹过世，她才像换了一个人似的出现在左邻右舍面前：她抚养弟妹、孝顺阿姆，俨然是贤女的风范。而且她有能力，自己工资不小，丈夫的工资也大，撑持这么一个家是绰绰有余的。起先因为阿姆悲伤过度，不能操持家务，她便放手让国玲管账，给她每天的小菜钿，让她去作主，国玲居然应付得可以，从未乱花过一分钱。后来日子久了，阿姆这个角色便也越来越显得无关紧要了。国玲国琴逢着开学付学费都是开口跟国英要的，仿佛国英成了他们的娘似的。阿姆先是不多说话，后来变得越来越沉郁了，再后来，她突然地宣布说：她要结婚了。

国英第二次离开娘家。走的那天，连周围邻居也愤愤不平，说阿姆是鬼迷心窍，"图他点啥？五十来块工资还不及国英夫妻俩一半……""年纪轻，守不住哇……害子女的……"有些老人拉着国英的手落了眼泪。国英也哭了："我不放心的，是阿弟阿妹……"

现在，他们就在她怀里，每一双眼睛都是一份期待一份信赖。从昨晚起，她就忐忑不安了。她是恨着福林的，他无端的占据了她们爹爹的位置，她担心弟弟妹妹还小，需要她这个大姐的保护，可是她跟他们隔着几个区，她看不见他们的小脸，听不见他们的声音，她只能猜测，只能揣摩。入睡了，她做了一个长长的梦。

她跟着爹爹一家家地走，每敲开一扇门，都有一只手伸出来拼命摇，那意思是：不知道，实在不知道，真的不知道……后来又是一张张脸孔，很陌生很疲惫的，像是电影镜头似的，推近了又拉远了，发出一阵阵呼啸，爹爹拉着她的手说，不找了，不找了，碰到也认不出了。她哭了，她大声地喊"阿姆——阿姆——"她一个人走着，她迷失在城市幽暗的小巷里了，神秘的微光忽东忽西地闪烁不定，她听见一个很温柔的声音在低语，它离她那么远又那么近，她伸展开双手，她触摸到这渺茫的声音，她心里忽然充满了失意的伤感，她抱怨地坐下来，坐在一个台阶上，有人从她身边轻盈地走过，她看不见他们，但她能感觉到空气中他们走路的窸窣声，她忽然听见说话声，她熟悉的。她站起来，回过身去，她这才发觉这是她的家，她度过童年和少年时代的地方。一种陌生的冷漠的气息从那里流溢出来，她缓缓地走进去，她的心莫名其妙地跳荡起来，她看见他的三个弟妹，还有阿姆、福林，他们围坐在八仙桌边不知吃着什么，她看见国玲回过头来，便唤她："四角菱，四角菱。"国玲怔了怔，轻轻地说："我不叫四角菱了，我叫六（陆）角菱了……""不！"她叫起来，她听见福林在笑，狰狞的放肆的笑声充塞所有的空间，可怕地挤压着她，她挣扎着要扑过，她一边叫着她的弟妹的名字，一边喊着："你们姓水，我也姓水……我们都姓水，永远姓水……"她哭了，周围是昏天黑地，仿佛无尽的旷野……

他们哭着，在这个平凡而美丽的早晨，在新村寂静的一隅，他们很认真很动情地哭了一场。

国琴和国健终究还小，哭过了，便忘了，他们和国英的儿子强强在空地上奔跑起来，追逐起来。只有国玲，她闷闷地坐着，恍恍惚惚的。是她领头逃出来的。昨晚，她先是迷迷糊糊地睡了，天快亮的时候，她的心像是被谁猛揪了一下，很痛切的，她被惊醒了，她听见很遥远很遥远的地方有人在轻轻地喊："四角菱四角菱"，那声音游丝似的断了，又连上了，"四角菱四角菱"这分明是一种召唤，一种神秘的感应。她谛听了很久，她决定逃，她小声唤醒了国琴和国健。

"四角菱，"是国英在唤她，"你也去玩吧。姐姐的家就是你们自己的家，你们安心住好咪……"

"可是……"国玲抬头望着姐姐，"家里……阿姆要来找的，她会要我们回去的……"

"她不会来的，"国英安慰她，"我跟阿姆的关系，你也知道一些的……阿姆就是来了，我也有办法的……而且，来了只有好，事情总要解决的……"

国英边说边抚着国玲那黄黄的细头发，那头发又柔软又稀薄。一种轻微的伤感刺痛了她的心。她深知阿姆并不是一个尖刻和无情的人，她是必定要来寻回她的儿女的，面对这样一个软弱善良的女人，国英心中有数。可是她一想到福林，她心中的怒火便倏地升腾起来，她明白，她需要面对的是他！可是，对于阿姆，也得给她一点……颜色看看,她想。

中午的时候,阿姆打电话来了。一听到有虹口来的传呼电话,国玲他们便集体停止了活动。国英见他们一个个又紧张又激动的模样,她忽然明白,他们其实早就等待着了,等待着有人来寻找他们,当然,他们自己未必知道自己的心思,但她从他们顷刻间明亮起来湿润起来的眼睛中看出来了。她觉得一切都是天数,一切都无法改变。她去听电话,出门的时候,她依旧温柔地安慰他们,可是她心里清楚她该怎样回答阿姆。

三个人挨在门口,等着国英,把扇门挤得满满的。这情景真是再凄惨也没有了。他们小小的年纪,就体味到了离愁。他们先是都不说话,后来国玲问国琴、国健:

"怎么办?我们要不要回去?"

"我不想回去了,"国健摇摇头回答,"我想做国英姐的孩子,跟强强一起玩……"

"戆大,阿姐就是阿姐,跟阿姆两样的……"国琴用胳膊撞了一下国健,她没有表态。

国玲一个人折回房里去了,她坐在地板上(地板跟虹口家里一样,又干净又光滑),默默的,不再说话。不知为什么。此刻她的脑子里没有一丝阿姆的影像,全是福林的,福林的笑脸,福林狰狞的眼光,还有福林踢过她的脚……

国英回来了。国玲他们细心地观察着她的脸色,他们希望又不希望一下子就找到某种答案,他们那仰着的脑袋沉甸甸的,他们自己也不知道,那脑袋里面究竟藏着什么?

"都坐下来,都坐下来……"国英一个一个地安抚着他们,和他们一起坐在地板上，四个人围成一个小小的圆圈。国英说，"刚才，我本来想瞒一瞒的，不告诉阿姆，让她去急一急的……可阿姆在电话里哭了，唉，没有办法，她要来接……我劝她在家里等，让你们好好玩一天……到了晚上，我送你们回去。你们不要怕的，那个福林，阿姐有办法对付的，现在不是解放前了，可以随便欺侮孤儿的……回去后，你们仍旧喊他爷叔，当他外头人。国玲，他再要踢你打你，你尽管闹好了，阿姐会替你作主的……大不了，你们都过来，阿姐养得起。无论什么日子，总有头的。不要怕……"

他们听着，不由自主地朝国英姐偎过去，渐渐的，四个人又拢成了一团。他们又哭了。国玲哭着说。

"假如那次我杀了他就好了……"

国英听了一震，忙捂着她的嘴，沉着脸喝道：

"不准胡说！"

国玲边哭，边把那天厨房里发生的事告诉了国英……

四

傍晚时分，国英领着他们回家了。

他们是从小弄堂口拐进去的。弄堂里人声嘈杂，家家门口都有人坐着或站着，人们喜欢在这个时候聊天、谈家常。他们一见水家逃出去的孩子跟在国英后面回来了，一个个惊异得瞪眼珠子。

国玲不明白姐姐为什么要挑在这个时候回家，对于周围这些熟悉的人们，她有一种陌生的感觉，她不习惯这些异样的目光，她觉着羞耻和厌恨，她把这一切都归咎予福林；因此，她在心里诅咒他。是啊，假如不是因为他，现在她便可以笑着跳着，拍着手从这些散坐着的人丛中穿越而过了。

邻居们围着国英打着招呼。从国玲阿姆流着泪打电话开始，弄堂里就沸沸扬扬了。他们暗暗地为孩子们担心，他们想，一开始就闹，以后的日子还不知怎样了。眼下他们簇拥着国英，慢慢地走着说着，不知不觉地到了国玲家门口，人头数数也有二三十人，声势谈不上浩大，但也可以了。

楼上福林听见响动，先是从上面窗口探头望了望。他大概怕被动，赶忙下来，笑嘻嘻地喊了一声国英，说是阿姆出去接他们了，"怎么没碰到？别是走夹岔了，要不要我去找找看？"说着便要溜。国英一把拦住他，脸带三分笑容说：

"这件事本来就是弟弟妹妹的不是，哪能好意思再劳你驾呢？"

福林有点摸不着门道，只能含糊其词地咕噜了几句似是而非的话。国英又说：

"我国英虽说是嫁出去的囡，但总还是水家的老大，爹爹在世的时候，我管不了……"她朝福林很尖刻地盯了一眼，脸上却依旧带着笑，那笑很镇静很有深意。她分明是在提醒他，他与阿姆那不要脸的勾搭她全知道。

福林心里有鬼，自然听得出话头，他脸色有点变，灰白色的。他恼怒地朝国玲望去，他看见她慌乱的目光，顿时明白她已全告诉国英了！他恨不得再去踢国玲几脚，这个叫人讨厌的丧门星！从昨天开始，她就不断地跟他闹别扭了，今天又领头出逃，叫他在左邻右舍面前丢尽了脸皮……他原以为国英一搬走，这个家就由他说了算了，现在看来并非这么一回事，国玲是个眼中钉，而国英是后台老板，闹不好还要到前台来唱唱主角，眼下就是，话里带刺，叫你笑也不是，恼也不是。

"……爹爹不在了，我代我爹爹作一半的主，"国英还在那里说着，"这次他们年幼无知，得罪了福林爷叔，我代他们向福林爷叔赔个礼，还望福林爷叔宰相肚里能撑船，大人不计小人过，饶了他们……"国英说着果然向福林施了一个礼，众人看了觉得有点滑稽，不由哄然一笑，福林像是发热度一样，脸涨得通红，只是"嗨……嗨……"地干笑着。国英转身又向众人施礼说，"国英在这里拜求各位了，看在多年乡邻的面上，稍加关照，阿弟阿妹如有什么不是，福林爷叔不好意思管，你们大家管，或者通知我国英，我国英还是喊得到跑得快的……"

国英的一番话说得既漂亮又得体，柔中含刚，绵里藏针，周围邻居一个个点头颔首，感慨万分，有人大声对国英说：

"全是几十年的老邻居了，讲什么拜求，世上的事，是非曲直，我们自然明白的……有事用得着的话，喊一声，能动的人都会来的……"

这不啻是一种宣言，对于国玲他们是有力的保护，对于福林则另当别论了。生活在这里的人们，由于长年累月的相处，形同部落，对于外人总是心怀戒意的，即使福林是个十全十美的男人，人们还是不愿接纳他的。他们也不能原谅国玲阿姆，虽然她温柔胆怯，很少与邻里争吵，可他们却觉得她身在福中不知福，放着个挣大工资的孝顺女儿不要，却去找这么个窝囊的糟老头，而且福林的工资还不及国英呢。"要是我，才不嫁呢……"好多女人在自己的丈夫面前这么说。男人笑着摇摇头，不置可否。他们现在听着国英这一番话，自然明白这些话的意思，于是一呼百应，形成了一种声势。给狗屁的福林一个下马威。

福林自知势单力薄，便悄悄地溜进了门。在黑暗的屋角里，他咬着牙，眼里流泻着恼恨的火，他想他这是自作自受，放着自由自在无拘无束的日子不过，偏要跑进这个劳什子的弄堂，受这帮无赖的奚落，而且日后还要时时受他们窥视，稍有出格，他们便要跑到国英那里去报告的。他想到国英，就仿佛看见了她那双凶相毕露的大眼睛，他心里对她又恨又怕，他觉得她就像这屋子的顶似的，时时罩在他的头上，压着他。国英刚才那番话，叫他骂不得，恼不得，只得含笑应付。他想着，一股怒气直冲喉咙口，他在心里杀千刀杀万刀地咒起她来。他骂着骂着，忽然想到了国玲，正是这个国玲给他带来这一切的羞辱、讥讽、难堪，国英跟他隔着千条路万堵墙，她又不是千里眼、顺风耳，全是这个国玲！国玲十来岁时就想杀他了……他重重地吁了一口气，摊手摊脚躺倒在床上。不管怎么说，现在他是这儿的主人，这床的主人，以及那个年轻柔弱百依百顺的女人的主人……

阿姆很快地就赶来了，她是到电车站去候他们的。她从大弄堂口走出去，没想到国英他们会从小弄堂口拐进来。要不是有人来喊她，她还睁着一双眼，不敢挪一下脚呢！听说国英他们已经到家了，她三步并作两步地跑回来，一见国玲他们，她便扑过去。搂着国健就哭了。国琴也哭着喊阿姆，只有国玲，红着眼睛，很忧郁的样子，没哭。她已经哭得够多了，倦了。

人们渐渐散去，他们一家子上了楼。福林待国英很客气，待国琴国健也很亲热，只是待国玲像是没有看到似的。国英把一切都看在眼里，她最心疼的就是国玲。今后国玲的日子将会怎么样呢？她当着福林和阿姆的面，把自己的电话号码抄给了国玲，她关照国玲：

"家里有事就打电话来……"

国玲接过条子，把电话号码默默地读了几遍，又把条子给国英："我记牢了，不忘记的……"

她说得很淡漠也很生硬，像石块一样。她仿佛下了很大的决心。

五

日子一天天地过去，平平淡淡的。福林对他们既不苛刻，也不亲热。只是他看国玲的时候，眼里总有一种很阴冷的光。

福林对阿姆特别的亲热。他常常当着孩子们的面，在她身上捏捏摸摸的，当他看到孩子们眼中闪过的那种惊慌和妒忌时，他会高兴得哈哈大笑，他想，他是找到了报复他们的武器了，他恨蒙罩在他周围的那种仇恨和轻慢，左邻右舍看见他都爱理不理地沉着脸。好在他总是夜里去上班，白天在家睡觉。他不跟周围的人多话，也不跟孩子们多事，他只是一心一意地爱着或者说是缠着他的女人，尽性宣泄，这是他拥有的权利。

每天，天蒙蒙亮，惊醒国玲的是福林下工回来的脚步声。只要那声音一踩上楼梯，国玲便开始数数了，一、二、三……无论国玲睡得多么熟。她总会在这刹那间醒来，仿佛她一直在等着它似的。

福林慢慢地上楼。阿姆早替他热好菜和酒了，披着衣候他，见他进门，便替他摆开酒菜，侍候他吃早饭。这是福林一天中最重要的一顿饭了，一个人静静地抿着酒，心爱的女人坐在身边，世界仿佛都属于他了。酒喝到一半，福林便要讲新闻了，他讲的都是些外面听不到的奇闻，什么一天妇产科来了个七十岁的老太，说是肚子痛，检查下来竟是怀孕了，陪同来的儿子一听到这个诊断当场就打了医生一记耳光,说他娘守了四十多年寡,七十岁了,你还吃什么豆腐……事情闹大了,医生叫老太自己讲讲清楚,不然的话,他要上法院去告她儿子,老太万般无奈,只得承认是怀孕了。

"你知道是谁的种?"福林笑眯眯地盯着阿姆看,嘴里喷着酒气。昏暗的灯光下,阿姆依旧是很漂亮的。

"是……"阿姆想了半天,摇摇头,说:"猜不出。"

"你猜猜看,一定要猜,快点猜,猜呀……"福林催促着阿姆。

福林说完了,便要在阿姆身上乱摸的,阿姆假如要推开他,他会一把扯过阿姆的头发来,把阿姆的头仰起来问:

"是那个死鬼好还是我好?"

"你好,你好……"阿姆的头仰着,喘着气,轻轻地娇弱地回答着,然后倒在他的怀里,又熄了灯……

睡不了一个时辰,阿姆便又轻轻地下床了,一个漫长的忙碌的白天在等着她呢。他们当然不会知道,一切的一切都有一双眼睛在默默地注视他们……常常的,在黑暗中,国玲咬着嘴唇,偷偷地哭,她哭得又缠绵又凄惨。

"有一个杭州农村来的产妇,"福林爷叔说,"肚子痛了九天九夜,生下了一个比天仙还要漂亮的女儿,那个女孩子奇怪得很,浑身软得没骨头似的,后来到爱克司光室去透视,把个医生吓得昏死过去,你猜猜看,他看到什么?"福林又要阿姆猜了,阿姆摇摇头,谜底都在福林的肚皮里,她怎么猜得出!"唉,你呀,不肯动脑筋,"福林仰起头,喝了一大口酒,"告诉你吧……他看到的是一条蛇,一条小白蛇!白娘娘再世了……那母女俩后来就不知去向了……白娘娘再世了,据说法海和尚也转世了……你等着吧,十八年以后,杭州城里又

181

要乱了……"

"可是人怎么会生蛇呢?"阿姆不解地问。

"这还不容易……"福林的笑声很轻,但有点令人毛骨悚然。

有一次。国玲看见福林喝完了酒,也是这样轻轻地寒凛凛地笑着,拉过阿姆的一只手,就往自己裤裆里按,国玲的心噗噗地狂跳起来,她把头蒙进被里,小身子微微发抖,脑子里嗡嗡嗡的,一片空白。她吓坏了,她后来又哭了很久。

有时候,阿姆大概太累了,陪在一边竟然打起了瞌睡。逢到这个时候,福林便端起酒杯逼着她喝一口。阿姆喝了就呛,咳老半天,脸憋得通红,睡意也没了,只是一双眼睛,红红的,仿佛汪着许多泪,还疲乏地笑着……这时,国玲真想冲下去,把福林那酒杯砸了:你喝什么酒哇,你别在这屋里喝,你跑到外面去,你醉死了也活该……

有一回,她忍不住,悄悄地给国英打电话。

"大姐……"她喊了一声,忽然说不下去了,她想着那些无数个可怕的清晨,在那朦胧的灰暗中,阿姆那纤弱的瘦身子,头灌了铅似的沉甸甸地低垂着,许久许久,突然身子向前一倾,头磕在桌上,砰的一声……

"怎么了?挨打了?"国英在另一头很焦急地问。

"不,不是的,是阿姆……"

"阿姆怎么了?她骂你了?打你了?唉,我来……"

"不,不要,"国玲求着阿姐,"是阿姆和爷叔,他们,……"

"不要说了,"国英的声音严厉起来,"他们的事我不管,也不要管!"

她说着就挂了电话。

国玲捧着那只圆鼓鼓的听筒,她想她这电话打错了?

福林不知怎么知道了国玲打电话的事。"妈×,这小娘×样样事体都要报告……"他恨恨地在阿姆面前说。

国玲听见了,她还听见阿姆幽幽地叹了口气,阿姆什么也没说。

六

福林不是没有努力过。春天的时候,福林说要到城隍庙去。国健在跟他学下棋,他是第一个邀请国健的。

"小弟,城隍庙有个花鸟市场,那里有猴子,有鹦哥。鹦哥会说:小朋友,你好!还会说:恭喜发财。"

"我要去看,福林爷叔,我跟你去。"国健高兴得颠着身子喊。

"好,好……"福林很慷慨地答应着,又看了看国琴和国玲,说:"大家都去吧,啊……"

他这天的兴致特别好。吃早饭的时候,阿姆悄悄地告诉他,她有喜了。她皱着眉问他怎么办,还说这孩子不能要,丢死人了。他盯着她那忧伤的眼睛看,他看出她其实跟他一样,想要一个孩子,假如他连这个孩子也不能保护住,他可真是要丢死人了。"怕啥?我们又不是轧姘头!"他握着拳在桌子上轻轻捶了一下,又叮嘱阿姆:"这孩子一定要生,说不定是个男小囝呢……你假如背着我做什么手脚,我饶不了你……"

国玲在阁楼上听得迷迷糊糊的,只听到"轧姘头"、"有了"之类的话,她一个十三岁的女孩子,自然是不懂这些话的确切含义的。她只是发觉福林今天很随和,他耐心地跟国健描述着城隍庙花鸟市场的珍禽异兽,他还这么主动地邀请她和国琴,她毕竟是一个普通人家的穷孩子,城隍庙在她心目中,仿佛画片上的一抹青山似的缥缥缈缈若隐若现,她止不住它的诱惑,她默默地跟去了。

"城隍庙五香豆你们吃过吗?一粒豆有五种味道,甜、咸、香、辣……"福林介绍着,慷慨地说,"我买给你们吃。"

买五香豆是要排队的,看着弯弯曲曲的队伍,福林皱皱眉,说恐怕等上半天也轮不到呢,怎么办?国玲因为经常跑小菜场,排队插档,鬼得很,她对福林说:"我有办法的,你想不想买?"这是她第一次主动跟福林商量一件事。

"买两包吧,多吃点。"福林很爽快地拿出一元钱,"五角一包,正好……"

他们说话的口气,好像都有一种谦让和讨好的意思。这种心情是突然阵临的,他们都有点不自然。国玲到前面转了转,她看见一个白胡子老头快要轮到了,喊了一声老伯伯,她的眼睛里满是期待和希望,很少有人能拒绝这样一双可爱的眼睛的,老人笑眯眯地让她插了档,五香豆很快就买到了。

三个孩子一边走,一边嚼着五香豆,九曲桥、花鸟市场都逛过了。花鸟市场根本没有什么金丝猴、波斯猫,只有十几个老太太排着队,等着买鸡苗。"我们也买两只小鸡回去嘛……"国琴见了黄茸茸的小鸡,心爱得不得了,便跟福林说了。福林想了想,说:

"也好,你们阿姆身体不好,小鸡养大了,熬熬鸡汤,让她补补身子……大家也吃一点……"

福林这样提到阿姆,孩子们觉着一种亲切感。可是,让它吃什么呢?他们排着队,又讨论起来。配给的粮食人吃都不够了,蔬菜也是要凭菜卡买的,少得可怜。

"有办法的,把淘米水积起来,沉淀下来像米浆一样的东西,拌上烂菜皮什么的,鸡吃了营养特别好,长得壮……弄堂里好婆就是这样的……"国玲很兴奋,她想的办法也确实是好。福林朝她看了看,她那双眼睛亮晶晶的,很温柔很单纯的,他觉得她跟她的母亲好相像好相像,他心里对她生出了一种奇怪的感情,怜爱中夹杂着感叹,夹杂着疑惑和戒备……

他们后来又到庙里去烧了香,是福林要去的。福林在供桌边的化缘箱前站了一会,想了想,掏出几张钞票,少说也有四五元,很虔诚地放了进去,他这时候的脸色很温和很忧伤,在缭绕的香烟中显出一种老态,他毕竟五十来岁了。国玲惊异地望着他,这似乎是另一个福林,一个善意的陌生的福林。她看着他在蒲团上跪下来,五体投地,很慢很恭敬地磕了三个头,嘴里不知念叨着什么,他那黑黝黝的脸膛在香火烛光的映照下,显出一种孤独的肃穆的神采。一种委婉的伤感,在烛影下徐徐弥散,慢慢地感染了她那颗小小的心,她觉着福林并不完全是她原先感到的那么坏,他苍老、孤单,而且他毕竟要比弄堂口阿三的后爹好多了,她们毕竟没有像阿三那样在小菜场里拾菜皮、刮鱼鳞,过苦日子。她想着,不知不觉地随着福林的指点,捏着香,跪在蒲团上,也磕了三个头。袅袅的香烟在空旷的大殿里缭绕不已,笃笃的木鱼声既单调又幽深,她心里的苦恼、忌恨和伤感,随着飘袅的香烟,断断续续的,说不出究竟是有还是没有了。

后来,国玲把烧香的事,吃五香豆的事告诉给了国英听,她特别提到福林烧香拜佛时的令人感动的神态。大凡一个小孩子有了什么新的感受,总要迫不及待地陈述出来的,她也是。

国英听了,一股子气从鼻孔里出来,她点着国玲那颗大脑袋说:

"亏你还是个精乖的,一点点五香豆就迷住了你们的心,真是丢我们水家的脸面,哼……城隍庙里有的是好吃的,五香豆是顶顶便宜的了……他倒肯下大本钱去化缘,他这是怕来世报应!国玲,他做贼心虚,看见菩萨怕了……"

国玲听了,先是脸羞得通红,她想她也未免太贱了,三两粒五香豆就被打倒了、买通了,再想想那天福林花在他们身上也不过两元钱的花头,而在那个化缘箱里倒是丢进了大把的钱,可见他并非真心待他们好,还有买五香豆时,他那犹豫不决的口气……可是她居然辨不出山水,抢着去插档,她想着,恨不得把那些五香豆再呕出来,还给福林。她心里好懊丧好气闷。

国英姐不知是赌气还是争气,那天领着他们重游了城隍庙。小笼包子、油豆腐线粉汤、天津水饺、春卷、百页包汤……各式各样的点心让他们吃了个够!吃小笼包子时,国健心急,张口一咬,滚烫的汁水竟喷射出来,溅在国玲国琴的面孔上,两个小姑娘尖叫起来,国琴伸手一抹,看了看油光光的手指头,想也没想就放在唇边吮舔起来,惹得旁座的两个老太太也笑了起来,一时间,真是吃得又热闹又快活,跑回家来,连着三天还回味不已,齿龈留香。

从那以后,福林再也没有带他们到外面去玩过。不出去,倒也相安无事,一家子不冷不热,一天天地打发着这平平淡淡的日子。国健跟着福林学会了下棋,两个人,一老一少的常常要摆开棋局,杀将起来。后来,国健在全区小学生象棋赛中得了个第一名。从城隍庙买来的两只小鸡一直由国玲负责喂养着,米浆水果然营养丰富,两只小鸡渐渐地长出了新羽,屁股开始圆满起来,一看就知道是母鸡。福林喝的酒，大都是差国琴去酒店拷的，当然，跑一次腿总有两分走脚钱的。国琴把钱储着，有时也买点萝卜干盐金枣之类的零食吃吃，她常常要跟国玲国健分享，只是国玲从来不吃的。

国玲他们和福林彼此之间不再有期待和冲突，大家都习惯了这种平静的毫无生气的日子，仇恨渐渐被冷漠所消融。但他们谁都无法违抗，这死水一样的平静日子又涌起了新的波澜。

七

阿姆的肚子一天天大了起来。国玲是在一个早晨突然发觉的。

那天，天蒙蒙亮，福林还没下工。国玲不知怎么先醒了，她是被一种忧伤的寂寞唤醒的。四周静静的，静得令人难以置信，她仰起身子，她看见阿姆一个人默默地站在窗前，勾着头，像在想着什么，她那庞大的侧影衬着窗外灰色的天空，沉重、忧愁。国玲惊异地发觉，阿姆不如以前漂亮了，阿姆显然憔悴了，头发凌乱地披散着，脸容疲惫，她的一只手轻轻地小心翼翼地抚着腹部，一遍一遍的，像在慰藉着什么人，这个深情的动作使国玲的心猛地一动，一个模糊的念头闪电似的植入她脑中，她注意地看了阿姆的腹部，腹部明显地隆起着。阿姆怀孕了！她这么想着，脸马上绯红起来，她不顾一切地喊了一声：

"阿姆！"

她这样喊着的时候，心里重又升起了对福林的那种憎恨和厌恶，她觉得这是他窃来的胜利，她原以为已经消散的敌视、戒意和彼此间的较量不仅仍然存在，而且更加强烈，她被前所未有的失败和羞愤击倒了，她的眼睛酸涩涩的，像被风沙刮过的一样痛……

阿姆回过身来，惊异地看着她，看着她那秀发蓬松的大脑袋，还有那双闪烁着亮光的美丽的眼睛，阿姆本能地觉着了什么，她不由担着心问：

"什么事？"

阿姆一直没有把怀孕的事告诉孩子们，她羞于启口，一种近似于犯罪的感觉竟使她在孩子们面前变得胆小了，对于腹中的婴儿她的心情是复杂的，将来生下来的孩子还没有强强大，虽说强强不是亲外孙，可自己总是做外婆的人了，讲出去难免要被人笑，国英会怎么样呢？这个脾气暴烈的女儿，她是不敢得罪的，还有国玲他们呢？他们要伤心要难过的。她曾经想不要这个孩子了，可是又舍不得，与福林夫妻一场，总得为他留点骨血啊！可眼下，大家又都在喊吃不饱，小孩子生下来怎么办？家里经济已经紧绷绷的了。福林是不管这些的，他只要有酒喝……

前思后想，阿姆左右为难，一天比一天忧愁，因此，她现在面对着国玲，目光是迷惘和忧恼的。可是这激怒了国玲，她觉得阿姆与他们是愈来愈生分了，她大声地责问阿姆：

"你不要我们了，是吗？你要有新的孩子了，你欢喜他了……我们怎么办？我们是拖油瓶……"

她说着就哭了，委屈地哭了。阿姆身子微微发抖，说不出她是恼怒还是怜悯。哭声惊醒了国琴和国健，他们翻身起来，莫名其妙地看着国玲和阿姆。国玲反过身来，抱着他们一边哭一边说：

"……阿姆要生小孩子了……"

国琴和国健也哭开了。从福林进门的一天起，他们就担惊受怕了，生活的磨难使他们变得既孤僻又内向，他们不希望，有新的生命来与他们争这块天地这份母爱，这份因为福林而变得不完全的母爱。国健是被阿姆宠惯的，他可怜兮兮地望着阿姆：

"阿姆，这是真的吗？"

阿姆忧伤而无望地看着他，点点头，也说不出什么来了。国琴想了想，哽着喉咙问：

"我们住到哪里去呢？……要到孤儿院去住了吗？"

"傻孩子，"阿姆忍着泪，抚着国琴的头，"你们跟阿姆在一起，除非阿姆死了……"

国玲揩干眼泪，向阿姆宣布："你生了孩子，我就住到国英姐那里去，不回来了。"她说得很坚决很郑重。

阿姆忽然蒙着头哭了。她无法安抚他们，她觉得生活真是糟透了。她伤心地动情地哭着，她哭她的初嫁，她的再婚，她觉得生活像一团米浆，稀稀糊糊，她朦朦胧胧地想着她的童年时代的宁静的小山村，她想不起她是怎么落入这纷繁的人生的……

国玲他们安静了。他们是在阿姆的哭声中体验到了某种无可奈何的命运，他们明白了他们是无法阻止命运的安排的。

不知什么时候，福林已经站在门口了。他显然听见了一些。他沉着脸，不吭一声，在八仙桌旁坐下来。他替自己斟酒，酒"滴溜溜"地细细地流进酒杯，那声音在重又沉寂的屋子里仿佛绵绵不尽似的，回响了很久。福林满满地干了一杯，突然扬手一挥，酒杯"哗"地跌在地上，碎了。压抑了许久的怒气终于爆发了，他骂爹骂娘地发泄了一通，他后来挂着泪说了几句很伤感的话：

"我要一个孩子，犯着你们什么了……你们爹爹不也是第二次结婚？

他还生了三个呢……难道我连一个也不能要,这算是什么规矩……"

国玲听着,忽然有了一种感悟。一种对自己的出生感到羞愧和苍凉的感悟,她不由想到了国英姐,她想她出生的时候,国英姐也必定是哭过的,她猜不透国英姐第一次抱着她时是不是想摔脱她的?这个倔强而美丽、懦弱又多愁的女孩子第一次认真地思索着自己。生命和人生的奥秘,她永远也猜不透,她只是比以往更苦闷更孤独了,她对国英姐莫名地生出一种陌生感和负疚感。

福林却是一天天地快乐起来了。那次发作,国玲他们意外地没有吭声,这使他感到满足。他变得啰嗦和温顺了,平时除了讲一些妇产科医院的奇闻外,他有时会盯着女人看半天,说是根据她眨眼睛的次数能判断是生男还是生女,单数是生男的,双数是生女的。"是个儿子!"他这样高兴地叫着。他不是没有做过父亲,只是他唯一的女儿与他并不亲近,自从他重新结婚后,女儿索性与他断了往来。因此他现在的心情无异于初次当父亲的人,而且没有儿子总是人生一件憾事,现在他又有了新的希望,他简直是要欢呼雀跃了。

他有时又会寻来一支铅笔,用细绳悬着,对着女人左腕上的脉搏,看那铅笔是左右摆动还是来回摆动,左右摆动是生男的,来回摆动是生女的,结果又卜出生儿子。总之他的花样经百出,弄得国玲他们也好奇地关切起来,有时也聚在阿姆旁边看着。

阿姆依旧是那样温顺那样无奈地笑着,说实在的,她不是没有一点点喜悦的,尤其是在男人这样热切的期待中。以前国玲的爹爹就没有这样过,他很沉默,尽管待她不错。可是福林,却叫她体验到一种激情,一种做女人的满足,他啰嗦、粗野、随心所欲,她在半推半就中感到快意,现在他因为未出世的孩子,变得更加热情了,这使她有一种醺醺然的微醉感。然而她毕竟不是只生活在福林的世界里，她在生活中感受得更多的不是做母亲的喜悦。每天，她挺着肚子到手套加工组去上工时，她简直不敢正眼看人，好像她肚里这个孩子是偷来似的。弄堂里几个不懂事的孩子也会跟着她跑，唱着："冬瓜皮，西瓜皮，来了一个大肚皮……"要是她年轻。要是她是初嫁，她会羞涩而喜悦地撵他们走的，可是现在她只能逃也似的躲着他们。

更叫她难堪的是，国英已有两个月没来了，按月给家里的补贴也是打电话叫国琴去取的，国玲不知为什么不大肯走动了。关于那未出世的孩子，国英更是一个字没提过，她像是故意用沉默来折磨她。国玲他们也奇怪地沉默了。他们闹了一场以后，便再也没有说过什么。叫她刺心的是：他们与她疏远了。国玲比以前更忧郁更消瘦了。国琴也学会了噘嘴鼓腮，替福林拷酒也不大情愿了。国健早就不跟福林下棋了，他现在忙得很，经常要参加各种集训，有时候就住在体育馆里连家也不回。她无法预料孩子生下来后一切将会如何，她只能听天由命了。

临产前的两个月，福林叫女人不要为他准备早饭了。"多歇着点。"他温和地看着她的肚子说。

一切都在等待。

这天晚上，阿姆烧了一大锅胖头鱼汤，一家子围着吃。鱼头照例是福林包了的，他嗜好吃鱼头。吃着吃着，福林又想出新花头来了，他吐出一根鱼骨头说："假如鱼骨头立起来，就是生儿子……"他把鱼骨头高高地举起来，嘴里不知念叨着什么。他那黑黝黝的脸膛在低支光的电灯下，显得苍老而深奥。这异样的神采唤起国玲心中的某种记忆，她仿佛又嗅到了城隍庙里那缕缕袅袅的馨香，于是她想起那神秘的大殿,还有那经久不息的木鱼声。她看见福林松了手,鱼骨头从他手中落到桌面上,像只仙鹤一样翘立着,难道果真是菩萨在保佑他吗?她想着,连自己也不知道,她的一只脚已经抵在桌脚上,她暗暗地用了一点力,桌子轻轻地难以察觉地晃动了一下,那只翘立着的"仙鹤"本来就没站稳,这时晃了晃,便倒下了……

这一切都是在一刹那之间完成的,福林先是屏息静气地看着,待鱼骨头倒下了,不由叹一口气。他重又捡起鱼骨头,说:"一次不算的,要来三次。"他又念叨起来,可是他一次更比一次失望……连着三次,他全失败了,福林气得拍了拍桌子,骂了一声娘。

就在这时,阿姆喊肚皮痛了。

八

一切都是上天的安排,阿姆生了一个女孩。

福林只是轻蔑地扫了那孩子一眼,就忘记了她,仿佛她从未在这个世界上存在过。他又恢复了以往的习惯,每天清早下工回来喝一盅酒,酒菜依旧是阿姆替他准备好的。

阿姆产后第三天就起床了,她洗衣、烧饭、操持家务。很快地她又去上工了,里弄生产组是做一天算一天工资的,只是在喂奶的时候,她才急匆匆赶回来,让孩子吮两口奶。奇怪的是,孩子很少哭。

国英来看过阿姆,送了阿姆五十只鸡蛋,五斤红糖,一只老母鸡。

"你一个人吃。"她对阿姆这样说着,又喊了一声国玲,"国玲,你看好,谁要动一动这些东西,就打电话给我……"

她说这话的时候，家里人都在，福林也在，她那些话的意思是再明白不过了，福林不由臊得脸一阵红一阵白的。只是国英对那孩子，连看也没看一眼。这孩子仿佛是一个不受欢迎的小生命，她头发稀疏，五官平平，皮肤干瘪，没有一点光泽。她躺着，像一个陈旧的失去光彩的布娃娃，她一点都不招人喜欢。福林连名儿也不肯替她起，说猫儿狗儿的，叫什么都一样。阿姆没法。只得叫她小毛。

　　只有国玲他们在关心她。他们不由自主地被某种神秘的缘由召唤到她身边。他们望着她，感觉到她的肢体她那双水灵灵的眼睛她唇边的浅窝甚至她的哭声，无一不体现着他们的存在。也许是因为她和他们的身上流着同一母亲的血，他们一下子便接纳了她。但他们又一次次地看到她那属于另一半的血缘的特征，他们又感到厌憎和痛苦。五个孩子，从国英一直到小毛，被一根奇特的人生锁链牵在一起了。

　　国玲最疼小毛了。常常的，她由着小毛的手轻轻拉扯着她的头发，在微痛中她感到一种甜蜜。小毛断奶的时候，是她搂着睡的，那几夜，小毛拱着她的胸脯，带给她一种神奇的微醺，她伸出手，轻轻地抚着小毛的面颊，她觉着她的手指被一股温热的吸力吮进了柔软的孔道，她低头一看，是小毛在吸吮着她的手指。小毛微闭着双眼，长长的睫毛像密篱覆着眼睑，唇边的浅窝仿佛流水中的圆圈，波涌着，又幸福又满足……国玲由着小毛慢慢地吮，她觉得一种荡漾一种流动遍布全身，她感到某种胀痛，她快乐得伤感得合上了眼睛。她搂着小毛一起沉入甜美的梦乡……

　　一天天的，小毛在变化中。小毛水灵灵的眼睛越来越亮，亮得发蓝，她的稀疏的头发浓密起来，并微微的有点鬈曲，她的皮肤仿佛被甘露滋润过似的，闪烁着乳白色的迷人的光泽，她牙牙学语的声音潺潺地流进入的心田，像猫爪子轻轻抓挠人的心一样，她像星星一样照射着这个灰暗的没有生气的小屋。因为她，家里开始有了笑声。国健拿出了他心爱的象棋，由着她把棋子当小轮子滚着玩，国琴老要牵着她出去玩，因为妹妹的美丽使她感到骄傲。稀奇的是，只要看见过一回，小毛就能老远地认出这个人。招着小手甜甜地叫他，因此小毛也赢得了邻居们的喜爱。

小毛一看见福林却畏缩不前。她仿佛生来就知道，他是不欢迎她的。他从未抱过她，亲过她。小毛只依恋国玲，从她断奶的时候起，她俩就钻一个被窝了，她们相偎着，度过了一个个寒夜，没有比她们更亲密更心心相印的姐妹了。小毛从不跟着国琴、国健叫她"四角菱"或是"二姐"，她只叫她"姐姐"，仿佛这是唯一的，也是永久的称呼了。

国玲总要等家里人睡了，四周都安静了，才做功课，她生来就讨厌嘈杂的声音。在那种噪声里，她是无法安下心来解那些几何题和化学方程式的。她已经读中学了。可是，她允许小毛守着她。小毛安静地坐在一旁，无限深情地凝望着国玲，只要国玲一伸手，她便会准确无误地把橡皮、三角尺、圆规之类的东西递给国玲。她们之间不是用语言，而是用心灵在对话。有时候，国玲也教她学写一些简单的生字，国玲喜欢看她捏笔写字的古怪姿态，她的小手捏着的仿佛不是一支铅笔，而是一条滑腻的小蛇，常常要被它逃脱了。逢到这时，国玲便会轻轻地笑起来，跑去捉着她的手，一笔一画地描着写着……

更多的时候，她们是没有声音的，她们让时光静静地缓缓地流逝。"去睡吧，小毛……"国玲心疼地催小毛。小毛摇摇头，一双亮得发蓝的眼睛默默地注视着她。"我们一块……阿姐，一块睡……"

她这样小声地请求。没有人会拒绝这样柔美的声音的。橙黄的朦胧的灯光下，两个女孩子在流逝的夜色中互相厮守着。

星期天，他们常去国英家玩，原先是三个孩子去的。现在四个人了，多了一个小毛。

小毛很懂事，第一次去的时候，她总躲在国玲的身子后面。一双蓝眼睛默默地注视着这个陌生的大姐姐。她像小兽一样，凭着她天生的灵敏，嗅出了这里的某种不友好的气息，她怀着谨慎和小心，踩着这里的地板，她不多话。叫人沮丧的是，她一去，强强就要闹，也许是他不甘心叫这么个小不点儿当他的"小阿姨"，强强对小毛总是蛮横得很，他抢她手中的糖果，夺回他的小板凳和那些早已被他拆得七零八落的破玩具。国健看见了，要打抱不平，总要想去再抢回来，她却认真地摇摇头，说不要了。

"我是小阿姨，我大……大的让小的……"她说罢，便默默地站在那里，成人似的，表现出一种超然和豁达。

国玲他们和国英说话时，她是不参加的，她似乎知道她与他们之间是有着某种隔阂的，她只是坐在一旁，翻阅着小人书，安安静静，文文雅雅……

不喜欢这样一个女孩子，简直是罪过。国英常常要沉思默想地盯着她看老半天，然后叹一口气，她无法像当初爱国玲一样地爱她，她拉着她的手，感觉不到一种亲情的呼唤，没有那种神秘的感应。

国英对小毛始终是客气而冷淡的。最初她看到国玲他们对小毛的喜爱，心里不免感到一种悲哀的失落，因此她由着强强去欺负她，她甚至因为国健的庇护而暗暗恼怒过，她想他们是跟她生分了，为着一个他们不喜欢的人的孩子，他们竟然与她生分了……然而小毛的温柔美丽和顺从，却在徐徐地打动着她的心。有一次，小毛站在新村的空地上，扬着手臂朝着她喊："大姐姐——"旁边是亭亭玉立的国玲，阳光轻轻薄薄地洒在她们身上，迷迷茫茫的，又纯洁又朦胧……小毛穿着件白衣衫，一片云似的飘逸、透明，她那只细细的小手臂柔弱得叫人心疼，她们那样站着，两个美丽的身影浮雕似的映在蓝莹莹的天空中……国英的眼睛忽然涌出一股酸辛，她的心就像她初次看到国玲时那样搏动起来，她情不自禁地张开两臂，迎着他们……

九

小毛长到五岁的时候，阿姆病倒了。这一年国玲初中毕业，她没有考高中，进了一家电表厂当学徒工。

国玲出落得比当年的国英还要漂亮，只是她没有国英那般活泼那般招人。不过还是有她的闲话，说是厂里有两个男孩子在同时追她。弄堂里一起长大的小伙伴中也有被她迷住的，常在窗前吹着哨音走过："阿哥阿妹情意深，好像那流水长又长……"

阿姆先是还撑着身子去上半天班，每天天不亮还依旧挣扎着起来替福林准备早饭，可是她两脚乏力。她只能摸着桌沿，扶着墙，慢慢地做她该做的一切。后来她渐渐的不行了，无法起早，便叫国玲相帮着为福林准备那顿必不可少的早饭。她知道国玲不情愿，她也是万不得已才差国玲的。这么多年了，儿女们不是没有相帮着替她分担过家务，唯独这件事她总是一菜一碟的亲自操持的，这几乎是她和福林夫妻生活的全部内容。她在这酒桌边笑过、恼过、爱过、怨过，她倾注了她一个成年女子所能具备的全部温情，她无法想象，一旦她离开这酒桌，生活将如何黯淡。可是现在，她不行了，她的身子在一点一点地虚弱下去，体内正在肿胀着的某种恶疾，吞噬着她的血、她的活力，她已经无力再继续在福林喝酒时陪伴他了，她只能躺着了。她原以为躺几天就会好的，她哪里知道她是再也不会起来了。国玲打了电话把国英叫来。国英一见，便暴跳如雷，她指头差点要戳到福林眼窝里去了。

"你还是人吗？"她骂福林，"你居然还不送医院，呒啥事一样！"

福林两手一摊。"你去问你们阿姆自己！"

阿姆摇摇头说：

"是我自己不肯去，福林倒是提过的……我想，不会是什么大病，困两天就会好的……不要紧的……"

福林听着，在一旁抖着腿竟然笑起来。国英气得手直打战，她骂福林是瞎子戆大猪头三大头鬼，她逼视着他说："阿姆要真有个三长两短，我是要找你算账的……"福林这才借了辆黄鱼车，送阿姆去了医院。

医院的诊断很快就出来了，晚期子宫癌，而且病房不收。

"她想要吃什么，你们就买什么，尽尽心意吧。"医生叹了口气，这样关照他们。

孩子们都哭了。是小毛第一个哭的。他们都听懂了医生的弦外之音。阿姆只能等死了。

国玲他们是第二次承受这样的灾难了，他们顿时感到无边的黑暗在他们身后一步一步地袭来，世界空旷而又苍茫，而他们是多么的孤独，有的人家三代同堂、四世同堂，而他们却连一个阿姆也留不住！这个可怕残酷的现实使他们更加觉得孤零零了……

一切都瞒着阿姆。国英关照说,谁也不许泄漏病情。国英三天两头的来看看,料理一些家务。福林也急起来了,他不时买点时鲜货来,让女人吃,他在这个家里依赖她惯了,他也不愿意失去她。他隐隐地担忧失去女人后,他如何撑得住这个家!说实在的,他是爱着他的女人的,她给过他一长串快活的日子,他原以为她会侍候他一辈子的,因为她毕竟比他年轻十七岁呀!可现在,他将要为她送终,她竟走在他前面了。医生的诊断出来那天,他也哭的。他蹲着,一个人抹着泪。从他那里弥散出来的绝望和悲哀打动了一个人的心,她便是小毛。小毛慢慢地向他走去,她长到五岁,爹爹这个概念在她的脑子里是淡漠和生疏的。她看不到父爱,她只看到母亲形象的完美,兄姐的善良,她一降生到人间,就沉浸在这个家庭母性的爱抚中,可此刻,她向爹爹走去,这也许也是一种血缘的呼唤,她两手环抱着爹爹的腰,她把脸贴在他的身上,温柔地伤心地哭着。福林搂着她,下意识地搂着她,这是他生平第一次搂抱自己的女儿。他哭得更伤心了。

阿姆吃不下东西了,她总是喊痛。她痛的时候就紧紧抓住小毛的手,只有小毛总在家里,总陪伴着她。小毛本来就好静,她几乎不和那些同龄的孩子玩耍,她比他们要长一辈,她命中注定跟他们合不来。她从小的伙伴就是国玲他们。姐姐哥哥都不在,上班的上班,读书的读书,她守着阿姆,她替阿姆端菜端饭,她还唱歌给阿姆听:"小皮球,小篮篮,落地开花二十一……"

一个月、两个月过去了,福林的悲哀显然不能持久,他开始在下工回来时买点猪头肉、鸡头鸡脚爪之类的熟菜,拷好老酒,替自己安排多年来已经习惯的早饭。他在病人旁边悠哉游哉地喝酒,有时也劝他女人喝两口,说是安神止痛的,女人便也就着他的手,小孩子一样地顺从地啜上两口。如果被国玲撞见了,国玲是要吵的,她骂福林是害人精,她这时的脾气不知怎的跟国英一样烈。福林也不睬她,只当没听见。有一次她骂得凶了,福林性起,便青筋凸起,拍桌子骂。"你没有叫我太平过,我早晚耍弄死你!"他的眼睛喷着仇火,这是他灰暗心理的外泄。国玲自然不示弱,她站起来,动也不动,淡淡地说,"我等着你……"阿姆被他们的吵闹吓坏了,她悲哀地恸哭起来,她发觉她是不能死的。她死了,这个家也完了。她努力挣扎着要活下去。

国玲现在忙得很。她差不多担起了全部的家务。她豆蔻年华,刚刚显露出她青春的光彩,她便差不多被琐碎繁忙的家务埋没了,她在镜子前顾盼的时候实在短暂,阿姆的病剥夺了她全部的空暇,她成了一个尽心尽职的小主妇。她从不玩什么,好在她天性沉郁、孤僻,耐得寂寞。

这是一个夏日的清晨,正是台风期间,天色灰暗阴冷,阿姆在一夜的呻吟之后,吃了安眠药,睡了。她晚上闹得很厉害,两只手总在空中抓挠着什么,有一阵子,她眼瞪瞪地看着半空,对国玲说:"我看见你爹爹了……你爹爹要杀我……要杀我……哇呀……"她惨叫着,国玲回过头看,只见窗户开着,窗帘飞掀着,朝着黑沉沉的天空。国玲吓坏了,抱着阿姆只管哭。现在阿姆睡了,睡得很安详很沉酣。小毛蜷睡在阿姆的脚边,她也差不多有一夜没睡了,近来不知怎的,她总闹着要陪阿姆睡。福林已经回来了,一个人独斟独饮,下酒的菜是油汆豆瓣。国玲要上早班,她端了一碗泡饭站在窗前吃着。她的一头黑发还没来得及扎辫,松散地披在肩上,风轻轻地吹着它们,它们轻盈地飘逸起来,仿佛比这风更柔和。她扬了扬头颅,让发丝飘拂到后脑，她那处女的胸脯像春天的花蕾一样，又娇羞又迷人。爱她的小伙子几乎可以编一个班了，她心里也隐隐地憧憬着爱的甘露的滋润，她想起她的师傅，一个聪明剽悍的小伙子，她想到他宽阔的前额，还有他赤裸上身时那男人的浓烈的气息，她不知道为什么想到他，她也不去细细揣摩这其中的奥秘，她只是甜甜地如梦如幻地微笑着，想着他那明亮如火的双眸，在这片刻的遐思之际，她淡忘了围绕在她周围的痛苦和死亡气息。世界也安静了，因为一个少女的遐思……就在这对，她感觉到有一双眼睛在盯视着她，就在她的身后，在那片苍白暗淡的朦胧中。她徐徐她回过头去，她心里有点儿明白又有点儿不明白，脸上还留着遐思时的微笑。她果然看见了一双眼睛，幽幽的沉默的凝然不动的眼睛，这是福林！

不知道他是什么时候过来的，他就站在她的身后，他的眼睛、鼻翼、唇角都澎湃着一股狂热，他见她转过身来，便一下子把她拉到身边，低下头就吻。她拼命挣扎，不出声地挣扎，他抓紧她，他的有力的手粗野地抱着她的腰接着她的脖子，她微微发抖，这抖动愈发激起他心中的欲火，他眼睁睁地看着她由一个黄毛丫头变成一个千娇百媚的少女。他突然明白，他长久地憎恨她、排斥她，这一切的意义，全都是为了等待今天这个时刻，他要占有她、毁灭她、虐待她……他全部的激情因为怀里颤抖着的柔软的身子而燃烧起来，她跟他一样害怕发出声音，这使他有恃无恐。他把她按倒在地上，撩起她的裙子。她那处女的长腿立即蜷缩起来，她在作最后的努力，但她无法推开这山一样沉的身子，她感觉到他的嘴唇，他的手，它们带给她湿漉漉的死水一样恐惧的感觉，当有什么尖利地刺痛她的时候，她突然放弃了反抗，眼泪先是缓慢地，继而是成串地奔涌出来……

天网恢恢，一个纯洁无邪的生命目睹了这可怕的罪恶。

小毛站着，衣衫不整，她默默地看着他们，看着这两个亲近而又陌生的人。她在晨光的朦胧里，美丽苍白，精灵似的，风吹散了她的秀发，她的那双亮得发蓝的眼睛惊愕而痛楚地凝视着他们，轻轻地、一个字一个字地吐出声音说：

"阿姆死了！"

十

阿姆的后事料理完毕之后，福林便走了，他回到他的大女儿那里去了。是国玲坚持要他走的，她说他不走她就自杀。其实，从阿姆死的一刻起，她也死了，她是一个活着的死人。她变了，她不再是那个温柔美丽的姑娘了，她实实在在的成了一个阴郁、冷漠、孤僻的女人了。她被那个人毁了。她相信阿姆就死在她失身的片刻。这个可怕的时间上的重合，使她成了永久的罪人。无论岁月如何久远，她都将忏悔着孤独地度过终生。

国英姐又搬回来了。这个家不能没有她。姐夫、强强，都来了。

"……从现在起，我们要同心协力，你们只要书读好、工作做好，其他的，我负责。等你们出道了，我完成历史使命了，仍旧要回去的，回天山新村……"这天晚上，五个兄弟姐妹团聚在一起，国英这样宣布。大家痛痛快快地喝了酒，又在阿姆遗像前哭了一场。

悲哀慢慢消散之后，这个家反比以前更有条理了，显得温馨而又安静。每天早上，强强携着小毛的手，送她去幼儿园，然后自己去上学，他们已经十分友好了，放学的时候也是强强去幼儿园接小毛。国琴和国健快读中学了，他们在一个学校读书，国琴留级过。因此现在他们同班。他俩也是亲亲热热的，同来同往，国琴的功课也比以往好了。只是国玲，愈来愈沉默寡言，她有时甚至住在单位宿舍里，一连几天不回来。叫人不可思议的是，她开始吃素，还经常到玉佛寺去敬香，但她从不到城隍庙去，这里面似乎有什么隐晦的苦衷，国英是怎么也猜不透的，只能随她的便了。到了夜深人静时，国英想想这么一个如花似玉的妹妹竟成了心如死灰的人，心里不免诧异和伤感，她想究竟是她，还是阿姆，还是福林，熄灭了国玲的生气？她还发觉原先与国玲形影不离的小毛，现在也疏远了，两人好像在故意躲避似的……她觉得这个家似乎笼罩着一层神秘的色彩，她想她这样苦苦地维护着这个家，到头来又如何呢？

福林来过了。他们再也不必喊他"爷叔"了。六年来，他们没有沾过他的什么好处，倒是他给他们带来了无尽的痛苦和创伤。他们集体认定，阿姆是为他死的，确切点说，是被他折磨而死的。他那每天必不可少的早饭，熬尽了阿姆的全部心血和精力，六个春秋，多少个早晨，寒冬酷暑，日复一日，阿姆简直服苦役一般。

"我来看看，看看你们……"福林笑眯眯地对国英说，他的一双眼睛骨碌碌地四下乱转，他是在找国玲。他无法忘却这么个娇女孩，有机会的话，他还要玩玩她。他没有发觉国玲就坐在靠里墙的方凳上，国玲正默默地打着一件毛衣，是国健的。即使福林看见她了，他也不会相信眼前这个苍白、瘦削、阴冷的女人竟是国玲！但是他感觉到了两道犀利的寒光朝他射来，他本能地朝国玲那里望去，那眼光如同锋刃一般。恨一个人到了入骨的地步才会有这样的目光。福林畏怯地掉转了头。

"我们过得很好,比以前好。"国琴冷冷地回答他。

福林也冷冷地哼了一声,说:"我以前是多管闲事自讨苦吃,铜板丢到井里头,还会扑通响一声,唉……人有良心喂狗吃,当初你们一大群孤儿寡母的,还不是靠了我……"

"啪!"的一声,众人都吓了一跳,只见国英杏眼圆睁,拍案而起:

"福林,今朝把话讲讲清爽,究竟是谁养谁了?你一个月五十来块工资,你每月只交给阿姆三十块,你要她天天侍候你老酒小菜,顿顿都要吃新鲜的,你这三十块养你自己还不够,你连你老婆、女儿小毛都养不了,还说什么良心不良心,你连狗还不如!你叫阿姆吃了多少苦,受了多少难?你今天还有什么面孔踏进这扇门!六年来,我水国英月月贴阿姆四十块,我的弟妹没有沾过你一点点光!我们不欢迎你,过去不欢迎,现在更不欢迎,你走吧!"

福林诡谲地一笑,说:"你们请我来,我还不高兴呢!我是来看小毛的,看自己的女儿总可以吧,不犯法吧?"他为自己的缓兵之计而得意,实际上他哪里想到过什么小毛。

国英冷笑着,针锋相对地说。"既然你没有忘记还有个女儿,很好,做父亲的应该抚养自己的女儿,你拿赡养费来了吗?"

福林愣了半天,他最害怕提到钱的事,他从来就是一个不负责任的人,当初,他之所以很爽快地离开了这里,就是害怕挑这副烂担子,这些孩子一个个都是不好惹的,社会舆论他也吃不消,他这个后爹到头来总是吃力不讨好的,还不如三十六计,走为上策。国玲要让他走,正中他的下怀。现在,他听国英提到赡养费,心里未免叫苦不迭,他干咳着,不作声。

就在这时，小毛和强强从外面进来。小毛又长了一岁，她双腿颀长，六岁的女孩子竟要和十岁的强强一般高了，她的眼睛乌溜溜蓝莹莹的，明星般璀璨发亮，她的鼻子她的嘴唇都是世界上最可爱的，她整个的是个惹人注目的小美人儿。福林呆瞪瞪地望着这个从天而降的女儿，他从来没有这样细细地打量过她，他凭她眼前的这番俊眉秀目便能断定她今后的光彩夺目，他欣喜地发觉，她就是他的一笔巨大财富，他的晚年、他的困顿潦倒的终生将要有一个翻天覆地的变化。在他的一生中，他看到过多少女人凭着青春和美貌攫取到权力和金钱！而眼前的这个女孩真应得上曲子里唱的那样了，有着"沉鱼落雁之貌，倾国倾城之色"。

"国英，我不想为难你，我知道你挑这个家不容易，今天小毛就跟我回去吧。"他忽然认真地说。

国英她们没料到福林会来这么一手，一下子都懵住了，不知该如何回答才好。一时间，屋子里不可思议地安静了下来。

国英毕竟是老大姐了，她很快地回过神来，说："没有这么简单的，小毛是我们的妹妹，跟你住还是跟我们住，她有权利选择的。这事就是上法院也讲得通的。我看你还是把赡养费拿来，其他的就不要啰嗦了。"

"上法院就上法院，你们等着传票吧！"福林看着面前那一张张冷峻的脸，知道今晚是讲不明白的，还是先脱身再说。他说完就走了，临走时亲了亲小毛，也不管小毛愿意不愿意。他对小毛说："你已经没有阿姆了，你难道连爹爹也不要了？你跟他们不一样的，他们都姓水，只有你姓陆，你应该回到我那里去，跟爹爹……"

福林走了，却给这个已经安定的家重新留下了不安。他勾起了他们每一个人的痛苦的回忆，其中最痛苦的莫过于国玲和小毛了。一个是被摧残的少女，另一个是对一切了然于胸又混沌未明的孩子，她们共同体验着孤独和寂寞，她们彼此回避又彼此相爱。国玲喜爱小毛，但夹杂着深沉的怜悯和愧疚，在这个世界上只有她能理解小毛的沉默，她本能地觉着，她们最终是要与小毛分手的。那一晚，福林走后，小毛偎在国玲身上，什么话也不说，只是一双蓝眼睛亮得出奇。她已经很久没有这样地依偎国玲了。一连三天，小毛不再肯和强强出去玩了，她乖乖地呆在家里，她漫无目的地四下打量，有时候盯着橱顶的某一角默默凝视，有时候神情肃然地抚玩着那些通往阁楼的木踏脚……年长日久，这些木踏脚变得又光滑又洁净，褐色的木纹波浪似的层层叠叠，它们镶嵌在墙上，给灰白色的呆板的墙壁增添了某种生气，不知道的人初次见了还以为是一种别出心裁的装饰呢！它们在小毛的心中，犹如一种图腾，它留有哥哥姐姐童年和青春的脚印，它也留下了她的。

家里弥漫着烦躁和忧悒的气氛。一天晚上，国健突然跟国英说，他准备退学了，他想到码头上去做小工，"我不放小毛走，我来养她！"他说着便一个人坐着，大口地喘气。国英见此不由眼圈发红，"多一张嘴巴多一双筷，要你担啥心事？福林什么时候再来，我就什么时候回头他，我也不要他什么断命赡养费，我们大家苦也要苦在一起……"

国玲也劝国健："我们每人少吃一口饭，小毛也饱了，要你去做什么小工，你读你的书！"她转身又对国英姐说："下个月起，我再多补贴家里五块。"

国英摇摇头，说："你一个月只留两块零用钱怎么行？从前我做学徒的时候，十几块钱我一个人用，不给爹爹的……我不能叫你吃苦，赡养费的事我也只是气不过，随口说说的，福林这个人实在是狼心狗肺……"

国玲不再响了，依旧漠然地打她手中的毛衣，这是一件大红的毛衣，是为小毛打的。小毛伴着强强在做功课，她默默地削着铅笔，她把她手中的一块橡皮在桌沿上来回摩擦，把橡皮擦得雪白雪白的。她没有说话。她居然也不哭。

第二天傍晚，强强放学回来，一脸惊慌地奔上楼。国玲正好在家，见他一人回来，心头倏然一紧。"阿姨，不好了，小毛没有了，小毛没有了……"他结结巴巴地说完，只见国玲身子一软，人倚在门框上，慢慢地朝下滑。"阿姨！阿姨！"强强吓得只是叫，却不知道搀她一把。国玲跌坐在地上，"哇"的一声哭出来，一边喃喃地喊着："小毛，小毛……"

小毛是跟福林走了。不知道福林是怎么打听到小毛所在的幼儿园的，这天他早早地来到幼儿园，说是有事，要先领小毛回家。老师见是一个陌生人，未免心生疑窦，便把小毛唤来，问小毛是不是认识他？小毛一见福林便低低她叫了一声"爹爹"。福林亲热地应了一声，搂过她，还问一声：跟爹爹回去好吗？小毛点点头。老师见是父女，便也不再留难，让他领走了小毛。

"小毛点点头，"老师在国英国玲面前一再重复说。这说明福林没有强迫小毛。"不过她走的时候哭了。"老师补充道，"这孩子很奇怪，你猜不透她……"

还有什么可说的呢？水家的四个儿女，国英、国玲、国琴、国健，沮丧地从幼儿园的大门口鱼贯而出，没有什么可以责怪老师的。

他们只是走着，沿着幼儿园外的九龙路走着，旁边就是河堤，汩汩的河流扬着水声，在这寂寞的世界上缓缓地流淌，他们边走边哭，这是生离的痛苦，生活中没有比这更残酷的了。

国健替小毛送去了衣物，没见着人。福林不让见。

十一

小毛像是消失了。不再有关于她的任何消息。

直到一年以后，才传来了她的死讯。她是跳楼自杀的。她只有七岁，便选择了死亡，真是不可思议。

据说是她那异母同父的姐姐待她不好。姐姐的孩子也欺负她。她没有这个家的房门钥匙，家里没人的时候，她只能游荡在外，姐姐不许她一个人在家，怕她偷好吃的、好玩的。她终日地蜷坐在一幢大楼前的石阶上。石阶高高的，一层又一层，她小小的。当白云飘过的时候，她那双美丽而孤独的蓝眼睛会长久地追随着它们。她兴许想去很远的地方。

据说她死的时候，只穿了一件大红毛衣，是国玲给她打的那件。当她从那大楼的顶上飘下来时，远远的有人看见了，还以为是一片流霞。也许她真是一片流霞，美丽的转瞬即逝的流霞。

在阿姆遗像的左下角，多了一帧小照。那是小毛的小照。小毛是美丽的。很少有女孩子称得上美丽，尽管她们都很漂亮。每年的清明和她们的忌日，案前总有一束淡雅的鲜花。这是国玲安放的。

国玲现在一个人，孤零零地守着这个家，守着这两帧遗像。

国英一家早就搬回天山新村去了。前不久她又生了个女儿。国琴和国健在黑龙江军垦农场,他们是六九届初中生,上山下乡一片红,他们在那里过得还不错,国健都当连长了,而国琴也差不多快结婚了。上海虹口这个小屋、小阁楼在他们的记忆中也许已经如同云雾般遥远了。

只有国玲,她是永远也不会离开这个家了。她无声无息地活着,粗衣淡饭的。她每天总要把装着遗像的镜框抹了又抹,以至于那框架都擦得发亮了。在这间灰暗、古旧的小房间里,这亮光叫人感到阴冷、空寂。偶尔的,有人不经意地指着小毛的照片问她:"这是谁?"

"她死了。"她一个字一个字的慢慢地告诉他们。

她说这句话的时候,连一点点悲哀的影子也没有了。她的语气是淡漠的,无动于衷的,仿佛这一切是很自然也很普通的,连同她的孑然一身。

吉庆里

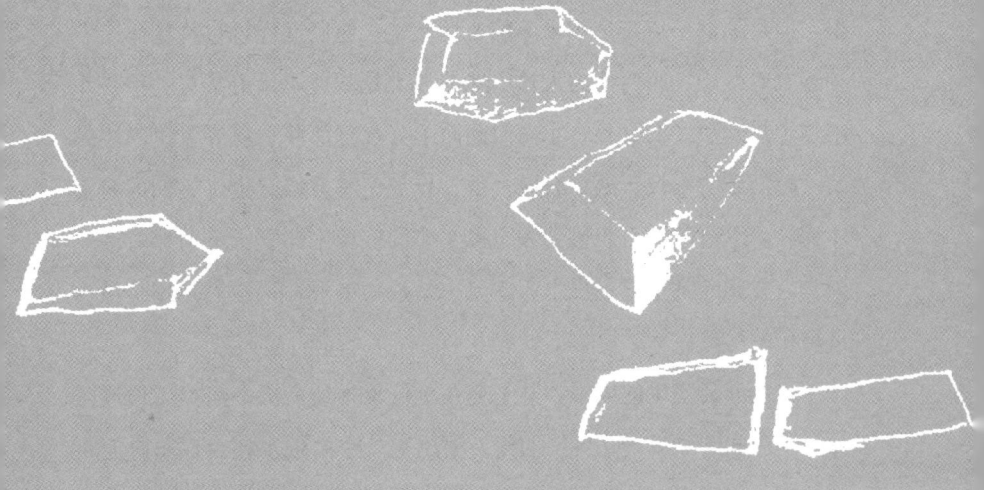

出租车不肯进去，司机对小雨说上海的弄堂太窄，车进出不方便，除非是新娘可以例外。这是行规。任言就很放肆地对司机说，你怎么知道她不是新娘？言下之意他就是新郎了。小雨不好意思地说任言，去去，就跳下了车。

小雨在搬家，搬到上海的弄堂房子里。男朋友任言替小雨提着行李，任劳任怨的样子。小雨从小在上海的新村房子里长大，她清秀文雅，大方活泼，十分讨人喜欢。但不知为什么，出差在外，总有人说她不像上海人。

"不像，不像。"那些内地城市里的朋友虽然说不出究竟差别在哪里，但是他们一口咬定小雨不像上海姑娘。他们这样说也许还出于一种善意的好感，因为上海人在内地的声誉显然并不十分美好。但是小雨是个热爱故乡的女孩，小雨因此而十分羡慕那些上海弄堂里的小姑娘，她们聪明细致、温柔骄傲，举手投足充满自信。也许她们的身上才积淀着上海滩的百年风韵和市民文化的底蕴吧？夏天的时候，经过弄堂，看到弄堂里进进出出的漂亮小姑娘，小雨觉得她们是这个城市最神秘的精灵。

这次办公室里的同事，其老婆在单位里神通广大，居然无偿增派分得了一间弄堂里的房间，空闲着要出租，小雨近水楼台以每月三百元的房价租了来，她想做弄堂女孩的愿望实现了。

"听说这里横竖都轮不着拆迁。这里将是上海本世纪最后的弄堂了。"任言抬头看着弄堂口的石门楣上雕刻着的吉庆里三个大字和吉祥花纹。

"那我就是历史的见证人了。"小雨也抬头看门楣。门楣上刻着1897年奠基。这么说来,吉庆里也有一百年了?在百年沧桑的弄堂里,游荡着多少过去的幽灵?

"这是红番区,回头还来得及。"任言看着深深的、窄窄的弄堂,提醒小雨。弄堂里的天空横着一根根的竹竿,竹竿上是各色洗涤好的衣服,甚至还有尿布,湿湿的,像老人沮丧的脸庞。

"我好不容易借来的房子。我以后就是上海弄堂小姑娘了。再差,也比你强。和父母挤在一起,没出息。"小雨说任言,又兴奋地吸了一口气。她刚才看到门楣上刻着的1897的字样,心里就对吉庆里有了丰富的想象。

"上海弄堂小姑娘有什么好?她们把弄堂当成自己家里的客厅,穿着睡衣在弄堂里走来走去,头发乱蓬蓬的,随随便便就咯咯咯痴笑。还欢喜凑成一撮堆,不知道在说些什么,惹是生非。"任言不以为然。

"你自己就是弄堂里长大的,你现在住在新房子里就忘记弄堂了?你再烦,我不要你帮我了。"小雨推了推任言的胳膊,笑嘻嘻地自管自地走在前面。

"弄堂里五花八门的,诈骗犯、吸毒女都有的,小心有你后悔哭的时候。"任言恨恨地跟在后面走。

任言的家在新开发的梅陇小区,是三室两厅。任言的父母就任言一个孩子,他们和任言的意思都希望小雨能住到三室两厅里面去。任言的前任女友就在那房子里住过长长的两年。任言和前任女友崩了以后，会过好几个女孩，都是不了了之，直到小雨出现。可是小雨把女孩最后的防线守得严严的，现在好，居然还独自住到石库门老房子里去，任言怎能不恨？

"你怎么比我老妈还唠叨？其实我老妈最担心的就是你，担心你对我心术不正、图谋不轨。"小雨不耐烦地回头说任言。

"我要有图谋不轨的手段就好了，就千方百计地把你生米煮成熟饭。"任言哭笑不得地说着。

"你黄鼠狼给鸡拜年，不安好心。不结婚，你别做梦。"小雨笑着，又转过身亲热地挽起任言的胳臂。这是上海女孩子的特点，对男朋友又温柔又蛮横，常常让男孩子无可奈何又喜不自禁。

"当心我想入非非。"任言有点色情的表情。

"你是不是在求婚？可惜你太年轻，现在流行的是中年成功男士。所以你必须耐心等待。"小雨调皮地刮了一下任言的鼻子。

弄堂里有一家门口挤着很多人，好像是有人在吵相骂。小雨就挤上前去看。任言无奈地站在后面，他对这种家长里短的无聊事不感兴趣。

"你这个狗卵子，你敢叫我签两金合同？我老婆已经死了，我反正无所谓了，什么都做得出来，杀人、放火，震动上海滩的事我都敢做出来！"一个矮矮的男人指着门口站着的男人破口大骂。那个站在门口的男人，年龄不大，嘴巴上生有热疮，他一点也不示弱，挥着拳头骂得更凶。

"我不怕的。你现在就来摆平我！你来！我不像那些效益好的厂长要请保镖、买人身保险，我无所谓！我哪里要当这个短命厂长？你看我住的房子，15平方米，连老婆也看不起我，我算什么狗屁厂长！银行、法院都盯着我要债，我天天升虚火，嘴巴生疮。这副烂摊子谁肯来接手，我喊谁阿爸！"这个厂长解开衣扣，一副视死如归的样子。矮个子男人倒也没辙了。

"你是秦始皇、法西斯！我不管，我就坐在你家门口，我回去也是没有饭吃的，我女儿还要读书……"矮个子男人呜呜地哭了起来。这时就有几个好心人上去劝阻他、拉扯他。

"你一个男人，年纪还轻，到劳务市场去找找看呀。再没办法，你可以去卖盒饭、做钟点工，天无绝人之路么，你盯着厂长有什么用，他只有一个人。"

"厂里现在一分钱也没有，只有地皮一块，又是国有资产，我不好动的。电话局还要来拔电话线呢。我每天看人才市场报，求爷爷告奶奶到处联络讨饭，鞋子都跑穿了，有什么办法？好不容易有一个就业名额，几百个人我分给谁？他有这个精神去坐在劳务市场，也比坐在我这里强。"嘴上生热疮的厂长看见有人帮他，就对聚在另一边的人说起自己的苦衷了。

小雨听到身边有个中年女人在非常详细地和邻居们解释，什么叫两金合同，就是下岗人员和单位签订《保留劳动关系协议》，自谋出路。单位保障其签约期内的两金（养老金、医疗保险金），但停发下岗补贴，说穿了就是失业。

"我也签了两金合同。找工作？哪有这么容易的！我还有四年才可以办退休手续，我现在是一天一天挨日子，人家吃肉我吃咸菜。幸好我小孩已经工作了。"那女人很有些兔死狐悲的感慨，又站了一会就先走开了。

"你看，弄堂里就是这样乱哄哄的。我小的时候住在弄堂里，那时候家庭妇女多，吵相骂一个比一个厉害。"任言来拉小雨，乘机诋毁弄堂的名声。

"但愿我们不要人到中年也被社会淘汰。你看过《网络化生存》吗？将来人的生存方式都要改变了。"小雨跟着任言离开了人群，但没有搭任言的腔。

小雨的新家是12号的亭子间。亭子间是上海弄堂房子里比较差劲的房子，它朝向不好，又小，且在一楼和二楼之间，亭子间的下面是几家合用的灶披间（厨房），夏天的黄昏，下面热气腾腾，窗外西晒的太阳又像火炉烤着亭子间的墙。

"以前没有空调的时候，亭子间的日子是很难挨的。"任言打量着小雨的住处，小小亭子间里装了一只窗式空调。房间里还有一只老式五斗橱，一些简单的桌椅。

"家具是同事的，现在借给我了。你知道吗？上海的亭子间很有名气的。中国有很多出名的大文豪在落魄的时候都住过上海的亭子间，你没听说亭子间是作家的摇篮吗？不过我不要做作家，我觉得现在的作家很虚伪。"小雨把自己的行李打开，放进五斗橱的抽屉里。

"我看你就是作家，老是要'作'的上海小姑娘。"

"我哪里'作'了？你没有碰到过作天作地的上海小姑娘你真是身在福中不知福！"小雨把手指点到了任言的额头上。

"好，我身在福中，身在福中！下次我把电脑搬到你这里来。放在你这里，以后来看你，就好白相了。"任言鸡啄米似的讨好说。小雨朝任言白眼睛。任言读大学时有过把宿舍折腾成电脑游戏房的劣迹。

"你休想把我的亭子间变成游戏房!"小雨故意凶巴巴地警告任言。

"我教你上网。"任言赶紧补充说,又讨好地搂着小雨要亲嘴。

有人在门口探头张望。叫了声"小姐"。小雨挣脱任言。

叫"小姐"的是住在前楼(二楼)的张家姆妈,以前看房子的时候见过面的。从一开始她就这样叫小雨。

"小姐,搬来了?怪不得我房间里的蜘蛛结网了,新房客来了。我下去烧饭。我儿子是开饭店的,这些调料都是他送我的。你要帮忙吗?这位是……"张家姆妈手里的提篮里是瓶瓶罐罐的东西,她客气地打量着任言。

"噢,是我的朋友,来帮忙的。"小雨赶忙回答。

"对对,小青年么。"张家姆妈文不对题地应了一句,很知情知趣地笑了笑,就下楼去了。小雨觉得张家姆妈的一笑里充满了太多的内容。但是被张家姆妈那么一笑,小雨的心里有什么东西被勾了起来,蠢蠢欲动。

"你看,住在弄堂里就是这样,没有隐私的。而且,弄堂里的老太特别精,看什么都一目了然。把门关起来。"任言对小雨抱怨说。

"我不关。人家以为我们要做什么见不得人的事了。你大方一点么。动手动脚做甚?你这样子,所以我老妈不放心。"小雨说着却主动去搂任言的脸,亲他。

"咦,你怎么自己动手动脚了?女人真是反复无常。"任言闪开脸,和小雨说话。

"不许说女人!我就动手动脚。你不喜欢?"小雨最讨厌"女人"这个词。她觉得女人应该是指那些已婚女性,或者是30岁以上的老姑娘。

"男追女，隔堵墙，女追男，隔层纸。我大大地欢迎你，多多益善。来吧。"任言索性扬起脸凑近小雨，死皮赖脸的样子。

"老面皮！"小雨简直笑不动。

两个人就边笑边亲。正闹着，小雨一转脸，发现对面的窗口竟有人在看，就放了手，又忍不住笑起来。

"哎，你说张家姆妈下去烧饭，拿着那么多瓶瓶罐罐干什么？"小雨忽然想起什么，问。

"这里灶披间是合用的，张家姆妈肯定生怕有人偷油、贪便宜，就每天拿上拿下，不厌其烦，自己的东西当宝贝。弄堂里的人就是这样。你住在这里和人相处，不要太随便噢。"任言提醒小雨。

"你和儿子打过电话吗？下个月你过生日，他也不意思意思？送个一千两千来？"楼下灶披间里传出一个老男人的声音，像是开玩笑。小雨后来知道这是张家姆妈的男人。

"你财迷心窍！去提醒他们过生日，我敲竹杠呀？现在只有孙子吃阿爹，没有儿子敬爷娘的。"张家姆妈的声音。

"这是什么话？我明天就搬到他那里去过，看他敢不端饭端汤来孝敬我！"男人拔直喉咙生气的样子。

"好了好了，你也是嘴硬骨头酥，儿子是你宠坏的。明年你过七十岁生日通知他们送礼，我就算了。"张家姆妈提了个折衷的建议，那个老男人的声音才嘀咕着低了下去。

"你在这里可以天天听壁角了。不出钞票听白戏。"任言看小雨好奇地听下面人说话，就特意去把门再敞开些。

"你自己！"小雨没好气地推了任言一把，任言没站稳，跌倒在小雨的水壶上，水壶翻到了，水流了一地。

"小姐，上面是什么天落水？滴在我洗好的青菜里了？"张家姆妈在楼下着急地不客气地叫了起来。任言和小雨面面相觑。

小雨洗了发，坐在任言的对面。

"亲爱的，我就喜欢你洗发后的样子。"任言深情地看着小雨说。任言和前女友曾经同居了两年，因此任言身上有一种成熟男人的气息，也许正是这样的气息吸引了小雨。

这时候有一只蚊子飞了进来，在小雨和任言之间来回骚扰。小雨就要任言想法拍死这只不速之客。

"现在这时候，只有老房子才会有蚊子。"任言抱怨地东扑西扑的，费尽九牛二虎之力，总算把这只可恶的蚊子剿灭了。

记得第一次去见任言的时候，小雨趿着拖鞋，刚洗过的头发披散着，就被大学里的同学，一个叫小猴的女孩子拖着，糊里糊涂地到了家居附近的茶室。那阵子小雨身边有一个献殷勤的已婚中年男人，小雨是在某个社交场合通过莱尼认识这个男人的。莱尼是小雨的上司，一个德国女工程师。当时这个男人正在为莱尼鉴别一件据说是乾隆年间的青花瓷器，瓷器当然是赝品。这中年男人不仅工作努力，小有成就，生活也很有情调，常常约了小雨和莱尼到东台路古董市场逛街。渐渐的，小雨对上海过去的老货学会了欣赏和偏爱。

小雨十分珍爱的雕花梳妆盒就是在东台路买的。小雨对着这只民国初期的梳妆盒的小镜子端详自己，小雨在这样的时候，心里就缠绵起一种过去时代的情结。因为这个很生活很城市的男人，小雨就有些心猿意马，对结交男友不很感兴趣，甚至有点担心，担心现在的年轻男人会令她失望。

小猴不知道小雨的心思。小猴是一个非常热心的女孩,她总是把她认为相配的男男女女凑合在一起,她开玩笑地对小雨说她要亲自把一百对新人送上结婚的教堂,而她自己则是最后一对。这次她要塞给小雨的是和她一个公司做的同事任言,搞规划的,还是同济的高材生呢。据说业务非常出色,也非常讨女孩子喜欢。

"老实说我还舍不得给你呢。我想留给自己候补的。就当是存在你这里吧,将来取他的时候,还能有利息呢,比如更会讨女人喜欢了。"小猴也不怕老面皮地说。

"你想坐享其成呀?没准是血本无归呢?"小雨无奈地跨进茶室的时候,莫名地对自己说假如这个男人也披着湿漉漉的头发,就和他发展"友谊"。没想到任言果真也是一头刚洗过的头发,他随随便便地坐在靠窗的座位上,看到小猴和小雨憨然一笑。小雨当时就有怦然心动、投缘的感觉。

后来任言告诉小雨他当时坐在茶室等待她们,纯粹是一种无为而为的心态。他没指望小猴会给他带来什么超凡脱俗的美女,他只是想消遣一下时光。他在看到小雨的一刹那,看到她趿着拖鞋、她的披散的湿头发,就明白小雨其实比他更甚、更无聊。他的所有的懒散的感官于是就兴奋起来。

两个年轻人的爱情就这样莫名地发展起来了。交往以后他们才发现,彼此竟是如此相像。比如,他们正在看同一本书:昆德拉的《玩笑》,他们沉湎于同一部丹素·华盛顿的电影《爵士风情》,他们喜欢的城市是故乡上海,或者是美国纽约,喧哗而现代……小雨觉得最有趣的是和任言在大街上走,任言对那些老房子和新大楼的建筑风格、历史变迁一一加以解说,他的丰富的学识和比喻,还有他对建筑的理解，都令小雨心服。

　　小雨有了任言，就摆脱了那个中年男人的感情罗网。但是小雨在这个上海男人身上学到了许多的人情世故，有些待人接物、为人之道，父母都没有传授的，这个男人言传身教、谆谆善诱。重要的是小雨在他身上学会了生活的情趣，比如品茗、比如玩物、比如调情。小雨在一开始就明白这个男人只是自己人生道路上的客栈，而不是归宿。小雨并不是一味浪漫的女孩，她知道并懂得种种城市生活的规则。

　　小雨并不计较任言和前任女友的同居关系，但是小雨自己却执意不肯搬到任言的家里和任言同居。来往已经半年多了，小雨慢慢地接受了任言的亲吻、拥抱、抚摸，异性的接触令小雨激动，但是她拒绝和任言做爱。她自己也不知道这是因为什么？也许她只是不愿意让任言觉得现在的女孩都是可以发展到同居的？也许那个中年男人的殷勤的笑容还残留在心版上？

　　黄昏时分，小雨在楼下的水龙头洗一些简单的衣物。住在底楼的黄佳佳过来。黄佳佳年轻漂亮，身材窈窕，是个很迷人的少妇。

　　"你好。我叫黄佳佳，住在楼下，"黄佳佳似乎很寂寞，有一搭没一搭地和小雨说话，"你以后要用洗衣机讲一声，我有一个小神童洗衣机，拿进拿出很方便的，不要客气。"

　　"不要紧的，我可以拿到我姆妈那里去洗的。"小雨点点头，很感激。

　　"我在淮海路的一家百货公司上班，办公室里算账的，你呢？"黄佳佳很直率地问小雨。

"我在德国汽车公司的上海代理处当翻译。"小雨回答。

"喔吆,是和外国人打交道的?你老来事的。张家姆妈,这个新来的亭子间小姐,是翻译小姐,老来事的。"黄佳佳由衷地赞叹着,还对正上楼的张家姆妈大声地嚷嚷着。

"年纪轻,运道好呀。老话说,出道早不如运道好。你也不错。不像我们老的,做人好比做了一世牛。"张家姆妈捧着油瓶什么的,边说边踩着木楼梯上去了。楼梯发出轻微的嗝吱嗝吱的声音。听张家姆妈说一口弄堂里的话,手脚利索地下楼上楼,小雨有一种渐入佳境的感觉。

"上午来的是你的男朋友吧?长得很神气的,不错。"黄佳佳又说。小雨就笑笑。黄佳佳人对着后门。这里的后门要到晚上才关起来。她看着后门弄堂里,很神秘地告诉小雨坐在弄堂里的那个男人是花痴。当年这个男人的老婆到日本去打工,一去不返,他就发花痴了。

"你要当心,这个男人发起花痴来,看到女人就要搂搂抱抱,要亲嘴巴的。"黄佳佳关照小雨。小雨紧张得要回头看看,黄佳佳赶紧摇手示意。小雨注意到黄佳佳的手指涂着紫色的丹蔻,怪怪的。

"你不要回头看。他要多心的。他不管三七二十一冲进来,要吓死人的。"黄佳佳说着,又聊了一会别的,后来电话铃响了,黄佳佳就跑到自己房间去听电话了。小雨还是忍不住回头去看。

阴差阳错的,那花痴男人恰恰在黄佳佳走的时候也站起来走开了,同时又有一个男人过来坐了下来。那男人满头大汗的,显然刚做过剧烈运动。小雨回头看到的就是这个后来的男人。但是小雨不知道。那男人看到小雨看他,就对小雨笑笑。小雨慌起来,又怕他多心，要冲过来，就只好尴尬地赔笑，没想到那男人又笑着点点头。小雨的心别别地跳。

"是新搬来的吧？这么年轻呀？"男人和颜悦色地问。

小雨想，黄佳佳说得不错，这个花痴，说话这么色迷迷的，而且还满头大汗，热气腾腾的，妈呀！小雨又想，万一他扑上来抱她、亲她，怎么办？花痴杀人都不犯法的，我还是三十六计，逃为上策。小雨正这样想着，那男人已经站起来，并且朝小雨走过来。小雨一时慌乱，就逃到了黄佳佳的房间里。没想到那男人也跟了进来。

"黄佳佳，花痴，花痴来了……"小雨语无伦次的，双脚发软。

"哪里呀？"黄佳佳莫名其妙地问。

"后面，后面，"小雨指着身后的男人就瘫软下来，说不全话了。黄佳佳抬头看见站在小雨后面神情困惑的男人，不禁大笑起来。

小雨就这样很突然的跑到黄佳佳的家里。那个被小雨当花痴的男人原来是黄佳佳的丈夫。他知道亭子间里要搬一个白领小姐来，刚才陪着儿子在附近拆迁的空地里踢足球，搞得满头大汗回来，看见小雨就主动打招呼，没想到闹出一场天大的误会。

三个人笑得肚皮都疼。笑过后黄佳佳就请小雨在她家客堂间坐坐。小雨以前住在新村房子里，从来没有去邻居家串过门，现在就很好奇也很兴奋。黄佳佳的家，是前厢房连客堂间，还有一个小天井。黄佳佳热情地领着小雨参观，小雨是个聪明的女孩子，知道黄佳佳希望别人说好的心思。这是上海女子的通病。出于礼貌也出于真诚，小雨不住地赞叹。

黄佳佳的家确实布置得不错，客堂间里是传统的红木家具，小雨注意到客堂间的一角放着只单人床，床上有漂亮的绘着卡通的软枕。

想来是小孩的睡床吧。厢房显然是黄佳佳夫妇的起居室，面积大概有二十个平方，宽敞、正气，厢房的上面还搭了个小阁楼。打量着布置典雅的欧式家具，还有音响、VCD、数以千计的小碟片、涂着紫色丹蔻的年轻女人，小雨没想到在这陈旧的老屋里还有如此奇妙的，洋溢着中西风格的所在。小雨想，弄堂文化的底蕴不正是由此而散发的吗？

站在那满架的碟片面前，小雨很节制地睃了两眼。尽管她心里对碟片十分喜欢。小雨的好处，即便你是最好的朋友，她也不会乱翻你的东西。这些小小的细节，构成了小雨的善解人意和优雅。黄佳佳说以后到我这里来看碟片。小雨点点头，又指着厢房里一张男孩的照片说，这是你儿子吧，和你一样漂亮呢。

黄佳佳笑起来。黄佳佳说，是田野，他到外面踢足球玩去了。他老爸叫金明，黄金的金，明亮的明。我儿子取了我们两个的姓，他的全名叫金黄田野。

金明插嘴说我的名字只有两个字，儿子有四个字，青出于蓝而胜于蓝。

这下轮着小雨笑了。小雨说，将来田野的儿子取名字就要有六个字了吧？听说比利时有个人的名字有一百五十个单词，念起来要好几分钟呢。

黄佳佳说当初金明到派出所去报户口的时候，户籍警坚决不同意他们替田野取的名字，说是崇洋媚外，后来金明要告他们侵犯人权，事情拖了半年，才算解决。黄佳佳说他们夫妇平时都在各自的公司里忙，田野就放在条件很好的全托幼儿园，当然费用也是天数，"金明还赚得动。"黄佳佳淡淡地说。小雨也没接嘴。小雨知道收入是一个家庭里最隐秘的部分,别人不说她就不问。小雨不知道,其实上海弄堂小姑娘的种种好处,比如察言观色、善解人意她都具备,一点也不差强人意。

"我以前的身材比你还苗条,我是魔鬼身材。女人生孩子是一失足成千古恨。"黄佳佳看小雨婀娜的样子,十分羡慕地说。

"你本末倒置,男人结婚才是一失足成千古恨。从此失去人身自由。"金明插话说。黄佳佳说,去去去,我们讲话,男人不要参加。金明摇头作无奈状。黄佳佳又笑。

小雨很喜欢黄佳佳家里的天井,小小的,透着天光,给逼仄紧凑的老屋带来了一线光明和舒畅。天井里种着棵夹竹桃。最妙不可言的是天井里有一口井,很都市的小雨觉得很稀奇。天井和客堂之间的落第门窗,也洋溢着浓浓的旧韵。黄佳佳还告诉小雨,她的天井里居住着一条青蛇,老一辈的人看到过。"这是家蛇,是我们的守护神。"黄佳佳神秘而诡谲地说。

小雨后来和任言通电话,就不断地说黄佳佳的小天井。受了小雨的感染,任言也忽然神经搭错,怀旧起来,一个劲地说他小时候,说他住在石库门老屋里的日子。他经常在自家的天井里和小朋友摔跤,打得鼻青眼肿的,任言还说夏夜的时候在天井里捉蟋蟀,你寻踪到东边,它却逃到西边叫,待到你转身到西边,它又在东边叫了,害得你夜夜没好睡。总之,任言把石库门老屋里的天井描绘得仿佛鲁迅小时候的百草园,激动人心。

那天小雨和黄佳佳随便聊聊的时候,金明就躲在厢房里看电视,是足球比赛。黄佳佳告诉小雨,要不是足球,金明不会这么老实呆在家里。后来田野回来了。田野六岁，长得结结实实，笑容灿烂的，他很绅士地对着小雨说：你好，阿姨！那神态和出入在交际场合的成年男人毫无二致。小雨十分喜欢田野。

"弄堂里的女人真开心，用着上辈留下的家具，自己男人又赚得动，小孩也健康，什么没见过呀。"小雨在电话里由衷地艳羡着。

"也有不开心的，有难过的日子，我看张家姆妈就很难过，她楼上楼下的跑，连个酱油瓶都看得牢牢的。会不会把你也当是贼？"任言故意破坏小雨的心情。

"你不要以小人之心度君子之腹。"小雨用一种明星撒娇的口气说。在任言面前，小雨是骄傲的，有时候还要小作作。

楼下，黄佳佳看着田野睡下了，就回到了厢房里，和金明说话。

"你还在看体育节目？"黄佳佳说着就要去抢遥控器。

"半个小时以后电视机归你，朋友帮帮忙。"金明把着遥控器不放。

"我不管，我要看 VCD 了。"黄佳佳很任性地就要去转换频道。

"求求你，不要挡住我的视线好吗？来来，我抱抱你。"金明一味地讨好黄佳佳。

"你出卖色相呀？"黄佳佳打了一下金明伸过来的手，笑了。

前面客堂间里的田野等母亲走后，就睁开了眼睛，听了一会房里的动静，他悄悄地起床，猫着腰，穿过厢房，这时金明正把沙发上的一件外衣往身后的矮柜扔，然后乘势把黄佳佳抱在怀里。衣服扔在了田野身上，金明竟一点也没察觉。田野披着金明的衣服，又轻轻地摸上楼。

小雨和任言电话打了一半，有人打门。小雨开门一看，是田野，小家伙很礼貌地轻声说亭子间阿姨，我进来白相十分钟，好吗？小雨又惊又喜，赶紧扔了任言的电话，和田野玩起来。任言在电话另一头喂喂地叫了一阵，没人应，生气地挂了电话。

"我老爸和老妈在做三级片的动作，喏，就是这样的，亲来亲去。我溜出来了。你不会告诉我老妈吧？"田野坐在小雨的床上，抱着枕头，模仿给小雨看。小雨半是惊愕半是好笑地摸摸田野的头。

"好的，我保证不说。"小雨答应田野。

"亭子间阿姨，你结婚了吗？"

"没有。"

"我也没有。我不要结婚，我要做单身贵族。单身贵族老白虱多。"

"要死了，老白虱多脏！你欢喜身上长虱子？"小雨忍俊不禁。

"老白虱是切口话，就是钞票呀，我们学校里同学都这样叫的。现在社会开放了。老爸说将来人还可以克隆，一个人就可以生孩子了，没有人再去结婚了。老爸说结婚是很麻烦的事。阿姨，我就想克隆一个女的田野，和我长得一模一样，你说好吗？"

"好像没有听说过男的可以克隆女的。也许等以后科学家又有新的发明，你就可以实现你的理想了。"小雨觉得追不上田野的思路，心想这个孩子不得了。

"将来我的克隆称呼我什么呢？他叫我老爸？老妈？"田野又想不通了。

"我看，你就让你的克隆称呼你老妈，也很好玩的。"小雨说着不由喷饭。

"我还是做克隆的老爸算了。做女人太烦了。每个月的这几天……"

田野忽然学起了一个女性用品的电视广告语,小雨又吃惊又好笑,说你不得了哇,不得了,就去搔田野的痒痒,不让他说下去。

"十分钟到了。我要回去睡觉了。阿姨,我是不是新好男人?"田野转眼又突然从床上跳下来,说要走,还问了小雨一个绝对时尚的问题。

"是的。你守时、果断,是个好男人。"小雨首肯着,帮他把金明的衣服重新披在身上。

"我明天要去幼儿园上班了,下星期回家,我再告诉你,我们老师的婚外恋故事。"田野临走又给小雨留下一个惊世骇俗的悬念。

小雨瞪大了眼,心想石库门老屋里的孩子怎么竟像个混世魔王?

小雨的同学小猴,是撮合小雨和任言的红娘,她本姓侯,因为性情活泼,同学们就叫她小猴。小猴大学毕业后在一家房产公司做营销主任,挣的钱比小雨多,只是忙起来一天要飞两三个城市。小猴同时还在外国语学院读夜书,读的是德语。她说她最想去的就是德国的波恩,那里是贝多芬的故乡,也是举世闻名的大学城,城市宁静而优雅。

小猴到小雨的亭子间来玩,她是开着一辆漂亮的火鸟跑车来的。她把车停在小雨的窗下,把窄窄的弄堂挤得满满的。小雨听见小猴唤她,从窗口探头看下去,看见小猴的车吓了一跳。赶紧下楼。

"你哪里来的高级车?是不是赃物?"小雨小声地问小猴。

"你狗眼看人低,我就是买二手车也不会去碰赃物。这车是朋友借的。玩玩。怎么样,到高速公路上去兜兜风吧?"小猴也不生气,笑嘻嘻地请小雨上车。

"你先到我亭子间坐坐。我总要换换衣服吧。等等,你把车停好,把标牌摘下来。"小雨让小猴把车停在弄堂拐弯处的一个空地上,还特地找了个有些熟悉的小男孩,让他看车,讲好小费十元。

"你婆婆妈妈的,不愧是我老婆呀。"小猴笑着说。大学里的时候,因为小雨和小猴形影不离,还老是管小猴吃饭穿衣、冬暖夏凉的,就有人开玩笑说小雨是小猴的老婆。

小猴先是环顾左右、到处搜索,然后困惑地问,怎么没有男人的剃须刀和内裤呀?小雨先是一愣,然后顿悟过来,不由大叫着把小猴按在床上,拼命地捶她,骂她。

"任言没住在这里?我以为你私奔到石库门里来住,是为了爱情。"小猴笑得喘不过气来,连连讨饶。

"我哪里私奔了?你怎么和我老妈一个样?她还来视察过呢。我老爸索性不露面,说是眼不见为净。你们哪里知道我守身如玉呢。"小雨笑得倒在床上,想想又去扭住小猴,不肯饶她。两个人笑闹了一阵,就仰面躺在床上说话,这个那个说了很多。

大学时代,有一次市妇联的两个妇女问题专家到她们系里开座谈会,探讨如何看待女性的贞操?那两个专家都是老处女,摆出一副和蔼可亲、理解他人感情的模样。发言的女同学一个个都表示自己不会在恋爱期间和男人做爱,她们强调自爱和自尊。男同学则表示能够理解失去贞操的女孩,却不愿自己的女友是一个失去贞操的女孩,"感觉上难以接受。"他们吞吞吐吐地,既想当一个思想激进的当代青年又难以掩盖传统男人自私的心理。小雨和小猴坐在一起没吭声,她们心里都清楚地知道这些发言的同学,尤其是男同学中不乏有性经验,且性活动频繁的,打量着他们口是心非天真无邪的嘴脸,小雨和小猴交换了一下眼神。小雨说我想发言。小猴说我也想。她们偷偷地勾了一下手。

"我不认为处女的贞操很重要,假如我爱的人喜欢,假如我也有这种真诚的愿望,那么,我觉得就没必要以一种不自然的、自虐的方式对待自己,就应该尊重自己、尊重别人。你一旦坠入情网,你应该问一下自己:究竟是所谓的贞操还是爱情更重要?其实即便你保护好了自己的贞操,你也未必一定能保护好爱情。你注定要受伤害,你就无法逃避。"小雨侃侃而谈,妇联的两个老处女瞪大了牛眼。此时她还是她,同学们熟悉的小雨,但是所有人的目光都诧异地、谴责地看着小雨,仿佛她是从天外飞来的。在他们看来,有些话在私下里是可以随便说的,甚至可以说得更放肆的,但决不是在这里说的。

"设想一下,你在沙漠里行走,很炎热,你非常渴望水,并且你看到了水,但是你压抑自己不喝水,我觉得这太残酷了。性爱也是这样,两个相爱的人在一起,只有灵肉的结合才是最完美的,才会令心灵飞翔。按照我的理解,那种渴望飞翔、渴望结合的美好时刻是稍纵即逝的,一旦失之交臂,你就永远也追不回来了。"小猴添油加醋,此时此刻她和小雨心里都有一种快感。叛逆的快感。她们把一个十分正经的好好的会议颠覆了。

散会以后,小雨和小猴同时收到了一张匿名的便条,上面分别写着:你是处女吗?非常渴望你的"水"。

小雨和小猴鄙夷地撕碎了各自的纸条。

"小雨,你要立牌坊呀?还记得那两个妇联干部吗?我们的妇女问题专家是老处女。你要步她们的后尘?"躺在亭子间的小床上,听小雨说自己守身如玉的话,小猴不解地问。

"哪里呀。我只是觉得有些事,现在还不想和任言做。不知道为什么,和他在一起,尽管也很激情,但是总好像还隔阂着什么,是不是缘分还没到?"小雨看着天花板很认真地问小猴,也问自己。

"还没缘分呀?我觉得任言去做变性手术的话,他和你就没有区别了。你们是天生的一对,爱好、情趣几乎都一样,你还要什么?"小猴叫起来。

"我也不知道。小猴,你和你的那个呢?得意吗?"小雨转换了话题。小猴有一个神龙见首不见尾的男朋友,非常神秘,小雨只见到过一次他的背影,肩宽宽的,似乎不很年轻。小雨猜想是个已婚男人。

小猴有一阵子没说话。

"小猴,听我一句话,离中年男人远远的。他们只能迷惑我们,但绝对不是选择我们。"小雨看着小猴诡诡地笑。

"我对中年男人不感兴趣。他们意味着文明、成熟、自私、狭隘、吝啬、有风度……他们已经不是本色的人了。"小猴摇摇头,又说:"我知道你在想什么。其实你什么也不知道。将来我什么都告诉你。但是现在不能。"小猴也诡诡地笑。

"没关系的。我和你,谁和谁呀。我也有秘密没和你说。现在已经过去了。其实人生就是走一步看一步。"小雨坐起来,找零食吃。

"你要是个男的就好了,我和你结婚,天天吃你的蜜饯。叫那些臭男人都滚开。"小猴剥着小雨递过来的蜜饯,殷殷地看着小雨。

"你同性恋呀?我的上司,一个德国女人就是同性恋,她每星期都要飞香港去度假,她的同性恋情人住在香港。也许只有女人最了解女人。有些心底里的话,你没法和男人说。比如任言要和我做爱,我没有感觉,可是我又很想和他在一起,这种心情没法和他表达。"小雨爬到床上,仰头看着小猴说,这时候的小雨心情有点沮丧。小猴同情地抚摸着小雨的脸庞。

"小雨,我警告你,我们公司有个非常漂亮、非常时尚的女孩,管文件档案的,我看她在迷惑你的任言。你要真想和任言在一起,你就不要太在乎自己。"小猴说。

"我身边也有英俊漂亮的男孩追我呀。"小雨不以为然。

"你不要大意失荆州。记住,任言是最适合你的男人。你一旦放走他,你就追不回来了。"小猴坚持己见,想了想又问:"你说的英俊漂亮的男孩是不是这石库门老屋里的,你一来就有艳遇呀?你天生是男人的尤物!"

"你是包打听呀?说话小声点。"小雨提醒小猴,"这里藏不住秘密,你乱说一气,别人真要把我当作风流女子了。二楼的张家姆妈,第一天看到任言就眼睛像甩闪。"小雨学着张家姆妈的样子给小猴看。

"要死了,一点也不自由,你住得下去呀?赶快搬出这个破亭子间!我介绍一套好的公寓房子给你,租金绝对便宜……"小猴翻倒在床上又笑又说。

"我不要。我就是欢喜弄堂房子的这种味道,才到这里来的。反正一个人,临时的。又不是结婚。"小雨的话说得也很实在。

"现在的人,都有点怪的。比如你好端端的发神经住到弄堂亭子间来,还有一个同学放弃了很好的工作,也不带一分钱,就出门了,说是要一边打工一边旅游,要环游世界。我还有个朋友是研究生,情愿做家庭主妇,天天电脑上网,发 EMAIL,交了不少网友,居然忙得连饭也没空烧。只有我老土,赚了很多钱,没时间去消费。我也要想个别出心裁的点子来白相白相了。"小猴发表声明。小雨没搭腔。

小雨知道小猴是个很努力的女孩，她在公司里已经是独当一面的营销主任了，她将会超过很多男孩，她永远不会轻言放弃。

慢慢的，小雨知道了弄堂里的人把客堂间有时也称作吃饭间的，夫妇的起居室称作房间，房间一般是不让人进的。当然是住房较为宽敞的人家才有的规矩。更多的是各种功能混合的，很难分清客厅、房间和吃饭间的人家。像小雨的亭子间就是这样。张家姆妈的家里也是这样，老夫妇俩和外孙吉林就住在一个前楼房间里，好在张家伯伯不常回家。

早上和黄昏，是弄堂里最喧哗的时候，大多数人家的房门都是开着的，或者是虚掩着，鸡犬之声相闻。若是有人家把门关得死死的，在别人的眼里看来就怪怪的。小雨还听了张家姆妈的建议，在亭子间门口挂了半条门帘，这样的门帘遮不住流动的空气，但是可以遮住人的视线，里外的人得踮一踮，才能看清彼此的风景。小雨后来才知道这样的门帘也是石库门老屋的风景。

小雨见到了张家姆妈的外孙吉林。吉林是个二十岁的男孩。小雨先是在亭子间门口和张家姆妈说话，吉林从下面上来，他看见张家姆妈喊了一声外婆，张家姆妈问早饭吃了吗？吉林回答道在酒店里吃过了，然后看看小雨，欲言又止的，就想走开。张家姆妈看见了说，吉林你怎么一点也不出道？这是新搬来的小雨姐，人家在外国人公司里做翻译，白领，老有出息的。张家姆妈的口气里对吉林有一种隐隐的不满。

吉林敏感地沉下了脸，朝小雨点点头，就闷声不响一头钻到前楼去了。张家姆妈叹口气对小雨聊起了家常说，这是我外孙，人小鬼大，他从小就跟着我过的，他爷娘以前在吉林插队落户，有了孩子就一坨烂污掼在我这里。这两年他们回上海了，也没说过要吉林回去。吉林也不愿回去。

吉林在这时候探头叫了一声外婆，口气里有点嫌外婆多嘴，张家姆妈回头说你睡觉吧，接下来还是自顾自地和小雨说话。

"我们吉林前年考进的旅游学校，最近在百花大酒店实习，做调酒师，做得辛辛苦苦，合同还没到手，酒店的部门经理家里我也去送过炸药包，怕就怕竹篮子打水一场空，冤枉钞票。"张家姆妈焦虑地担忧着。

"现在找工作是很难。不过你们吉林年轻，看上去又机灵，调酒师现在很吃香的。"小雨察觉吉林有点不开心，就善解人意地挑好听的说。但张家姆妈有点拎不清。

"你不知道，吉林是棉纱线串豆腐，提不起的。我前世欠他们一家子的。他从小和我一起过，和他父母、妹妹都不亲的。吉林娘现在在我儿子的饭店里洗碗，日子也不好过。"张家姆妈说话的时候一脸的沧桑。小雨也无限感慨地点点头。就在这时，吉林又探头叫了一声外婆，张家姆妈就摇摇头不吭声了。

后来吉林下楼买东西，走过小雨亭子间的时候，因为外婆说了他家那么多的隐私，吉林觉得不好意思看见小雨，就用半张报纸遮着脸匆匆地窜下楼。小雨看见了先是忍不住在屋里独自笑了一阵，又沉思默想了一阵。小雨对吉林有了十分的好感和同情。

任言打来电话，问怎么样？小雨说感觉好极了，像个大家庭。还有一个非常可爱的大男孩，是知青子女，很腼腆，很敏感，叫吉林。任言说你小心三角恋爱。小雨笑着说我感觉他和田野差不多。说实话,他还没田野成熟。任言说你现在刀枪不入。任言还说你真要和别人好,得我同意。小雨说一言为定。

小雨看到吉林的母亲,是两天以后了。晚上她在楼下的水龙头放水,看见一个脸容憔悴的中年女人进来,那女人看见她略略有点惊愕,但没说什么就匆匆上了楼。小雨放了水,拎着电水壶回到阁楼上,这时她听见了张家姆妈房间里传出女人的哭声。

"每天堆得像山一样高的碗盏,我看了都头皮发麻,无从下手。从早到晚我一刻也不好停的,你看两只手,已经做得不像样了,他们舍不得去买洗碗机,自己阿嫂比解放前的资本家还要黑心,还冷言冷语的,我做不下去了……"女人哭泣的声音。

"心字头上一把刀,你就忍忍吧。现在工作不好找,下岗的人介多,有多少人等着洗碗!这个黑心女人,我打电话跟你阿哥说。"张家姆妈说话前后矛盾,实在是想想又生气。

"算了。你不知道阿哥的脾气,一戳就跳的?他听了那个女人的枕头风,早就对我没有好面孔了,他听不进的。吉林好不好?他现在实习了,饭店里总有伙食补贴的吧?你不要让他到处乱跑,现在外面吸毒的人很多,我担心他轧坏道。叫他钞票交出来。"女人喝水的声音。

"三四百元的补贴,我哪能好要他?买一双名牌运动鞋也不够。你要逼死他?你不放心,就让吉林回到你身边去,我是扁担插进桥洞里,担当不起。"张家姆妈不开心了。

"我晓得你要多心的,就不好讲的?我们家里的人都碰不起的!只有我是软挡,谁都好欺负的!"女人又哭起来。

"你十三点呀?我哪里待亏你了?吉林一直是跟我的,你管过他吃管他过穿吗？他考学校也是我等在外面送冷饮的。我吃力不讨好。"张家姆妈饮泣的声音。

"活该。当初你为什么送我到吉林去？这种鬼地方冰天雪地的，耳朵、鼻子都要冻得掉下来，你为什么送我去？我现在房子也没有，借个豆腐干大的地方，连猪窟也不如。儿子只好放在你这里，家里连电冰箱也没有，我比谁都差……"女人恨恨地开冰箱的声音。

"是你自己报名的。你不要怪东怪西。你怪，怪自己。"张家姆妈心虚理亏的样子。

"我当时只有十五岁，我懂什么？你为什么不作主？"女人气呼呼的。张家姆妈不吭声了。忽然两个女人都哭起来。

小雨的眼睛都湿了。小雨想不听，但是又阻止不了她们说话的声音飘进亭子间，想关门，又觉得不礼貌，隔壁邻居有人客来，你就关门大吉？小雨就只好身不由己地听壁角。并且很快就听明白了，那女人就是吉林的母亲。小雨的心里对这个昔日的插队知青满怀同情又很不以为然。日子难过，和自己的姆妈难过干什么？

不过只有自己的姆妈才是可以放肆的吧？

张家姆妈烧得一手好菜。双休日的时候，张家姆妈在下面灶披间里忙着烧菜，张家姆妈的男人，大家都叫张家伯伯的，就在后门口的弄堂里和邻居大声说话，说话的声音直冲小雨的亭子间窗户。

"张家伯伯，你好享享福了。这么大年纪想不通，还要在外面做。"

"钱倒是吃得光用得光。我做了一辈子还是两袖清风。闲在家里没意思，和弄堂里婆婆妈妈在一起，男人家要生病的。"

"你陪陪张家姆妈么，老夫妇两人出去旅游旅游，年轻的时候没有浪漫过,老来也要白相白相。"

"喔吆,老了都烧不酥了,还浪漫?不想,不想,我只习惯在家里做做家务,烧烧饭。只要张先生身体好,吃得饱睡得着,我就满足了。"是张家姆妈在灶披间里和外面的人搭讪。她在人前总是叫自己的男人:张先生。口气里有一种很骄傲的深情,还有一种旧上海的情调。

"张家姆妈,27号后房间的王家阿姨就比你想得开,她在谈三角恋爱,有好几个老头子在为她争风吃醋呢,一个有钱的老头子还把美金存折给她看,花她。她还看不上。她年龄和你差不多,三天两头到苏州到杭州的玩,不要太潇洒。"

"牛吃稻柴鸭吃谷,各有各的福。27号王家(阿姨)没有男人当然可以潇洒。我不可以。我潇洒了,不是婚外恋了?我婚外恋,张先生要造反了。"张家姆妈口口声声张先生长张先生短。听一个老太太很温雅地把自己的男人叫做先生,是一件很愉快的事,仿佛你置身在三十年代的弄堂里,那时候居住在上海弄堂的大都是上海的中产阶级、小康人家。

听张家姆妈说张家伯伯1949年以前是穿长衫的,是账房先生。现在张家伯伯七十岁了,还坚持在浙江某地的一家乡镇企业做,过一个星期回家看看老伴。张家伯伯是个很老派的男人,他在家里饭来张口,衣来伸手,俨然是一家之主,但是小雨却觉得张家姆妈才是这个家举足轻重的角色。

有一个晚上,小雨无聊之际突然发现这栋楼里的男人都在外面:张家伯伯在外地工作,金明去了一个叫什么球迷沙龙的酒吧,据说谢晖偶尔露峥嵘,会在这里露面,田野在幼儿园"上班",至于吉林,听张家姆妈说这几天他像丢了魂一样,大概在恋爱。而恋爱的男孩是不会规规矩矩地待在家里的。小雨想,也许女人才是石库门老屋真正的守望者?

星期天任言搬来了一台电脑。刚刚接好了电源,他就迫不及待地玩起了电脑游戏。小雨忙着把那些纸板箱清理出去。

"你把我的闺房搞成了电脑房,一点情调也没有了。"小雨整理着乱七八糟的接线。

"什么情调?现代化的气息不要太浓噢。你看,待会这两个男人女人会一脱到底的,就像英国电影《光猪六壮士》。你看看,他们像谁?"任言专心致志地敲打着键盘,电脑屏幕上两个男人女人在跳脱衣舞。

小雨就看了看电脑屏幕,不看不知道,一看吓一跳,屏幕上的穿三点式的女人,面孔和小雨的一模一样,而穿着小裤衩的肌肉饱满的男人瞪着一双小眼睛,和任言平时死皮赖脸的模样毫无二致。原来任言把两个人的照片扫描到电脑上去了,然后就制作出了这令人恶心的形象。

"你要死呀!你这个变态佬!下流鬼!"小雨大叫一声,敲了一下删除键,又拔了电脑的电源。任言沮丧地倒在椅子上。

"金童玉女、罗密欧和朱丽叶、梁山伯和祝英台,被你杀死了。"任言夸张地悲哀地朗诵着。

"我恨不得杀死你。"小雨恨恨地搬起电脑就扔到门外去,正想接着把任言也驱除出境,回头却看到张家姆妈走出来,站在房间门口定定地看着她呢。

"小姐，你刚来就要搬走啦？"张家姆妈很惊讶，小雨门口杂乱地堆着电脑和纸板箱。

"噢，不，不，我在打扫房间。已经好了。"小雨尴尬地支吾着，又狼狈地把电脑和纸板箱重新搬回房间。任言在房间里暗自乐得手舞足蹈，小雨又好气又好笑，又不好发作，就对着任言做咬牙切齿状。

小雨和任言很快就和好了。任言后来又建议在电脑上看VCD。小雨下去到黄佳佳那里借VCD片子。黄佳佳不在，说是田野生日，陪他去吃肯德鸡了。金明一个人在吃饭。金明边吃饭边挽留小雨说了一会儿闲话。

金明说他昨晚在外面和客户吃饭，营养过剩，所以才留在家里，何况下午有足球赛实况转播，"我不敢到现场去，有一次我被疯狂、愤怒的球迷剥光了衣服，就因为我的T恤上印了进球的客队的队名。"金明说。小雨就说不可思议，不可思议，还笑。金明面前放了半张旧信纸，用来置放吐出的渣渣，看他一顿饭吃下来，饭桌上居然一尘不染，小雨就很有些感慨。

小雨后来经常把金明的细心描绘给公司里的男同事听，小雨公司里有好几个同事都是外省应聘来的，他们工作出色，又有不修边幅的男子汉风度，他们对金明的细心嗤之以鼻，"娘娘腔！"小雨无语。只是小雨每每面对杂乱无章的办公室现状，就会想到金明的细心，还会联想到他在球场里被人剥光衣服的狼狈相，小雨就会暗暗地笑。

田野回家知道小雨有了电脑，晚上就揣着电脑光盘游戏偷偷地溜到小雨的亭子间里来，玩了个昏天黑地。这家伙小小年纪竟是个电脑高手，他说每逢星期六他都要由老爸陪着到附近的学校里去学电脑，他和很多同年龄的男孩在电脑班里过电脑游戏瘾，他们一起玩MUD

的武侠游戏，在网络上闯荡江湖。他说他现在是网络上的"恶魔玩家"，专找少林高手过门。学校里的老师操作水平是浆糊，办电脑培训纯粹是为了赚钱，所以对这些"武艺高强"的小孩子甘拜下风、放任自流。

"你老爸不知道?"小雨觉得奇怪。

"你说话轻点，"田野提醒小雨。小雨伸伸舌头。田野也调皮地伸伸脖子。"他每回都不知道溜到哪里去玩了，到点了他才来接我。我从来不在老妈面前揭发他。他对我行贿的。"田野很得意地昂着头说。

"你小小年纪受贿啊？哎，到点了，你下楼回家去吧。"小雨笑着催促田野。田野拍拍脑袋，滑下椅子蹑手蹑脚地走了。

"我受贿是打擦边球，不犯法的。"小家伙又转回来笑嘻嘻地说了一句，就没影了。

小雨在楼下的后门口看到27号的王家阿姨，就是那个据说有很多男朋友的老太太，正坐在自己家的门口，戴着老花镜，在看一本薄薄的小书。听说她新婚不久男人就失踪了，此后她一直没有再嫁，也没有儿女，一个人生活得很悠哉悠哉的。

"小王，看书呀?"走来个七十来岁的老头谦虚地弯着腰对着老太太问。王家阿姨爱理不理地呃了一声。看那老头在王老太面前走不动路的样子，小雨在一边暗暗发笑。心想爱情真是不分年龄呀。待老头磨蹭着走开了，小雨好奇地走近去，和老太太打了声招呼。

"王家阿姨，你看书呀?"小雨一派弄堂小姑娘欢喜搭讪的样子。

"是妹妹呀。随便翻翻。"王家阿姨见是小雨，一个又纤细又结实的漂亮女孩，就很客气很开心地看着小雨笑。小雨觉得王家阿姨虽然年过花甲，但还是很有看头：身材适中，衣着端庄，肤色白白的，一双老眼亮亮的，浑身上下干干净净，就像天天在做客一样。尤其是王家阿姨的那件毛蓝布的中式外衣，纯粹的颜色、精致的做工，小雨觉得就是挂在ESPRET的橱窗里也是毫不逊色的。小雨还惊异地发现王家阿姨看的那本书，是一本时尚的女性杂志《靓女和时装》，王家阿姨看的栏目是：女人永远年轻。小雨想，怪不得王家阿姨后面有那么多的老男人在追呀。

"王家阿姨，你的这件衣服可以上杂志封面了，是哪里买的？"小雨指着王家阿姨的那件外衣，由衷地赞叹。

"隔壁弄堂里有个老裁缝，我在他那里做了几十年衣服了，这布料也是他提供的。以前他替很多电影演员做过服装。你欢喜，我替你介绍。"王家阿姨兴致勃勃的，小雨没想到在上海弄堂里还隐藏着技艺高超的裁缝师，就喜出望外地和王家阿姨约了时间要去拜访。据说在意大利的小巷深处也有这样深藏不露的裁缝师，有一些国际影星、社会名流就悄悄地在他们那里定做独具个性的高级服装，然后在交际场合出人意料地一展风采。小雨想象自己不久将来的风采，也有些沾沾自喜，对王家阿姨越加亲昵了，还把自己珍藏的时尚杂志借给了老太看。

张家姆妈告诉小雨，王家（阿姨）年轻时是在外国银行里做的，新婚不久男人就到台湾去了。前两年打听到这台湾男人已经不在人世了。

"不过王家也不伤心，她说这个男人对于她，和陌生人是一样的，她一点也不伤心。其实她从来就没缺过男人。"张家姆妈感叹着，言外之意王家阿姨有些放荡。小雨却十分理解，时间的飞灰注定要湮灭残留的感情。还在读书时,小雨就对"两情若是久长时,又岂在朝朝暮暮"的古典情怀十分反感,认为它扼杀的是自然的人性。但是这种感觉又如何和张家姆妈说得清呢?

张家姆妈还很神秘地说王家阿姨一直看中他们张家伯伯,说张家伯伯风度好,老是叫他克林顿。小雨听了就笑着说张家姆妈气量大。

"我们张先生年轻时候也是很风流的,老了就收心了。我不吃醋。我以前的储蓄都是王家帮我办的。我年纪轻时有些积蓄的,几十年来一点一点都败光了。吉林的娘在吉林插队的时候,我差点把家里的红木大橱都卖了。现在这只大橱给了我儿子了。唉,反正生不带来,死不带去呀。"张家姆妈痛心疾首的。

"张家姆妈,你儿子我没看到过么?"小雨想起来问。

"他呀,千年走一回。就是来了也是猢狲屁股坐不住。"张家姆妈的一句话里即有流行歌曲的词儿,也有韵味十足的老古话,小雨忍不住笑了起来。

"你很宝贝你儿子呀?"小雨调皮地戳穿张家姆妈的心思。张家姆妈点点头,无奈地笑笑。

"娶了媳妇忘了娘呀。当初张先生想替儿子去管账,儿媳妇不愿意。后来张先生只好到浙江老远的地方去做。唉,现在的世道是扫帚颠倒竖,老子替儿子打工也没门。"张家姆妈重重地叹气。小雨同情地看着张家姆妈,她想,既然张家伯伯以前是穿长衫的,那么张家姆妈当年起码也是山清水秀的小家碧玉,几十年的岁月就像可怕的腐蚀剂,点点滴滴地侵蚀着一个弄堂女人温润的生命,直至她变得枯竭、疲惫、麻木。

小雨的上司，就是叫莱尼的德国女工程师，她在铜仁路的一家德国酒吧开小型 PARTY，请了几个德国同事和中国朋友聚会，小雨、任言、还有小猴都去参加了。PARTY 很随便，没有人致辞，也没有人刻意周旋，莱尼站在吧台边的一笼灯光里，个子高高的，和一个金发女人在说话。其他的人三五知己的散坐着，喝着啤酒，说着自己圈子里的话。任言一时不习惯，悄悄地问小雨，要不要去对她的德国上司寒暄寒暄？小雨说不用，你们只管自己快活就是最好的寒暄。小雨今天穿了一件毛蓝布的对襟衬衫，十分漂亮妩媚。这就是弄堂里老裁缝的手艺。小猴艳羡之极，盘问了几次衣服的出处，小雨都神秘地笑笑说无可奉告。恨得小猴要打小雨。

在一个女孩看来，衣服的秘密甚至比恋爱的秘密还要重要。

小雨把两个朋友安顿好就走开了。

"我还以为会像电影里那样，主人站在门厅里迎接，然后说一些欢迎之类的客套话，没想到什么也不是。我现在的感觉是一点儿拘束也没有。外国人就是潇洒，我们就是老土。"任言不胜感慨对小猴说。有人送啤酒过来，任言替小猴和自己拿了一杯。

"你别自轻自贱。我们有自己的文化和传统，哪天我开 PARTY，我就要啰啰嗦嗦说很多很多的话，让客人烦得发疯，一辈子忘不了，一辈子不会再来第二次。"小猴喝着啤酒，恶狠狠地说，说完了自己也觉得好笑，大笑起来。

"假如你开 PARTY，你尽管浪费唾沫，我可以充耳不闻，只要有吃有喝，我不会不来。"任言边说边看着走开的小雨，看着她走到那个德国上司那里，说了一句什么，德国女人笑着，挥挥手，和小雨一起转了过来。

"任言，你要的寒暄的机会来了，你去应付吧。"小猴叹口气。

"嗨，我是莱尼，你们好！"莱尼说一口蹩脚的上海话，她热情地和任言他们一一握手行贴面礼，任言和莱尼贴面的时候，得意地看着小雨，小雨忍住没笑。

"我们这位小姐明天也有一个PARTY，她想邀请你参加。"任言把小猴推到前面。小猴只得无奈地点点头说是呀、是呀。小猴边说边狠狠地踢了任言一脚，任言叫了一声。

"你没事吧?"莱尼困惑地看着任言。

"没事。我看到一个熟人。"任言挥挥手，假装和吧台边的人打招呼。吧台边的那人竟也令人发笑地挥挥手，还大声地"嗨"了一声。小猴忍不住笑起来。小猴笑的样子十分天真。

"小姐，我不胜荣幸，我一定来参加你的PARTY，不知道我该到哪里找你?"莱尼很专注地看着小猴笑的样子，十分礼貌也十分殷勤地说。

"可是……"小猴不知所措了。

"莱尼，明天我来约你，我们一起去。"小雨接过话题来，笑着对莱尼，也对小猴说。

"OK！"莱尼开心地举着手，就在他们这里坐下来，随便聊了起来。

小猴因为学了一些日子德语，和莱尼交流并不觉得吃力。关于德国有很多的话题，比如古堡、教堂、莱茵河，还有歌德、马克思、弗洛伊德等等。莱尼对中国文化也很感兴趣，令人惊奇的是，莱尼也住在弄堂房子里，当然是比较高级的弄堂房子。她还喜欢收集上海老东西，小雨明白这是一个上海男人熏陶的结果。她家的墙上贴的是旧上海的美女牌香烟广告,家具是老式的被柜、铜床、梳妆台、旧钢琴,梳妆台上的摆件是竹编的提篮、铜质的蜡烛台。莱尼就这样独自沉醉在已成旧梦的老上海的情调里。小雨告诉小猴,说莱尼的家在上海外商圈子里是很有名的,很多洋太太初来上海安家,都要设法到莱尼的家来找找异国感觉,然后去布置自己的家。

"欢迎到我家里来做客。"莱尼热情地给小猴和任言都留了地址,她的目光深情地停留在小猴的脸庞上。在座的都蓦然明白,莱尼的邀请只是给小猴的。

等莱尼走开了,三个好朋友悄悄地捏着拳头做了一个心知肚明的手势,就压低声音议论开了。小猴有点难堪,问任言我真的不讨男人喜欢了?任言连连说不不,你是男人可望不可及的东方明珠。小猴疑惑地打量着莱尼的地址,突然又大叫了一声,小雨和任言都吓得站起来压低声音问:什么事?

"PARTY! PARTY! 你们对莱尼说我要开什么鬼 PARTY 呢?它在哪里?"小猴瞪着小雨和任言,急得跺脚。

"这有什么犯难的,你赚了那么多钱,你说过你要想法子消费的,晚上找一个小型的酒吧,大家会一会罢了。你会发现,莱尼是个值得交往的朋友。"小雨的脸庞被毛蓝布的衬衫映得很灿烂,她有点幸灾乐祸。

"她是个同性恋,我不和她来往。这事你们去应付,我不管了。"小猴断然拒绝。

"假如莱尼向你求爱,你可以说不,但是你不能表示鄙夷。其实你不必担心,据我所知,莱尼用情是很专一的。"小雨笑着劝说小猴。看得出,小雨对自己的上司是很欣赏的。

"我来张罗PARTY吧,你来挺分?"任言对小猴捻着手指,厚颜无耻的样子。他和小猴在一个公司做,平时处惯了,就跟同性朋友似的。

"你狗眼看人低呀?给,东方卡,密码就是账号的后面六位数。"小猴掏出一张信用卡扔给任言,指着卡上的数字说。

"爽!"任言得意地举杯向小猴表示敬意。三个朋友又笑闹了一阵。

第二天任言在衡山路的一家茶艺馆里用小猴的东方卡大宴狐朋狗友,其规模之大令陪伴莱尼的小雨也惊诧不已。待到结账的时候,他差点被茶艺馆的保卫当诈骗犯押送进老派(派出所),原来那张东方卡上的全部金额只有区区三十元人民币。结果是莱尼古道热肠签字买单。这是后话。后话这里不说。

天快亮的时候,小雨被一阵咆哮惊醒。

"小赤佬,你寻死去了?你看看现在是几点钟,你说?!"是张家伯伯的声音。小雨的感觉,似乎张家伯伯提着刀棍之类的家法在咆哮。

"四点。"是吉林怯怯的声音。

"我和你外婆急得一夜没睡,你想要我们老命?你是不是出事体了?现在犯罪的都是年纪轻的,说,你杀人了还是上门抢劫了?说!?要么我陪你去自首。"张家伯伯声如洪钟,似乎还在拉扯吉林。然后是嘭的一声,是摔家什的声音。小雨一惊。

楼下黄佳佳和金明也醒了,两个人披衣起床,金明想到楼上去,被黄佳佳阻拦住了。

"你让小孩好好说，火气介大做甚？吉林你到底野在哪里？一夜天不回家，你也太无法无天了。外公也是为你好。"张家姆妈虽然柔声柔气的，口气里却交织着隐隐的焦虑和责备。

"还小孩？都二十岁了，全是你宠坏的。出了事体你怎么对他娘交代？我要找他娘，一坨烂污掼在我这里。"张家伯伯恨恨地责怪女人。张家姆妈没有声音了。接着张家伯伯继续对吉林逼供信，好像还动了手。金明几次要上楼去劝，都被黄佳佳拦住了。

"清官难断家务事，多管闲事多吃屁，你瞎起劲干什么？"黄佳佳轻声呵斥金明。

"可是出了人命怎么办？这个老头子也真是，打了吉林20年了，都什么年代了，还相信棒头里出孝子？"金明急得团团转。

"金明，有老太太在，你担心什么？老头子算什么，老太太就像《红楼梦》里的贾母，压阵的。"黄佳佳看不懂金明的样子。

"佳佳你倒是屏得牢，我急得小便也忍不牢了。"黄佳佳夫妇俩小声地嘀咕着，黄佳佳故意碰了碰金明的下身，金明急得呻吟了一下，就轻手轻脚地走到灶披间旁边公用的厕所里。

"小爷叔呀，你犟头倔脑做甚？你老老实实，讲，你在哪里？做了什么？坦白从宽么。"张家姆妈要哭出来的声音。楼下黄佳佳听张家姆妈连国家政策也搬出来了，差点笑出来。

"我……我在迪斯科舞厅，是罗中旭的通宵演唱会。"吉林倔强着磨蹭了很久，大概架不住张家姆妈的哀求，才说了实话。小雨在亭子间里听得明明白白，不由松了一口气。她自己也不知道为什么如此为吉林担心。

"迪斯科舞厅要80元一张票，你是豆腐店小开？我警告你，以后不许再犯了。还有你以后吃饭要付饭钱!"张家伯伯恶狠狠地命令吉林。吉林没吭声。

第二天早晨小雨看见吉林走过亭子间下楼,就轻轻地喊了他一声,吉林点点头走在前面,小雨跟在后面一边下楼梯,一边和吉林说话。

"吉林,你欢喜听歌呀?以后我有好票子送你。日本的小哲,下星期要来上海演出的。"小雨想安慰吉林。

"唉,刚让老爷子修理过,还敢?我恨死他了。小雨姐,有一件事,你不要和我外婆讲,我打算自己借房子住出去,和你一样。我是情愿不吃饭饿肚子,省下钱付房租的。"吉林对小雨说真心话。这时他们已经站在后门口了。

小雨和吉林一起走出弄堂。早晨的弄堂里有点杂乱,弄堂口的点心摊摊主是个安徽人,戴着一顶油腻腻的厨师帽,忙碌着在做塌饼,脚跟边缠着一个三四岁的小孩,看不出是男还是女,脏兮兮的。另一边是报摊,设摊的是个下岗女工,小雨也和她聊过天,听说她下岗后做过送水工、护理工、清扫工,现在有这个报摊,也很不容易。小雨在她那里买了张晨报,转身忽然看见一辆桑塔纳停在弄堂口,一个男人随即就钻了进去。桑塔纳一溜烟地驶远了。

小雨觉得那男人有点面熟,忽然想起他就是那个嘴上生热疮的厂长,当初他信誓旦旦说他也不想当一个效益差的厂长,还说他为了替下岗职工找一个就业名额,跑穿了鞋底,看来不是这么一回事吧?小雨心里烦躁起来,觉得吉林、下岗女工、说谎厂长,还有安徽小贩和他的孩子,似乎都在这个灰暗的早晨显影在她的心里,抹也抹不去。

"吉林,你真的要搬出去住,你要和妈妈商量商量的。"小雨想起吉林先前说要搬出去的话，就劝他要慎重。

"我娘还不如我外婆。她只知道怨天怨地，唠唠叨叨的，看到我就问你吸毒吗？还问我要饭贴，和我外公一样，只晓得钞票、钞票。我被她烦死了，我受不了他们，恨不得真去吸毒。"吉林说起母亲竟是恨恨的，想来他们母子已经十分疏远。

"但是你妈妈也有她的难处呢？她终归是为你好。"小雨同情地看着吉林，她知道这个年龄的少男少女，是最心烦意乱的时候。她眼里闪过脸容憔悴的吉林娘、恨铁不成钢的张家伯伯、旁敲侧击的张家姆妈。他们一个个焦虑专横、心怀叵测地爱着吉林，他们有没有想过这样的爱，是生活中不能承受之重？

"她要我住在外婆家，还不是为了外婆的房子？我就不放心我外婆。但是我最恨她在别人面前夸说谁谁有出息，好像我很不争气。这话比打我还难受。还有我妹妹，又懒又馋又胖得难看，我老爸当她是宝贝。他们三个人挤在一起过日子，开开心心的。我每次回家，都觉得我是外人。"吉林说起他家里的人，竟没有一个内心是息息相通的。

"吉林，以后我介绍一些朋友，我们一起玩，你还欢喜什么，打保龄球？唱卡拉 OK？孵咖啡馆？"在巴士车站，小雨问着吉林，又对他笑笑，车来了，小雨就和吉林分手了。

不久小雨和吉林相约去影城看过一次电影，《白宫奇缘》，讲的是两个年龄、社会地位悬殊的男女，奇特真挚的情爱故事。去影院的路上，吉林忽然说起他过去的女友，一个超市里的收银员。吉林已经尝到了失恋的滋味。

"她一点也不好看，人胖，还是罗圈腿，只有一点我觉得可以的，她也是知青子女。我原来以为这样的女孩会对我很忠，就找了她做女朋友，谁想到连她也会甩了我，看不起我。我真是没想到。"吉林忿忿地述说着，他边走边用手指在墙上划过，小雨发现他的手指划破了，有隐隐的血迹。小雨想，吉林是不是在自虐？

"你太小了。再过两年，你有了社会经验、工作经验，你变得成熟了，就会有女孩子爱你的。那时候我会为你感到自豪的。"小雨摆出一副老大姐的口吻。这是小雨的聪明，她在和任何男孩子交往的时候事先都非常明确地定位，以免引起误会和不快。

他们后来坐在影院里，吉林去拉小雨的手。小雨似乎早就知道吉林会来拉她的手，她很坦然地握着吉林伸过来的手。小雨并不把握手看作是一件很不寻常的事，在一次同学的生日聚会上，她还和别的男孩跳过贴面舞。当然在更多的场合小雨是稳重的、不可侵犯的。

吉林握着小雨的手。吉林是个聪明的男孩，从一开始他就明白小雨把他当作了孩子，她现在的安慰，就像她在亭子间门口轻轻地唤他一样自然。他心里有了一点依赖，就想和她说心里话。

当银幕上的女主角在自暴自弃的绝望中醉酒的时候，吉林低低地对小雨说，我也想自暴自弃。小雨点点头，小雨说，我知道你不会，你是个勇敢的人，你会努力，就像弄堂口的那个下岗阿姨。吉林又说，这个下岗女工有生活目标，比如孩子，比如家，我没有，我很害怕。

小雨没吭声。小雨觉得吉林太孩子气，他似乎太依赖女性。小雨不愿意去负载一个几乎与己无关的人的信赖。这是一些年轻白领小姐的通病，比较自私比较骄傲。小雨后来非常后悔她的沉默。

自看过电影以后，小雨就很少看见吉林。张家姆妈常常在小雨的面前唉声叹气，说吉林现在学刁了，他外公不在家的时候，他就通宵达旦地在外面玩，要不就在家里蒙头睡觉，有两次还偷拿了抽屉里的钱。张家姆妈不敢和张家伯伯说实话。

"看来他住在我这里也不是办法，我管不了他，我承担不起责任。他母亲每次来，他又都躲出去，避而不见，小姐，你有机会，帮我讲讲他，他对你印象蛮好的。唉，和尚不知道道家，一家不知道一家。"

张家姆妈和小雨说这一些的时候，是整栋楼里没人的时候。小雨自然明白张家姆妈是很要面子的，她对小雨说些吉林的情况，显然也是无奈之中的无奈。小雨又能做什么呢？

在初夏的季节，弄堂里总是潮潮的，老房子里弥漫着一种温湿的酸气，还有一种类似牙膏的甜味。小雨有一种在家里呆不住的感觉。她就和黄佳佳约了去逛街。黄佳佳在淮海路上的一家商厦的劳资部做，是结算工资的。路过那家商厦的时候，已经是黄昏了，两个人走得都腰酸背痛了，小雨就提议到黄佳佳的办公室去坐坐。黄佳佳犹豫了一会，才告诉小雨说她下岗了。当时她办公室里分到一个下岗名额，大家都同意用摸彩的办法来决定，谁想到偏偏就她额骨头高，摸到了一个"走"字。

"弄堂里人都不知道我下岗。小雨，我就告诉你一个人。"黄佳佳不好意思地对小雨说。

"你放心，我不会告诉别人的。我们到咖啡馆去。"小雨为自己给黄佳佳出了个难题而内疚。她和黄佳佳就近在一家台湾人开的红茶坊坐了下来。小雨没要那种口味暧昧的泡沫红茶，就要了一杯清水。

"不要紧的。最近我在参加保险培训，很快就可以拿到代理证书了。将来我就是跑街先生了。但是我不好意思去求人，报纸上一直有文章说保险是骗人的。金明不在乎我下岗，他说他养我。我不肯，我担心时间长了，变成家庭妇女了。"黄佳佳喝着泡沫红茶，神情郁郁的。从小雨要一杯清水的时候，她就后悔了，她觉得自己的品位和小雨的相比，是不是真有一点家庭妇女的平庸？

"我觉得保险是很正当的行业，钞票大家赚么。钱存到银行里去，难道银行就是义务劳动？到时候我做你第一个客户。"小雨很温婉地劝慰着黄佳佳，还自告奋勇要做黄佳佳的保险客户。当然小雨也不是学雷锋，小雨做的公司是外资企业，办医疗保险可以自己选择保险公司的，小雨乐得送个人情给黄佳佳。

"现在只有你们这样有文化层次的人才理解保险。小雨，有你的这句话，我决心做下去。其实保险代理没有文化也是做不好的，而且要衣着整洁、谈吐高雅、举止得体，我参加了几天培训，也学到了不少。以前我虽然在淮海路上班，可天天窝在办公室里，不知道外面的世界，把庸俗的时髦当作时尚。我现在知道素面朝天，不露痕迹的化妆，才是白领小姐最时尚的追求。你看，我指甲也剪了。"黄佳佳感慨地给小雨看她的手，果然，十指洗去了那种梦幻般的紫色丹蔻，剪得平平的，有点洗去铅华的感觉。

小雨也把自己的手伸出来给黄佳佳看，小雨的指甲修得整整齐齐、干干净净的，没有涂任何的化妆品，闪烁着青春自然的光泽。两个人高兴地互相拍拍手。从这以后小雨和黄佳佳就成了无话不说的好朋友。

小雨从金明那里知道了足球是男人最放不下的玩具。那是一个星期六的下午，她坐在后门的小凳上，和王家阿姨聊天，只听见黄佳佳的家里吵吵闹闹的。原来田野要去附近的学校学电脑,金明因为届时有一场足球实况转播,不情愿去陪读,又无奈。黄佳佳自己急着要出门,她化了妆,换了一身非常端雅的套装。有个客户今天要买一份健康保险。她已经开始在做"跑街先生"了。从商场干部到保险代理,她对邻居的解释是"自己跳槽",十分体面。

"你这份保单的佣金,我给你。"金明要黄佳佳去陪田野。

"我已经访问过他十趟了,今天好不容易才骗他答应了的,我不好失信。"黄佳佳心情很好。

"你怎么说骗?你这个跑街先生职业素质不行。"金明故意气黄佳佳。

"我这是随便说说的,你不要乘机诬陷好人。去去去,你们去。田野,你看着你老爸,别让他乱跑。"黄佳佳本末倒置地关照田野。

"哎,哎,谁是谁老爸?我都没人生自由了?"金明无奈地苦笑。

"你这个人不自觉。田野是小孩,你看他学电脑多自觉,你呢?"黄佳佳指着蹦蹦跳跳,嚷嚷着要走的田野说。

"老爸……"田野朝老爸挤挤眼,金明想了想,明白过来,就牵着田野出门了。黄佳佳满意地笑了。

"男人就是这样,永远长不大。"黄佳佳站在后门目送田野和金明走出弄堂,就自己夹着个大大的公文包洋洋得意地也准备出门,俨然一个职业女性。只是没走出两步,包里的BP机响了。黄佳佳急忙掉转方向回到客厅里去回电。没想到磨蹭了一会,黄佳佳竟换了一身睡衣出来,令小雨吃了一惊。

"这个短命客户今天说好要买保险的,现在临时又借口说要出差,他一次次叫我吃药。他脑子有毛病。转业一个月了,我一笔保单都没拿到，我都要绝望了，恨起来真想算了，当家庭妇女！"黄佳佳一边在水池边洗去先前精心描绘的淡妆，一边气愤地发泄对客户的不满。就在黄佳佳俯着身子洗脸的时候，金明在后门出现了。他没料到黄佳佳还在家里，更没料到黄佳佳换穿了睡衣，显然不打算出门了。金明就很失望。

小雨看见了金明。金明连连对小雨和王家阿姨摆手，示意她们别出声，然后金明半蹲着身子，从黄佳佳的后面鼠窜而去，溜进了房间再也没露面。小雨后来才知道金明躲在房间里戴着耳机在偷看、偷听足球赛。好在黄佳佳卸了妆，就在灶披间和客厅之间来回忙乎，就是没想到进房间。忙完后黄佳佳就坐在后门，和小雨、王家阿姨聊天，说关于保险代理人的种种神话。比如美国有个保险代理人因为失恋，在金门大桥自杀，被警察拦住，他滔滔不绝诉说他的绝望心情，结果那警察被他的口才和情绪所迷惑，也绝望至极，竟和他一起跳河自杀了。

"好的保险代理人能说会道，一张嘴巴两层皮，翻来覆去全是理，死人可以讲成活人，我不行。"黄佳佳叹口气。

"将来你口才练出来了，你不要自杀噢，否则劝你的人都要倒霉了。"王家阿姨有点幽默。小雨和黄佳佳都大笑起来。

"我不自杀。我到杨浦大桥去找要自杀的人，要他们付一大笔酬金给我，然后我对他们说，只要心平气和、回头是岸，吃咸菜也香的。"

"照你这样说法，我想活到一百五十岁了。哎，克林顿来了。"王家阿姨看到张家伯伯远远地走过来，老远就叫了起来。小雨在一边听得真切，她发现王家阿姨对张家伯伯果然很有好感。

"你们排排坐,在开会呀?"张家伯伯很客气地又很排斥地点点头。王家阿姨的情绪立即就低落了下来。小雨仔细端详,张家伯伯高个,又是一头白发,风度尚可,和克林顿确实有一点点相像。他打了招呼后就进去了。王家阿姨有一阵子沉默。黄佳佳朝小雨眨眨眼睛,小雨后来才知道原来王家姆妈对张家伯伯的暗恋是很多人都知道的秘密。

王家阿姨无聊地站起来,就到自己家里去了。黄佳佳看着王家阿姨的背影低声地说了句:单相思。小雨笑笑没搭腔,心里却对王家阿姨生出一种怜悯。这时黄佳佳突然说要到房间里看 VCD 了,说是她买了一张《泰坦尼克号》。

"你一起来看?"黄佳佳邀请小雨。小雨连连摇手说不,担心黄佳佳真的走进房间,突然见了金明会怎么样?

"《泰坦尼克号》的导演喀麦隆说过,小影碟没法和银幕效果比。你不要浪费时间了。"小雨着急地劝阻黄佳佳。

"我反正没事儿,消磨时间,等他们回来。"黄佳佳不明白小雨的真实意思,还是进了自己的房间。小雨紧张地看着黄佳佳的一举一动,心想黄佳佳突然发现家里有个男人,会不会吓死?正想着就传来了黄佳佳受惊的叫声。叫声十分恐怖、刺耳。

小雨捂住了自己的耳朵。

黄佳佳后来就一路叹着气走到附近的学校,她去代替金明当田野的陪读,她很快就发现了田野的秘密。田野正在电脑上扮演恶魔,和众多少林、武当的高手打得昏天黑地,待到他回头看见母亲的时候已经晚了。

"我被我最爱的两个男人骗了。我不知道他们为什么要骗我?"黄佳佳十分伤心地对小雨说。小雨同情地看着黄佳佳。小雨也不明白,男人为什么要欺骗自己的女人和母亲?小雨这样想的时候,已经把田野看作一个成年男人了,尽管他只有六岁。但是小雨知道弄堂里的男孩是不能等闲视之的。

趁着黄佳佳到客厅里接电话的空隙,田野撅着嘴对小雨说以后他不能再到电脑班去了。老妈已经当场办了退学的手续。田野的老师当然十分尴尬十分无趣。

"我晚上来看你。可不能让我老妈发现了。"田野悄悄地咬小雨的耳朵,说完就一溜烟地窜到弄堂里去疯了。黄佳佳出来已经看不见田野的背影了。

小雨犹豫着打算晚上回到老妈那里去住,她决定让田野失望。

"金明还在看足球,他这个时候已经不认识我了。"黄佳佳依旧怨气冲天地。小雨不明白她的意思。

"你来看看就知道了。"黄佳佳拉着小雨到房门口,只见金明坐在电视机前,戴着耳机,眼睛一眨不眨地盯着荧屏,根本没在意黄佳佳和小雨。那样子和田野玩电脑游戏的时候一模一样毫无二致。

"先生,我是保险代理人,你看上去素质很高,你一定买过保险吧?"黄佳佳站在门口话还没说完,金明就过来推着黄佳佳说,"去去去,保险都是骗人的,我是下岗工人,我没有钱买保险。"金明边说边眼睛紧紧盯着电视屏幕。

"我不是来推销的,我是来宣传的,你听我说,现在社会是:我为人人,人人为我,每个人都需要保障,假如你不为自己,你也应该为你的妻子、你的儿子着想,你一旦买了保险,万一你有个三长两短,你将遗爱在人间……"黄佳佳口吐莲花、滔滔不绝，故意气金明。

金明被缠得发疯，一把拔下耳机，冲到灶披间里拿出菜刀，对着黄佳佳威胁说，你走不走？你再不走，我不客气了。黄佳佳说金明，你再看看，我是谁？金明盯着黄佳佳说你是谁，管我屁事！这时电视机里传出一阵雷鸣般的欢呼，金明赶紧回到电视机前看，边骂骂咧咧地说先替你自己买保险吧，小心我打断你腿！黄佳佳气得拼命打金明的肩膀。边打边喊我是佳佳呀我是佳佳呀！黄佳佳喊着喊着就哭了。

小雨看得目瞪口呆，她想笑，却又笑不出来，就走开了。上楼的时候，小雨听自己的脚步，敲在木楼梯上，笃笃笃的，她心里有一种淡淡的惆怅。

任言隔三岔五地来看小雨。深夜任言回去的时候，走到下面灶披间时老着脸皮说，我不走了，我就住在你这里了。小雨说不，没结婚，你别想。任言就一下子搂着小雨亲，还摸小雨的乳房。楼里很静，小雨担心隔墙有耳，不敢多说话，就由着任言轻薄，任言得寸进尺还想进一步，小雨拼命拦住了。

"我们结婚，明天天不亮就到民政局去排队登记。"任言猴急地喃喃着说。

"我还没有准备好。田野说过结婚是很麻烦的事。我觉得真理在小孩那里。"小雨也喃喃着说。在任言的抚摸下，她由抗拒而变得温柔起来。

"那我们怎么办？难道我们要到田野那里去登记？田野会问，你们是要克隆男还是克隆女？"任言觉得不可理喻，又无奈。

"差不多。"小雨说，然后就捂住嘴笑起来。小雨后来又去吻任言，任言却没了兴致，敷衍了几下就神情灰灰地走了。

隔墙有耳。楼下的黄佳佳先是隐隐听见小雨说没结婚，你别想，就对金明说没想到小雨还是烈女。金明说任言真要强来，只要小雨叫救命，我就上去揍那小子，黄佳佳就说你爱管闲事。你自己家里的老婆就不知道管一管？金明说，你自己给自己找麻烦呀，我管得还少？黄佳佳说，你管，你说说我的三围是多少？你说说我的内裤是什么颜色？金明无奈地摇头说，女人就是烦。夫妇两人说着争着，心里都不快起来，这时听到后门啪嗒一声，是任言走了。黄佳佳和金明在黑暗中对看了一眼，有些后悔只顾吵嘴，没听到小雨和任言的下文。两人都莫名地叹了口气，就无言地睡了。

王家阿姨无疾而终了。最先发现王家阿姨去世的，竟是小雨。那天小雨和王家阿姨说好了一起到弄堂里的老裁缝那里去。她先是敲王家阿姨的后房间门，没有回音，又见房间的门没关紧，就和往常一样顺手推开了门，却看见王家阿姨伏在一张八仙桌上打盹，小雨上去推了推王家阿姨，小雨就是在这时候发现王家阿姨已经死了。

小雨尖叫了一声，跑出后房间，一时又不知道去喊谁，就奔到自己12号后门，喊了金明和黄佳佳。没想到金明夫妇比小雨还要惊慌失措，他们都不敢走进王家阿姨的房间，一个在外面探头张望，另一个说是去打电话报警就逃之夭夭了。小雨此时倒是镇静下来，她在王家阿姨的身边转来转去，竟有了一个意外的发现：王家阿姨的面前有一张照片。照片上是王家阿姨和一个男人的合影。照片显然很有些年份了，但是小雨依旧能分辨得出那照片上的男人竟是张家伯伯。王家阿姨和张家伯伯果然是风流过的。小雨犹豫了一下，想了想还是把照片偷偷地收好藏了起来。

医生的结论是自然死亡。

王家阿姨的奇异的死亡在弄堂里传说了很长一段日子。有说她是看言情电视剧，悲情过度而咽气的，也有说她是在等一个非常隐秘的男朋友，等着等着就睡着了，长眠不醒了。一些年长的老邻居都掉了眼泪。奇怪的是，平时喜欢围着王家阿姨转的老男人们倒是没怎么难过，老女人们却一个个哭得情意绵绵的，其中张家姆妈哭得最伤心。

"王家总是叫我们张先生克林顿、克林顿的，我想想她死的时候就一个人，孤零零的，也蛮罪过的。"张家姆妈对很多邻居都这样哭诉。这是张家姆妈的感慨。小雨就有点感慨的感慨，心想，张家姆妈假如知道她男人和王家阿姨的风流韵事，张家姆妈就不会这么伤心掉泪了吧？小雨还对张家伯伯生出一种莫名的怨。他在两个女人之间周旋，想必一定很得意吧？小雨就想要出出张家伯伯的洋相。

小雨挑了一个无人的时机，把王家阿姨的那张照片还给了张家伯伯。她很留意地观察这个老男人的一举一动。只见张家伯伯先是愣了一下，然后礼貌地递给小雨一罐饮料，他打开冰箱取饮料的时候，小雨发现他的手在微微颤抖。小雨想，暴露一个七十岁老人的隐私，自己是不是有点残忍？

"也许我做得不妥当。我只是忘不了她。我和她已经成了忘年交。"小雨细说了照片的来历。小雨提到王家阿姨的时候只用了一个彼此都明白的"她"。

小雨没想到的是张家伯伯取出了打火机，点着了照片，照片在烟灰缸里慢慢地焚烧起来，火苗冉冉的，映照着王家阿姨美丽的脸庞。

"你，为什么？"小雨不解地问。

"人都没有了,还要这个东西干什么?她其实也是,何苦呢?"男人无奈而又无情地注视着火苗和火苗中的她和他。

"是呀。我为王家阿姨感到无聊,因为有些事是不值得用心去记忆的。"小雨冷冷地看着张家伯伯,话中有话。张家伯伯自然明白小雨的意思。

"你不要怪我。你太年轻,你还不懂。这是我和她,还有我老婆之间三个人的秘密。这已经是过去的事了。你知道她很有……很有魅力的。我们来往了几次后就被我老婆发现了。我老婆是个很贤惠的人,她知书识礼、不吵不闹,只要我答应从此不和她来往,我们有孩子,我还能怎么样呢……"张家伯伯淡淡地说着过去的事,那口气就仿佛在说别的朝代、别人的故事。

无论是在世还是去世都眷眷难舍、念念不忘旧事的是王家阿姨。而决定他们三人命运的是张家姆妈。

小雨想起张家姆妈说过的,她的张先生年轻的时候也是很风流的,张先生也许不止王家阿姨一个风流账吧?小雨还想起王家阿姨死的时候,张家姆妈哭得那样伤感,说王家阿姨死得孤零零的,很罪过的。小雨想,张家伯伯充其量只是一个平庸的薄幸男人,真正不简单的是张家姆妈。以后小雨再看见张家姆妈的笑容,心里就有点怪怪的感觉。小雨想,有多少弄堂里的故事藏在张家姆妈神秘的笑容里呢?

吉林吸毒的事是很偶然发现的。那天深夜吉林浑身抽筋着突然发病,张家姆妈急得来敲小雨的门。小雨和张家姆妈扶着吉林跌跌冲冲地下楼的时候,金明夫妇被他们杂乱的脚步声惊醒了,金明出来问要不要帮忙?吉林挣扎着大叫了一声不!金明夫妇诧异地对看了一眼。

连小雨也不明白一向温顺的吉林怎么变得愤怒和暴躁起来？小雨想也许是病痛的折磨吧。

小雨和张家姆妈扶着吉林来到街上拦车的时候，吉林只说了一句，我没病，又叫了一声妈妈，就晕了过去。到了医院吉林吸毒的事就败露了。医院把吉林强制性地送进了戒毒所。吉林一句话都没说。

从戒毒所回来的路上，张家姆妈哭着对小雨说，吉林的事你不要对任何人说。我在弄堂里住了几十年了，我不想七十岁了再被人指着脊梁说三道四，我不想丢人。小雨被张家姆妈一哭，心就软了，心想她的生活表面看来十分平静，实际早已千疮百孔。

"可是，金明夫妇很关心吉林的，他们说不准会去医院探望的。"小雨担心地问张家姆妈。小雨心里想吉林这一去，整整一个月不会见踪影的，这事在石库门老屋里如何隐瞒得了？

"我会对金明夫妇说，就说吉林回到他妈妈那儿去了。"张家姆妈擦干眼泪，胸有成竹地回答说。小雨明白地点点头。小雨后来回到自己亭子间的时候，听着张家姆妈走进前楼的沉沉的脚步声，觉得在这栋石库门老屋里，这个不起眼的个子矮矮的老女人真正是举足轻重的人物呀。

回到亭子间，已经能看见天光了。小雨索性不睡了。她倚在床上想吉林的事，心里有一种深深的自责。

"我娘老是担心我会吸毒，我被她烦死了，我受不了他们，恨不得真去吸毒。我就不放心我外婆。"这是吉林说过的。没想到他真的走了这样一条不归之路。想到当时吉林说这话时的楚楚可怜的样子，小雨的眼里竟有了湿润。

小雨还想起第一次看见吉林的时候，他用报纸遮着脸的羞怯的样子。一个曾经是多么清纯的男孩呀。其实吉林吸毒还是有很多蛛丝马迹的,比如他在迪斯科舞厅的深夜不归,比如他对周围环境的失望,还有他女友的背弃,他破碎的自尊,等等。他几乎没有朋友。他最近每次走过亭子间的时候,总是脚步匆匆的,似乎不愿和小雨照面,小雨现在才明白吉林其实是在躲避她。吉林曾经把她视作可以倾吐心情的朋友,但是因为某种原因,小雨沉默了。假如那时候她多一点自然,少一些矜持,也许吉林还不至于走得那么远吧?

小雨正在沉思冥想的时候,张家姆妈来敲门了。

"小姐,对不起,你到我前楼来坐一坐好吗?"张家姆妈满脸焦虑地请求小雨。小雨二话不说就起身随着老人到了前楼。走进房间小雨才发现吉林的妈妈已经来了。女人的眼圈红红的,显然哭过。

"我觉得人生没有希望了,我等吉林出来,就开煤气一起去死。"女人歇斯底里地抽泣着,说她在哥嫂的店里辛辛苦苦地做,吃不好,睡不好,天天眼泪下饭,短短的两年里都愁得一头白发了,还不是为了吉林?谁想到结果是竹篮子打水一场空。

"我还没有到西宝兴路(火葬场)去报到了,你急什么?人活着哪一个不是揩台布,甜酸苦辣都要尝过?医生说,吉林的情况不严重的,能戒毒的,他年纪轻轻的,身体好,挨得过的。不信你问小雨。我还想享吉林的福呢。"张家姆妈气呼呼地责怪女儿,语气里却充满了一个老母亲的良苦用心。

小雨这才明白张家姆妈要她来坐坐的意思,是要她劝劝吉林的妈妈。看着这个没有了吉林的房间,却处处留有吉林的痕迹:录音带、光盘唱片、沃克曼、《足球世界》杂志,还有日本漫画书《篮球飞人》……这一切都是一个健康男孩的所好。小雨简直不能相信吉林真的已经进了戒毒所。

"阿姨，吉林现在最需要的是你，他到医院去的路上还在叫你妈妈。"小雨泛泛地说了两句。她从来没做过劝慰别人的事。在他们这一代人看来，痛苦绝对是最私人的，是无法劝慰的。但是一旦话说出了口，小雨的眼泪却流了下来。她说不清她是在为吉林难过还是为这个老知青难过，或者是为张家姆妈这个一生都在弄堂里度过的老人？

"我原来担心吉林会不要我。他一直不肯见我，以为我不关心他，其实我实在是没有条件安排吉林，姆妈知道的，我借的房子是个二层搁，只有豆腐干一块，是人家空关着，等拆迁的，我哪能叫吉林住过去？我担心他受委屈……"女人的眼泪刷刷地淌了下来。

"唉，我自己的生活其实也没处理好，现在第二代、第三代的生活也没摆平，我前世作孽，一代不如一代……"张家姆妈忽然哭起来。吉林娘显然没听到老人说什么，只管自己抹泪。小雨却明白张家姆妈心里难言的苦衷。

"阿姨，我提一个建议，等吉林出来后，你让他妹妹住到外婆家里来，吉林搬到你这里，你多关心关心他，也许会好一些。噢，时间不早了，我去帮你们带些点心吧？"小雨实在受不了两个女人的眼泪。

张家姆妈连忙说不用、不用。小雨后来借口要上班就逃之夭夭了。面对着两个哭哭啼啼的女人，她不是缺乏同情，而是缺乏勇气。走在阳光斑驳的弄堂里，小雨已经没有了最初的那种新鲜感，她觉得弄堂里有太多的人生，太多的沉重。

吉林后来果然回到母亲那里去了。奇怪的是他妹妹也没"换防"搬到外婆这儿来，也许他们的母亲已经不再相信两个老人，害怕孩子会重蹈覆辙；或者是两个老人不敢接收外孙女，再惹一个麻烦，自讨苦吃？

小雨发现张家姆妈的腰板不如以前硬朗了。有一天张家姆妈告诉小雨她参加了居委里的老人欢笑俱乐部，小雨好奇地跟过去看。只见一屋子的老女人在一起莫名其妙地哈哈哈笑。张家姆妈说笑一笑十年少。小雨打量着这些因为笑而笑的老人，有黑色幽默的感觉。

小猴要到德国去了。帮她做担保的就是小雨的上司莱尼。那次小猴和任言开玩笑，给了他一张近乎空白的银行卡，任言在消费的时候差点成了诈骗犯被送进老派，是莱尼帮任言解了围。事后小猴前去把钱款执意还给了莱尼，两个女人的友谊就此而建立了。在莱尼那充满东方情趣的居室里，她们谈中国的文化，也听德国的音乐。

出于谨慎，小猴每次去看莱尼都带着自己的男友。小猴知道这对莱尼不公平，但是小猴无法超凡脱俗。值得庆幸的是，莱尼似乎并不怀疑小猴有什么谨慎的用心，她坦然地热情地对待小猴和她的男友。谈天听乐之余，莱尼常常打开她那古朴精致的红漆提篮，用里面的西式糕点来招待他们。据说只有对自己最好的朋友，莱尼才使用她那心爱的红漆提篮。

当莱尼知道小猴在为出国留学而奔波的时候，又不声不响地替小猴办了经济担保，小猴唯有感动，却无以为报。

出国前，小猴郑重其事地跑到小雨这里告别。面对小雨狐疑的目光，小猴却十分坦然。

"你放心，我和莱尼没有任何关系，我不是同性恋。但是莱尼她很够朋友，她是一个十分优秀的女人。我为自己不能爱她而感到遗憾。"小猴是诚实的，和平时不一样的是，此时她的眼睛里有一种忧伤。

"小猴,即便你是同性恋,我也是你最好的朋友。我会想你的。"小雨和小猴情不自禁地拥抱在一起。小雨没告诉小猴,莱尼为了她已经和香港的情人分手了。作为同窗学友,小雨知道小猴对此是没有任何责任的。但是小雨暗暗为善良的莱尼感到难过。也许小猴的离去,对莱尼的热情是一帖清醒剂。

"我男朋友说,无论是心理还是生理,莱尼比任何一个女人都要正常。"小猴无意间说起了她的男朋友。

"你的男朋友究竟是谁,连我都没见过。我怀疑是子虚乌有的。"小雨终于好奇地问。本来因为小猴的故作神秘,小雨一直没好意思问,现在小猴要远走他乡了,小雨就忍不住。

小猴大笑不止。

"小雨,你一针见血。我真是没有那种意义上的男朋友。我还没有遇到让我动心的男人。我不愿意勉强自己。逼不得已的场合,我总是借人的。到莱尼那里去,我借的是我的老爸。对莱尼,我是有内疚的。"小猴透露了她的惊人秘密,小雨听了真是哭笑不得。

小猴笑过以后,就沉静下来。是呀,你逼不得已对一个关心你的朋友撒谎的时候,你心情怎么会好?

小雨和任言的关系还是那样,不温不火的。任言来得渐渐少了,而且一来就是在电脑里打游戏,要不就是上网,和天南海北的陌生人谈建筑风格和设计。当任言在网络上比画中轴线和黄金分割时,小雨就烦。但是任言不来的时候,小雨还是很想任言的,就会打电话去请。任言是招之即来的,这点小雨有太多的把握。她不知道这样的把握有一天会失去。

小雨说，我这里不是游戏机房，你就不能玩点别的？后来小雨就干脆自己上网，把任言晾在一边。小雨最初的用意是对任言小小的报复，没想到她后来自己陷进了网络，无以自拔。那天小雨闯进了一个网上聊天室，认识了一个叫HART的美国人，他说他在蒙大拿州一个牧场长大，他有一匹非常非常漂亮的马。小雨就问，你看过《马语者》吗？蒙大拿州是马语者的故乡。HART说他在网上图书馆看过这本书，他还感激小雨的提醒。小雨又问HART，他的马是不是比《马语者》中的那匹名马"朝圣者"更出色、更通人性？HART说重要的不是马如何通人性，而是人如何通马性，人要和自然、动物和谐相处，就必须懂得它们、和它们平等交流。

HART的理论勾起了小雨的兴趣，他们索性离开了聊天室，走进了一个更私人化的空间，开始了单独交流。HART说他住在蒙大拿州的一栋百年老屋里，屋里经常有黄鼠狼、蜘蛛、蜥蜴、壁虎等小动物出没，连附近森林里的松鼠和小鸟也会堂而皇之地光顾老屋。HART得意地对小雨说，这些小动物都是老屋的精灵。小雨也告诉HART，她住的上海石库门老屋里蟋蟀、蜘蛛和蚊子，还有一条神秘的青蛇。据说蜘蛛是贵客的信使，而蛇是老屋的守护神，小雨还建议HART到网上图书馆去查找、翻阅一下关于白蛇和青蛇的中国神话故事，还有石库门老屋在上海这个东方城市全部的文化意义。

那天小雨从网上下来的时候，任言不知什么时候已经走了。任言后来再也没有跨进过小雨的亭子间。不久小雨就听说任言和他公司里的一个管文件档案的女孩好了。

小雨从此就和HART成了网上的密友。他们总是在北京时间零点的时候在网上见面，小雨隔着茫茫重洋和HART说了很多心里话，她需要一个心灵的朋友。跨越空间的友谊弥补了她失去任言的虚空。有时候他们也会相约一起去参加某个网友的网上婚礼，或者在网上共同看一部最新的好莱坞电影，关于它的所有的资料，比如某个演员的私人档案。有时候他们还忙着给对方传送自己最新的发现和最有趣的网址。她后来就十分理解那些通过某种信息，通过一篇新闻报道，一条征婚启事而产生心灵撞击彼此相爱的人们。当然这并不意味着她和HART会发展任何网下的关系。网友就是网友，它是真实而虚幻的，任何现实的关系所无法替代的。

小雨有时候会想到任言。小雨猜想任言渐渐疏远她的日子正是他移情别恋的日子。就是他老是在电脑上打游戏、上网的时候。因为那段日子里任言不再主动亲吻小雨，并且不再抚摸小雨。任言还是很绅士的。也许他曾经尝试想和她解释，但是他无法解释。小雨慢慢明白了他的心情。就像她也无法解释为什么会和陌生的HART心心相通，在网上一发而不可收？

小雨这里还有很多任言的杂物，比如这台电脑。他们虽然在同一个城市，却仿佛隔得很远，彼此不再沟通信息。小雨曾经想过给任言拨一个电话，但她很快就打消了这个念头，她以为任言总还会来亭子间，和她说一声再见的。她后来才明白有些事是无法面对、无法解释的。当她明白过来的时候，她就给远在德国波恩的小猴发了一个EMAIL，邮件上只有两句话：我和任言分手了。你是个伟大的预言家。

小雨不久就搬离了亭子间。那个老婆到了日本就渺无影踪的花痴男人在一个深夜突然发病，他在弄堂里到处乱蹿，指着黑黝黝的天空说飞机来了，飞机来了，我要乘飞机了！我老婆派飞机来接我了，我要到东京去了！那个时候正是小雨和 HART 在网上见面的时候，花痴男人朝小雨的窗扔小石子，说是窗里的灯光吓走了飞机。小雨被骇得一夜未眠。她后来就搬离了吉庆里。

她把任言的电脑送给了田野。她和任言一样，从此以后就再也没有回到那里去过。她有时候会回想起她和任言一起走进吉庆里的情景，她还能看见弄堂里的天空横着一根根的竹竿，竹竿上是各色洗涤好的衣服，湿湿的，像沮丧的脸庞。这窄窄的弄堂、有着蜘蛛和蚊子的石库门老屋仿佛储存了她一生的日子。她后来无论走到哪里，都有人一眼就看出她是个标准的上海女孩，有一次甚至是在德国的狼堡，遇到一个中国餐馆的老板，那老板看她一眼，就说你是上海人吧？一定是上海人！

过年的时候，公司同仁聚会，不知是谁别出心裁，要每个人拿出随身携带的妻子、丈夫或者情人的照片。有许多已婚的男人拿不出自己妻子的照片，他们的钱包里有各种精致的银行卡和贵宾卡，就是没有心爱的妻子的肖像。倒是一些未婚的年轻人，一个个都拿出了珍藏在皮夹里、记事本里的情人的照片。小雨展示的是任言的照片。尽管这时她和任言已经不来往了。

小雨注意到莱尼展示的是一张好几个人的合影，莱尼说她爱的人就在那些欢颜里面。小雨在那张照片上找出了一脸无辜的小猴。小雨对莱尼报以一个会心的微笑，她什么也没对莱尼说。此时此刻小雨觉得值得庆幸的事，即自己还保存着任言的照片。

屋檐下的河流

厂医梅芳

我的一家是很不寻常的一家。我们家里充满了自由、浪漫和独立的精神。

我奶奶识字不多,她从小出生上海,跟着经商的父亲学会了用自由的商业精神来看待这个世界,她豪爽、粗俗、市民,且语言生动,出口就是俗语。我们家里文化很高的华子,她后来嫁到了十分高雅的阶层,但是只要她回到我们居住的弄堂,回到老家,她说话就必定是肆无忌惮,她话语间夹杂着的俚语在她那个文雅的阶层是会斯文扫地的。我老爸年轻时是弄堂里有名的美男子,在简陋的弄堂背景下,他衣着精美,身材颀长,一副海派男人的风格。老爸搞了六年婚外恋,奶奶没说过他一个不好,我也没因为这个而鄙夷过他。因为他让我认识了这个世界,他给了我别的孩子绝对没有过的自由。我十一岁的时候,老妈离开了这个家,老爸很快就和他姘了六年的小妖精同居了,我和奶奶轻易地接受了这个事实。我从小更是放纵不羁,可以说我还没学会走路就想着乱穿马路了,还没学会说话就口出秽语了,很多人都说我是个有异常禀赋的人。我相信我长大了必定是一个伟大的人物,到了这个时候,我要说我感激我的童年和我的一家。

我两岁的时候就知道"下流"这个词了。

我两岁的时候,特别喜欢跟着我的姑妈华子。那时候华子还是老姑娘、单身贵族。她个子不高，但是特别漂亮，身子白白的、软软的，不像我老妈，瘦瘦的、硬硬的。华子也喜欢我跟着她，她常常搂着我在床上滚，还让我骑在她的身上"坐巴士"，她一边嘟嘟地发出喇叭的叫声，一边还颤着身子逗我。家里没别人的时候，她会当着我的面换内衣，她显然没有把我当做男人。有一天我发现她一到卫生间就把门闩得紧紧的，我不知道她在里面干什么。

"让我进去！"我在外面大声地喊，我拍打着门。

"你走开，下流！"华子在里面笑着说。这是我第一次听到"下流"这个词。我觉得华子笑得和平时不一样，华子是在鼓励我。我敲得更起劲了。

华子后来老是要对家里人说起这个细节。她说我两岁的时候就很下流、很性感。在这里，性感的意思和敏感差不多，是指一种对别人的感觉。

那年过年的时候在伯伯建国的家里，我满地打滚、到处乱窜，玩得满头大汗。记得厨房里摆满了鸡鸭鱼肉，我在一大盆的猪肉下看见一种小小的细细的肉条，我后来知道这是猪尾巴。我那时候觉得这东西和我身上的小鸡鸡十分相似，我拼命地想把这些肉条抽出来，我的表姐晓荔过来，我告诉她我要这"小鸡鸡"。晓荔就吃吃地笑，晓荔的笑声和姑妈华子的很像，是掩着嘴巴有点暧昧的那种笑。我也跟着掩嘴而笑。晓荔后来笑着跑到客厅里告诉所有的人，然后所有的人都笑着跑到厨房里来看我。我还在那里傻笑。

我还想说一下，我的绰号之一叫"乌虫"。

我们弄堂里很多人都是有绰号的。我的老爸叫"臭虫"，因为他放屁很臭。而且因为他的绰号是只虫，我也避免不了成为虫的一员。

269

隔壁的金家爷叔叫"克腊",据说克腊是指一种油漆家具的亮光,金家爷叔喜欢穿蹩脚西装,头发油光贼亮的,很像油漆家具的光亮。克腊是我老爸从小的同学、"穿开裆裤的朋友"。我们楼上蓓蓓的老爸叫"小姑娘"。蓓蓓的老爸是小白脸,长得比蓓蓓和她老妈都好看。蓓蓓是我的同学。

弄堂里还有很多五花八门的绰号,如烂袜子、屁眼、老蛤蜊、电灯泡、小辫子、新娘子……这些人的年龄都和我老爸差不多。我奶奶一辈的绰号就简单得多了,都是一些老无锡、老广东、老山东、老苏州什么的,听说当年他们就是从那些地方来的。奇怪的是,我那死去的爷爷绰号叫"小无锡"。我想不通,难道他永远不老的吗?还有隔壁再隔壁那个爱打麻将的"新娘子",她的绰号也令我不解,她的女儿佳佳都和我一样大了,她怎么还是新娘子呢?

我喜欢老爸他们的绰号,好玩,有时候想到就要发笑。最好笑的绰号是弄堂里老山东的孙子"一梭",老山东是个麻将迷,他的媳妇怀孕的时候,他开玩笑说,如果是个小子,就叫"一梭",是个丫头就叫"一洞",麻将桌上的人听了个个笑声翻天。老山东的孙子出生后人们果然都叫他"一梭"了。至于我为什么叫"乌虫",说起来还是我奶奶的发明。据说我出生的时候我的小鸡鸡墨赤乌黑,简直和美国黑人的一样,奶奶那时候拨了一下那只乌黑的小鸡鸡说:是只乌虫么!

从这以后所有的人都知道叫我"乌虫"了。一直到我学会走路、学会乱穿马路、学会跑商店购物,我成了众人的小听差,人们又开始叫我"跑街",有时候索性"乌虫跑街"地连着叫。我竟然有了两个绰号。我与众不同。

我三岁的时候就会独自穿马路东游西逛了。我学会了到商店买东西，上小饭馆吃点心。我一个人跑遍了附近的大街小巷。我还学会了打麻将。

我三岁的时候，正是麻将消逝三十多年后卷土重来、风行全国的时候，老爸老妈一学就会，一会就迷，他们天天玩到深夜。奶奶是老麻将了，她也忙着串门，拼凑麻将搭子，返老还童似的。那时候奶奶的身体还结实着。大多数时候，老爸在家里打牌，老妈在外面打。我挨在老爸的身边看。我就是在那时候学会打麻将的。但是我很快就坐不住了。我开始拼命喧哗吵闹。

"去困觉！"老爸眼睛看着手里的牌，大声呵斥，想打发我睡觉。

"不么！我要和你一起困觉！"

"烦死了。喏喏，拿两块洋钿去，到对面阿四店里去买了吃。"

"乌虫这么小，臭虫你放心让他一个人穿马路？"坐在老爸对面的克腊看看我，他吸的是一种古怪的雪茄。克腊是个很洋派的人。

"我带他过了好几次了，没问题的。"老爸随口回答着。

我看到克腊上过油的头发在灯光下闪闪发亮。我从那时候起对克腊的头发有了很深的好印象。

我拿了钱就到对面的阿四那里买了好吃的东西。我过马路的时候肆无忌惮，好几辆自行车都躲避不及差点摔倒，有一辆却绕了个大S形，很潇洒地扬长而去。阿四是开烟纸店的，阿四的老爸老妈是退休工人，他们一起帮阿四进货，阿四的烟纸店里就有很多别的小店没有的好东西。

我学会横穿马路到阿四的店里买东西以后，老爸、新娘子、老山东、克腊，总之牌桌上的人就常常差我做跑腿，差我买香烟、火柴、点心。我也因此会得到一些赏钱。楼上的蓓蓓有了零花钱也爱找我帮忙,她站在街沿上不敢过马路,我就替她来回跑,免费服务。当我捧着零食从马路对面过来的时候,我看见蓓蓓崇拜和喜悦的眼神,我心里充满了快乐。

我有时候也避开阿四的小店,到马路拐角漂亮的糖果店里买外国糖果吃,或者跑到更远的地方,横穿好几条马路到更陌生的商店里买东西吃。时间长了商店里的营业员都认识我了。我走进店堂不用开口,他们就会迅速拿出我喜欢的零食。奶奶说我的作派像旧社会的穷瘪三、假阔少。

我一天比一天跑得远。有几次驾驶员在我的脚边紧急刹车,然后恨恨地骂我一声:小赤佬!我回骂他:×你妈的!骂人的弄堂话我老早就学会了。

我还喜欢吃老山东包的小馄饨。老山东是无证经营,他每天清晨和他的老婆包了小馄饨,然后挨家挨户地送货上门,早上我等候在弄堂里总能看到老山东颠颠地跑动的身影。

家里夜夜是灯火辉煌,我习惯了这样的生活。不到深夜我是不睡觉的。老爸老妈在通宵达旦"砌墙头"的时候,我就溜出去玩,他们谁也不在意我。到时候我灰头土脸的回家,他们至多嘀咕一声完事。常常的,他们时间玩得尴尬了,错过了烧饭煮菜,他们就胡乱吃点残羹冷饭,然后再战。有时候我就跟着老爸在弄堂口的小店里吃排骨面。

从那时候起我对平常家庭一天三顿饭的完整印象就淡薄了。

我最开心的时候是夏天,我每天胡乱吃很多的冷饮。我老爸后来辞职在外面租了柜台做生意,他有一阵子做得很好,腰包鼓鼓的,我到阿四的小店里买吃的,就不用现金了。我在老爸的默许下用的是宕账的方法,到一定的时候阿四会找老爸结账的。可惜阿四是个不会做生意的呆大,他一般不会让我宕太多的账,有时候还要来问一声奶奶。奶奶是专门和我作对的,她自然不会轻易答应,这时候我就和她大吵一场。我一般总是声嘶力竭尖声大叫,以示抗议。奶奶先是憋着气力骂我,没多久她就累得只会喘气了。

"小赤佬!你要我命啊?三岁看到大,你这只强盗胚!你不要弄我的电视机!"奶奶最心疼她的电视机了。这个机子还是伯伯建国从坦桑尼亚回来送给奶奶的。建国是个建筑工人,他劳务输出到坦桑尼亚去,做过苦工造过房子。奶奶说这电视机来之不易。

"我要吃冷饮,啊……"我故意把频道旋钮叽叽叽地乱转。电视机上一片雪花。我还拔直喉咙嚎叫。我的嚎叫声之恐怖在弄堂里已经名闻遐迩。

"你吃了三只冰淇淋了,你还要?多吃坏肚皮,你吃坏,我倒霉。我要去寻你的爷娘来,不管教就不要养出来,都是赤佬!"奶奶捂着耳朵过来把我拖开,又把电视机调回到原来的频道。

"你是老勿死,老勿死!"

"你骂起我来了?是你娘教的,是不是?婊子的儿子!畜生!"

我知道奶奶其实是在骂我老妈。

老妈和老爸都和奶奶吵过。老爸有一次进货缺钱就偷了奶奶的积蓄,奶奶发现后吵着要老爸立时三刻还,老爸说,要钱没有,要命有一条!老爸的声音压得低低的,显出一种凶狠,奶奶就没了声音。我和奶奶吵的时候却拼命放大了声音,奶奶受不了就两手捂住耳朵。阿四有时候看我们吵得厉害就摇摇头走开了,这时候奶奶就叫住阿四。

"阿四,你就给他冰淇淋吧,不是那种有巧克力的冰淇淋,有什么办法!"

"我要巧克力的冰淇淋!我要巧克力的冰淇淋!"

"好好,讨债鬼!唉,世道变了,人都弄坏了,我索性睁一只眼,闭一只眼吧……"奶奶无奈地摇摇头,就自顾自地看电视了。奶奶的电视机是始终开着的。

我知道其实奶奶是一心宠着我的,要不我怎么敢对着她大声叫喊,甚至骂她呢。谁也没告诉我,我就是知道。奶奶骂的其实是老爸、老妈。

晚上我最喜欢去的地方是附近的三角地菜场。三角地菜场那时候还是上海最大的菜场。这是一种有屋顶但却没有围墙的建筑,里面的柜台一圈又一圈的,到处散发着鱼腥和青菜的气味,微弱的照明灯使这里显得空旷和深长,我在里面像小鱼一样,七绕八绕的游荡。我和一些也在那里游荡的孩子互相追逐,比如克腊的儿子小黑皮,还有老山东的孙子一梭,他们和我意气相投,也是拆天拆地的朋友。可惜这些家伙不能在外面待得太晚,他们的老妈晚上像老母鸡看小鸡一样颠颠地跟在屁股后面,所以最后总是剩下我一个。蓓蓓和佳佳也曾经跟着我到那里去玩过,她们在那里兴奋得尖声大叫。我有一个绝活,我能够从这个柜台跳到另一个柜台,当然我也曾经失足摔倒过,摔得鼻青脸肿。不幸的是蓓蓓跟着我也摔得小腿骨折在床上躺了一个月。从这以后蓓蓓的父亲"小姑娘"就再也不敢让蓓蓓跟我外面去玩了。

蓓蓓的老爸"小姑娘"是个令人讨厌的家伙,他在一家单位里当会计,架着眼镜,一副知识分子的干净模样,什么事都不爱和我们沾边似的。奶奶说他小时候就特爱干净,连吐痰都要吐在别人家门口的。我唯一敬佩他的是,他把单位里的空白报表带回家当手纸、当包装纸用,那报表白皙如雪、纸质柔软,蓓蓓和我用它们折纸飞机,飞翔起来真是棒极了。

我纵情地在菜场里奔跑。我感激我的老爸、老妈,他们沉湎于麻将和做生意,他们因此而给了我别的孩子最羡慕的自由。我后来被一对下棋的老头所吸引,他们总是在夜深人稀的时候出现,他们借着菜场的照明灯,在一张小方凳上下棋。我看着他们两个人各执一把宜兴小茶壶,不动声色、不言不语地拨弄那些小棋子,我感到好奇,我等着他们说话我等了好长的时间。一般下了两盘棋,他们就会开口。

"小鬼头,你还不回家?奇怪,你没有爷娘的?"

这时候我就一溜烟地跑回家去。

整整一个夏天,每天晚上我都在那里看他们下棋,不知不觉地竟入了门。有一次我偶然地和克腊下棋,我竟然一连胜了克腊两局,再后来我和老爸下、和弄堂里的象棋好手"电灯泡"下,我竟然做到了打遍"弄堂"无敌手。老爸惊讶得合不上嘴,说这个小赤佬下棋倒是有点儿天才,说不定能成为胡荣华。

"将来你会前途无量。"老爸看着我很认真地说。这使我感到意外。我在老爸的眼里头一次变得重要起来。

我至今还不知道胡荣华是什么人。老爸一本正经地为我找来象棋老师,老师要求我天天要下十盘棋。有一个月的时间我被各种棋局缠得七荤八素,坐得我屁股肌肉都生出青瘀了。我很快就厌倦了。我觉得老爸的那些美好憧憬根本与我无关。我也不想成为什么胡荣华,我把胡荣华想象成一个丑八怪。

我对下棋感到厌倦的时候,老爸恰恰一头跌进了婚外恋的"前途",他拼命追逐一个年轻的女孩,他无暇顾及我的前途。好在我也不喜欢所谓的前途。于是我继续东游西逛。

我在东游西逛的时候把家里附近的环境摸得清清楚楚。后来邻居们要买冷门的东西都会来问我。

"乌虫,电热水瓶的电热棒在哪里有买?"

"乌虫,蜡烛和锡箔附近啥地方买?"

"乌虫,我想买鞋垫……"

只要有人问我,我总是有问必答。我还自告奋勇地为他们带路,楼上蓓蓓的奶奶买寿衣就是我领她到四川路桥旁边去买来的。从那时候起,人们又开始叫我"跑街"。我一溜烟穿马路的时候,那些人都会吓得捂住自己的心口大喊大叫。

"当心!当心!你要吓死我了!"

"乌虫,跑街,你回来,我不要你领路了!"

我在马路对面哈哈哈笑。我觉得那些大人其实是要我领路的,他们也不是担心我出事,而是担心他们自己的心脏出毛病。我后来就看人头了,我喜欢的人,我才告诉他们、才高兴领路,比如克腊,比如蓓蓓,他们从来不大喊大叫,而是紧紧跟着我。

我们家里有辆破自行车,我伸腿刚够着自行车的踏脚,我就把它当作我的玩物了,这样玩耍的结果是,我后来成了车技高超的能手,我如虎添翼。

一般来说我比较喜欢女的,她们会摸摸我的头,会和我挨在一起说话。她们的手和老妈的手一样柔软。我老爸和老妈闹离婚闹了六年，六年里老妈对我时而亲热时而冷淡，她甚至很少挨着我说话，所以我比较喜欢女的。老爸他们离婚后，老妈就离开了家，从那以后我更喜欢和女的缠在一起了。我对老妈没有感情，她很少给我钱，她是个小气的女人。

老妈和奶奶经常吵架，她们相骂起来就像菜场里那两个旗鼓相当的下棋老头，谁也不谦虚。我最早的弄堂话就是从她们那里学来的。不过有些话我也骂不出口。我发现女人比男人更会说脏话。奶奶也会无缘无故对着我"你娘你娘"地骂我。我或者不理她，或者和她还嘴。有一次我认真了。

"不许骂她。"

"她是谁？啊，她是谁？"

"你骂我可以的，不许骂她。"

"喔吆，她管过你吃饭，管过你睡觉，管过你了？她什么时候像做娘的样子了？人家说，癞痢头儿子自己好，她当你癞痢头还不如！"奶奶不屑地撇了撇嘴巴。

"不许骂她，不许骂她！"我大声尖叫起来。

从这以后奶奶就不对着我骂老妈了。

"亲娘总归是亲娘，这个小赤佬，你对他好，买爆仗给别人放。"有一天奶奶对回家探望的华子说。华子在弄堂口糖炒栗子的摊头上买了热乎乎的栗子。我说过华子是喜欢我的，她每次回家都要给我带些吃的东西。

我现在十三岁。我出生在 1984 年。我出生的时候老爸老妈还在一家弄堂小厂工作，奶奶说那时候我们的家就像一个家，老爸和老妈上班工作、下班操持家务，很有规律，老爸跟着奶奶学会了烧一手家常好菜，而且是"青出于蓝而胜于蓝"，那时家里常常是菜香弥漫。奶奶说老爸在厨房里特别有样子，不慌不忙，不徐不疾，再怎么忙乎，衣服上也不会沾一点油星。后来社会开放了，允许工人辞职、个体经营什么的，家里就变了，变得七零八落了，老爸就再也没有认真下过厨房。

我看过那时候的照片，我胖乎乎的，大脑袋上几根稀毛，一副傻样，老爸和老妈发出一种虚伪而僵硬的微笑。我一点也不喜欢那时候的照片。我还是比较喜欢我在外面自由游荡的日子。我也喜欢我后来的老爸、老妈。

我学会在外面游逛的时候，老爸就辞职了，他在外面做生意。老妈也离开了原单位，她在一家小餐馆当领班。再后来老爸妍上了一个非常年轻的女孩，他偷偷在外面租了一间私房，从这以后老爸就经常找借口夜不归宿，再后来老妈也经常深更半夜才回家，据说餐馆的生意兴隆，餐馆的老板因此慷慨地邀请她去唱卡拉OK、跳舞、吃夜宵。我就是在那时候开始厌倦下棋的。

我和老爸、老妈很快就进入了一种默契。他们没有强迫过我再去摸那些臭棋子，我也没有对他们的行为表示鄙夷。我觉得这样的结局无论对谁都是一种解救。弄堂里的莞莞，天天在老妈的监督下练琴，莞莞说她恨不得把手指剁了。莞莞是一个非常苗条的漂亮女孩，她做梦都想和我晚上到菜场里去绕着柜台跑啊、疯啊。相比之下，我比她幸运多了。

我们家在上海虹口，前门是临街的，后门是通弄堂的，我们把弄堂称作"后弄堂"。后弄堂里都是老式的石库门房子，房子已经很旧很破了，只要有人走动，楼梯就会嘎吱嘎吱响，我们住在楼下，楼上是蓓蓓家，上楼的楼梯有一个破洞，我每次到蓓蓓家去都会粗心大意被它绊了，我还扭伤过脚脖子。后弄堂里，家家后门口都排满了一只只的水龙头和水斗，有的还搭了披檐。华子说，她们小时候后弄堂里是很洁净的，没有这么多的人，也没有这么多的自行车、助动车，更没有这些形状各异的水斗，那时候自来水是楼上楼下合着用的，一切都很简单。可现在竟然还有人把废弃的水果筐、旧箱子堆放在门口，弄堂越来越狭窄了，越来越肮脏了。

"人口膨胀的恶果。"华子很深刻地归纳说。华子在单位里是个呼风唤雨的人物，她见多识广能言会道。她说最明显的是隔壁克腊的那栋楼，克腊的父母原先带着五个孩子住在那里，后来孩子大了，成家了，纷纷占据了楼里的某一个房间。那栋楼现在连克腊的父母在内已经有了六个小家庭、二十三口人。没准还会添第四代子孙。"简直是几何级别的递增。"华子很悲天悯人的样子。

我们那里的人一直在等待拆迁，有好几家财团都垂涎我们这里的地皮。但是户口都冻结十来年了，就是不见拆房子的人来。奶奶是个消息灵通的人士，她说问题出在一家非常重要的国家机关。这家机关有两栋小洋楼、一栋老式公寓大楼，据说他们开出的价位是以亿为单位的天文数字，它令那些财团望而生畏。于是大家只能耐心等待。

我们弄堂里有很多家都是三代同堂的。有些老人把面积大的、朝向好的房间给了下一代，自己住在小阁楼里或者是光线暗淡的小房间里。我奶奶就住在阁楼里。楼上蓓蓓的奶奶住在光线暗淡的小厢房里。他们都焦急地等待着拆迁。奶奶说拆迁后她要套一居室的，她不要和我们混在一起活受罪。奶奶并没等到拆迁，她在我十二岁的时候"没有"了。

我对拆迁不感兴趣。华子结婚的时候，我在华子的家里住了两天，两天后我就逃回家了。那种火柴盒似的房子太规范太整齐了，干净得我寸步难移。白天黑夜楼道里都静得令人胆战心惊。所有的人都不认识我，我也没一个熟人。华子看我像看囚犯一样。这样的日子我一天也过不来。

我最喜欢看的电视是足球比赛和拳击比赛。所有一切疯狂的游戏我都喜欢。我怎么可能呆在屋里足不出户？！

有一件事我从来没告诉奶奶，华子的家里经常有人上门请客送礼。那些名酒、补品、服装，和各种古董、字画、瓷器堆满了华子的储藏室。我从来没看到华子把这些好东西给过奶奶或者老爸。我是个小心眼儿的孩子，我因此而对华子心生不满。相比之下，我觉得老爸是个慷慨的男人，他所有的东西都和奶奶的东西放在一起，不分你我。

听奶奶说，我特别像老爸小时候的样子。

"你老爸从小就是个闯祸胚。'文革'的时候，他去高房子里看热闹，被文攻武卫差点打死。"奶奶非常乐意和我抖老爸的丑事。高房子就是我们附近的那幢机关公寓。据说"文革"的时候高房子里天天晚上是哭喊声和打骂声。老爸小时候显然和我一样好奇。

老爸说，那时候他只有十二岁，他什么也不懂。那个时代，只要你年轻你就可以随心所欲，你会在一夜之间成为英雄或者狗熊。老爸说他被人打过，后来他也打过别人。再后来他就拼命锻炼身体，举杠铃、练拳击、甩石锁，他说周围的伙伴无所事事都把身体练得棒棒的，四肢发达、头脑简单。他还曾经梦想当一名连长，他小时候和伙伴们曾经唱过这样一首儿歌：连长连长，炮声一响，黄金万两。连长的官阶在弄堂的孩子群里曾经显赫一时。老爸十八岁报名参军，才知道他十二岁的时候，档案里就被文攻武卫认定为小流氓了，他当连长的梦想就此破灭。生活使他明白了，这个社会充满了伪饰、欺诈、暴力和丑恶。

相比之下我差远了，我没有经历过如此惊心动魄的时代。

"你不要轻易流露你的好心，你看那些乞丐，他们的生活也许要比我们好得多。还有那些西装革履、手掌柔软的家伙，他们打起人来，也许会是致命的无可救药的。你要警惕。"老爸和我走在街上的时候，他总是抓紧时间教导我。他是我人生最好的导师。

老爸老妈不在家里的日子，我发疯般地没日没夜地在外面"野"。后弄堂里常常回响着奶奶呼唤我的声音。

这时候奶奶的身体已经大不如以前了，她的两腿经常莫名其妙地痛，走路有时候就一蹶一蹶的。她脚痛的时候或者赌气的时候老爱躺在床上，骂一阵子人，喊一阵子难受，再就是打电话给华子和建国诉苦。有一年春节，华子和建国他们都在我们这里吃年夜饭，不知怎么说起了爷爷当年的病情，据说爷爷病危在医院里痛得龇牙咧嘴（晚上医生慈悲给一针杜冷丁止痛），爷爷咬破了自己的舌头也没哼一声，连一边的护士小姐都忍不住流下了同情的眼泪。饭桌上华子和老爸他们都异口同声地赞叹爷爷的刚强。

"老娘，要是你生病，肯定要作死了，我们要被你作得晕头转向、七荤八素了。"老爸和奶奶开玩笑。

"对，对，老娘一直老作的。如果生了病不知会怎么样了。到时候肯定作得我们先掼倒！"华子和建国笑着附和着起哄。

"×那，我作？我算得好弄了，你们看，我脚不好，今天还照样烧年夜饭给你吃。人不是铁打的，作孽噢，脚一蹶一蹶的，邻居看了都说罪过。"奶奶边说边抬起腿炫耀着。

"你看，你看，开始作了吧？"老爸和华子他们开心地叫起来，奶奶也不好意思地笑了。

那次的年夜饭带有某种先验的预兆。两年后，奶奶果真患了糖尿病，平生第一次住进医院。奶奶在医院的两个星期里老爸和华子他们都懒得去探望，他们并不觉得糖尿病是什么了不起的疾病。

奶奶知道自己患了糖尿病以后，果然如老爸预料的那样开始无穷无尽地抱怨，她不是痛苦呻吟要华子和建国他们立时上门送药，就是反复强调自己病情的严重和不同寻常，她细心捕捉电视新闻里关于糖尿病的种种报道，然后结合自己的病情加以综合分析，她在那个时候就明白自己是患了恶疾，她总是哀叹说自己活不了多久了，"要死了"。四年以后奶奶果然因糖尿病引起的综合症而离开了人世。奶奶是个有先见之明的人。

但是老爸和华子他们对于糖尿病缺少很深刻的认识，他们只是先入为主地认定奶奶是"作"。他们还发现奶奶一边喊缺医少药一边却藏匿了很多止痛药和消渴丸，他们认定奶奶其实是在赌气，是老人的怪癖，他们先是假装孝顺，替奶奶找了个洗衣服的钟点工，后来就在电话里一味地说好话，却迟迟不露面。华子还和老爸、建国开玩笑地说起一个"狼来了"的寓言故事。华子把奶奶比喻成那个说谎的孩子。

"老娘老是说自己不行了、要死了,总有一天狼来了,我们却麻木了。"

"老娘异出怪样的。后弄堂里的阿婆,也是糖尿病,人家照样买菜、烧饭,还汏衣服,和好人一样。"建国附和着华子的口气。

"老娘养了我们五个子女,年轻的时候老勤快的,浆洗缝补,样样拿得出,现在老了,变了,懒了。"华子回忆着过去的日子。

"×那,老娘有多少难弄,你们不住在一起,不知道的。"老爸也发牢骚。

"是呀,我是空口说白话,在作死。当心你们将来后悔。"奶奶听见了华子和老爸的议论,插进来说话。

奶奶去世以后医院里的医生总结说,奶奶的糖尿病由来已久。回想起来,奶奶蹶着腿在弄堂里蹒跚,大声呼唤我吃饭的时候,在那个时候奶奶已经是恶疾在身了。

华子他们却不知道。或者说他们没那份耐心去知道。

"跑街哎!乌虫哎!吃饭了!"奶奶蹶着腿,散乱着白发,一副邋遢相地在弄堂里亮相。很多人都摇头叹息。

"这人家完了。一大家子人只剩老的老、小的小,完了。"

"老太养了几个?"

"五个吧?现在就臭虫在身边,臭虫又不是好料。其他人也死人不管。"

"哪能管?你没看到梅子来,经常被她骂的。这也不好,那也不好的,梅子一气就再没来过!"梅子是我安徽的姑妈。

"噢,你看,乌虫跑街来了!跑街,你当心外面有人贩子!"

"跑街才不会上人贩子当了。拆天拆地的人,要么倒过来卖人贩子。"克腊夹在人堆里大声地说笑着。

我在这样的呼唤和议论中大摇大摆地走进弄堂,在众人的注目中我觉得自己是个极其重要的人物。

我的铁哥、铁弟是小黑皮和一梭。我们在弄堂里四处巡逻、惩恶扬善。比如有一天我和小黑皮、一梭发现弄堂里有户人家老是门户禁闭,还安装了一只门铃。我们觉得愤愤不平。我们弄堂里家家户户都是大门敞开,我们从不掩饰和隐蔽我们的生活。我们决定报复。我们轮流上阵踮着脚尖不断揿那只讨厌的门铃,然后迅速逃避。我们躲在暗处观察,看到那户人家随着铃声不停地开门关门,愤怒和绝望的咒骂随之而起。我们乐不可支。他们也曾经设下陷阱企图逮住我们,幸亏我很早就从老爸那里懂得了世道的险恶,我们的行动更隐蔽更敏捷也更频繁了。

一个星期以后他们终于把门铃拆了。

和小黑皮、一梭跑遍了苏州河上的大桥:四川路桥、河南路桥、乍浦路桥、外白渡桥……四川路桥堍旁的邮政大楼是我们的游乐场,我们居高临下从宽宽的扶梯把手上滑下来,吓得女人们尖声嚎叫。我们在外滩游荡的时候,和那些金发碧眼的老外落落大方地打招呼:"哈罗,我打脱侬头!"逗得老外一个个哈哈哈地傻笑。在外白渡桥的桥堍,我还翻越过俄国领事馆的铁栅栏,我在草地上撒了一泡尿就很礼貌地原路返回了,我没犯傻跑到屋里,我知道屋里会有警铃还会有保镖。有一年夏天我还试着下了苏州河,我在河边摸索着挪步的时候,一梭和小黑皮在驳岸上吓得大叫。我后来很快就逃上了岸,我在河里看见了一只漂浮的死老鼠,我天不怕地不怕,怕的就是老鼠。河水的臭不可闻也令我逃之夭夭。那天我在阳光下暴晒了好一阵子，直到我的小裤衩不再湿淋淋地裹着屁股我才回家。我至今还以为苏州河是一条肮脏的但是有趣的河流。

莞莞的老妈有一次打量着我说这个孩子真可怜。莞莞的老妈是在学校里当老师的。我后来背上了书包，可是我坐不住，我在教室里度日如年，我看到老师就讨厌，他们不是告状就是罚我写字。老爸常常拿他柜台里的商品打发他们，勉强换取他们给我一个及格。我被迫写字的时候我会想到莞莞练琴的样子，莞莞不仅要写字还要练琴，我想起我在邮政大楼和俄国领事馆里得意忘形的潇洒，我觉得莞莞的日子才说得上可怜呢。

后弄堂里我最喜欢的女孩子是莞莞，虽然我讨厌她练琴。我跟莞莞说将来让我老爸和老妈住到阁楼上去，你要和我住在一起。莞莞摇摇头说，她将来不会在这种破地方过日子的，她要住到花园洋房里去，房子前面还有漂亮的游泳池。莞莞让我到她的花园里去当钟点工修剪花草，我凶巴巴地说假如我在那里当钟点工我会用剪刀把你杀死，莞莞就哭起来了。

有一次我还真碰上了人贩子呢。那是我六岁的时候。是冬天吧，很晚了我还在外面玩，一个很瘦很瘦的女人拉住我，还亲热地摸我。我不喜欢瘦的女人，我不要她来摸我。瘦女人提着一个很大的旅行袋。

"小弟弟，你知道火车站往哪儿走？"

"你叫一部差头么。"我不以为然。

"差头是什么？"

"差头就是出租车。你是乡下人呀?"

"你不要老嘎嘎的,你肯定不认识火车站。你有本事领路吗?"

"火车站?飞机场我也认得的。你跟我走。"

我和那个瘦女人走了百来步路,我们经过一家医院,我在那里就开小差了。

白天的时候我和蓓蓓、一梭在医院里玩,我们隔着产科门诊室的玻璃窗偷窥。我看见墙上挂着"孕妇操"的示意图,我和一梭在外面模仿着做操,我觉得很好玩。蓓蓓被我们俩逗得乐不可支。她说她将来一定要到这里来生孩子,生一个美丽的孩子。这时候两个女医生在我们身后走过,肆无忌惮地说着话。

"今晚要热闹了,产科大概有十个孕妇要生吧,还有两个说不定要剖腹产呢。那些产妇叫起来真讨厌。"

"你知道今晚是什么日子?是88(发、发)的日子呀。都说今天出生的孩子是财神转世。你没看见八床的女人?吵着要朱医生在今天给她剖腹!谁知道这十个临产的女人吃了什么,都凑在一起了!"

"真是不要命了。唉,热闹啊,十个孩子要出世,上海住房更要紧张了。"女医生咯咯笑着走远了。

我和瘦女人走过产科医院的时候,我瞥见院子里的草坪静静的,大楼的灯光参差不齐地亮着,我感觉到一种等待的气息,等待孩子出世的气息。我觉得这时候的医院比破火车站要好玩得多,我就悄悄躲进了医院的围墙,我听见瘦女人在外面压低了嗓音叫我。

"小弟弟!小弟弟!你躲在哪里?出来吧,我们一起去乘差头!"

我说过我不喜欢瘦的女人,即使她请我乘航天飞机我也不稀罕。我头也不回地溜进了医院大楼。

那天晚上我在医院里也没看到什么好玩的东西。我在紧紧关闭的产房外面看到十几个愁眉苦脸的男人，我还听到里面有恐怖的叫声和凄厉的哭声，我后来设法钻进了产房，我一眼瞥见门边的产妇张开着两腿，有人发狠地按住她的双臂，一个穿白大褂的医生爬在她身上，正使劲用膝盖顶她的大肚子，产妇痛不欲生地喊着、哭着、挣扎着，突然，鲜血从她的下身喷涌出来，我脑袋"嗡"地一下以为这是在杀人，吓得我拔腿就逃。

我后来听到孩子的哭声，我没有想到孩子出生是这么恐怖和血腥，我晕头转向在院子里绕了好几个圈才找到大门，我在深夜的大街上狂奔，对着空无一人的城市我发问：我也是在如此黑暗的时刻，在老妈的惨叫声里来到这个世界的吗？我一溜烟回到家里我跟奶奶说了瘦女人的故事，我没敢说我在医院。奶奶说，鸭肫难剥，人心难料，这瘦女人肯定是人贩子呀。

"你知道吗？人贩子把你拐到乡下，白天逼你做苦工，晚上把你剥光衣服绑起来，吃的是糠、穿的是草，或者抽你的脚筋剁你的手，把你弄成坏脚、坏手，逼你到城里当乞丐、当垃圾瘪三……"我在床上躺下的时候，奶奶还在嘀咕。

我哇地尖声大叫，一半是害怕一半是抗议。奶奶捂紧了耳朵不再恐吓我。刺耳的叫声拖得很长很长。好莱坞电影里的警车在大街上追捕，一溜烟要撞翻好几辆林肯、凯迪拉克，我的叫声惊醒了整个弄堂。无数的窗户在顷刻间都打开了。

"是着火了？地震啊？到底发生什么事了？"

"什么地震？胡扯！我说呢，又是跑街！"

"有其父必有其子，臭虫小时候也是小流氓。乌虫跑街这只小赤佬将来要当强盗的！杀人放火都会的！"

"这个小孩没指望了，无法无天！你没看到白天他捉弄他的奶奶。真是作孽哦！"

"有什么办法？他父母都不管，你急什么？皇帝不急急太监！"

那阵子家里基本就我和奶奶两个人。老爸很少回家，他是要造成既成事实来逼老妈离婚。老妈白天睡觉晚上出门，独来独往的。她显然无暇顾及我。只有奶奶不得已地在照顾我。我不明白老妈为什么总是做晚上的班，而且她涂脂抹粉的，还喜欢把头发染成金黄色，像是去参加外国使馆的盛大舞会。对此奶奶有很恶毒的解释。我绝不在这里重复。我不喜欢我的老妈，但是我也不愿意听奶奶损她。我觉得奶奶和老妈是隔了一层的。而她们对于我，意义虽然不同，却都是无法抹杀的。

老妈有一阵子突然说要出国到日本去。她到处张罗借钱，打电话找华子、建国，还打了长途电话到北京，我有个老伯在北京。按照奶奶的说法，他在一家非常重要的国家机关里当非常重要的官。我从未见过老伯。爷爷过世的时候他匆匆回来奔丧（至今还有人说起那两天弄堂口停着的他的黑色专车），至此他再没有回过上海老家。据说他因公务几番到过上海，但是他大公无私没有顺道来看望看望奶奶。奶奶对这样的传说不置可否，她说皇帝也有穷亲戚，不来也好，哪一天他回来了，一定轮着我到阎罗大王那儿报到了。

老伯并没有应我老妈的请求而资助她，他只是给奶奶打了一个电话，奶奶说这个好吃懒做的女人到日本能干什么？现在是笑贫不笑娼，她是要去做东洋煤饼，去卖×卖肉！老伯就没再给老妈任何回音。

老妈找老伯的事让老爸知道后，老爸怒不可遏狠狠地揍了老妈。老妈痛得趴在床上痛哭流涕、滚作一团。

"你找天王老子，你也不要去找我老哥！你丢人现眼！"

据说老爸小时候被文攻武卫打得皮开肉绽的时候，是老伯去把老爸保释出来的。老伯比老爸大整整十岁，他那时候已经穿着公安制服在街上耀武扬威了。

"你看你，一副小流氓的样子，真是塌台！单位里都知道了，知道我有个弟弟是流氓，关在文攻武卫指挥部，你让我抬不起头来，我今后怎么革命？要不是姆妈一把鼻涕一把眼泪，我不会来丢人现眼的！"老伯愤怒地抱怨着，他大步流星地走在前面。

"你放屁！你才丢人现眼呢，你点头哈腰的，你是缩货！×那，我没要你来过！我现在就回进去，我情愿被人打死！"老爸气冲冲地回头就往高房子里跑。老伯飞身过去，一把攥住了老爸的胳臂。

"就这一回，臭虫，你以后别指望我来帮你！"老伯怒不可遏对老爸饱以老拳。他后来不由分说连拖带拽地把老爸拖回了家。

从这以后老爸和老伯就誓不两立，形如路人。不久以后老伯就晋升去了北京，他们俩再也没有和好。

老妈借钱的策略在华子和建国那里也吃了闭门羹。她最终没去成小日本也没做成东洋煤饼。奇怪的是老爸倒慷慨地给了老妈五千元钱。后来我无意中知道老爸其实是想用这五千元钱打发了老妈，让她走得远远的。我知道真相以后很同情老妈。尽管我已经和她疏远了很久。

不管怎么说，老妈终归是我的老妈。记得有一天老妈心血来潮突然给我买了一只大蹄膀，煮熟后我整整吃了三天。三天里我每天都要在蓓蓓面前夸耀。

"这是我老妈买的。有这么大、这么沉……"

"讨厌，蹄膀是肥肉，我看了就恶心。"

"×那，你妈从来没替你买过，你妈不喜欢你！"

"你妈才不喜欢你呢！你就知道三角地菜场，你到过锦江乐园吗?"

"锦江乐园算什么，过时的东西！你洗过桑拿吗，你按摩过吗?那里一个穿三点式的小姐搂着我替我挖耳朵，休息室里有空调有冷饮吃、有碟片看……哼，你没去过。土包子一个。"

"你是小流氓！垃圾瘪三……"

"你是鼻涕虫！你难看死了，没有小姐好看……"

我对着蓓蓓做鬼脸，蓓蓓呜呜哭着上楼了。我洋洋得意。迄今为止我们那些孩子群里，我是唯一享受过桑拿的。这得感谢我的老爸。至于三点式却是我编出来的，不过电视里经常有这种镜头，决非我胡编乱造。

那天老爸带我去洗澡，他喊了一辆出租车，我们一起到了家五星级宾馆，我们就在那儿洗的桑拿。其实我觉得坐在蒸气室里是活受罪，而且我不愿意光着身子和别人挨在一起，看着自己的命根，我想起我那"乌虫"的绰号不免害羞。我骚动不已，终于惹得老爸发火驱逐我出境。

我从蒸气室里逃出来以后，在豪华的休息室里玩了个痛快，也喝了个痛快，等到老爸通红着脸出来的时候，我已经喝了十罐可乐。我让老爸付出了高昂的代价。幸亏老爸口袋里有钱，他很潇洒很大方地付款。邻居们都说老爸从小到大就是脱底棺材。老爸带我出门扬手招车的时候，我就紧紧依偎着老爸，我感觉到路人注视的目光，我慢慢地上车，我希望有更多的人看到我的快乐，看到我倍受老爸宠爱。

有一次，我和小黑皮、一梭拼了辆出租车，到五角场找我们的老爸，他们在那里打麻将赌钱。记得是元旦的深夜，待我们上了车以后，出租车驾驶员说看不懂了，现在六七岁的小孩子也会喊差头了。

我坐在驾驶员的旁边，我说我从小到大没乘过公交车，我是乘差头长大的。我一点儿也没说谎。我出生的时候是华子借了朋友的林肯豪华车来接我的，据说那时候这辆车在上海滩还是十分醒目的。华子是个很有办法的人。可惜我在林肯车上又是吐又是尿的，吵闹不休，把华子气得半死。后来半道换了辆差头，奇怪的是我上了辆破夏利就绽开了笑容，华子说我是穷人的命。以后我每每跟着老爸出门，要差头就叫夏利。

"幸亏我这辆车是夏利，要不我就见识不到你们这些小爷叔了。"驾驶员一口苏北口音，长了一只鹰钩鼻子。

"那当然。以后我自己买车，我就自己开了。"我一边说一边指点着路，我曾经跟老爸到过五角场他朋友的家，我知道怎么走。

"喔吆，口气比力气还要大。现在的小孩不得了，个个都开过眼界了。社会是开放了。"鹰钩鼻子呵呵笑着，一副少见多怪的样子。

"买汽车又不稀奇的。有本事到虹桥去买洋房别墅。你不是要跟莞莞结婚么？莞莞就要房子，不要汽车。"一梭在后面敲敲我的肩胛，很阴险地嘲笑我。

"我不要跟莞莞结婚！×那，你去跟莞莞，你去！"我使劲把一梭的手从肩上拍下去，我脸涨得通红。

"你激动什么？脸都红了。你不要莞莞，你干吗一天到晚跟在她的屁股后面，你鸡巴发痒，你想××，你以为我不知道？"一梭又用力推了一下我的背，他欺人太甚。

"你自己想××，你是个下流胚！你是一梭！一梭就是鸡巴，臭鸡巴！"我怒不可遏地转身跳起来，抓住一梭的衣领就打。一梭也不是省油的灯，他抱住我的肩膀，用头撞我。

"竟然还有叫一梭的？用在男孩身上倒是很形象的。好了好了，小爷叔，骂得文明点……不要打了，再打我送你们到警署去！"鹰钩鼻子又好气又好笑地警告我们。

"我们还不到犯罪年龄，你不要吓我们。"小黑皮在一旁很老练地反驳他，这时候我和一梭重新已经坐好了。

"我佩服，我佩服。上海有了你们，将来不得了，都是了不起的模子，和世界接轨了。"

那还用说？我们三个得意地互相打量，忽然笑起来，很开心地笑起来，笑声就像老爸发怒的时候打碎的玻璃窗，在寂静的马路上哗啦啦落了一地。

到了五角场，我们各人出了五块钱和鹰钩鼻子拜拜了。我本来还想对他吹嘘我的艳遇，可惜没有机会了。我曾经在街上遇到过一个求爱的女孩，一梭和小黑皮为此而对我艳羡不已。

那晚我们在五角场的一栋大楼里找到了我们的老爸，敲开门他们一个个惊讶得吊起了眼珠子，不敢相信自己的眼睛。从我们的弄堂到五角场少说也有十站路吧？深夜的公交车早已绝迹了。

"这么远的路，你们怎么过来的？"克腊打量着自己的儿子小黑皮,小黑皮看看一梭,一梭又看看我。

"一定是跑街这只瘪三,动的歪脑筋。是差头来的,是吗?"老爸从里面过来,用力把我揽在怀里。

我点点头。我扎在老爸的身子里很诚恳地向众人微笑。在这个世界上我最佩服的是老爸,他总是及时享受生活,而不像有些傻瓜怀里揣着大钱,却忍饥挨饿、节衣缩食。老爸说这个世界上总是有人想不开的。我很像我的老爸,有了钱就兴高采烈拼命想着消费,没钱就愁眉苦脸呆在家里,就和奶奶吵。

我跟着老爸学会了打架、骂人、要差头、洗桑拿,我们家里的那辆破自行车是我最好的玩具,我骑着它在弄堂里飞鸟似的穿梭。我感激老爸从不强迫我去做什么,我很小就有了独立和自由的精神,我在成人的社会里进出自如,我对这个城市一切的了解都是老爸放纵我的结果。

那晚老爸他们把我们安置在另一个房间,我们在那里玩得痛快极了。我们吃夜宵、打游戏机、看香港武打录像片,我和一梭、小黑皮还在地毯上来了一场拳击混战。不知道什么时候我们和衣倒在地毯上横七竖八地睡着了。第二天中午时分我们醒来,老爸他们还在稀里哗啦连续作战,我看到桌子上已经放着牛奶面包和龙凤馒头,我觉得这一天充满了节日的气氛。

老爸不在家里的日子,我和奶奶缠得特别凶,我总是和她作对。我自己也不明白为什么。每次奶奶烧好了饭我都视而不见,她收起了碗筷我却又嚷嚷着喊饿,我把饭粒撒得一天世界。我穿着脏鞋在奶奶的床上拼命跳跃,在床单上留下乌黑乌黑的鞋印。奶奶是个烟鬼和茶客，我就把奶奶心爱的茶叶罐偷偷扔到弄堂里，把奶奶的香烟浸在水里、打火机甩进床底下，我还一心琢磨着打算把奶奶的麻将扔到高房子的顶上。奶奶被我缠得焦头烂额。

"求求你小赤佬，停停了！我要叫你爷叔了！"

我无动于衷。

"七岁、八岁狗也嫌。讨债鬼！没有人帮我洗床单的，我要被你弄死了，作孽啊……"

"我要吃冰淇淋、旺旺米饼！"我趁机敲诈。我最后总能如愿。

有时候我也和奶奶串通一气，比如老妈常常一大早就霸占了卫生间，在里面故意磨磨蹭蹭的，奶奶在外面憋着急得团团转，我就拼命地打门，老妈以为是我要方便，就万般无奈地让出了"风水宝地"。待老妈前脚出来，奶奶就后脚窜了进去，至于我，早就逃之夭夭了。为了这，老妈和奶奶都没少骂我"十三点"！

奶奶恨起来也会打我，这时候我就故意往后弄堂逃，左右躲闪地和奶奶玩老鹰捉小鸡。弄堂里常常有我和奶奶互相追逐的影子。奶奶后来发现我是在故意惹她，她就不再追我，只是站在弄堂里大声地骂我。

奶奶唯一令我害怕的绝招是她给老爸打拷机告状。"家有要事，请速回。"她要老爸立时三刻赶到家里，然后她就添油加醋地告状，把我形容得十恶不赦。老爸自然对我挥之以老拳。

有几次我被老爸打得遍体鳞伤，躺在床上起不来。奶奶就呜呜呜地哭，啰啰嗦嗦地抱怨老爸心狠手辣、下手太重。

"孩子有什么罪？你们自己平时做得像样了？现在是扫帚颠倒竖，爷不像爷、娘不像娘，也不怕人笑话！"

"烦死了。你不要指着和尚骂贼秃。我们小时候,老头子不要打得太厉害噢。现在算什么?"

"我说错了?你难得来,你就这样子?"

"是你打拷机找我的,我以后不管你们的事了。"

"你儿子要吃饭的,你老是依赖我是不行的,我七老八十了,弄不动了。"

"你让他外面买盒饭吃么。盒饭有什么不好?我们小时候有什么东西吃?一桌子人吃饭,一菜一汤,看不到油水的,还不是一样长大!"

"你们小时候都是西北风吹大、吹胖的?蹄膀、鸡鸭有少吃过吗,啊?你忘记了,你小时候吃饭像抢羹饭,吃得肚皮青筋起,不管爷娘死勿死……"奶奶气得老脸通红,老爸却已经拂袖而去了。

我们临街的地方,每天中午一溜地摆了好几个买破盒饭的摊位。吃的人大都是做小生意的外地人、民工,或者是差头的驾驶员,也有小部分附近的居民。

我不喜欢吃盒饭。有一阵子奶奶生病,没力气到菜场去买菜,我一连吃了好几天盒饭,吃得我看见盒饭就要呕吐。老爸和奶奶都是家里的烹调老手,他们现在都放下屠刀,立地成佛了。

老爸有钱的时候也曾带着我上馆子。老爸是一个慷慨的男人,他信奉的哲学是:吃光用光,屁股不生疮。他常常是喊一桌子的菜,请好几个男男女女,按照老爸的说法,里面有朋友也有仇人。我猜想里面一定还有他的小妖精。我不明白老爸为什么要请他的仇人吃饭。老爸说,你有时候不得不忍耐,你必须对你的仇人微笑。老爸总是说一些深奥的人生哲理,他相信我将来必定会付之于实践。

奶奶曾经很神秘地要我留心和老爸在一起的女人，但是我只管吃喝无暇顾及，而且我分不清那些女人，灯光下她们全都是面色如玉，宛若仙人。即使是那个经常坐在我身边的年轻女人，她照顾我的菜碟甚于照顾我本人，对这样好心的女人我也是印象模糊，我留恋的是菜肴丰富的饭桌。

尽管奶奶要抱怨老爸心狠手辣，奶奶忍无可忍的时候还是要打拷机给老爸告状。有时候她也借此威胁我，可是我没心没肺不到黄河心不死。所以我总是大劫难逃。

我六岁的时候第一次到苏州凤凰山公墓，去看我爷爷。我从来没有见过我爷爷，我出生的时候正好是爷爷过世的时候。听老爸说，那一年上海闹地震，很多人慌不择路跳楼逃生，摔得头破血流，甚至还有送命的，而躲在家里听天由命的倒个个安然无恙丝毫无损。爷爷和我在这样非常的时候循环生死，我想我和爷爷一定是有着某种神秘的联系的。我站在那小小的墓地前，我不明白这泥土下面怎么能有爷爷。我从老爸的嘴里知道了爷爷是个异常严峻的男人，他从来没给过老爸笑脸、也没让老爸爬在他肩上撒过尿，但是老爸说起爷爷总是充满了敬意，老爸说爷爷六十年前赤手空拳凭着手艺立足上海滩，养活了一大家子，这不算本事，爷爷的本事在于他坐在哪里，哪里的孩子就不敢吭声。

"我小时候走过老头子身边的时候，我都不敢大声喘气。"老爸在爷爷的墓前一而再，再而三地感慨着。

能够让老爸不敢喘气的男人一定是了不起的男人。所有的人说起爷爷都是怀着敬意，建国常常让我看他头上的伤疤，他说是"老头子"打的。"老头子"要求他们：行如风，站如松，坐如钟，卧如弓。当时就因为建国站相不好，被爷爷一巴掌打得从弄堂的这头跌到另一头。

"老头子的手劲哪能这么好？"建国毫无怨言地回首当年。也许死亡有一种过滤的作用，它把生命过滤得纯净、伟大和神秘了。

奶奶总是说爷爷当年等着我出世，他迟迟不肯闭眼。

"你不是一个好小人，你迟迟不肯降生，你就是不肯让你爷爷称心。你到了爷爷的墓前一定要认真磕三个头，答应做孝子贤孙，你爷爷才会饶恕你，"去苏州前，奶奶一再嘱咐我。

"阿爸，你孙子顾龙飞来看你了。邻居都说顾龙飞长得像你，你要保佑你的孙子……"华子像煞有介事地对着墓碑说话。除了幼儿园的老师，我很少听到有人叫我大名，我像当年的老爸和建国一样，站着不敢乱动也不敢喘气（尽管我觉得华子十分好笑）。这是一个难忘的庄重的时刻。

"阿爸，我现在学你的样做生意，你在阴间要保佑我发财噢。听老娘说，你年轻的时候做过黄牛、掮客，开过小烟纸店，阿爸，你也算是个小老板了，你要保佑我呀……"老爸在墓前嘀嘀咕咕的，他燃香，点烛，十分虔诚。

建国什么也没说，就是不断地鞠躬。我注意到他的站相十分挺拔。

我感觉到了爷爷活着的威严。

我想象爷爷是个英俊、高大、严肃、神秘的侠客。我想爷爷也一定有小妖精陪着他，要不他怎么会一个人住在苏州、住在这个怪怪的到处是白色墓碑的凤凰山呢？我在老爸的指点下认认真真、恭恭敬敬地给爷爷点香、磕头。这是我有生以来最最听话最最规矩的一次。

我在墓地学会了尊重死亡。我体味到死亡是比生命更神秘的一种生存。我十二岁的时候奶奶也突然"没有"了，我和老爸他们一起捧着奶奶的骨灰，把奶奶安葬在爷爷的身边，我听到老爸抽泣着对着奶奶的骨灰盒说，老娘，我让你担了四十年的心，我以后闯了祸，谁来提醒我？我和老爸同病相怜，我想没有了奶奶，今后我和谁吵闹、和谁发疯？又有谁再来亲热地喊我十三点？我这样想的时候，我的眼里流下了泪水。

我也有听奶奶话的时候，她叫我打电话找华子，建国（她记不住他们的电话号码），或者是她给我零花钱的时候，我都是十分听话的。华子和建国他们俩都很喜欢我，每次来都送我礼物和食品。不过他们对我的喜欢是有分寸的，比如建国，他送我的礼物从来没有超过十元的，但是他给晓荔表姐的礼物却都是价值百元以上的。我常常想起电视里的一个问答节目，说男人给情人的孩子买一百元的礼物，给自己的孩子买十元的礼物，我想晓荔表姐一定是建国情人的孩子。

我们家附近的南浔路上有所中学，听奶奶说老伯就是在那里上的高中，奶奶说很久以前这学校叫"圣方济"，是所教会学校，有一百多年的历史了。学校的尖顶上有一座大时钟，方圆数百米都能看清。我非常喜欢这个大钟，它的钟声从我有听觉起就荡漾在我耳边，甚至融进了我的脉搏。奶奶说这大钟也有一百多年的历史了，是清朝一个高官赠送给"圣方济"的。奶奶特别迷信这个大钟，无论是我上学还是别人赶火车，或者是奶奶自己要看电视连续剧，她都让我去看这个大钟，来对时间。我乐此不疲。日长时久，奶奶已经习惯了问我：乌虫,几点了?大钟成了我和奶奶之间共同的默契和快乐。

奶奶对我最好的称呼是骂我"十三点"。假如我跟老爸上了馆子回来沾沾自喜地夸耀我吃过的东西,或者华子来看奶奶时我在她身上爬上爬下纠缠不休,还有我看见漂亮的莞莞走过我们家门时我急切地和她打招呼,每当这样的时候,奶奶都会骂我一声"十三点"。我也毫不客气地回敬她一声"十三"点。这算是我们感情最融洽的时候了。

奶奶病重最后一次住院的时候,我跟姑妈梅子去医院看她,她昏迷中醒来看见我,低低骂了我一声"十三点",我脱口而出地回敬她,梅子和吴阿姨(护工)听了先是一愣,继而哈哈大笑。被病痛折磨得愁眉苦脸的奶奶也很难得地笑了。梅子感慨地说奶奶是看见孙子高兴,笑的。我垂着头什么也没说,我在这样的时候懂得并且理解了一首歌所唱的:沉默是金。

我很早就知道我其实从来没怨恨过奶奶。我折磨她、和她闹是我的一种生存方式。我被这个世界忽略了太多,我唯有依赖奶奶。十多年来我和奶奶朝夕相处,她虽然骂过我,但是从来没动过我一个指头。她没为我买过山珍海味、名贵玩具,但是她蹒跚着为我烧水煮饭,给了我简单而实在的照顾,她脱口而出的那些生动的俗语,俗话不俗,胜过一切的教科书,她对我言传身教的是积淀百年的上海里弄文化的精粹。奶奶的生活费都是华子和建国他们给的,奶奶曾经说她有三十年没做过一件新衣服了,过年的时候,奶奶给我的压岁钱却比华子、比建国、比老爸都要多得多。平时我也没少从她那里敲诈勒索钱财。每次我从奶奶那里拿到钱的时候,我都有一种喜悦,我觉得奶奶对我的疼爱是仅次于老爸的。我是以金钱的多少来衡量人们对我疼爱之高低的。

弄堂里有很多户人家的门上都钉着一块小小的白底红字的牌子：五好人家。我们家没有。我们家经常充满了吵架声，奶奶吵，老爸吵，老妈吵，还有我，有时候华子、建国回来也吵，安徽的姑妈梅子更是来一回吵一回。我们家是五吵家庭。

蓓蓓说她在楼上听我们家吵成一团糟，她都搞不清是谁和谁吵。蓓蓓总是躲在楼上听壁角，然后再传播给她奶奶。蓓蓓的奶奶和我奶奶一样，爱好散布真实的流言。

吵架的时候，老爸常常摔东西，一般总是桌上随手可以拿到的东西，这时候家里就碗盏横飞。老妈说，这是发疯。有一次奶奶和老妈吵架，老爸听得心烦，发狠把小凳子砸在了窗上，玻璃窗哗啦啦顿时砸成了碎片。老妈冷笑着说，你有种你就把电视机、微波炉给砸了，你就这两样还算值钱的玩艺！

家里一发生事情，奶奶就会打电话去华子那里告状诉苦，说她一天也呆不下去了，她会给我们活活气死的。华子要她过去，她又死活不肯，说，死也要死在老屋。

"你的弟弟臭虫，昨天逼我签字，要把房子的一半让给这只女人！这个末代子孙，真是末代子孙！他现在只要女人同意离婚。"奶奶总是很轻蔑地把我的老妈称作女人。

"我的弟弟？什么意思？他不是你儿子么！你签字了吗？"

"我没有签。我人老心不老，脑子是清楚的。我签了字，将来还有我的落脚地方吗？这个末代子孙把我的茶杯都甩了，还有你送我的沃克曼（袖珍收音机）也摔坏了。他叫我住到你这儿来。你没看到他的吃相,吓人!他要逼我,扫地出门……"

"那你就住过来,避避风头,你不在,他找谁签字?或者我过来看看?事情没有这么简单的,我的户口还没迁走呢,我到时候要发言的,房子也有我的一份。"

"避得了初一,避不了十五,我不来。这两天你不要过来,赤佬他现在六亲不认,他说过了,无论是谁来,他都不客气。昨天居委的李阿姨来调解,刚踏进门槛就被他赶出去了。十几年前他从农场回来还是李阿姨帮忙的,他也不买面子,李阿姨气得要死。赤佬,我本来还想劝他用这房子开个饭店,他柜台的生意不好,我知道的。"

"你还想着他!臭虫就是被你宠坏的,从小脾气就横对。我们家里兄弟姐妹哪一个像他?"

"又来怪我了。我哪里做错了?十个指头个个疼,你小时候我待亏你了?你十指尖尖的,我有叫你小姐做家务了?还有梅子,你问问她,插队落户时她吃过苦吗?生活费都是上海寄过去的,她有了钱就装病不下田,她不是去插队,是去旅游的……"

"好了好了,说不过你,我们小时候一个个都是你的掌上明珠,吃香的、喝辣的、过的是资产阶级的生活。行了吧?唉,臭虫真臭!房子是我们的,他老婆是嫁过来的,没有资格要房子的。不过,房子问题不解决,法院是无法判决的。他们离婚的事只好拖。没有日脚的拖。他人呢?"

"昨天吵了后就没有回来过,终归是到那边去了。今天一早这个臭女人对我说,房子她是要定了,我不签字也没关系的,她法院有人的。华子,你法院有没有人?"

"那边"是指老爸另外的家。有好几次我收到过一个女人找老爸的电话,我一听就知道是那个小妖精,我对奶奶说,是"那边"打来的。奶奶说你知道些什么呀,"那边、那边"的。

"哎呀,老娘,你不要听她的,这里是上海,大城市,不是外省小地方,可以瞎来来的。她就是认识上海市市长也没有用,房票本上户主是你,没有你同意,谁也不敢判的。"

"你还是打听打听的好,这个女人在外面有些花头的,真的判了就来不及了。这房子我已经住了五十年了。想不到现在我要被赶到马路上去了,我已经八十岁了,我走路都走不动的人了,千作孽万作孽不如自作孽,千苦万苦不如老来苦,我前世作孽噢……"

奶奶捧着电话呜呜地哭了。

"老娘,你放心,绝对不可能的!离婚案中房子是致命的要害,法院不会轻举妄动的。万一真的判了,我可以为你找律师告法院!你不要哭么。你就等着,等他们上门来找你。"

"我现在是求你。你们都死人不管好了,我死了你们要懊悔的!老头子啊,你为什么走得那么早啊?我现在是孤苦伶仃啊!"奶奶边哭边撸鼻涕。

"好好,我去托人,姆妈,你不要这样好不好?我有个朋友是开律师事务所的,到时候,我就请他当你的代理。"华子一会儿喊老娘,一会儿喊姆妈的。我发现她喊姆妈的时候,一般都是比较严肃的时候。

"我跟你讲,还有乌虫跑街,我吃不消他,天天和我吵。"

"你和乌虫的事我不管,你当他是心肝宝贝,你以为我不知道?他不吵,你还要千方百计惹他吵,我看见过几次了。"

"对,我是自作自受,天下还有讲理的地方吗?跟你们说都是空的！噢，对了，你来的时候，到百货商店里买双塑料拖鞋来，天热了，我要用的。"

"老娘，我也不是包罗万象的。我哪里有空到商店去，你叫臭虫，或者跑街替你去买么。"

"臭虫像股鬼火，平时闪一闪就不见了，那里捉得到他？现在他更加放肆了，要骑到我头上来了，我哪能求他？你不肯也算了。"

"我是没有空去买的，我把我的新拖鞋带一双来。老娘，我这次到合肥开会，去看了梅子。"

华子在电话里又和奶奶说起了梅子的事。

"你不要提她，我没有这个女儿。八年了，连封信也没有。宁断千条路，不断娘家路，她眼里还有我老娘吗？"奶奶很生气地说。听说梅子十六岁的时候离开上海，在安徽农村插队，二十岁进了合肥的工厂当工人。八年前的冬天她回家探亲，和奶奶吵了个天翻地覆，一气之下她连夜踏雪拂袖而走，回到合肥后就音讯全无。

"老娘，梅子说她经常想你的，想得厉害了就要落眼泪。"华子显然是在包庇梅子。我发现华子对梅子的态度比较友好，对老爸却是惹不起，却躲得起。

"这个十三点，痴头怪脑想到哪里是哪里。八年前她带女儿来，我和她的女儿说普通话，她不开心，她认为我说的是江北话，是看不起她们，她说：阿拉又不是江北人……我普通话发音不准啊，十三点！她女儿临走也没喊我一声外婆，外孙狗，吃了走……"奶奶对华子发牢骚。

"老娘，这些都是鸡毛蒜皮的事，算了。梅子这个人没有坏心，就是头脑简单了点，她插队的时候不是被流氓打得半死吗？大概是那时候脑子被打坏了。梅子自尊心又特别强,最恨我们当她外地人……老娘,梅子的女儿志敏作为知青子女,是可以回到上海来的哎。"

"我晓得了,是梅子托你的吧?她想把女儿弄回上海了,她要用到我了,想到我老娘了?就想办户口了?捉鸡也要一把米,哪有这么容易的事?华子,这件事你不要插手,我晓得的,你就是会做人,会说好话。不过我不答应的!"奶奶斩钉截铁地警告华子。奶奶说完就挂了电话。

这是我头一回看到奶奶对华子发火、甚至讥讽华子"会做人"。

我们家的华子是个能人,她在一家超大型企业里当广告策划部部长,手里掌握着成千上百万的广告费,平时围着她转、求她办事的男人少说也有上百,在她的圈子里,华子说得上是呼风唤雨得心应手的人物,华子也利用她手里的权势借机给我们办点小事,诸如无偿借用小车、买出厂价的电器用品、逢年过节顺水人情给我们送份厂里发放的年货,她还经常给奶奶送烟。等等、等等。聪明的华子和建国一样,恰如其分地想着娘家的人,想着奶奶和我。

我从来没看到华子把藏在家里的拿破仑XO、白兰氏鸡精、皮大衣、羊绒衫还有漂亮的瓷器和字画搬到我们这里来,显然她认为这些昂贵的东西和我们弄堂平民的气氛不相适宜。

现在华子又来为梅子和志敏说好话,就因为华子的一句好话,奶奶后来为志敏的事到处奔波,差点跑断了老腿。梅子没对奶奶说一声谢谢,却把华子当作了大吉大利的福星。

奶奶责怪华子"会做人",奶奶洞悉世事明察一切。

那次老爸和奶奶吵了以后有很长一段时间不回家。

那是一段最最黑暗的日子，奶奶赌气躺在床上，整天哭丧着脸思念老爸。我只能在外面吃盒饭。那正是冬至以后，寒流来临的时候，盒饭常常是冰冷和乏味的。谁都知道老爸是奶奶最疼爱的儿子，他家里排行最小，据说排行最小的孩子最具颠覆和自由的性格，是推动社会发展的力量。可邻居们都说老爸恰恰是兄弟姐妹中最最"不入调"的，他长得比谁都登样，却比谁都没出息。对此说法我不以为然。我觉得老爸身上有一种非凡的神奇的秉性。他和传统的规范总是背道而驰，他是普通中的不普通。老爸把这种出色的秉性遗传给了我。

据说老爸出生的时候，奶奶正在睡觉，奶奶醒来后突然看见身边冒出一个白胖小子，大吃一惊，以为是在做梦。奶奶说她生了五个孩子，除了老爸，一次次都是出生入死的性命攸关。奶奶因此而疼爱和放纵老爸。随着年龄的增长，奶奶对老爸的疼爱变态成一种依赖和抱怨，老爸在家里的时候，她嘀嘀咕咕横竖不好、左右不满，老爸一不在她身边，她就牵肠挂肚日夜思念。这不，奶奶又在自言自语骂老爸了：死赤佬，鬼影子也不看到。你有种就不要回来！回来我就死给你看！

厨房水沟里的老鼠肆无忌惮地来回乱窜，它们似乎也知道老爸已经销声匿迹。这些肥硕的老鼠，它们疾走的速度是我所羡慕的，它们出现的时候，大部分人只会吓得尖叫，只有老爸会沉着地举手凌空而降，他总能一把攥住老鼠，然后迅速往地上一甩，老鼠就摔得脑浆迸裂。每当这个时候，我就对老爸生出一种敬畏。

隔壁的克腊问我，你想寻你的老爸吗？我说我当然想，水沟里的老鼠越来越多了。克腊没听懂我的话，他两根手指优雅地挟着雪茄，捋了捋他那出名的贼亮的时髦头发说，你不要对你老爸说，我就告诉你。我是看你可怜。

我跟着克腊骑了自行车一路过去的时候，我想那个小妖精一定住在装饰豪华的新房里，她披金戴银，就像电视广告里的女人一样喝拿破仑XO，我却在寒冷的天气里吃冰冷的盒饭，待会我一定要恨恨地骂她一声：狐狸精！

"这个外来妹已经海派了，说一口地道的上海话，人很妖的。臭虫交了桃花运，可惜他没有交财运。你老爸的生意不好，你知道吗？"

克腊那天也许喝多了酒，他在路上告诉我，小妖精是个川妹子，事情的发生非常像电视里的故事，她先是在老爸那里站柜台打工，后来么，"后来的事你也知道了。"克腊把事情说得很简单很暧昧。我却一心想着到了那里要不要砸点东西，以表示我的愤怒？

事与愿违。我是在棚户区的一个小小的屋子里找到老爸的。我奇怪这里并没有我想象的一切。屋里只有一些简陋的家具，墙上糊着旧挂历，有欧洲风光也有上海夜景。我觉得闪闪发光的上海夜景要比那些普普通通的欧洲风光漂亮多了。我将来至老、至死都不离开上海。

破桌子上一目了然，放着电饭煲、电炒锅、电热水瓶，一切的布置都充满了一种临时的、拼凑的气息。我发现这里没有我们家里漂亮、舒适，周围的房子和我们弄堂相比差远了。我进屋的时候，小妖精坐在小凳子上正在替老爸剪脚趾甲，老爸半躺在床上，手不时地抚弄着她的长发。我从来没看到老妈和老爸这样亲热过，而且我恍惚记起老爸请我上酒店的时候，那个坐在我身边的好心女人，我没想到她就是小妖精。我愣着发笑，就像两岁的时候在建国家里看到猪尾巴那样傻笑着。我谁也没骂，什么也没砸。

"小赤佬，你怎么会来的？奶奶出事了？"老爸看见我，大吃一惊。他第一个就问奶奶的情况。我感到深深的震动。我想起奶奶说过的话:"亲娘终归是亲娘"。真是这样吗?我以后对老妈会怎么样呢?她现在越来越令人讨厌了,眼圈描得像大熊猫,面孔涂得白白的,简直是一败(白)涂地。她而且不要我,她只要房子,关于这一点,我不愿意让任何人知道,尤其是蓓蓓和莞莞。顺便说一下,我是个电视广告迷,我特别对那些古为今用的"新"成语记忆深刻,比如:机(鸡)不可失、一见(机)钟情、百年好合(盒)等等。

"奶奶没事,就是不肯起床,老爸,你真的要把房子给她?"奇怪的是我提到老妈竟用了"她"这个代词。

"我是吓吓你奶奶的。我不吵,你老妈肯放我过门?现在她也看到了,你奶奶不肯,我有什么办法?!"

"我要去对奶奶说,让她放心。她放心了就会起来,就会烧饭给我吃了。老爸,我不想吃盒饭了。"

"你不要对奶奶说。╳那,你中午饭是在学校里吃的,就一顿晚饭呀,你冤枉鬼叫的!我抽空会回来给你烧晚饭的。对了,你叫阿姨。"老爸皱着眉头,说。我暗暗庆幸他已经忘了问我是怎么找来的。

我很不情愿地对着小妖精叫了一声阿姨。我装作记不得她的样子。小妖精忙着讨好我,她剥了一粒糖果塞在我的嘴里。我发现她果然一点儿也不像乡下人,她干净、秀气,说话像莞莞的老妈,声音轻轻的,软软的,很好听。我努力不流露出对她的好感。再怎么样,她也是一个第三者。

莞莞说她将来结婚一定要找米(钱)多的,她要住花园洋房,她不会在弄堂里过日子的。我不觉得老爸是个有"米"的人,我不明白,小妖精怎么甘心待在一个破房子里呢?

"奶奶，我去过了，看到过她了。"我一说，奶奶就知道是指谁了。

"小赤佬，你怎么找到的？她长得什么样子？你老爸说什么了？"奶奶从床上坐起来，很兴奋地眨着眼睛。

"他说他会回来的，你以后晚饭可以不要做了，老爸会来做的。她么……"我犹豫着，没说。我很奇怪地回味起她塞在我嘴里的糖果。

"你老爸什么时候说话算数了？他还不是三天打鱼两天晒网！我在一天，他就会无赖一天，他舍得离开她？看你笑嘻嘻的，骨头轻死了。你当心晚娘的拳头，六月里的日头！"奶奶警告我。我算是讨个没趣。

其实克腊不仅把小妖精的住处告诉了我，还告诉了我老妈。克腊是因为生老爸的气，据说我老妈和小妖精最初都是和克腊来往的，但是后来她们都看上了我老爸，尽管如此克腊和老爸还是好朋友。

老妈也和我一样在那个棚户区里找到了老爸他们的小屋，老妈看到老爸独自一个在里面吃饭，老爸吃的是酱菜下饭，显得很潦倒。

"小日子过得蛮好么。噢，×那，你们儿子又养好了？这张照片是一岁还是两岁？狐狸精人呢，啊？"老妈这里看看，那里看看，像侦探一样指着玻璃台板下的小孩照片问。

"你不要胡搅。这是朋友送的照片。你到底打算怎么样？"

"我还是这句话，我要房子。"

"房子你想也不要想了，老娘的态度你不是不知道。还有华子，她也不是好弄的人，她的户口还在家里，她到时候肯定要讲话的。"

"我看是你不想给。我不管你老娘不老娘的，你要想办法。我问过了，重婚罪要坐五年牢。你不给我房子你就去坐牢。你这个瘟生！"

"你自己是瘟生!我等着你叫法院的人来。我进去倒省心了。我也不要日日赶过来替乌虫烧饭了。你和儿子去过吧。"

"你不要想得美。儿子我是不要的,以后我也不管的。是你对不起我,儿子也是你拆的烂污,凭什么要我管?"

"你不想管儿子,你逼我干什么?老实说,我现在生意也不好,柜台都退了,离婚也离不起。我现在不想离婚了,就这样熬着,大家淘浆糊。"

"你打的什么主意?我要离婚!我要房子!你这个杀千刀的,毒棺材!×你妈的,我和你拼了!"老妈发疯般地跳起来,披头散发地要和老爸拼命。

"你吵什么吵?你这个好吃懒做的泼妇、烂污×,你毁了我一辈子,你滚!"老爸一把拖了老妈的头发把她扔到门外。

"你打死我吧,你打吧。××!我不要活了……"老妈跌倒在地上,她挣扎着要起来。

"你再走近半步,我就要你的命!我一命抵一命!"老爸瞪着眼,铁青着一张长方脸,他显然活得不舒畅,他是豁出去了。

老妈没敢再走近那间小屋。

有一天来了两位律师找奶奶,说是受朱女士(我老妈)的委托,办离婚案的。两位律师都长得矮矮的,一个戴着眼镜,尖嘴,猴腮,另一个小耳朵、大眼睛,两个人都很精怪的样子。一听说是律师,奶奶就嘀咕着说来者不善,善者不来。那两个律师听见了也装没听见。

"老太,你知道你儿子犯了重婚罪吗?"尖嘴律师在奶奶的要求下出示了证件,然后撮着尖嘴很不高兴地对着奶奶发问。

"我怎么知道？我儿子又不是小孩子，他已经四十岁的人了，他小时候我管他读书、吃饭，他大了，我管他结婚、买家具、布置房间，但是我管不到他老死。我也管不着。我自己八十岁，半截子入土的人，我还有几年？"

"按照法律，重婚罪要判三年到五年的牢狱，你是当母亲的，你能坐视不救吗？"小耳朵律师翻着手里的本本很严肃的样子，他说话的时候不断地抖着他的两腿。

"一人做事一人当，他如果犯了法我有什么办法？不过，到时候吃苦的恐怕不是他一个人。"

"老太，你这话就说得对了，你是个明白人，我们就实话实说吧，现在，要么你签字，满足朱女士的房子要求。离婚，你总要让她有个落脚的地方吧。要么，你眼睁睁地看着朱女士告你儿子重婚罪，你儿子要受牢狱之苦。"

"重婚不重婚这不是说说的，要有事实根据的。她可以请律师，我们也可以请律师的。我女儿的朋友就是开律师事务所的。黑心女人她娘家的房子比这里大，为什么一定要我们这里可怜的小地方，你们看看，我们就这一间好房间，给了她，儿子、孙子和我一起挤在小阁楼上，你们看，这像样吗？讨饭娘还想着做官的儿子，她怎么不为她自己的儿子着想？"

"朱女士放弃儿子，也是不得已，她现在没有正式工作，没有能力抚养孩子。你们的困难当然是有的，但是可以想办法。你儿子、孙子可以照旧在外面借房么。至于朱女士，嫁出去的女儿，你要她回娘家怎么可能呢？"小耳朵律师的腿抖得越来越厉害了，我担心他会从椅子上摔下来。

"你们先是逼我签字,再赶我儿子出门,我不答应!有理不在先告状,我准备和她打官司。你们不要吃吃我老婆婆,我也有合法权利的。嫁出去的女儿怎么啦?我们弄堂里离了婚的女儿都是回娘家的。我虽然不出门,但是我天天看电视,我这里串门的人也是不断的,现在的规矩我都懂的!"

"我们没有逼你的意思。在婚姻里朱女士是个受害者,对于受害者,我们总是要给予更多的关心和支持,法律也是伸张正义的。你儿子在这方面是理亏的,到时候他不仅要让出房子,他还要支付一定的损失费。你如果不签字,不答应给朱女士房子,我们就将支持朱女士起诉你儿子的重婚罪,到时候,老太,你请再好的律师也是没有用的。你恐怕是房子、儿子都要失去了。"尖嘴律师振振有词,唾沫横飞。

"你们吓吓我的,其实你们是瞎子吃馄饨——心里明白,这个女人是不会去告的。"

"为什么?"

"她告了,她有什么好处呢?黑心女人是铜钱眼里翻跟头——想钞票想得发疯了!她要的就是房子、钞票!如果她把她男人送进牢房,她一分钱也捞不到,倒过来还要抚养儿子,她不是吃亏了么,她肯吗?"

两个律师一时竟无话可说。

我那天就躲在门后,把一切都听了个明明白白。我发现奶奶非常能言善辩。我为老妈请了如此两个窝囊律师而感到遗憾。尽管我并不希望老妈得到房子。

我不愿意离开我住了很久的房子。这房子里有一股酸酸的老旧的温暖气息。深夜的时候，我偶尔醒来，我能听见野猫窜进楼上晒台的声音，它们在楼梯上飞快地疯狂地互相追逐，我理解那种快乐那种自由。我在梦乡里和它们一起奔跑。天亮的时候，后弄堂里此起彼伏响着呼唤老山东的声音，要上班的和要上学的都要吃一碗老山东的小馄饨。我在奶奶大声的呵斥下醒来起床，我站在后弄堂刷牙的时候，老山东就来兜生意了。

"小大爷，早起。来二两小馄饨？"

"汤大点！馅要放足！"

"老吃客！"老山东嘻嘻笑着点点我的头。

我还喜欢骑着自行车在小小的弄堂里鱼儿似的游荡，每一次转弯都是一个诱惑，诱惑着我铤而走险。我尤其喜欢听"圣方济"的大钟，听它凝重久远的钟声，这钟声来自一百年以前，它象征着过去、现在和未来。

无论是白天还是黑夜，我都喜欢我们的弄堂，我们的房子。

就在尖嘴律师和小耳朵律师来过以后，奶奶开始很卖力地为梅子的女儿志敏办回沪的手续。我发现奶奶其实是口是心非、嘴硬骨头酥的人。

"梅子插队吃了很多苦。我帮她把志敏的事情办好了，我这辈子就没别的牵挂了。"奶奶和邻居的老姐妹们表白心意。

奶奶有很多的弄堂老姐妹。别看她们同气相求，到关键时候就互不相关了。比如佳佳的奶奶，弄堂里人们都叫她"姥姥"。姥姥和老山东一样做了好几年的无证经营买卖，老山东经营馄饨，姥姥经营油墩子。据说姥姥攒了很多的钱。奶奶和姥姥曾经是街道缝纫组的同事,她们在一起窃窃私语是传播流言的好友。但是有一阵子奶奶打麻将输了钱,一时之急,奶奶借了姥姥一百五十元钱。从这以后姥姥就天天要来串门。

"姥姥,你阿是生怕我突然断气,死人头上无对证,我借你的一百五十元钱到时候泡汤了?我给你一张借据。"奶奶有一天憋不住就说姥姥。

"这是啥闲话?老姐妹了,我看望看望你,难道错了?我走、我走。好心没好报,良心被狗吃。"姥姥申辩着逃之夭夭了。

"七十不借债。古人说得一点儿也不错。但是姥姥也太小看人了,我好歹也是有儿有女的,都是有出息有钱有办法的,我平时不开口要罢了。"个性倔强的奶奶一气就找了华子,让华子立时提钱来还了姥姥。但是从这以后华子就极力反对奶奶重振雄风再上麻将台了。

替志敏办手续的过程很复杂,奶奶踮着脚又是街道又是区委的到处奔波咨询、登记,还托了熟人。一有消息奶奶就和梅子打长途电话。

"你要到上海跑一趟的,志敏转学的事,到现在八字还没有一撇。区里说了,你在八月份之前一定要来办的,过期不候。"奶奶说话的口气居高临下,还咬文嚼字,仿佛她就是区里的官员。我发现奶奶对华子和梅子说话的口气截然不同。

"我马上来,我马上请假来。"梅子二话不说一口答应。

这以后梅子揣着志敏的户口证明、学籍证明在上海、合肥两地来回跑。梅子来的时候就带很多的花生米和野蕨菜。梅子说这些都是不要钱的,梅子是食堂仓库里的保管员。

梅子回来的头一个晚上,和奶奶在阁楼上说了很长时间的话。梅子的细而尖的嗓子在夜色里像一条长长的亮光,异常清晰。奶奶比梅子还要兴奋,她数落着家事,像解着一团过去的乱麻,没有头绪,也没有开始和结束,奶奶先是说老爸有两三个月没回家了,然后再倒叙老爸小时候被文攻武卫打伤的旧事,奶奶说着说着就哭了起来。

"这个末代子孙,良心被狗吞了。那个短命律师吓我说,他要判坐五年牢,我说一人做事一人当,他就是真坐牢我也不心痛的……你没有看到他吵的辰光,他的吃相,要吃我下去了,他摔我的茶杯,喏,这样子……"奶奶在阁楼上弄出了一点模拟的声音。

我躺在楼下的房间想象着奶奶在阁楼上模仿老爸的样子,奶奶是个很有表演天赋的人。我知道从此以后,茶杯的故事将成为我们家庭的经典故事。

"不得了。我们家里的人从来没有这样的吧?我以前跟你吵,也最多是顶嘴。老娘,我看到臭虫也有点吓的,他有一股横劲。记得他小时候打群架打得头破血流的……姆妈,你不计较我的过错,我很感动的,我在外面也想你的啊……"梅子哭了。梅子是个感情脆弱的女性,她总是用眼泪来表达她的感动、愤怒、痛苦和快乐。

我在奶奶和梅子的抽泣的话语里迷迷糊糊地睡着了。我梦见我在教室里被我的同桌欺负。我的同桌是个凶狠的女孩,我的手臂每每超过她划的三八线,她就要用铅笔尖刺我、捅我,我想起老爸告诫我的:这个世界充满了暴力和欺骗。我灵机一动就举手揭发这个女孩,我说老师,她上课缠着我说话,我没法听课了。受骗上当的老师把这女孩驱除出去,还百般表扬我的诚实和勇气。我听到这女孩委屈的哭声,我得意洋洋。

我在女孩的哭声中醒来,我发现已经天光大亮了,我意外地听见阁楼上梅子和奶奶的抽泣的声音。我一时还不过神来，我摸不准，我究竟是在梦中在教室里还是在床上在家里？我不明白，难道奶奶她们哭了整整一个晚上？

梅子一直自称是上海人。她说她在合肥无论走到哪里，人们都一眼看得出她是上海人。

我看梅子却觉得她是一个纯粹的乡下人，她说话粗鲁，皮肤黝黑，服装俗气，一点儿也不像华子那么苗条、白皙、漂亮，衣着典雅。梅子说话还带着一种怪怪的拖音，夸张、滑稽。梅子已经不会说纯粹的上海话了。

梅子也有一个绰号：酸梅子。听说小时候梅子和老爸总是互相嘲弄，臭虫、酸梅子彼此叫个不休。

梅子还特矮，和老爸和华子他们比简直是判若两家人。我常常听到华子开玩笑说，梅子是奶奶在产院里搞错的。奶奶对此有另一种解释。奶奶说，梅子十六岁的时候在农村，再怎么偷懒也挑过担子，梅子的个子就是在那时候压坏的。

我带着梅子去看过老爸。梅子带了她的花生米和野蕨菜。我们出门的时候，没敢跟奶奶说。那会儿奶奶正躺在床上，她踢了一下脚跟的包裹，显然有话要说。我们不得不止住脚步。

"去给这个赤佬！"奶奶说完就转身对着里床，再也不说话了。

我们到了外面打开包裹，发现里面都是老爸的换洗衣服，还有两包华子给奶奶的中华牌香烟。梅子看着看着，忽然又哭了。

梅子去看老爸，很大的原因是为了志敏，她担心老爸会容不下志敏。梅子猜想，奶奶起劲地为志敏的事到处奔波，多少和老爸闹别扭有点关系。

"你不要瞎猜。老娘的脾气我还不知道?她跟我赌气是真的,为你办事也是真的,我人虽然不在家里,我知道的。×那,老娘担心房子倒是可能的,这是针对那个臭女人的。志敏户口进来后,这臭女人要房子就更难了。"老爸用手捞着梅子的花生米吃,拍拍手。

"志敏来上海,还希望你当舅舅的多多关照。"

"这算什么话?你哪里学来这套东洋礼仪?按照政策可以回上海的,我会有什么意见?你放心,我没有意见的。"

"有你这句话我就心定了。听说有很多知青子女回到上海后,住在外婆家里,和舅舅舅妈的关系搞不好。有的还闹出人命呢。你不要误会,我当然不是说你不好。我本来想要求待岗的,和女儿一起回来,但是单位不允许。我也求过人,也白搭。这事我还没跟老娘说清楚呢。现在只有求你,照应我女儿了……"

"你不要看扁我。你我以前都到过农村,你是插队,我是农场,半斤和八两,同命相怜,就看在这个份上,这个忙我也帮。"

"那么女儿的生活费我就寄给你了?亲兄弟,明算账么。"

"生活费,你要寄,你就寄给老娘,我是不要你一分钱的。到时候,我吃饭,志敏不会吃粥;我吃肉,志敏不会吃萝卜干!"

"好,爽气。臭虫,以后你到合肥来,我一定请你喝老酒。在上海,我没法和你们比,我是穷人,是安徽人。在合肥的厂子里,我的日子才算风光呢,山珍海味、飞禽走兽,什么好东西我都吃过,我家里虽然是平房,三年前我自己搞了个卫生间,用抽水马桶,厂子里多少人来参观,谁不羡慕!都说到底是上海人,就是不一样的享受!可我一回到上海就没有感觉了,看你们,连喝的都是净化水。我成了乡巴佬、土八路……"

"我和你酸梅子还不是一样的——脚碰脚？结结巴巴的，过的是自己的日子，你别看我，西装笔挺，抽的是中华牌，喝的是净化水，这是另一回事，我靠的是什么？是自己！我办事还不是到处求人！借个柜台，工商所、税务所、环保，都要来拔毛，难啊……你看华子，吃公家的饭，要车有车，要房有房。她分的那套公寓，少说也要五十万，我得去抢银行！人和人就是不一样……"

"就是，就是。我想，人的命都是前世分配好了的，华子以前还不是和我们一样？她运气好么。我什么都想通了，我现在就巴望女儿争气，我相信我还有老来福，将来我还能和华子比一比呢……对了，你答应跑街回家烧饭的，听说你就回去了一趟，也没和老娘叫应。算了，自己的老娘，憋什么气呢？你看，老娘让我带来的，这是你的出客西装吧？"梅子把包裹打开，一件件地让老爸验收。

"你收起来。老娘的事我心里有数的。我看她样子还可以，我最近要到外地去送一批货，事情结束后我会回家看看的。你关照老娘，她弄不动，就给跑街一天十块洋钿，让他自己买了吃，用了多少钞票我会跟她结的。"

梅子和老爸俩说话直来直去的，没有一点儿虚伪和客套，这是我们家的传统。他们三言两语就说妥了志敏的事。也说妥了我的事。这以后我就天天缠着奶奶要十块钱，为了这一笔小财，我情愿奶奶整天躺在床上。

我开始期待着志敏的来到。

夏天的时候志敏终于来到上海，我突然有了一个朝夕相处的姐姐。

志敏来的时候老爸和老妈已经离婚了。但是老妈暂时还赖在家里,她没要到她渴望要的房子,但是她争取到了一笔巨额赔偿费。她说没拿到这笔钱谁也别痴想她会乖乖地走路。这时候奶奶老得已经爬不动楼梯了,糖尿病也经常发作。老爸和老妈争论了整整三天三夜,老爸最后以赔偿费要挟,结果是老妈搬到了奶奶的阁楼上住。八十岁的奶奶总算回到楼下的房间了。

志敏长得有点像华子,皮肤很白,只是个子小小的,这是梅子的遗传基因。算起来,志敏比我年长四岁。

楼下的房间里多了一张小床,铁的架子,木的铺板,混合着钢铁和木材的清香,非常可爱。原先是为志敏搭的。但是我捷足先登抢先占领了。第二天志敏来了就和奶奶睡在一起。

因为床的原因,我稍稍有点儿内疚,因此我对志敏格外殷勤。

"姐!"我大声地喊着志敏。我喊出这一声"姐"的时候,我觉得心儿轻盈得要飞起来了。我还从未这样亲热地叫过表姐晓荔。奶奶惊诧地看看我,嘴角不以为然地撇了一下。

"今朝太阳西边出了。志敏,你就叫他乌虫跑街。"奶奶学着电视里节目主持人介绍嘉宾的口吻,把我介绍给志敏。我挑剔地注意到奶奶的普通话其实是一口的苏北腔,口音和那个鹰钩鼻子的出租汽车司机一模一样。怪不得梅子为此跟奶奶吵个不休。

志敏犹豫着,初来乍到她自然不好意思喊我的绰号,她抿着嘴巴半天没开口,搞得我反不好意思了。我的大名叫顾龙飞,志敏终于在华子的倡议下掐头去尾地叫我"龙龙"。从此以后我有了一个小名。我听到志敏叫我龙龙的时候我有一种崭新的感觉,似乎家里的一切,连同小阁楼都格外明亮起来。我想努力表现得出色和引人注目,越是如此我越发疯疯癫癫了。

我拉着志敏的手,我们在屋里跑前跑后,我一一指点告诉志敏,哪个自来水龙头是属于我家的,哪个破脸盆可以暂时充当垃圾箱,煤气开关如何使用,卫生间的水箱如果漏水该怎么办,还有脸盆、脚盆该如何分辨。别看我们家的房子并不高级,但是我们家煤、卫俱全。据说半个多世纪前,我们的房子曾经是一个日本商人的住处,日本商人在这栋房子里安装了日本的蹲式抽水马桶、和式移门、煤气,直至今日,我们卫生间的蹲式抽水马桶、甚至那黑黝黝的铁制煤气灶据说都是那个时代的遗物。我长大以后才知道,上海虹口一带,曾经沦为过日本的租界。我们房子的格局竟然是讨厌的日本习俗的残存。

志敏是由她母亲梅子陪着来的。梅子说,她最多呆三天,就要回合肥的。奶奶一听就愣了。

"原先不是说好,你可以待岗的么?你不回来怎么行?跑街,我是没办法,沾了手,我不管他,邻居也要说闲话的。但是我没有精力管志敏的,我的糖尿病发起来,连自己也管不了的。华子他们又不把我的病当一回事的,我是泥菩萨过江,自身难保。"

"我和臭虫打过招呼,他答应帮忙的。现在单位里有生活做了,就取消待岗的政策了,如果我一定要回来,就要除名的,我的劳保福利、医疗待遇都没有了,二十多年来我吃了多少苦头,眼看要退休的人了,硬撑也要坚持到底的。"

"你们都有事,就是我老太婆吃饱饭没事干?臭虫是靠不牢的,你不是不知道。他千年难得回来一次,买点菜、烧顿晚饭,我是宝玉补天,一天不如一天,我只有青菜、蛋汤,至多摊两个荷包蛋,我是糊死日。我菜场跑不动。"

"你吃啥志敏也吃啥,实在不行就让她买盒饭吃。老娘,实在对不起了,艰苦两年,一有机会,我就回来。"梅子的脾气是吃软不吃硬,她没有留什么余地就回合肥了。

我这个人有一个很大的优点,就是自来熟,我很快就和志敏打成一片。我感到遗憾的是老妈对志敏就像对外人一样。也难怪,没人对志敏说起该如何称呼我老妈,除了和我,老妈和奶奶的一家已经没有任何关系了,他们甚至见面都不打招呼了。但是我发现志敏对老妈有一种格外的小心和警惕,也许梅子早就告诉了志敏一切。值得庆幸的是,老妈是个夜猫子,志敏和她打照面的机会少而又少。

因为我的自来熟,志敏对我竟有了一种依赖,特别是梅子走了以后,志敏和奶奶处得不好,她和我更亲近了。

梅子走以前和奶奶吵了一架。事情还是由我引起的。

因为志敏的到来,连续几天我处在一种亢奋的状态中,难免有一点失态。比如我格外喧闹,有出人头地的欲望,我尤其不愿梅子来管束我。她出手没有华子慷慨大方,说话不如华子面面俱到,梅子在我们家里最不被人当回事儿。

梅子想在我的身上树立她的自信。

那天先是奶奶扳着手指夸耀华子和建国,说电视机、微波炉都是他们送的,后来又夸老爸,说老爸有时候虽然脾气横对,但是细心起来,却是连当女儿的也及不上的。奶奶举例说夏夜乘凉的时候,老爸把臀下的竹榻让给奶奶,同时总忘不了绞了冷毛巾,擦一把,奶奶坐上去,屁股的感觉就不是火烧火燎的了。

"用冷毛巾擦过的竹榻凉飕飕的,赛过空调。"奶奶夸张其词。

提到北京的老伯，奶奶就炫耀说他工作如何如何忙，又是如何如何重要。奶奶夸了她所有的儿女，唯独就没提梅子。梅子沉默着，梅子什么都没说。

后来梅子不知怎么说起了男人和女人，梅子说，我觉得男人都不是玩艺儿，吃着碗里的想着锅里的，有了老婆还要有情人，还指着我的鼻子说，你老爸也不是东西！我从来没听到有人这样非议老爸，老实说，即使奶奶连篇累牍地痛骂老爸也没叫我生气过，梅子让我生气了。

"你才不是东西！你是酸梅子！酸梅子！"

"你也叫我绰号？不得了，连小孩也要爬到我头上来，你没有规矩的？"

"酸梅子！酸梅子！"

"再叫，我不客气了，我要打的。"

"好了，好了，烦死了，吵什么！梅子你难得来一次，哪能这样不客气的？"奶奶出面了。

"老娘，你也听到的。跑街一点规矩也没有，他爷娘不管，你们不管，我是他姑妈，我可以管，我要做他规矩！"

"若要嘴巴讲得响，先要自己做得像。他对华子就很有规矩么。华子从来不舍得碰他的，喜欢跑街像性命一样。你就对他好一点儿么！"

"你不要包庇！你们都看不起我，连小孩子也晓得你们看不起我，他是仗势欺人！"

"你十三点！我好心劝劝，你猪八戒倒打一耙。你说我包庇乌虫，我就包庇，你敢打跑街一下？"

"我是他的姑妈,我为什么不可以管?小孩就要做规矩的,否则还了得?"

"就是不好打。我今天在,你要打就先打我!你敢打一下?你做规矩,我也做规矩。"

"你今天太气人了,你吃吃我,你就是看不起我。我穷呀,我们合肥工资低呀。我如果有钱我也会做好人的。我买一个微波炉、电视机送给你,买好吃的好玩的送给跑街,你们也会说我好话的。我心有余而力不足,就是没有能力,被人看不起。"

"你怪我了?×那,我哪里做错了?我帮你女儿办手续,求人送礼,我要过你一分洋钿吗?我脚痛,还要为你的志敏跑东跑西的,我做错了?我是阿王炒年糕,吃力不讨好了?你又要来气我。华子就是好,建国也好。我偏要说他们好。"

"我不和你争了。我人穷志不穷,我对得起自己良心就可以了。我每次来上海,请假扣的工资不去说,其他的开销要用去我们一年的积蓄,我还不是为了看看你老娘……可是我总是不落个好……"梅子说着就哭了起来。我发觉梅子和奶奶绝对是"钉头和铁头",是冤家对头。

梅子哭的时候,志敏咬着嘴唇,两眼泪汪汪的默默地依在梅子的身边。我想志敏就是从这个时候开始和奶奶生分起来的吧。

志敏说话声音很轻,而且很少说话。奶奶不喜欢志敏,她形容志敏的说话声"像蚊子叫"。我却非常喜欢。我和志敏说话的时候我就和志敏头挨着头,我嗅到志敏头发上洗发水的清香,还有志敏的嘴唇里,饭后留下的甜甜的酸酸的气味。

梅子走了以后，志敏就和奶奶睡在一张床上。她们俩是同床异梦。奶奶日夜思念的是夜不归宿的老爸，志敏思念的是她母亲梅子。那一年志敏十五岁。梅子总说志敏还是个孩子，奶奶却说十五岁还小？令奶奶生气的是，自此以后梅子隔三岔五地就来电话，梅子和志敏在电话里肉麻兮兮地互相发嗲。

"乖囡，电话你先挂。"

"你先挂。"

"好好，亲一口，啧啧……"

"再亲一口么……"

梅子和志敏在电话里无所事事地要纠缠好一会儿。有时候志敏放下电话的时候，还会哭起来。志敏和她的老妈一样，是个爱哭的女孩。志敏哭的时候，奶奶在一边气得扭歪了嘴巴刷白了脸。

奶奶终于忍不住了，她要了华子的电话，吵架似地抱怨起来。

"梅子这个十三点，一星期来了五个电话。她说她没有钞票，打起长途电话来怎么一点儿也不晓得肉痛了？"

"老娘，她是想她的女儿么，人之常情。你就让她去，反正电话费不是你出的。"

"人之常情？以前八年，她音讯全无，她有来过一个电话吗？她想到过我这个老娘吗？现在天天来电话，是打给她女儿的呀！和我？和我讲不满三句话的，和尚念经，有口无心。她做做样子的呀！我和她也没什么好说！"

"梅子十六岁到外地农村插队，那时候老百姓家里还没有电话，你不是也天天逼着我写信？你眼泪水像落雨水，你忘了？志敏现在十六岁还没到呢。你就算了，不要作了。"

"放屁!那时候梅子是到哪里?现在志敏是到哪里?上海和农村,飞机头比癞痢头,这两个地方好比吗?这个十三点,我本来好好的,现在弄点气来受,早知今朝何必当初!"

"小姑娘好不好?"华子转换了话题,问起志敏的情况。不问还好,一问,奶奶更是火冒三丈。

"好个屁!吃饭挑食,小姑娘嘴巴刁透了,隔夜菜不碰的,蔬菜不吃的,我烧一碗虾,一碗红烧肉,她就只管盯着吃。俗话说看菜吃饭,她偏是吃菜看饭,吃相难看得我接待不起。还有一件奇怪的事了,小姑娘洗碗只洗她自己的,自顾自的。"

"你讲讲她么,她是小孩子,不懂事体。你是外婆么。"

"我是不讲,我讲了,梅子知道了,还以为我在虐待她的宝贝女儿。我要她回来,女儿在这里,她就这样甩手不管了?"

"她也没有办法,你就不要逼她了。我马上要开会,我不和你多说了,你自己放宽心,不要管她们闲事,随她们去……"

"好,我不管……华子,我关照你,我的脚又肿了,糖尿病又发了,一点力气也没有。你带点药来。"

"好的。老娘,你不要老是发病发病的,脚肿么,不要太吃力,注意休息。我有空就来看你。"华子急急地挂了电话。

"听到我发病就像避瘟神一样,平时做人都是假的。"奶奶一边嘀咕一边打量响着忙音的电话筒,叹口气。我后来才明白虽然奶奶有事就找华子,奶奶对华子其实是非常失望的。

尽管如此,我们最开心的时候还是华子来的时候。华子不仅给我,也会给志敏带来一份小小的礼物。华子是一个喜欢"做人"的人。每次她来看望我们,走的时候,我和志敏都会送她走出弄堂口,我们看着华子拦了差头，消失在前面的车流里，我就带着志敏到大街小巷乱窜，到医院、到车站，到一切我曾经深深迷恋的人声鼎沸的地方，我渴望和志敏分享这一切。遗憾的是三角地菜场已经是一片废墟了，那里将建起一座现代化的大商厦。我小小年纪已经看到沧海桑田世事变迁了。

"跑街，你送你华子姑妈是假，出去发疯是真，你有几根狗肚肠，我还不知道！"有一天我和志敏送华子出去，奶奶堵在弄堂口很得意地拆穿了我的把戏。

我嘿嘿嘿地傻笑。

"乌虫，你有了一个'姐'，又要有一个'姨'了，就是你老爸的那个'她'呀。你交桃花运了。"奶奶也嘿嘿嘿地故意学着我的笑。奶奶有一种奇特的幽默，高兴起来的时候，怪话连篇的。

"老娘，怪不得跑街要和你作，你看你，闲话乱说，和跑街两个人无大无小的，我早就说了，你和跑街，吵也是你们，好也是你们，插手管你们的事，没有意思的。"正要跨进车子的华子听见了奶奶嘲我的怪话，摇摇头，又忍不住抿着嘴笑，"跑街，你开心了，你交桃花运了？骚死了！"

我说过，华子回到老家，她说话就要肆无忌惮了。我朝华子扮个鬼脸。

"再见！"华子在车里摇着手。这时候的华子显得十分可爱，她令我想起她还未出嫁的时候，她搂着我在床上滚的日子。

奶奶老和志敏过不去。一样的事情，临在我的头上，奶奶没有任何异议，到了志敏的身上就不得了了。比如吃饭挑食，比如饭后洗碗，再比如出门玩耍，我日里夜里的在外面发疯，奶奶除了担心，从来没有生我的气，但是志敏就不行。特别是志敏到楼上蓓蓓的家里串门，奶奶非常生气。

楼上的蓓蓓是个死心眼的女孩，她总是把很多功课带回家，即使如此，蓓蓓的学业一点儿也不比我好（我是个贪玩无度、荒废功课的留级生）。志敏学历比蓓蓓高，志敏到蓓蓓家里串门，先是吃蓓蓓的酸奶，志敏特别喜欢吃酸奶。后来志敏就成了蓓蓓的义务课外辅导老师。

蓓蓓的老爸"小姑娘"十分欢迎志敏的光临。他曾经阻止过蓓蓓和我的来往，现在他一反常态，总是在超市里买了很多的酸奶回家。每次志敏辅导蓓蓓完了以后，小姑娘还慷慨地让志敏玩她的电脑。志敏正在课外学电脑，她在蓓蓓的家里如鱼得水乐不思蜀。

我不喜欢去蓓蓓家里串门，在蓓蓓的家里不能大声说笑也不能活蹦乱跳。蓓蓓的老爸总是用苛刻和严厉的眼光打量我，遏制我的活力，就因为四五岁时，蓓蓓跟着我在菜场里发疯摔得小腿骨折，我在他眼里永远是个闯祸精了。他还自以为是故作一副儒雅状。奶奶说他小时候老爱把痰吐在别人家门口，我留意观察，果然，他乘人不备就把垃圾往楼下扔。怪不得我常常在门前的街沿石上，发现他那些包了果皮瓜壳的空白的财务报表。

奶奶闲坐在后弄堂，和姥姥、老山东他们飞短流长的时候，奶奶就一个劲地说志敏的不好。

"你们都看到的噢，小姑娘进进出出，眼睛长在头顶心，嘴巴上贴封条，不认人不叫人的。"

"梅子也真是，就这样把女儿丢在上海，死人不管了？"

"她在合肥赚大钞票了！哼，三百元一个月，上海拾垃圾也比她强！她是怕服侍我这个破老太婆。我老早就说了，等我翘辫子了，到时候一个也不要来！让弄堂里看笑话。"奶奶提到梅子就没生好气，总以为梅子是在逃避责任。

"你不知道，弄堂里 21 号的黄家，她的外孙女和志敏一样是知青子女，从云南来，这只小姑娘是个角色，有一次外婆为什么事骂她，她不声不响竟然录了音，等她老妈回来放给老妈听，她老妈心疼女儿，和外婆吵了个天翻地覆。外婆气得只会说好，好……"

"所以我不说。我就看，我不自讨没趣。姥姥，我昨天好容易托人买了六块大排，被这两个讨债鬼一抢光，我连味道也没尝着，我只好吃青菜汤。小姑娘不懂道理，没有孝心，将来报应的是梅子，不会是我。"

"算了，手心手背都是肉，外孙吃了，和孙子吃了都是一样的。"

"对不起，梅子给我几钿？我一个穷老太婆，供不起。乌虫是湿手沾面粉，没办法……怪了，乌虫跟她，像跟屁虫一样。小姑娘这几天晚上，又在往楼上跑了，到时候东家长西家短，生出事体来，来不及。唉，你们没看到，乌虫一个人留在家里，像无头苍蝇一样。"

"姐，奶奶又在弄堂里说你坏话了……"志敏放学的时候，我偷偷地在弄堂口堵住她。我把我听到的一五一十都告诉志敏，我一心一意想帮助志敏。我还幻想志敏也许会离蓓蓓远点儿。没想到志敏和奶奶说话更少了，她往楼上跑得更勤快了。

志敏在蓓蓓家里的时候我就待在家里，即使是外出玩耍，我也不敢跑得太远，我担心志敏会找我。我等待志敏回家的时候我坐立不安。这时候奶奶就特别生气，她恶声恶气地嘲笑我。

"跑街，你充军啊，急匆匆回家干什么？屋里有赤佬等你啊？"那晚我约了一梭去玩游戏机的,到了俱乐部门口我踩了一个污水坑,两脚顿时像撑船一样,灌满了水,我一气跑回家来换鞋,奶奶迎头就是一番嘲弄。

"赤佬有什么不好？我欢喜赤佬！"

"只怕是你有心,她无意,赤佬不想和你要好。"

"你不要挖苦,不要讽刺,我不和你说话了。我是来换鞋的。"

"事实如此,你以为我不知道？你天天一个人待在家里,她在上面早就把你忘记了。你干吗不发嗲叫'姐'？"奶奶怪声怪气地模仿着我的声气。

我气得用那双该换的脏鞋在奶奶的床上拼命践踏,乱喊乱叫地发泄一通。

"你出气出到我头上来了？我有亏待过你吗？你人有良心狗不吃屎！"奶奶大声地呵斥我,同时一记巴掌飞过来了。这是奶奶第一次打我。

我抚摸着脸颊和奶奶面面相觑,说也奇怪我们都安静下来了。挨打反而给了我一种安全感。因为我在奶奶哆嗦的嘴唇上确认了她对我的疼爱。就像老爸狠命揍我一样,我从来没因此而怀恨过他。

我是一个犯贱的可怜孩子。

有一天我放学回家,我发现老妈从我们家里消失了。我看见床上的羽绒被、羊毛毯和衣柜里老妈的衣服都不在了,我就明白,老妈走了。她没和我说一声就走了。我呆在房间里四处环顾,玻璃板下老妈漂亮的照片不见了,梳妆台上老妈的口红、乳液,还有她的金色染发剂都不见了……我找不到任何属于老妈的东西了。我发疯般地冲到阁楼上，我觉得她还睡在上面，和平时一样睡得死死的，泛黄的脸颊上耷拉着一绺一绺的头发，就像楼上蓓蓓丢在墙脚的布娃娃。

阁楼上空空如也，没有老妈。我沉默地坐在凌乱的地板上，楼下房间里奶奶看的电视剧正在插播一个护肤用品的广告片，"……小时候，妈妈的手最温柔……"我知道有一天老妈终会离我而去，并且将一去不返。我想起电视上常常说的"家庭破裂"这个词。眼下我们家也算是"破裂"了。但是我们家一切如故，生活得很好，奶奶躺在床上照旧看电视，老爸在小妖精那里快活，我心里还惦记着兜里的十块钱，这是我一天的生活费：早餐、晚餐，外加各种饮料和零食。那天我没吃早餐，为的是省下钱去打游戏机，我在游戏机里统率了无数人马，也杀戮了无数人马，那感觉真是棒极了。

我独坐在阁楼上的时候，我心里惦着游戏机我就没有为"家庭破裂"而感到悲哀和沮丧。我从小就知道家庭本来就是七零八落的，那是我们的生存方式。我只是有一种莫名的空洞的感觉，我情愿老妈还在阁楼上，还那样死死地白日睡觉。我不以为老妈在我的生活中有什么真实的意义，但是她的存在起码也是一种资本，足以让我大大咧咧地站在班级双亲子女的行列中。我们班有很多单亲子女，有一次过儿童节，老师要他们站出来，然后仁慈地分发给他们额外的礼物。我不愿站在那样的队伍里丢人现眼我也不愿捧着那些廉价的礼物傻笑。

重要的是，老妈的存在使我可以坦然面对幸灾乐祸的蓓蓓、莞莞还有小黑皮、一梭。令人可笑的是他们唯一可以对我炫耀的就是他们的老妈。尽管有时候他们恨自己的老妈恨得咬牙切齿。

我想到了老爸。我幸灾乐祸地想我将是一个没妈的孩子了，没有了老妈，老爸对我是否会更放纵更宠爱？我后来知道那天老爸正忙乎着准备搬家,他和他的小妖精离开了那个棚户区,他早就期待着这一天了。我觉得老爸表现得似乎太露骨了。

在后来的日子里我照样玩得痛快、玩得疯狂,但在老妈离家的那一天,我有点多愁善感,我总是想着老妈的睡态。我猜想她得到了她想要的钱,她就此一去不返永远不会再来看我了。老实说,她放弃我的高姿态令我灰心丧气。我情愿她和老爸为了我而大打出手。

在这个时候,志敏是我最好的朋友,她整晚都陪着我,没去蓓蓓家,在我的心里,志敏早就替代了一切的女性:老妈、华子、奶奶、莞莞……那晚我和志敏下棋,我已经很久没有摸那些小棋子了,我想起我在菜场里发疯的日子,那两个下棋的老头,他们说,咦,你没有爷娘的?我想到这里眼里涌起了一阵雾气。

我告诉志敏我的隐私。我碰到过马路求爱者。那是夏天的时候,晚上我在医院附近的马路上闲逛,一个年长我好几岁的陌生女孩叫住我,她穿着紧身衣很性感的样子。

"喂,小孩,你没有方向了?"

"走开,我不认识你。"

"一见钟情么。怎么样,玩玩吧?"

"没空!"我一口回绝,刚转身想走,那女孩一把搂住我捧起我的脸颊,"叭"地一声,很响亮地亲了我一口。

"那口红印在我的脸上,香喷喷红艳艳的,喏,就在这儿中间……一梭和小黑皮看了都羡慕死了。"我在脸颊上比划着对志敏炫耀。

志敏咯咯咯笑。

"你不相信?"

"我相信。"

"那你笑什么?"

"她叫你玩玩,到底玩什么呢?"

"你是巴子。玩玩么就是和她睡觉呀。电视里经常有这种镜头的。我不睬她。她是女流氓,和她睡觉要得艾滋病的。"

志敏笑得更厉害了。

我没告诉志敏,一梭后来在街头买了有口红图形的橡皮印章,自己盖在脸上,令人可笑地到我面前来炫耀。我担心志敏知道一梭的故事后怀疑我的真实性。

志敏也告诉我她的故事。志敏说她原以为上海就像人们传说的那样,到处是高楼大厦和花园洋房,没想到我们住的地方还不如她们家的宽敞,弄堂里乱七八糟的,脏乱一片。志敏说她给合肥的同学写信就老是撒谎,夸耀她住在高楼里。

"不过上海的人民广场、外滩,还有南京路、淮海路实在是漂亮!广场上的鲜花亭子就像外国电视里的一样好看。上海人也比合肥人有钱,生活方式不一样,吃得好,穿得好,就是住得不好。"

"我们很快就要拆迁了。老爸说,到时候就要把新房装修得和星级宾馆一样,比华子的家还要高级。"我突然对拆迁有了紧迫感。

"我们合肥人是没有钱把房子装修成星级宾馆的。嗳,我的合肥同学早就喊我是上海人了。有个上海知青的老妈,同学们看你的眼光就不一样哎。"

"你就是上海人,你老妈是上海人么。"我讨好志敏。尽管我不认为梅子姑妈是上海人。

"我老妈老土,她的衣服都是在地摊上买的,连我也看不上眼。我老妈就卡拉 OK 行,厂里工会组织卡拉 OK 大赛,她一开口就把所有的人都比下去了。那阵子我也觉得光彩。老妈说插队的时候,知青们没事就唱歌,练的还都是美声呢。"

"唱歌有什么稀奇,我老爸说他们那时候读书无用论,就练拳击、举杠铃、吊环,一个个都练得很有本事的,弄堂里可以举行比武大赛了。他们小时候比我们开心。"

"也是。我们现在没劲。"志敏仰着头,一副无聊的样子。这时候我们正站在三角地菜场的废墟旁,阳光奇异地铺满了昔日的天堂。

我们都遗憾自己没赶上好时光。

老爸和小妖精搬回家后就住在阁楼上。我和小妖精早已在酒店的饭桌上见过面,我们在那时就合作得十分融洽,现在我们成了一家人,我们俩仿佛一对老熟人,没有客套也没有刻意的奉承,就这么回事儿。我后来发现在这以前,奶奶和华子都见过小妖精,我猜不出她们是在怎样的场合,在什么时候曾经坐在一起,究竟是老爸的刻意安排还是一种纯属巧合?我觉得大人的世界是那么不可思议。

老爸回家不久,因为柜台的生意不顺,积压了十来万的资金,就歇搁闲在家里吃干饭。老爸歇搁以后小妖精在外面找了个工作,是在一家夜总会里当服务小姐。小妖精干了不到一天,就让老爸给揪回家来了。

"你就给我呆在家里,做家务、打麻将、看电视,你规规矩矩哪里也不要去!"老爸命令小妖精。

奶奶说老爸是担心小妖精跑掉。奶奶还说老妈也是替老板做事,做得一去不返的。我争辩说是老爸不要老妈的。

"你不要颠倒黑白!"我警告奶奶。

"奇怪,你说我颠倒黑白,你到底是帮你老爸还是帮你老妈?"奶奶大惑不解地看着我,又骂了我一声十三点。

我眨巴着眼睛发愣,我真是不明白我自己。

无所事事的小妖精像个包打听,或者说是病态,着了魔似的一个劲地和奶奶打听老爸和老妈的过去。这正中奶奶的下怀,奶奶就爱回忆老底子的事。她们一老一少的两个女人坐在后弄堂里窃窃私语,很投缘的样子。

"臭虫十几岁的时候最神气了,身体练得很健美,卖相又好,弄堂里的小姑娘发疯似的成群结队地跟在他后面。臭女人是后来的,想不到一见钟情。你不觉得臭虫特别像香港歌星刘德华?"

"像个屁!现在轮到我,臭虫是老甲鱼了,×那,人也有点发胖了。"小妖精说着就站起来去拍老爸的屁股,老爸正蹶着屁股在水斗旁洗菜,老爸身穿花纹典雅的羊绒衫,下面是一条真维斯的休闲裤,风度翩翩。老爸有心做事的时候很有样子的。

至于老爸和老妈是如何结婚的内幕,也是小妖精迫切想知道的。

"这个女人钉着臭虫呀,臭虫自己不争气,把人家的肚子搞大了,他只好吃进。我当时是装糊涂的。"奶奶哈哈哈地笑着。这已经是在饭桌上了,小妖精给奶奶挟了一块鱼肉。

"老娘你胡说什么呀!×那,你把老娘花得七荤八素的,什么话都说给你听……"老爸喝了一杯啤酒,脸颊就有点发红。

老爸让我再到阿四的小店去拿两瓶啤酒和一瓶雪碧,雪碧是给我和志敏的。我飞快地奔出家门,在阿四那里买了东西就赶快往家里赶,远远地闻到我们家的厨房里飘出的肉汤的香味,和外面凉爽的空气缠绕在一起,令人心旷神怡。我满心欢喜,我觉得我们家变得热闹变得有劲了,我忽然觉得户外的一切失去了以往的那种神秘和诱惑,飘溢着菜香的家仿佛暗夜里的橱窗以一种奇异的光亮强烈地吸引着我。

我不再没日没夜地在外面发疯了,除了上学,大部分的时间我都待在家里。那时候老爸恰恰非常需要我这个跑街,他正在装修厨房,不时地要购买一些家用的小五金。我对我们家附近的商业环境了如指掌,我知道哪里有老爸需要的东西。

老爸大兴土木亲自动手在厨房里做了壁橱,安装了煤气淋浴器,又把用了半个多世纪的铁制煤气灶换成了不锈钢的,厨房顿时亮堂起来。老爸在忙乎着的时候,我是他的得力助手,我一次次地骑车外出购买钉子、水龙头、管子等等的杂物,有一次雷声滚滚的,老爸犹豫着,我却早已飞身上车,一眨眼的工夫我就没影了。我骑着破自行车飞也似的在狭窄的弄堂里穿梭自如的时候,弄堂里的人都说,现在跑街好了,现在跑街日里夜里都在家里了。

和老爸一样,小妖精也喜欢差我买东西,我很乐意为她跑腿。在我们家里只有奶奶差我,我才装聋作哑。我后来发现我一生总是亏待我爱的人。

这是我们家最像个家的一段日子。白天老爸和小妖精大都是在家里打麻将,他们轮换上阵,然后总有一个人去买菜烧饭,一天三顿很有规律的。有时候他们躲在阁楼里看 VCD。片子都是隔壁克腊提供的。克腊是在一夜之间成为片子收藏迷的,那夜他在一个朋友家看见一千多张 VCD 片子，他就下定决心追上这个时尚了。老爸成了当然的最大的受益者。晚上志敏去蓓蓓家里串门，我就和老爸他们一起看片子。他们看黄片的时候我远远避开，我两岁的时候就知道下流这个词了，我对色情的东西敬而远之。我喜欢看美国好莱坞的警匪片、惊险片，还有科幻片，那种种火爆的奇异场面令我兴奋不已。

好景不长。奶奶的身体越来越不行了。她开始呕吐，吃不下东西。正是夏天的时候，奶奶瘫睡在床上，她已经没有力气用那种蹲式的抽水马桶了，就用一只小凳子和痰盂组成了临时马桶，放在床脚，她挣扎着起来方便的时候，小妖精也会伸手扶一把。小妖精扶奶奶的时候，奶奶的脸上会流露出淡淡的微笑。

老爸和小妖精有时候也出门办事，这时候奶奶就整天孤零零地躺在床上，她已经不看电视了，很多时候她昏睡着，半天不睁眼，志敏又不在，她报名读了晚上的英语补习班，我乖乖地陪在奶奶身边尽管我十分害怕。

"乌虫乖，不是好事体呀，说明我日脚不长了。小孩是有灵验的。"有一次，佳佳的奶奶，就是绰号叫"姥姥"的，她来探望奶奶，姥姥看我守在家里就夸我，奶奶却不以为然。我想奶奶大概还盼望着我在外面发疯、她蹶着腿在弄堂里追我的时候，也许那时候她是快活的。

奇怪的是，奶奶自那以后就不再叫我跑街了。她只叫我乌虫。她对我乌虫这个绰号显然记忆深刻。

"乌虫啊，你什么时候看到奶奶像死了一样躺着，你一定要大声地喊奶奶，否则奶奶就真的死了。"奶奶认真地关照我说。这时候正是黄昏，老爸和小妖精都出门了，饭桌上空空如也，只有冷气机在嗡嗡嗡地响。冷气机是去年华子和建国、大伯一起凑钱买的，花钱的事，华子他们是没的说的。

奶奶和老伯打过一次电话，是我拨的号码，转了好几次才听到老伯的声音。奶奶无力地和老伯说，我要和你再见了。

"老娘，你就是太悲观了，华子说你不肯活动，生命在于运动，你要动呀。"

"我要和你再见了。"奶奶依旧重复着，然后搁下了话筒。接着奶奶对我说："都是假的。"

后来奶奶索性不起床洗澡了，她身上发出一股难闻的异味。我和小妖精、志敏一起捏着鼻子喊臭。我看得出来，在平常的生活中，小妖精能和奶奶和睦相处，但是面对奶奶身上发出的异味，小妖精就束手无策了。这无可非议，老实说我也讨厌这种气味，我觉得奶奶很可怜。

老爸在后弄堂替奶奶找了个临时帮佣的老太，那老太按时来取奶奶换下来的衣服，也帮奶奶擦擦身子。华子来看过奶奶，华子大方地给了老爸一叠钱，说是给奶奶买营养品、请佣工的。

"老娘你要吃呀。老娘你要动呀。"华子匆匆而去。华子似乎比以前更忙了。我们后来才知道华子那阵子正忙着办出国考察的护照呢。

"奶奶已经看破红尘了。都是假的。"看着华子留下的那叠钱，奶奶又一次对我说。我似懂非懂。

这期间老爸叫了差头送奶奶去看了医生，做事喜欢地道的老爸挂的是专家门诊，大热天的，老爸和奶奶虔诚地等了老半天。求诊时老爸卑躬屈膝一心想让奶奶住进医院，没想到医生抢白老爸说，医院是

你开的吗？医生还冷漠无情地说你们走错门儿了，你们该去看门诊。这时候门诊恰恰已经结束了

"走，打道回府！"奶奶伤心地命令老爸。这是奶奶最后一次逞强好胜。老爸只得灰溜溜地背了奶奶回家。

后来老爸给华子打电话，华子说，你们不要老是找我、找我。我不是万能的。身体不好就去医院看，医生说没事就是没事么，我又不是医生。

"×那，老娘生病，不找你找谁？找外面人？"老爸很蛮横地提高了嗓子。华子那里就挂了电话。

"你和华子说，我要和她算账了，从小就是她最娇气，十指尖尖，我有叫她小姐做家务吗？'文革'的时候，梅子和她，有一个要到农村去，华子娇气，我舍不得她去吃苦，就偷偷和梅子的老师商量，把梅子弄到乡下，我对不起梅子啊……"奶奶缓缓地无力地说着，哭了起来。

"老娘，这事我从来没有听到你说过么。梅子知道吗？"

"梅子不知道。华子心里是清楚的。所以志敏的事，她要出头讲话。其实华子不说，我也打算帮志敏办户口的，户口办好了，我死也瞑目了。"奶奶抽泣着用手背擦拭着眼泪鼻涕。

志敏怔在一边，前两天奶奶又在骂梅子，骂梅子躲在合肥自得其乐。志敏忍不住和奶奶争了起来，志敏因此有三天没和外婆说话了。现在志敏眼睛红红的，什么也没说。我这时候才明白，奶奶心里记挂着的竟是梅子。我猜不透奶奶，为什么最挂在心头的，也是最疏远骂得最甚的。我哪里知道，其实我的秉性和奶奶的如出一辙。

那天离家半年的老妈突然打电话找我，说是有朋友在九江路的

"合家欢"围炉酒店请客,她要我立时就赶到那里。我曾经和老爸去过"合家欢",我知道那里的自助餐有烧烤有火锅,还有西餐和各色点心、饮料,你可以随心所欲挑肥拣瘦,但是我没好气地回答说不去。老妈在电话里一个劲地恳求我,老爸和小妖精在一边冷着脸使劲地瞅着我。我咽了咽口水。

"不去!"我拒绝了老妈,然后我挂了电话。我也没和老爸、小妖精说话就埋头认真操练功课。我发现自己还挺能假正经的。

我后来在暗夜里想念老妈,我偷偷地流泪,我到那时才了解了自己的禀性。

奶奶终于住院了。她时而清醒,时而糊涂,生活不能自理。华子和建国、老爸商量后给奶奶请了个高价护工吴阿姨,华子天天到医院去一下,来去匆匆。华子一身素雅的职业装,手提精美的坤包,在医院的环境里显得格外跳眼。奶奶和吴阿姨说,我们华子是个忙人。

"老太,你的福气太好了,女儿这么有本事。"吴阿姨讨好的样子,

华子就在医院里用手机给梅子还有北京的老伯都打了长途,告知病情,"老娘的医疗费加护工费,估计要五六千元打底,现在我们每个子女先拿出一千元,以后视情况再另行通知。"华子思路清楚,说话不拖泥带水,显示出她的办事才干。

据说梅子在电话里先是一愣,口气有点为难地说她第二天就设法寄来。

第二天梅子给华子打电话。

"华子,你是我姐姐,你一直帮我的。钱的事,能否通融一下?

我一下子实在拿不出千把块钱,我想这样,你们不是请了护工么,花费大,又不贴心,我请假来护理老娘,护工的钱不是就省下来了吗?说心里话,就是不为钱,我也很想回来照顾老娘的。"

"我是很同情你的。不过这件事我不是一个人说了算的。再说你每次来,都和老娘吵,这件事,还要问问老娘,我作不了主的。"

据说奶奶听到梅子要来,眼睛顿时发亮。

"我当然要她,我自己的孩子我都要的。她人呢?"面对华子的询问,奶奶急切地回答。神智不十分清楚的奶奶还四处张望,以为梅子已经来了。

"好,我立即通知梅子,她明天就能到。老娘,这次你们不能再吵了。"

"我不吵。我不会吵。"奶奶听话地点着头。我发现病了的奶奶就和孩子一样软弱。

从那一刻起,奶奶就盼望着梅子的到来,她不断地唠叨说,明天,明天。

梅子到上海后,是我陪着她到医院去的。医院就是我从小玩耍的地方,我曾经在那里目睹孩子出生的恐怖。没有比这个地方更令我感到熟悉的了。

梅子和奶奶的见面是令人心碎的。她们抱头大哭。梅子俯着矮小的身子,凑在奶奶身边,不住地抽泣着。

"姆妈,我来了,我来照顾你,一直到你身体康复出院……"梅子一遍遍地含泪轻声絮语。她和华子一样,在某种特殊的时刻就不叫老娘,而改口叫姆妈。这是她们儿时对奶奶的亲切称呼。

"梅子,你来了就好,我想告诉你,志敏是个好孩子,你要好好培养她。不要叫她走你的老路。"奶奶说话时紧紧皱着眉头。这时候的奶奶已经大小便失禁了,她显然非常痛苦。

梅子泣不成声。从那以后梅子就没离开过医院。三个月,整整一百天,每天二十四小时,梅子都在医院里陪伴着奶奶,精心护理奶奶,她衣不解带,夜不成寐,一直到奶奶溘然长逝。梅子后来大病了一场,梅子在病中说起奶奶总是痛心不已、流泪不止。梅子是一个感情脆弱的爱哭的女人。

那天在医院里,我心血来潮、没心没肺地缠着吴阿姨,一定要她陪着到太平间去看死人,我在简陋的太平间门外张望,我只看到一个个紧闭着的铁的大抽屉,上面生满了锈斑。吴阿姨说,这里面就是存放死人的冰库。我以为这是吴阿姨吓唬小孩的伎俩,我不相信人死了竟然"睡"在那样的破地方。我正这样寻思的时候,有三个人推着有轮子的小床过来。小床上有个长长的蓝色布包。

"死人来了,"吴阿姨轻轻惊叫,捂住嘴逃之夭夭了。

推车的老头在太平间里打开一只铁抽屉,原来里面是一只长长的冰冷的铁匣子,我马上就明白了,这果然是死人"睡"的地方。当那两个假意哭丧着脸的家属在老头的指挥下,把蓝色尸包挪进匣子的时候,我觉得他们是冷漠的,无动于衷的。

"我们的老爸吃了很多苦头,现在总算解脱了。"其中一位家属在单据上签字,边签边对老头说。老头奇怪地笑了一下,他没说话。对于死亡,他显然看得太多太多了。

多么奇怪,我在这个医院里看到过孩子出生的血腥,我竟然又在这个医院里目睹死亡的冷酷。我明白了,生和死,它们平凡的痛苦和壮烈将永远互相观照,当这种痛苦不再存在的时候,生命也就完了。

我是在中午放学的时候听说奶奶去世消息的,梅子从医院打来电话,先是说正在抢救,话刚说了一半,又抽泣着说,没有了,老娘没有了。然后电话就断了。老爸和小妖精立时就赶去医院了。老爸他们走后,我突发灵感马上就给北京的老伯、建国还有华子打了电话。

华子出国去了。接电话的是她单位里的同事。

"奶奶没有了。"我在电话里这样重复着。

"是谁说的?你不要学奶奶的样,狼来了。你老爸呢?"建国不相信。

"奶奶没有了!"我嘟囔着。

此时,"圣方济"的钟声出乎意料地响起来了。也许是呼应吧,奶奶生前就迷信这个大钟。钟声敲在我的心上,我的眼泪不听话地流了下来。

我终于意识到我最爱的其实是奶奶。但是她已经躺在那个冷库的铁匣子里了,她再也不会追我,不会骂我,不会打拷机叫老爸揍我。时过境迁,我在这些往事里触摸到的却是奶奶的爱。

很久以后,有一天清晨,老爸准备出远门办事,临行前他在后弄堂里坐着吸烟,忽然伤感地揉起了眼睛。

"咦,你怎么啦?"

"没什么,我想到了老娘。要是老娘活着,知道我出门,她总要啰啰嗦嗦关照我的。"

"现在有我呢,我不是也关照你的吗?"

"不一样的。你叫我外面不要搞女人,老娘关照我冷热要当心,穷家富路,多带钞票。"

"×那，我错了？"小妖精"嗤"地笑了一声，她正在往冰柜里置放新做的酒醉梭子蟹，她现在是一个很能干的老板娘了。老爸在家里开了爿小饭馆，他的烹调手艺终于有了发挥的天地。

　　那天早晨我在家里的饭馆里吃了早点，我和老爸、小妖精挥挥手，说声再见。我没到学校里去，我独自去了殡仪馆里存放奶奶骨灰的地方。昨晚我在梦中看到奶奶还坐在后弄堂，奶奶说，你们为什么不给我穿袜子，我在那里冷死了。早晨我起床的时候我发现天气真的很冷。我在附近的小店里替奶奶买了一双毛巾袜，我会把它放在骨灰盒的旁边，但愿奶奶会喜欢。完了，我想对奶奶说，我今年升入初中预备班了。我还想告诉奶奶我上的中学，房屋的尖顶上有个大钟，那个大钟已经走了一百多年，它还会再走一百年、两百年……还有一件事，我很难把握，是否要对奶奶说，我和老妈在外面偷偷见了一次面。老妈显然很久没有染发了，金黄色的发根下长着很长一段黑发，口红也涂得不十分完美，我猜想她过得并不顺心，她滔滔不绝地对我倾诉对老爸的愤恨，她如此在乎老爸，也许她还爱着老爸。我这样想的时候我觉得非常心酸。

　　我后来还梦见我在家门前的河流里游泳，那河里有许多秽物和老鼠的尸体，就如苏州河的水一样。我竟然没有去细想，屋檐下怎么成了河流？我只知道我从河里上岸的时候，我已经长大了。

图书在版编目(CIP)数据

厂医梅芳/殷慧芬著.—上海:上海书店出版社,
2019.3
(巨鹿文库)
ISBN 978-7-5458-1724-9

Ⅰ.①厂… Ⅱ.①殷… Ⅲ.①中篇小说-小说集-中国-当代②短篇小说-小说集-中国-当代 Ⅳ.
①I247.7

中国版本图书馆 CIP 数据核字(2018)第 219586 号

责任编辑 杨柏伟 高 巍
装帧设计 汪 昊
技术编辑 丁 多

·巨鹿文库·

厂医梅芳
殷慧芬 著

出 版	上海书店出版社
	(200001 上海福建中路 193 号)
发 行	上海人民出版社发行中心
印 刷	上海商务联西印刷有限公司
开 本	890×1240 1/32
印 张	10.875
版 次	2019 年 3 月第 1 版
印 次	2019 年 3 月第 1 次印刷
ISBN 978-7-5458-1724-9/I・456
定 价	40.00 元